疯子三三

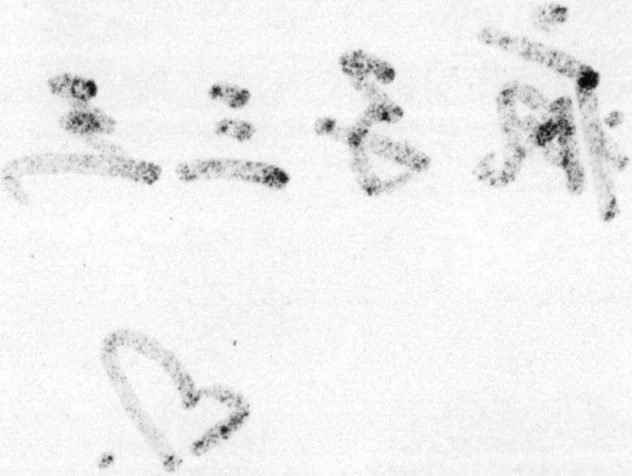

你是我的翅膀

疯子三三——著

江苏凤凰文艺出版社
JIANGSU PHOENIX LITERATURE AND ART PUBLISHING, LTD

图书在版编目（CIP）数据

你是我的翅膀 / 疯子三三著. 一南京：江苏凤凰文艺出版社，2018.1

ISBN 978-7-5594-0202-8

Ⅰ.①你… Ⅱ.①疯… Ⅲ. ①长篇小说一中国一当代 Ⅳ.①I247.5

中国版本图书馆CIP数据核字（2017）第317664号

书　　名	你是我的翅膀
作　　者	疯子三三
出版统筹	黄小初　侯　开
选题策划	李文峰　风染白
责任编辑	姚　丽
特约编辑	风染白
责任监制	刘　巍　江伟明
出版发行	江苏凤凰文艺出版社
出版社地址	南京市中央路165号，邮编：210009
出版社网址	http://www.jswenyi.com
印　　刷	三河市南阳印刷有限公司
开　　本	700毫米×980毫米　1/16
字　　数	250千字
印　　张	18.5
版　　次	2018年1月第1版，2018年1月第1次印刷
标准书号	ISBN 978-7-5594-0202-8
定　　价	39.80元

影视版权抢订热线　　13911704013

目录

你是我的翅膀

第一章

恶人自有恶人磨

梦被惊醒，梦里面还是那个人，却已经不知道是美梦还是噩梦。

山间信号不好，列车奔驰，轰隆隆的铁轨响声夹杂着间歇性的颠簸，卧铺车厢的窗帘拉得并不严实，漏了几丝浅蓝色的光进来。陌生的环境让闻清一时怔忡，盯着那一角看了会儿，才伸手去摸枕头底下不断振动的手机。

电话是迟莉莉打来的，她看着手机屏幕上的名字却没有接，反倒按了静音让它彻底归于宁静。

捏着手机复又窝进枕头里，翻来覆去却全无睡意，加上车厢里也不知道是哪一位鼾声如雷，睡眠真是好得令人心生嫉妒，闻清干脆起身去洗了把脸。

这个点时间尚早，卫生间外这一小块区域难得十分安静，清水沁人心脾，有细微的穿堂风吹过，这一切让她刚刚那一丝不适得到了很好的缓解。

她又独自到了吸烟区，点燃包里的最后一支香烟，刚刚吸了一口，手机再次响了起来。

迟莉莉从来都是个耐性极好的人，大学同寝室四年，没人比闻清更了解这一点了。

她吐了个烟圈，终于按下接听键。

电话意外被接通，那边沉默了几秒，问："知道大家都在找你吗？"

闻清微微扯了扯嘴唇："知道。"

迟莉莉强吸了口气，依旧是一贯的沉稳作风："告诉我地址，我找人去接你。"

"嗯，"闻清扫了眼飞驰的火车窗外的风景，有些为难，"怎么办？我也不知道自己在哪里。"

这是句实话，可落在迟莉莉耳朵里怎么都像是她在有心刁难。

果然，迟莉莉再也按捺不住，嗓门止不住地拔高了："闻清！"

窗外渐渐有刺眼的光投射进来，晨曦微露，车窗玻璃上映出闻清面无表情的一张脸。她淡淡地嗯了一声。

那边沉静了许久才听到迟莉莉再次开口："闻清，别闹了，我知道你在生气，但不管怎么样你先回来再说好吗？发布会马上就开始了。"

"关我什么事。"

"……什么？"

闻清笑着一字字道："新闻发布会开始又怎么了？丢脸的不是我。"

"你！"迟莉莉那边完全接不上话，大概没料到闻清会如此云淡风轻。想当初手上的这个纪录片从提案到落实，每一步都是闻清亲自跟进的，这个项目凝聚了她多少心血，大家可都有目共睹。

也正因为如此，制片方一早就对外宣布了由金牌制作人闻清负责的消息和通稿，闻清的地位，加上声势浩大的宣传和营销，这个发布会的场面会有多隆重可想而知。如今主角不到场，只会更加印证了外界某些不好的传闻……

想到这儿，迟莉莉不由得攥紧了话筒，牙尖都在微微地发颤。

"你是怕我不出现，媒体会乱写？"闻清不留情面地揭穿她，语气自始至终都冷冷淡淡的，"不过也不算乱写吧，你抢我男朋友是事实。"

迟莉莉的脸瞬间憋得通红："我——"

闻清懒得听她狡辩，直言不讳道："沈家二公子的桃色新闻，怎么都比那个纪录片有意思多了，我到不到场根本改变不了什么。还是好好想想怎么应对吧。"

"所以，记者收到的那些消息，是你放出去的对不对？"迟莉莉终于伪装不下去，近乎歇斯底里地质问。

闻清没说话。

迟莉莉半晌都发不出声音，但很快便释然了："也对，睚眦必报正是你闻清的作风，会替别人考虑就不是你了。"

以她对闻清多年的了解，闻清从来都不是个会吃亏的人，要是她真知道了自己和那人的事，怎么可能让他们好过？冷眼看着他们陷入困境、落井下石才是她闻清会干的事！

闻清眸色微微一沉，伸手想要结束通话。

电话那头却忽然传来一道男声，低沉而凌厉："是我。"

"……"

闻清不是个冲动的人，然而在听到沈逸声音的那一刻，她没有丝毫犹豫地挂了电话。她气得握着手机的指尖都在发抖。

她将剩下的半支烟抽完，心情才稍稍平复了些。

沈逸再次来电是十分钟以后的事了，他了解闻清的脾气，十分钟已经足够让她冷静。

闻清吁了口气，当真接了起来。

她不率先开口说话，那边的人也异常安静。须臾，他清冽的嗓音才透过来："你在哪里？"

"你们俩还真是连语气都一样，这么默契，为什么没早点在一起呢？"

沈逸并没同她计较，而是异常平和地说："现在还有时间，我们等你回来。"

"我们？"闻清笑了，眼里却半点温度也没有，"指谁？你和迟莉莉，还是其他同事？"

沈逸听出了她话里的揶揄，静了一静："闻清，我和她不是你以为的那样。你回来，我解释给你听。"

"不需要。"闻清打断他，"我只相信自己看到的。"

沈逸一阵沉默，终于说："你看到什么了？"

闻清不作答。

沈逸也没再深究，大抵无暇顾及于此，只微微沉了腔调："不管你误会了什么，下午必须出席发布会，你知道这对我有多重要。"

要是从前，自然没什么比沈逸的事更重要了，可眼下，这样的情形只让闻清的心绪更清明。

她深吸了口气："沈逸，这几年我甘心被你利用，是因为我以为我们两情相悦。现在再被你利用，那就是我蠢了。"

"利用？"沈逸一怔，"你是这么想的？"

闻清无声地笑了笑，唇角的弧度更像是在自嘲："你这么急着让我回去，难道不是为了在媒体前替你澄清劈腿的传闻？"

从今年年初开始，台里的人事就在大变动，沈逸很有可能往上提。台长下令他和另一个竞争对手分别负责两个重要节目，最后拼收视率，沈逸也将所有希望都押在了闻清负责的节目上。

这个节骨眼曝光他和迟莉莉的事，对他的影响不言自明。

说来说去，其实沈逸只想她帮忙安抚媒体，先把眼下的风波给应付过去罢了。

话已经说到这个份儿上，沈逸终于无言以对。

闻清也觉得没什么好说的了，在沈逸的沉默中准备挂电话。哪知沈逸很快又说："不管你信不信，我心里只有你。"

闻清闭了闭眼睛。

只听沈逸又说："你真的以为我连这种小麻烦都解决不了？"

闻清选择挂断了电话。

事实上，两个月前单位里就已经有人在传迟莉莉和沈逸的事了。当时闻清一边做节目，一边又要忙母亲的身后事。她的母亲乔梦婕因为癌症刚刚去世，她当时忙得焦头烂额，完全没时间理会这些八卦传闻。

当她第一次在茶水间听到有人嚼舌根的时候，当场就走了进去，毫不避讳地说："既然聊的内容和我有关，我也一起加入吧。"

一句话说得所有人面红耳赤，最后纷纷作鸟兽状散开。

之后关于她刻薄尖酸的传言就说得更加绘声绘色了。

其实说起来，还是闻清太相信沈逸和迟莉莉的为人。他们三个从大学就相识，沈逸是她们的学长，而且认识迟莉莉的时间比认识她还要长。那两人要有什么恐怕早就有了。

可后来，闻清亲眼在沈逸家楼下看到了两人拥吻的画面。

最好的朋友、多年的恋人，一起将她那份信任和维护蹂躏得渣儿都不剩。

都这样了，沈逸还敢说心里有她?

闻清把早就燃尽的烟蒂按进烟灰盒里，可心底那股烦躁的感觉却怎么都挥之不去，甚至有团火在她胸口越烧越旺。

天已经蒙蒙亮，恰好有售卖零食的小车经过，她向打着哈欠的列车员买了瓶矿泉水猛灌了几口。

许是灌得狠了，不慎洒了些在衣服前襟上，这会儿又正是夏天，闻清只穿了件白衬衫，水渍浸透之后紧紧贴在胸口，连里面的内衣花纹都若隐若现。

她连忙用纸巾清理，可布料实在太薄了，加上这会儿已经陆续有人起床，这副样子被人瞧见了实在很不雅。闻清只好从行李包里又取了件衣服出来，打算去卫生间替换。

但事实证明，失恋的人并不被老天特别眷顾，倒霉的事只会一件接着一件——在这种时候，卫生间里有人。

闻清只得抱着胳膊靠在门口等。

时间一分一秒地过去，走廊上路过的人越来越多，而卫生间门口也陆陆续续有了其他人。很快，就有个中年男人站在了她边上。

闻清用眼尾扫了对方一眼，果然那人的目光很不老实地一次次往她胸口瞟。

闻清不客气地瞪着他。

中年男人咳了一声，尴尬地往车顶的方向瞄了瞄，可没过多久又转回到闻清身上。

闻清被他恶心得不行，刚才心底那团火烧得更旺了。她用力敲了几下卫生间门板，那力道一听就很不友善。

卫生间的门在五分钟之后终于打开了，待闻清看清楚里面的情形，半边眉毛上挑，表情变得精彩绝伦起来。

嗬，以前只在小说电影里听说过火车上的活春宫，没想到眼下却撞上个现实版的!

之前的一肚子邪火都变成了好整以暇，闻清看向靠着角落正在慌忙整理衣服的女孩。

对方看起来年纪并不大，肤色白得几近透明，大概因为皮肤过于白净，于是脸颊上那两抹绯红就格外的可疑。女主角显然不习惯被这样围观，脑袋险些要埋到胸口了。

闻清适时地收回视线，意味深长地又看了眼站在自己跟前的男主角。

哪知道不看还好，一看差点吐血。

对方个子极高，身材挺拔而修长，可此刻正微微垂着眼眸，一双轻佻的桃花眼打量着她湿了的衣服前襟。

那模样，就差明晃晃地在脑门上刻个“色”字了！

“以为这是在自己家呢！”闻清不咸不淡地看了对方一眼，意有所指地瞪直了眼，眼底带了几分警告。

那男人听了这话明显一愣，视线微敛，很快便抬眸直视她的眼睛。

倒是张意外好看的脸，就是闻清这样常年混迹娱乐圈，和各种各样的小鲜肉打交道的人也不免心生感叹，无奈她对这人的印象已经差到了极点——再好看的流氓他也是流氓啊！

加上之前因为沈逸和迟莉莉憋了一肚子火，她说出的话自然没有多好听：“在公共场所做出这种有伤风化的事，知道可以找乘警处分你们吗？”

里面的女孩听了这话脸色倏地白了白，小嘴微微开合，像是有话要说。

男人却意味深长地勾起了唇，他的视线自始至终都清冷地停在闻清脸上，说话时是似笑非笑的样子：“有伤风化？”

“难道你们在里面聊天？”闻清也不甘示弱地与之对视——身高上输了不少，可气势一点也不输人。

男人这才状似了然地点点头：“原来衣裳不整就是有伤风化，那请问小姐你这样，是不是也算有伤风化呢？”

他微抬下巴，指向闻清半湿的衣襟。

闻清没想到对方会反将自己一军，有短暂的愣怔。可很快她便回过神来，嗤笑道：“还真会偷换概念。”

先不论她衣服湿了不是故意的，就算是衣服暴露了点，难道他就可以光明正大地偷看了？

闻清刚想再讽刺对方几句，忽然发现男人的目光再度下滑，两道浓眉也微微隆起，一双细长的眼眸眯了眯。再看她时，眼神竟像是有些……嫌弃？

见鬼了，他嫌弃她什么？

闻清顺着他的视线再一看，马上就懂了！这浑蛋是在、是在嫌弃她size小？！

还真是世风日下，什么变态都有啊！

闻清抱起胳膊，冷笑着往男人的方向倾了倾身子，姿态暧昧极了，嘴上却在说：“再看把你眼睛拍瞎信不信？”

男人的眉毛又是一挑，目光饶有兴味地落回她脸上。

闻清微笑着同他对视，可笑意根本未及眼底。

两人间火药味十足，连围观者都感觉到了。

男人就这么被她冷冷淡淡地睥睨着，忽然唇角弯了弯，溢出一声低笑来。这声音不高不低正好能让闻清听到，无端地像是往她心底又撩了一把火。

她不由得冷了声调：“你笑什么？”

男人慢慢俯下身，迎着她的视线缓慢地说：“相较于你衬衫的白色，显然内衣的蓝色更扎眼，我会看一眼完全是出于本能。”他顿了顿又补充：“不过刚才的第二眼已经确定，你不是我的菜，所以真的不要想太多。”

“刚才的第二眼”以及“真的”这两个关键字眼，怎么听都有打闻清脸的嫌疑。闻清掀起眼帘盯着他：“这么说，还得谢谢你不看第三眼之恩了。”

男人依旧微微俯身迎视着她，竟然像是完全没听懂她话中的讽刺，淡笑道：“这倒不必，虽然出于本能没有任何轻薄的意思，但总归是看了眼，我向你道歉。”

闻清注意到面前的男人说话时自始至终都和自己一样保持微笑，可那笑她再熟悉不过了，就是所谓的皮笑肉不笑，他一双眼都是冷的，这道歉没有半点诚意，反倒有种羞辱的感觉。

闻清看着他嘴角倾斜的弧度，知道对方是在讽刺自己自作多情，太阳穴忍不住狠狠跳了两下。

她已经很久没有这种想揍人的冲动了！

现在的流氓未免也太嚣张了点！

闻清一肚子的邪火快要压不住，男人双手插兜，长腿一迈就打算离开。可就要和闻清擦肩而过的时候，他忽然又停了脚步。

感觉到他靠近，闻清全身警铃大作，忍不住蹙了蹙眉头。

那人覆在她耳边，轻声说道：“还有，光是用拍的眼睛不会瞎，不信你可以试试。”

闻清被他接二连三地嘲弄，火气终于烧到了头，整个人都快炸了。她侧过身冷冷地觑着对方。那人又笑眯眯地看了眼她湿着的胸口前襟，吹了声口哨便扬长而去。

那欠扁的样子，摆明了欺她衣裳不整奈何不了他！

周围有不少人围观，闻清低头看了眼自己的衣服，气得直咬牙。

真是流年不利，居然让她遇上这种人品低俗的家伙！闻清人生中第一次吃了亏偏偏还无可奈何。

“……麻烦让我出去一下好吗？”身后忽然传来道微弱的声音。

闻清这才记起来事件女主角还没走呢！她回头看了眼那低眉顺目的小姑娘，忍不住道：“你男朋友都不管你啊，这种人还是早点甩了的好。”

谁知那小姑娘蓦地抬起头来看着她，有些惊讶的样子：“男、男朋友？”等她想明白闻清指的是谁之后，急得拼命摆手：“不不不，他不是我男朋友。”

不是男朋友？这下闻清对眼前这个文文弱弱的小姑娘都刮目相看了，由衷赞道：“那你倒是……真看不出来。”

小姑娘愣了半晌才琢磨懂闻清话里的意思，顿时双颊更红了：“姐姐你误会了。”

“得了，不管是不是，以后离这种人远点。”闻清抬手示意了下手里的衣服——她向来不爱管闲事，也知道现在的年轻人都玩得很开——只是道：“好好保护自己吧。我要换衣服了，你出去。”

那姑娘咬了咬下唇，皱着眉头又看了眼闻清。她似乎还打算再说点什么，最后看到闻清一脸淡漠的样子，只好低下头无声地走了出去。

换衣服的时候闻清还在想，对不是女朋友的小姑娘下手，还迫不及待地在洗手间这种地方，果然那男人的人品世界第一烂。

对于这种世界第一烂人品的，闻清决定不和他一般见识！可想到对方那副得了便宜还卖乖的架势，她还是气不打一处来。

之后一整天在火车上，闻清倒是没再遇到那个倒胃口的家伙，直到下火车一切都很顺利。

刚下火车她就接到了表妹姜钰的电话。姜钰一听说她在火车上的事，马上开始苦口婆心：“好女不吃眼前亏，你出门在外还是小心的好，你那张嘴最容易得罪人了，要——”

“要与人和善。”闻清无力地重复道，“我都快会背了好吗？我说你嫁了个大叔，怎么自己也快变成大妈了？”

姜钰在那边直笑：“去，我是关心你。”

“我又不是刺猬，没事会乱扎人吗？”闻清嘴巴上嗔怪，可难得句句都安慰对方，“我有分寸。”

两人又聊了会儿，姜钰果然小心翼翼地问到了正题上：“待会小姨父，我是说，他派人来接你吗？”

提起这个，闻清一瞬间变得情绪疏淡：“他现在就一破空壳公司，哪还请得起人，就一个助手还守着他，但医院离不开人。我自己打车过去吧。”

姜钰叹了口气：“你别和他吵。”

闻清一阵心烦意乱，许多要说的话都说不出口，到嘴边只剩一句：“行了，我打车了，晚点再说。”

挂了电话之后，闻清站在马路边上有些走神。

她嘴里的“他”当然是指父亲闻定山，说起来闻清那么痛恨沈逸的背叛，也和父亲闻定山有关。

在母亲乔梦婕癌症复发的那段日子，闻清刚好发现了闻定山出轨的证据。乔梦婕去世的时候，闻定山更是没及时赶回来见她最后一面。

当时闻清已经打定主意和闻定山脱离父女关系了，可哪知道才短短两个多月，事情忽然峰回路转——闻定山的钱被小三骗了，小三还和人跑了！

这么狗血淋漓的结局本来对闻清而言是喜闻乐见的，可因为资金亏损，闻定山大半生的基业只剩下个空壳不说，还被气到心脏病发住进了医院。

而闻清作为闻定山最后一个亲人，已经被医院电话通知了无数次……

看着这个既陌生又熟悉的城市，闻清已经不知道是什么心情。

上次来的时候——她是和沈逸一起的，那时候闻定山也还是她心里伟岸又了不起的父亲，可现在……

她最在意的两个男人都背叛了她。

吸了口气，闻清拉着行李箱大步往前走，正好看到有辆出租车停靠在路边。

“师傅——”闻清的话还没说完，后车门忽然就被人抢先打开了，一个人影飞快地坐了进去。

她回头一看，太阳穴又是狠狠一跳。

这到底是什么样的孽缘啊？

人品世界第一烂的男人正端端正正地坐在车后座，低头摆弄着手机，修长的指节在屏幕上灵活跳动，像是在发信息，嘴里已经自然而然地跟司机报了地址：“南街后巷。”

司机师傅看了眼闻清，又看了眼车后座的人，有些为难。

闻清还记得姜钰的叮嘱，克制着吸了口气，抬手敲车窗玻璃：“你故意的？”

那男人像是这才猛然发现车外边有人似的，皱眉看了她一眼。

“下车。”闻清冲他抬了抬下巴。

那男人看了她一眼，一言不发，竟然伸手想要关车门。

闻清没见过这么没风度的男人，不，简直不能算是男人！男人怎么好意思和女人抢东西呢？

火车上碍着衣衫不整的原因她吃了哑巴亏，这次可绝不会再让这男人占半点便宜。

闻清也不和对方废话，直接提了行李挤进后座。

男人瞪大了眼，接着被她挤得不得不往边上挪了挪，最后怒极反笑：“小姐你这是要跟我回家？”

闻清斜睨他一眼："车是我先拦的。"

那男人皱着眉头，这次难得没了之前在火车上的轻浮样，正色道："我有急事。"

"我也有急事。"

想必这会儿男人也看出来了，闻清是在报之前的仇呢。他看了闻清几秒，忽然又露出那种轻扯唇角的动作。

虽然才见了两次面，可闻清对他这个动作已经很敏感了，一直防备着。果然，那人很快地越过她，忽然将她边上的车门重新打开了。

闻清也迅速察觉出他的意图，在他倾身过去开车门的时候，没有丝毫犹豫地抬起脚，铆足了劲往男人腿上踹了过去。

就这样，原本还在为两位客人头疼的司机大哥，眼睁睁地看着那个一米八多的男客人，毫无防备地被个小姑娘给连推带踹地踹出了出租车。

出租车开出去几米之后，司机师傅仿佛才回过神来。他从后视镜里看了眼被闻清推出车外的高大男人，又弱弱地询问道："小姐，你去哪儿？"心里却不住唏嘘感叹，现在的小姑娘真是了不得啊。

"新安医院。"闻清心里痛快极了，拍了拍手，报了医院地址。

司机师傅到底没忍住，皱着眉头提醒她说："姑娘你厉害啊，不过听口音你也不像是本地人，就不怕惹了什么不该惹的人？"

"怕啊。"闻清实话实说，"所以我刚才下脚特别狠。"

司机师傅一脸的不明白。

闻清耐心地解释道："只要力气足够大，踹得他一时起不了身，哪还有机会追上来？兴城那么多人，他想再找到我也没那么容易。"

茫茫人海，对于两个萍水相逢的人来说，想再撞见第三次的概率能有多大?

更何况对于这种不尊重女性的人，当然要以其人之道还治其人之身，刚才如果不是她率先出脚，现在倒在马路边上的可就是她了。

司机师傅干笑了一声："这也说不好，现在有些人无聊着呢。万一他记了车牌号……我倒不是怕他找我麻烦，就是觉得你一姑娘家出门在外……"

闻清听着那司机絮叨了一堆，不动声色地笑了下："记住也没事，您实话实说得了，反正我也不会在这儿待太久。"

司机师傅再次露出一脸诧异的神情，然而闻清已经不打算多说，降了车窗玻璃吹起了风。

来的时候她就已经考虑好了，不管心里多么憎恶闻定山的所作所为，多么无法原谅他对母亲的冷淡，但那个男人是她父亲，她身上流着他的血，这是无法改变的事实。医院来电话时将他的情况说得很危险，她无论如何都该过来看一眼，否则就真和闻定山的冷血没什么两样了。

一旦确定他好转，她马上就会离开这里。

不知道是不是因为踹了某个倒霉鬼的原因，闻清觉得今天的路况出奇地好，车子很快就到了新安医院门口。

她给闻定山的助手去了个电话问病房号，孰料那人坚持要亲自下来帮她拿行李。

来的人是闻定山的司机兼左右手，人人都喊他阿铭，闻清以前也见过他好几次。

阿铭十分懂得察言观色，瞟见她脚边半大不小的行李箱，嘴角微微抽搐了下，踟蹰良久，嗫嚅道："清姐，闻叔这次病得挺严重的，你……"

闻清看了他一眼。

阿铭咬咬牙还是将话一口气说完："你别和他吵，有什么还请稍微忍耐着点。"

这话说得她像什么洪水猛兽似的。闻清总算知道这小子下楼接她的目的了，不由得在心里大大地翻了个白眼，从善如流地点点头："我尽力吧。"

阿铭显然被她不以为意的态度给噎了下："他动手术时你也没在跟前，权当是——"

"是什么？"

阿铭自然也知道闻定山干的那些混账事，一时语塞，干脆闷头提了行李就往住院部走。

闻清在原地沉默了几秒，这才抬脚跟了上去。

电梯里依旧无人说话，阿铭始终目视前方没敢盯着这位大小姐看，虽然他嘴里喊她清姐，可闻清其实年纪比他还要小两岁，但她一直给人的感觉都很强势跋扈。说得好听是强势，难听点，大概可以用"剽悍"来形容。

阿铭其实是有点怕她的。

两人一路到了住院部四楼，还没走近就远远瞧见几个护士打扮的人匆匆忙忙跑进了一间病房。阿铭的脸色微微变了，回头冲她紧张道："是闻叔！"

闻清愣了下，眼睁睁地看着阿铭快步跑了过去，她自己反而像是被定住了，半晌都动弹不得。

这种场面她不是没见过，乔梦婕后期在医院治疗时，也是这样一群医生护士往里跑。再后来、再后来主治医生就告诉她该有个心理准备……

想到母亲，她刚刚泛起一丝涟漪的神色瞬间淡了些。

闻清没进病房，反而是站在门口倚靠着墙壁。里边乌泱泱挤满了一堆护士，隔着人群也依旧能清晰地听到闻定山的声音传出来，中气十足："你们护士长呢？我今天必须投诉这个人，这就是你们护士对待病人该有的态度？"

闻清忍不住皱了皱眉头，原来不是病情有变，而是有人又开始作了。

只听到一个唯唯诺诺的声音传过来："闻先生，廖医生说了你不能出院，你这样我们很为难的。"

"为难什么？我自己的身体我清楚！廖医生呢？让我自己和他说。"

"闻先生你冷静点，廖医生已经在路上了。"

"不行，我今天必须出院！阿铭你去替我办出院手续。"

显然，护士们的劝阻半点用也没有，阿铭的声音也夹杂在里边。

"闻叔！不是说好了事情我去办，你安心养病吗？"

闻定山又说了什么闻清没听清，她只知道这人还是老样子一点也没变，他身上那股子资本家的味道根本没因为破产而变得柔和，到哪里都只会颐指气使、呼来喝去。

而且听这声音，哪有之前阿铭说的那么严重！

里边的闹剧还在继续，叽叽喳喳的声音搅得人脑袋疼，没过多久阿铭就重新从病房里跑了出来。

闻清靠在墙壁上，面无表情地看着他。

阿铭犹豫了下，还是开了口："清姐，公司里出了点事，这事情很重要，现在闻叔铁了心要自己去解决。你进去劝劝他，他现在还不能出院啊。"

"我劝也没用。"

这倒不是闻清在欺骗阿铭，先不说他们父女俩现在的关系差到了极点，就是关系好的那几年，闻定山生意上的事也从来不会听她的。

可阿铭坚持说："你不试试怎么知道？你来之前闻叔可是天天念叨你的。"

"这么说，他身体很好啊。"闻清平静地点点头，"那我就放心了，我走了。"

"啊？"阿铭简直被她淡漠的态度给惊住了，"你——"

也不知道是哪来的勇气，阿铭忽然一把抓住了闻清的胳膊。闻清皱起眉头："你做什么？"

阿铭结巴道："清姐，你还是进去劝劝吧，怎么说也是父女俩，哪有来了连面都不见的道理？"

闻清难得沉默了下，最后说："这种时候谁劝也没用，你知道钱对他的诱惑有多大。"

阿铭张着嘴巴半天说不出话来，他嘴巴本就笨拙，面对闻清又有些怵，但还是固执地没放开手上的动作："那你进去看看他好吗？"

闻清依旧紧拧眉心，站在原地没有动，但只有她自己知道，她手心里全是汗。

原来面对这个她信赖了二十六年的至亲，她远没有自己想象的那般冷漠。

闻清另一只手下意识地去包里摸烟盒，阿铭像是也看出了什么，无声地将手松开了。

闻清刚拿了支烟含进嘴里，烟忽然就被人给抽走了。原本心底那阵烦躁感更强烈了，强烈到让她忍不住想骂人：“你有病……”

“医院不能抽烟。”与此同时，低沉的男音冷冷地提醒她一句，闻清盯着那双似笑非笑的眼睛，竟一时说不出话来。

还真是活见鬼了，闻清有点崩溃。

虽然声音的主人戴着口罩，她看不清他的面容，只能依据他的打扮判定对方是个医生，但这眼神她可一点也不陌生……可她和这个人品世界第一烂的烂人到底是怎样的缘分啊？

而且这第三次见面，是不是也来得太快了点？

廖敬清也万万没想到这么快就能再碰上这女人，看着她的表情由愠怒变成惊愕，他眼底的情绪越发深邃。

再看了眼她身边的阿铭，他忽然觉得这事变得有意思了。

闻清迎着那人的视线，也有种不好的预感。

那人目光幽深地看了她一眼，隔着口罩传来一声低沉的哼笑，那声笑绝对是从胸腔深处发出来的，有点冷笑的意思。

“这不让抽烟。”他又低声重复了一遍，语调看似温和，可闻清知道他是故意的。

阿铭急忙道歉：“不好意思啊廖医生。”

闻清亲眼看着男人白皙的手指将那支女士香烟一点点折断了，断得渣都不剩只剩一堆烟丝，最后轻巧地被扔进了旁边的垃圾桶里。

这整个过程他的视线都没离开过她的眼睛一秒钟，就好像此刻被他折断的不是那支细细长长的香烟，而是她本人一样。

闻清甚至有种感觉，那男人这一连串的动作都在向她传递一个意思：看我怎么收拾你。

“廖医生。”一旁的阿铭却仿佛看到了救世主，迅速抛弃闻清投靠了敌方，连眼神都变得格外热切，“你快进去看看闻叔吧。”

“有我在，放心。”廖敬清将手插回白大褂口袋里，瞬间像是变了个人似的，眉目间都如沐春风。

阿铭急忙拉着他往里走，廖敬清状似无意地回头看了眼闻清：“对了，这位是？”

阿铭这才想起来介绍：“哦，这是闻叔的女儿闻清。”

“既然是家属，那就一起进来吧。”廖敬清那双细长的眼眸微微眯了眯，眼底有意味不明的光一闪而过，“正好有些问题，我需要和闻小姐好好讨论一下。”

这下闻清总算是看出来了，这人人前道貌岸然，人后卑鄙无耻。

这是不是就是传说中的——医（衣）冠禽兽？

虽然刻意掩饰，闻清还是注意到了那人走路时步子有些不自然，估计是被她踹下车时伤到了脚？

看样子，这人是真打算和她算算账了。

闻清倒一点也不怕他报复，之前不确定他身份时可能还会稍有忌惮，现在知道他是医生就更没什么可怵的了。新安好歹也是兴城数一数二的私立医院，他还敢对病人家属怎么样不成？

只是她原本并不打算进去见闻定山的，知道他现在身体状况不错，她更没有再继续和他相处下去的必要。但现在她要是走了，倒显得她有些怕那人……

闻清正在迟疑，阿铭忽然又折了回来，一把拉起她的行李箱就往里走："清姐你愣什么呢，快进来。廖医生不是说还有事要和你商量！"

闻清："……"

就这样，闻清莫名其妙地被阿铭给拽进了病房里。

"闻先生今天状态很好啊。"廖敬清一句话就成功让病房里所有人都噤了声，包括之前一脸怒容的闻定山也安静下来。

几个小护士也马上露出一脸得救的神情："廖医生！"

廖敬清冲她们微微颔首，眼底带笑，那副绅士儒雅的模样立刻逗得姑娘们心花怒放。

闻清在后面看得直想竖中指，果然是只到处拈花惹草的货！这种败类到底是怎么混进医生这么神圣纯洁的队伍里的？

廖敬清和闻定山说话时也是一副好言好语的样子："既然状态这么好，心情也应该很好才对，怎么还和她们一群小姑娘生起气来了？"

闻定山的视线原本一直胶着在闻清身上，这会儿也明显被顺了毛，再看向对方时和颜悦色了许多："廖医生，我有要事必须出院，或者你签个字给我一天时间？我晚上肯定准时回来。"

廖敬清点点头："有应酬？"

"……"闻定山不说话了，心虚的样子十分明显。

廖敬清又道："如果你能保证不喝酒，我就签这个字，我们之间达成一个协议，彼此信任怎么样？"

闻清听得想笑。就闻定山的个性，廖敬清居然会相信他的保证？！而且闻定山肯定会先答应下来再说。

然而令人意外的是，闻定山嘴唇动了动，最后叹气道："廖医生，应酬哪有不喝酒的道理，你这样不是让我为难吗？"

"那我让你出去，不是明显和自己过不去？"廖敬清拉了把椅子在他病床边坐下，默了默，再开口时语态严苛：“闻先生，以你现在的身体状况和年龄，如果再继续喝酒，下次进了手术室恐怕就很难再出来了。”

闻定山瞪直了眼，半晌才嗫嚅道：“身体固然重要，可有些事……”

其实今天的饭局是为了招待万鑫银行的陈总，自从公司出问题之后，那些称兄道弟的所谓朋友都找各种借口避而不见。这个陈总是他花了不少工夫才约到的，如果顺利，说不定能贷款帮公司渡过难关。

这么重要的时刻，他当然得亲自去一趟才安心。

“情况我已经跟你说明了，闻先生这么聪明，又怎么会不知道留得青山在的道理？”廖敬清拍了拍他肩膀，忽然余光瞄了眼闻清的方向。

闻清正好留意到他的视线，微微皱了皱眉头，不好的预感油然而生。

果然，廖敬清很快就看似不经意地建议：“这种事，其实也可以找你信任的人代劳，我想心意到了，对方总能理解的。”

原来在这儿等着她呢！

闻清嘴角微微弯了弯，要笑不笑地看了眼闻定山。

闻定山也偷偷瞄了闻清一眼。

“刚才阿铭说这位小姐是你女儿，虽然让女孩子去应酬是有些不合适，但现在您喝不了酒，这应酬似乎又很重要，让子女代劳应该也不为过。”廖敬清继续“好心”给出解决方案。

这话说得闻清要是不去就显得太不孝顺了。

闻清一直站着一动不动，表情也极度漠然，仿佛此刻被架到道德高度的人不是她似的。

僵持久了，几个小护士按捺不住开始窃窃私语，闻定山的脸色也渐渐变得铁青起来。

他自然是对闻清开不了那个口的，可看着女儿这副不为所动的样子，到底还是气闷，把心一横道：“不用，我自己去！”

眼见着他掀了被子就要下床，廖敬清也不伸手去拦，只是若有所思地看了眼局外人似的闻清，也不知道在想些什么。

气氛变得诡异，最后还是阿铭站出来解围：“闻叔，还是我去吧。”

“……”

虽然最后廖敬清的诡计没得逞，可闻清在所有护士心目中已经落了个不孝顺的名声。而且关键是阿铭这一走，闻定山身边势必得有个人照看着，阿铭临走前千叮万嘱，让闻清一定要等他回来。

所以在接下来的几个小时里，闻清得一直和闻定山保持面对面的模式。

廖敬清这一招还真是一箭三雕，无论闻清进或退都落不到半点好。

她坐在一旁的扶手椅里玩手机，心里已经把那个姓廖的骂了好几遍。

闻定山正在打点滴，父女俩全程零交流，病房里一时安静得有些过了头。他看了女儿好几眼，清了清嗓子，还是主动搭话道："你一个人来的，沈逸没陪你一起？"

显然闻定山并不知道自己开了个不好的话头，也不知道这是哪壶不开提哪壶，所以闻清没理他的话，让他既尴尬又有些恼，只得拔高了音量道："你这什么态度？"

"比起我妈生病时你对她的态度，我自认态度已经很好了。"闻清掀起眼帘看了他一眼，"我可没扔下你一个人走掉。"

闻定山终究是心虚，想起这些事，面上露出几分愧疚的神情来——他当时真是鬼迷了心窍，现在这样其实也是活该。

闻清和他大眼瞪小眼，这时候才看到他两鬓斑白的头发，上次闻定山回去的时候可还是意气风发的样子。

她抿了抿唇，低下头继续摆弄手机。

闻定山像是打定了主意要和她说这些事一样，继续说道："其实我很后悔。"

他的话还没说完，闻清便开口打断他："这些话你还是留着对我妈说吧，你对不起的人是她。还有，你后悔是因为那女人骗了你的钱跑掉吧？如果没这事，你真的会后悔？"

闻定山不可思议地看着闻清，半晌都说不出话来，他万万没想到自己在女儿心目中已经成了这样的形象。

两人谁也没再开口说话，直到一个小时后，有护士从门口探进身来："406室，拿药。"

闻清站起身准备去接医药单，谁知手指快要碰到那张纸的时候，护士忽然手一滑，单子轻飘飘地就滑落在了地板上。

闻清挑眉看了眼对方。

小护士长得眉清目秀，可眼底却带了些得意的神色："啊，不好意思，今天太忙了，手有点麻。我还要通知其他病人，麻烦闻小姐你自己捡一下吧。"

她说完就推着小车走了，闻清站在原地笑了一声。

看来那位廖医生带来的麻烦比她想象的还要多啊。

果然和闻清预料的差不多，缴费拿药时她都受到了不同程度的刁难，她甚至听到有人在护士站光明正大地议论自己。

"前阵子打电话通知家属，她怎么都不肯来，这就看出来多没良心了。"

"我当然知道，电话就是我打的，你都不知道她在电话里有多凶。"听出来这位颇有怨气，显然是被闻清之前的态度给激到了。

“唉，虽然闻先生脾气很差，可到底是父母呀。”

“就是就是，你看她那样子，长得就很凶啊。”

“借电话用一下。”这一句是闻清说的。

见她突然出现，几个护士急忙闭了嘴。其中一个年纪大点的护士对她抬了抬下巴，示意她随便用。

闻清拿起听筒，刚想按数字键的时候停顿了下，然后抬头对几人说：“对了，你们主任办公室电话多少？”

众护士：“……”

闻清微笑着将听筒从左手换到右手：“或者告诉我投诉电话多少也行。”

所有人都瞠目结舌地看着闻清。那个年纪大点的护士总算回过神来，讪笑道：“对不起啊闻小姐，她们只是在开玩笑。”

闻清将听筒放回原位，面无表情地看着几个人：“玩笑过了头就不叫玩笑，那叫是非，人长嘴巴可不是用来说是非的。”

“是是，以后我们一定注意。”

几个年轻的护士看起来还有些不乐意，最后被那个年纪稍长的给压了下去。

闻清倒也并没有真的要投诉她们，只是做出适当的警告而已。她问其中那个护士道：“廖医生的办公室在哪儿？”

对方愣了一愣，随后才回过神来：“哦，二楼左手边，第三间就是，不过他现在可能在开会。”

“没关系，我等他好了。”闻清说完便双手插兜离开了，剩下一群护士面面相觑。

开完了会，廖敬清拿着资料正往办公室走，钟浩然走过来一把钩住他脖子，挑着眉暧昧地笑了笑：“听说你的脚受伤了？”

廖敬清睨了他的手一眼。钟浩然呵呵笑着将手收了回去，可眼里的八卦之火依旧熊熊燃烧着：“给师兄说说，怎么伤的？”

“你不是都知道了？”廖敬清淡淡地开口，目光一直直视前方，“小周没告诉你？”

早知道小周那个大嘴巴不严实，偏偏上午被那女人踹下车之后扭伤了脚，最后只能去急诊室那边找小周做了简单处理。想到这会儿大伙儿都在议论他被女人踹的事，他的额角就控制不住地乱跳。

钟浩然一个没忍住大笑出声：“还真是被女人从车上踹下来的？我早就说过，你这辈子的桃花太多，早晚变成桃花劫。”

谁是谁的劫还不一定呢，廖敬清想起今天被他小小教训了的某个女人，嘴角微微勾了勾。

两人一路走到办公室门口，可钟浩然仍旧像尾巴似的跟着。廖敬清蹙眉瞥了他一眼："你老跟着我干什么？"

钟浩然虚握着拳轻轻咳了一声："那个，要不要我给你出个招儿挡桃花劫？"

廖敬清明白了，站在门口嗤笑道："又拉我去相亲？你老这么卖我有意思？"

"怎么是卖呢？我是关心你啊。为你的个人问题我真是操碎了心，不是说了你今年有桃花劫吗？"

看着钟浩然一脸正经的样子，廖敬清简直不想刺激他："你一个医生在这儿宣传封建迷信，要脸吗？"

"怎么不要脸了？你二十七高龄了连个女朋友都没交过，老实说，你是不是有病？"

"你有药？"廖敬清真要被这个师兄给气笑了，扯了扯领带，顺手推开了办公室门。

"当然，我是哪一科的你还不知道？"钟浩然跟在他身后也进了办公室，嘴巴里喋喋不休，"真的，那方面有问题还是尽早治疗比较好，我帮你联系联系，尽快做个检查。你说你之前怎么不说呢？和我还有什么不好意思的，男人那方面有问题老憋着，很容易造成心理疾……"

钟浩然的话还没说完，就发现廖敬清站在自己身前没动，顺着他的目光看过去，一眼就瞧见有个姑娘正跷着腿坐在他办公桌后的椅子里。

而此刻那姑娘的表情，真个叫一言难尽。

意识到自己刚才说了些什么，钟浩然立刻捂住了嘴。

这种事，事关男人尊严，决计是不能让第三个人知道的，尤其面前的还是个长得不错的女人。

然而钟浩然的脑袋很快又转到了奇怪的地方——看这女人如此随意自然的姿态，难道是这小子新交的女朋友？

难怪刚才一脸不希望他跟进办公室的样子……

有猫腻啊。

钟浩然马上忘了自己坑友的事，好奇地用胳膊肘撞了撞面前的人："嘿，这是谁啊？"

廖敬清看了眼对着自己笑得满含深意的女人，对身后的人吐出两个字："灾星。"

钟浩然："……"

可不就是灾星吗？每次出现准没好事！

廖敬清直接开了办公室门把损友给推了出去，随后淡然地拉开椅子往闻清对面一坐，手里的资料也工工整整地放在了办公桌上："找我有事？"

"本来的确有点事。"闻清把腿收了回去，靠在皮椅里摇晃着椅背，一脸要笑不笑的样子，“不过现在没事了。”

廖敬清和她对视着，脸上看不出喜怒。

闻清忽然俯过身去，双手交叠放在桌面上，笑眯眯地说：“你说我要是从别人那受了气，是不是也该还回去呀？”

廖敬清看了她一会儿，扯起唇角笑了一笑：“是该还回去。”

闻清点点头：“我也这么觉得。”

廖敬清忽然也俯过身去，两人之间隔着一张书桌的距离。他盯着她的眼睛，慢慢地说：“所以你打算造谣中伤我？”

“干吗说得那么难听？”闻清冲他眨了眨眼睛，“只是无意间听到你和朋友谈话而已，算是陈述事实吧。你之前刻意引导别人中伤我的行为那么高明，我也不能太低级才是啊。”

廖敬清像是愣了下，看着闻清的眼神有点莫名其妙。

“不过我这个人嘴巴虽然坏，该有的底线还是有的。”闻清忽然说，“毕竟难言之隐这种事，说出去多伤人哪。”

尾音落下，闻清清楚地看到廖敬清额头上的青筋狠狠跳动了两下。

这大概是两人四次交锋以来，廖敬清表情管理最失败的一次了，看来男人真的很在意面子问题啊。

闻清脸上的笑意更深了些：“只要廖医生以后收敛一点，这种事肯定不会不小心泄露出去，心情好的话，我一般不会乱讲话。”

“你在威胁我？”廖敬清一直没什么大反应，但目光清冷的样子还是足以看出来他在隐忍怒气。

闻清道：“你看你，又多想了，这明明是建议。我这人就是心善，要是换了有些人，医院里恐怕早就传遍了。”

“有些人？”廖敬清冷笑着，“闻小姐这是在指桑骂槐？”

“啊，原来廖医生也是那种喜欢背后放冷箭的小人吗？”闻清说完故意掩了掩嘴巴，做出一副说错话的模样，“要是这样，我就更要给廖医生建议建议了。人品问题可能没法治，不过不要伤心，你朋友说得对，还是抓紧时间治疗能治的问题吧。”

话里的字字句句都刺激着廖敬清的神经，偏偏他这会儿没法证明自己的清白，眼下要是开口解释倒像是在狡辩。

现在看起来，这个哑巴亏他无论如何都吃定了，除非——

廖敬清沉脸坐在那里，闻清说完已经站起身来，一脸志得意满的样子。她从廖敬清身边经过，忽然视线下移，就像那天他在火车上逗弄她似的吹了声口哨。

廖敬清：“……”

“这种事情可千万不能拖啊，万一最后拖得跟人品一样差劲，那可就身无长物、一无是处了。”

最后八个字终于成功让廖敬清有了反应，他坐姿未变，只是手臂一伸就将闻清给拽了过来。

闻清哪里会想到他忽然来这样一招，毫无防备地跌进了他怀里，姿势真是怎么看怎么暧昧。

距离变得如此亲昵，闻清这才发现这人身上硬邦邦的，似乎哪里都是紧实的肌肉，尤其是她坐着的那双长腿和牢牢箍在她腰间的胳膊。

这样看，这男人平时一定非常热爱健身才对。

她忽然想起中午在出租车上那一幕，如果当时他反过身来要推自己下车，似乎也是轻而易举就能做到的……但他没有那样做，应该是没想到吧？毕竟当时是他先去开的车门，肯定也是打定主意先推她下车的！

总不至于是担心伤到她吧？

闻清一闪神的工夫，蓦地发现那人的鼻息异常清晰，温热的气息有一下没一下地掠过她的脸颊。

他和她的脸居然只有很危险的一小段距离！

闻清瞠目看了他几秒，马上怒了：“放手！”

“不是说我那方面有问题？”廖敬清微微低头睨着她的眼睛，声音低而醇厚，“那还怕什么？”

闻清嗤道：“你哪只眼睛看出来姐姐我在怕了？我是恶心好吗？”

廖敬清这会儿也不生气了，嘴角微微倾斜，像是来了点恶作剧的心思：“反正在你心里我人品也有问题，我看起来会那么乖乖听话？”

“……”闻清一时竟被他说得无言以对。

廖敬清没什么出格的举动，只是离她非常近，近到闻清能从他黑沉的眸子里看清自己的样子。

闻清虽然嘴巴厉害，可到底还是女生脸皮子薄，她很快就觉得耳根发烫。就在她准备破口大骂的时候，忽然发现廖敬清的五官离自己越来越近。

闻清挣扎了几次，但她力道显然没有对方大，而且对方速度太快，哪里会像电视剧里一帧一帧地被放慢，一切在几秒之间就发生了。

她下意识地紧闭双眼，可几秒之后就意识到被耍了。

以为的亲吻轻薄都没发生。廖敬清侧着脸，埋在她耳侧哧哧地笑，那笑声十分欠扁：“很紧张？我只是想告诉你，就算我某方面真的有问题，也有其他办法可以代替……”

“下流！”闻清只能咬牙骂出这么两个字来，比无耻她的确是比不过他。

两人僵持不下，正好门口传来一阵敲门声：“廖医生？”

廖敬清听出来是之前帮他处理扭伤的小周，手臂渐渐松了力道。孰料他这边才刚刚松了手，闻清忽然迅速抓起他刚才放在办公桌上的文件夹，用力朝他脸上拍了过去。

廖敬清："……"

隔天医院里再度传开，继廖医生被女人踹下车扭伤了脚之后的又一爆炸新闻：廖医生被女人揍到流鼻血了。

当然，大家好奇归好奇，这事没人敢真的向廖敬清求证，除了一向神经大条的钟浩然，不过廖敬清没搭理他。

回想昨天的事，廖敬清自己也觉得荒唐，大概还是男人那点自尊心受挫，于是下意识想反击。

早上查房时两人又碰了面，闻清坐在沙发里看杂志，而廖敬清目不斜视地和闻定山交谈，整个过程异常和谐，好像这之前两人压根就不认识。

廖敬清查完房拿着病历往外走，身后两个护士的谈话吸引了他。虽然两人刻意压低了声音，但他稍微一听还是听出了大概。

"看见没，对她爸的病情一点都不关心，刚才廖医生说什么她都没听，一直在看那本八卦杂志。"

"你看她昨天那么厉害就知道了啊，还说要投诉我们。"

"没事，别做得太明显就成，对于这种不孝顺老人的就该给她点苦头尝尝。"

廖敬清把钢笔放进白大褂口袋里，只是露在口罩外的眼睛眸色微微沉了沉。

阿铭昨天果然被灌得大醉，今天早上过来的时候脸都是浮肿的，刚才查房时廖敬清见了给他推荐了一种解酒药，让他以后记得常备。等人一走，阿铭止不住地开始夸赞起对方来："廖医生人真好真热心，上次我生病还特意给我捎了感冒药。"

闻清翻了个白眼。

阿铭又说："这么好的人，听说昨天还被人给弄得受了伤，那人缺不缺德啊。"

闻清："……"

"正好我给闻叔煲了汤，给他也送一碗过去。"阿铭马上从保温桶里倒了碗汤出来，看样子还真打算去给廖敬清送。

闻清无语地摇了摇头，可阿铭忽然对她说："清姐，不如你送过去吧。"

"为什么？"闻清更不想搭理那人。今天她一直防着对方再出什么阴招，可一早上廖敬清都没什么特别反应，谁知道是不是又在酝酿什么诡计。

她才不会傻乎乎地主动送上门去！

阿铭一脸惊讶地说："怎么说他也是闻叔的主治医生，你和他熟悉一下是应该的。再说了，我这不是胃不舒服吗？"

他说着马上做出一脸扭曲的样子。闻清对他浮夸的演技表示鄙夷，可最后还是抵不过阿铭的软磨硬泡，不情愿地端着碗走了出去。

反正那人也还没走远，喝个汤也没几分钟。

闻清端着碗刚走出病房，就看见廖敬清在和一个护士说话。她认得对方，那护士不就是昨天在护士站说她坏话的其中一个吗？好像是护士长来着。

闻清迎着两人走过去，可她还没走近，听到廖敬清的话就愣住了。

两人像是在闲聊，廖敬清说话的声调也一直很平稳，但足够闻清将每个字都听清楚。他说："听说门诊那边的刘姐出事了，张姐你也得注意啊。"

被称作张姐的护士长微微一愣："怎么了？"

廖敬清愕然道："你不知道？刘姐那事本来也不是她的错，都是底下的人懒散闯了祸，还得罪了家属被投诉。今年咱们医院刚换了领导层，对医护人员的态度问题抓得很紧，都实行连坐了。"

张姐的表情有一瞬的不自然，讪笑着捋了捋鬓角的头发："是吗？刘姐马上就要退休了，应该不会有太大影响吧。"

"谁知道呢。"廖敬清淡淡地笑了笑，眼底有深邃的光一闪而过，"现在正在风头上，难保上边不会抓几个典型。"

张姐的脸色白了一白，嘴上还在硬撑："可这和我有什么关系？"

廖敬清俯下身，特意压低嗓音道："张姐和我认识这么久了，我当然要多嘴提醒你一句，你向来尽职尽责，可还是要管好手下那些人，万一一个不小心，你被她们牵连了……"

张姐咬了咬嘴唇，又抬眸看了眼廖敬清。

她总觉得哪里怪怪的，但看着廖敬清眼底露出的温和笑意又一时说不上来，只得严肃地点头道："我会让她们注意的。"

廖敬清脸上的笑意更浓，忽然从手中的病历夹里拿出个东西来："听说张姐的儿子今年就要高考了，这是我之前给我弟办的新世界书城的购书卡，放在家里也没用过，你拿去用吧。"

张姐瞬间眉开眼笑，却又有些不好意思收，推拒道："这怎么行？"

"你也知道我弟现在的情况。"廖敬清嘴角勾了勾，将卡递到她手中，"还是给需要的人比较好。"

张姐看着廖敬清，暗暗松了口气。

刚才廖医生忽然找她闲聊，她还以为是这两天那群小丫头片子为难闻小姐的事漏了风声，被对方抓了把柄，可现在这么看，廖医生似乎真的是在好心提醒她？

"那，我就不客气了。"张姐还是伸手接了过来，末了又忍不住说："廖医生，那你弟弟他现在……"

廖敬清原本略带浅笑的眼眸微微一凛，张姐立刻被他的眼神骇到。

那感觉，仿佛刚才那个温和的廖医生只是戴了张面具似的。

等张姐再仔细看过去，廖敬清嘴角又带了点向上的弧度，语气也一如既往的和善：“嗯，你也听说了，还是老样子。”

“哦。”张姐点了点头，忽然就不敢再多问了，结巴道：“那、那你也别太操心了。”

张姐拿着购书卡走了，廖敬清站在原地却并没有马上离开。他将口罩又戴上之后，才徐徐转过身来，目光直直地投射到闻清身上。

“原来闻小姐还有偷窥的癖好。”

闻清没想到廖敬清早就发现了自己，短暂的愣怔之后，还是大大方方地走了过去。

两人面对面站在走廊一侧，周围偶尔有病人和护士经过，大概都觉得两人间气场诡异，好几次都有人朝这边好奇张望。

闻清打量了面前的人几秒钟，终于说：“我被护士为难的事，和你有关吗？”

廖敬清也坦白承认：“虽然我无法操控别人的想法，但认真说起来，算是有间接关系。”当时他确实有恶作剧的本意，但万万没料到护士们私底下会有其他小动作。

听到和自己猜测的差不多，闻清眼底迅速露出了几分鄙夷来。

这男人还真是一再在她心里刷新下限啊。

廖敬清倒是一直很平静，只微微俯下身直视她的眼睛：“不过闻小姐难道不需要自我反省下，为什么会有人为难你？你对你父亲的态度的确有问题。”

闻清和他四目相对，在某一瞬间，廖敬清似乎在她眼里看到了不一样的东西，类似于……软弱？

可这么强势的女人，也会有这样的情绪？

“你在教我怎么做人？”果不其然，这个女人再开口就是从鼻间溢出一声冷笑，“可是廖医生的人品，似乎也没比我好到哪里去。”

果然是狗咬吕洞宾，廖敬清意识到和这个女人根本没道理可讲。

他慢慢地直起身来，说出的话也丝毫不留情面：“的确，像闻小姐这样有想法的人，应该不需要别人教你做任何事。不过女人太强势可不是件好事情，很容易不招男人喜欢，希望闻小姐的男朋友懂得欣赏你才好。”

闻清端在手里的汤碗忽然倾斜了下，汤汁洒了她一手。

廖敬清觉察到她眉心一蹙，大概是汤还没完全凉，可下一秒那女人忽然端起面前的汤碗一口气喝了个精光。

廖敬清：“……”

闻清喝完之后，额头上都是细汗，却倔强地冲他微微抬了抬下巴，说：“廖医生是不是以为，这个世界除了恨就只能剩下爱了？那你的世界还真是简单。”

廖敬清微一蹙眉，刚想说点什么，闻清已经转过身快步离开了。他盯着那女人渐行渐远的背影，神色晦暗不明。

“清姐怎么样？廖医生喝了吗？”闻清刚回到病房，阿铭迎上来就是这么一句。

听到那个烂人的名字，闻清一阵烦躁，可看着阿铭期待的样子，只好含糊道：“嗯，喝了。”

“真的？”阿铭按捺不住又追问，“他说好喝吗？”

“我就负责带到，难道还要管售后服务？”她眼睛一瞪，阿铭立刻就闭嘴了。

闻清不再理他，将碗放在桌子上，随后拿了刚才那本杂志坐回沙发里，可心思一点也没在上面的文字上。

其实她从来都不介意自己在别人眼中是怎样的人，因为不管做得多好，总有人会用异样的眼光看待你。可或许在闻定山这件事上她本来就是茫然的。

那是她的父亲，前二十五年她都深深爱着的男人，可后来忽然发现他背弃了家庭背弃了她和母亲。而且在母亲去世的时候，他做了更加让她心寒的事……

就在她狠心决定不再原谅他的时候，他忽然就垮了，甚至在生死线上徘徊。

她该怎么做？

恨，或者爱，她都觉得没法面对。

闻清在这件事上其实一直是无措的，所以廖敬清的指责让她忍不住会怀疑自己。这感觉很糟糕，她非常不喜欢这种自我怀疑的滋味。

更何况他还提到了沈逸。

闻清想得有些出神，她翻了页杂志，忽然发现病房里异常安静，抬头环视了一眼，闻定山和阿铭居然都表情古怪地看着她。

闻清问：“怎么了？”

阿铭急忙转过脸去，眨了眨眼睛没吭声。

还是闻定山开了口：“那个，杂志上说的是真的？”

闻清低头看杂志，这才发现上面居然有沈逸的照片。

她再看了眼上面的标题，原来是关于那个纪录片延迟拍摄的报道，上面还爆料了原因是她和沈逸关系闹僵、沈逸劈腿她好友。

大概是她刚才出去以后，闻定山看了这则报道。

也好，省了她亲口说了。

闻清直接承认：“对，我们分手了。”

闻定山看她的眼神瞬间变得格外复杂：“他劈腿也是真的？”

“嗯。”闻清淡定地翻过一页。

闻定山忽然气得狠狠拍了下床垫：“你怎么不早说，就由着他们这对狗男女这么欺负你？”

闻清合起杂志，默了默才抬头看向他：“狗男女？”

闻定山的表情变得僵硬起来，看着女儿眼中的嘲弄竟无法反驳，一时所有话都堵在了喉咙里。

看他那副样子，闻清很快低下了头，只说：“不过是提早发现是个错的人而已，有什么好生气的。”

阿铭突然咕哝道：“可这事也太不巧了，昨晚和陈总谈崩了，本来还想和逸哥那边——”

“阿铭！”

“和他什么？”

父女俩几乎同时开口，阿铭吓得一下子噤了声。

“清姐你也别太敏感了，闻叔之前是有那想法，不过后来看了杂志以后特别生气，恨不得宰了沈逸那臭小子，哪还会想跟他合作啊。”晚上阿铭送闻清去酒店的路上，想了想还是替闻定山打圆场。

闻清一路都不说话，听到这儿忽然接了句：“刚才在医院不是叫逸哥吗？”

阿铭被堵得半天说不出话。

闻清沉默片刻，还是问了一句：“公司现在的情况真的很糟？”

一听她这话，阿铭立时点头如捣蒜：“你都不知道追债的人有多少，天天都有人打电话过来，这还是因为闻叔住院了，要是不住院，恐怕家门口都能排成队了。”

看着阿铭一脸期待的样子，闻清什么都没说。

阿铭见她又闭上眼睛靠在椅背，一时有些悻悻的。虽然知道是闻定山做错了事情，可眼下公司的确到了危急关头，他潜意识里很希望闻清能伸出援手。

可眼下这样子，闻清似乎是不想管闻定山了。

闻清只觉得胸口闷得透不过气，降下车窗，感受着车窗外灌进来的冷风，心口却依旧有些涩涩的。

在廖敬清的指责之后，她曾经有那么一秒钟怀疑过自己，她甚至想着是不是要对闻定山好一点。可看看，多可笑，她的父亲是全然不在乎她的。

之前被烫到的地方当时并不觉得痛，原来只是麻木了，此时竟火辣辣地提醒着她伤口的存在。

闻清睁开眼看着这个灯火通明的城市，第一次感受到了所谓孤独的滋味。

这个世界，她似乎总是孑然一身。

不知是有意还是无意，总之那天之后，闻定山就不在闻清面前提公司的事了。但不提不代表问题不存在，阿铭每天都得公司医院两头跑，回来时总是被晒得黑漆漆的还满头大汗。

有时闻清也能听到他们背着自己议论的声音，总之，情况越来越不乐观，多半都是在为钱的问题而发愁。

闻清打算等闻定山出院就离开的，他的身体已经开始好转，所以其他事她告诉自己不要多想。医院里的事，她倒是件件都亲力亲为。

有次闻定山因为肠胃不适忽然呕吐，病号服和被套都弄脏了，整个病房里都有股难闻的气味，可那个点护工去吃饭了，于是闻清就自己把房间打扫了，还把病号服洗干净了。

这事让看见的小护士都愣了，私下还悄悄议论了一番。

在医院当然还是会遇到廖敬清，那天之后他们谁也没再刻意针对谁，两人间的战争像是短暂性地熄火了。

不过闻清发现廖敬清的人缘真不是一般的好，医生也好护士也罢，那些未婚小姑娘个个都喜欢有事没事地往他办公室跑。

闻清去找他拿闻定山的报告，总会遇到小姑娘们用各种借口接近他。这不，刚打发走了给他送水果的，马上又有人来敲门。

"廖医生，我这有两张电影票，听钟医生说你一直挺想看的，要不要下班一起去？"

声音听起来脆生生的，闻清瞥了一眼，嗯，娇小可人，长得也挺水灵，和火车上那位正是同一款。

廖敬清正坐在办公桌后研究病例，听了这话抬头冲对方一笑："谢谢，不过晚上我有事。"

小护士一脸失望地嘟了嘟嘴："好吧，那下次吧。"

"最近可能都没时间，不好意思。"廖敬清一双黑眸亮而澄澈，像是虔诚无比，就连婉拒的姿态都做得十分漂亮。

小护士读懂了，有些尴尬地笑笑就退了出去。

闻清抬眸盯着对面的人瞧，正好被他捕捉到。廖敬清收起刚才的笑脸，若有所思地瞧着她："怎么了？"

"没什么。"闻清只是想起火车卫生间里那一幕，这人不是一直爱乱搞男女关系吗？这会儿怎么又……

脑子里想起了什么，她不由得扑哧一声笑出来。

廖敬清像是也猜到了，立刻黑了脸："你在脑补什么？"

闻清张了张嘴："你怎么总是对我的想法感兴趣，不会是看上我了吧？"

廖敬清双手交叠，撑着下颌打量她："我疯了吗？"

“我也觉得自己没那么倒霉会被你看上。”

廖敬清：“……”

“检查结果很好，是不是说明明天就可以出院了？”闻清把人气得青筋直跳之后，居然一本正经地问起了正事，眼神别提多无辜了。

廖敬清咬了咬牙，从牙缝中挤出个“是”字来。

闻清冲他颔首致谢：“这段时间辛苦廖医生了。”

她起身打算告辞，可想了想忽然又双手撑住桌沿，刻意压低了嗓门问：“廖医生，你刚才到底为什么拒绝那个小护士呀？”

“怎么，换你对我的想法感兴趣了？”他学着她的样子做出惊讶状，“不会是闻小姐你看上我了吧？”

知道她挖了坑等着自己跳呢，廖敬清当然不会如了她的愿。

“你看你总爱乱想。我是真的想和你和平共处啊。”

对此，廖敬清嗤笑一声算是回应。

闻清暗暗咋了咋舌：“那个，你难言之隐还没治好啊？要不要我给你介绍个靠谱点的医院？”

廖敬清忍了又忍，到底还是没忍住，蓦地从椅子里站起来狠狠盯着她，最后抬手用力指了指：“早晚把你那张嘴收拾得服服帖帖！”

廖敬清被那女人气得脑仁疼，亏得他前两天还在为自己那天的行为而别扭，担心语气太重伤了她。可现在看看，这女人简直是铜墙铁壁、刀枪不入才对！

第二天一早闻清就给姜钰去了电话，告诉姜钰自己这两天就打算回去。姜钰也没想到这么快，但听说闻定山身体恢复得很好就没再多说什么，只在通话快结束时，有些犹豫地告诉她：“那个，昨天有人来找过你。”

闻清一听就猜到了是谁，只是她不懂沈逸现在还来找她做什么。

“他问我你去了哪里，我没告诉他。”姜钰说完停顿了下，“他就是你之前说过的男朋友？”

闻清点了支烟，靠坐在医院走廊的长椅上，低低地嗯了一声。

姜钰叹道：“长得是挺帅的，不过那样子一看就很没安全感。”

“你是说我长得丑，配不上他？”

姜钰笑出声：“还有心情开玩笑，说明失恋后遗症过了？”

闻清想了下，刚开始知道沈逸和迟莉莉的事情时她的确挺难受的，但似乎也没觉得撕心裂肺。或许那时候有更让她无法接受的事情发生了，所以两害相较，她反而觉得失恋的感觉没那么痛。

“你反正记着别搭理他就行，下次他再去烦你，直接告他扰民。”

这么简单粗暴的事恐怕也只有闻清干得出来，姜钰简直哭笑不得：“行，我记住了。”

闻清本想再和姜钰多聊几句，余光忽然瞥见有几个男人流里流气地往护士站那边走。

几个人不知道问了护士些什么，最后大步流星地朝她的方向走了过来，不知道为什么，闻清的右眼皮一直跳个不停。

“有点事，我先挂了。”闻清说完将手机收好，盯着那几个男人的方向看。

几人从她身前经过，果然径直进了闻定山的病房。闻清眯了眯眼，将手中的烟弹进了一旁的垃圾桶里。

“闻老板，你怎么说也是咱们兴城排得上名号的企业家，就这么点钱也要赖，传出去不好听吧？”

有个穿着黑色半袖的粗犷男人，看起来像是几人中领头的，他拉了把椅子往闻定山病床前一坐，大剌剌地打量了眼病房里的环境：“还住高等病房啊。”

闻定山一直看着几个人，脸色有些不好看：“我的情况早就和徐老板说过了，他也说过会给我时间，你们这是什么意思？”

“这不已经给你时间了吗？都过去一星期了。”那人漫不经心地说着，完了才将视线落回闻定山身上，“闻老板你也是生意人，就别为难我们几个替人跑腿办事的了，兄弟几个大热天的来回跑也不容易。”

闻定山沉默着，最后吐出一句：“我给徐老板打电话——”

“哎，徐总出国了，他最近也一脑门官司呢，这事已经全权交给我们了。”那人说完抹了抹头发，“闻老板，这么安静的病房，闹出动静来不太合适吧？你还是体谅体谅我们，啊。”

闻定山活了这么大岁数，哪里受过这份气？他这辈子只有别人对他点头哈腰的时候，还没遇到过这么被人戳着脊梁骨要钱呢。

他一时气得半天说不上话，胸口也闷得一阵阵地喘不上气：“你们……好，再给我几天时间……”

“啧，怎么听不懂话呢，我们都来了难道今天还有空手回去的道理？”那人站起了身，忽然出脚把椅子给踹翻了，突如其来的砰的一声，惊得闻定山的脸色又铁青了几分。

那人往前走了两步，在闻定山病床前停住，俯下身说：“闻老板，你这身体也不好，我们也不想闹得动静太大，听说你女儿是挺出名的制片人，手里没钱不可能吧？”

“他欠你们多少？”闻清慢慢地走进病房。

见她出现，那人马上露出笑容：“早这么说不就完了，大家都是斯文人，干吗非逼我动手呢。”

闻清笑了笑没说话，只是用力攥了攥藏在背后的手机。

“廖医生，不好了，406室出事了。”

张姐过来喊廖敬清的时候，他正在午休，听了这话霍地坐起身，原本覆在脸上的书本哗地掉了下来，被他稳稳地接住了。

廖敬清皱了皱眉头：“怎么了？”

“我也不清楚啊，就是刚才听说来了几个人，挺凶的，闻小姐好像和他们起了争执。”张姐也是刚听手下几个人说的，具体情况还没摸清楚呢。

廖敬清闻言静了静，随后说：“找保安。”

“啊？”

廖敬清拿了书又躺回椅子里，张姐看他一副不为所动的样子，只得疑惑地带上了门——廖医生平时可不是这么冷漠的，更何况他对于病人的事平时也都格外上心啊。

门被合上没几秒，廖敬清忽然又猛地坐起身来，他将手里的书用力扔回到桌上，狠狠地吁了口气。

我上辈子一定是欠了那女人的！

几人一看就不是善茬，个个目露凶光，见闻清进来立刻就将她围住了。

闻清一米六多的个子，站在他们面前却半点都不怯场，她冷静地说：“既然你们连我的工作都查到了，那应该知道我和他现在的关系怎么样，我不可能替他还钱。”

黑色半袖男咧着嘴看她：“怎么说都是你爸，闻小姐不会那么狠心的。”

“那恐怕您要失望了。”

半袖男沉默着，目光一直在闻清身上打转。

闻清相信这伙人来之前一定将闻家这段时间发生的事查了个大概，所以，对于追债，其实他们心里也没谱。

果然，过了没几秒，那人的目光开始闪烁，可嘴上仍在说：“要是闻小姐你真不打算管闻老板了，怎么还会大老远地跑来兴城？”

闻清的余光瞥见闻定山，发现他也在直愣愣地盯着自己，像是也在期待她的答案。

她慢慢地从唇间吐出一句：“当然是最后的子女义务。”

闻定山的脸色变得有些灰败，整个人像是一瞬间蔫了似的，这句话无疑在他胸口狠狠捅了一刀。

但他知道，这全是自找的。

半袖男一直在观察父女俩的神色，见闻清这时候仍然不说话，一时也没了主意，只能对着闻定山放狠话：“你们父女俩谁来还跟我没关系，闻老板，你自己看着办吧。今天要是拿不出钱来，我就每天来你这儿陪你聊聊天。”

他说着狰狞一笑，抬腿踩上了刚才被他踢翻的椅子：“不过你这病，恐怕受不了几回气吧？”

闻定山怒道：“说了我会给的，再宽限几天。当初徐老板遇到难处的时候我也没少帮他！”

“这是你和他之间的事，我只负责拿钱。”

两人对峙着，闻定山被气得直咳嗽。闻清这时候终于说：“我可以帮他还一部分，但条件是你们以后不许再来闹事。”

半袖男听到有钱拿，脸色和缓了点，可还是嗤笑道：“你凭什么跟我讲条件？”

“他手里没钱你知道，你现在唯一的希望就只有我。”

半袖男眯着眼，静了静忽然往前迈了一大步，逼近闻清：“你一个女人，你觉得我会听你的？”

“你必须听我的。”闻清把手机往男人面前一放，屏幕上清清楚楚地出现了正在录像的字样。

那男人看清楚之后，反而不屑地大笑出声：“你觉得这玩意儿能威胁我？报警吗？你可以试试，看看警察管不管。”

这些人敢明目张胆地在医院里闹事，要是没点背景是不可能的，闻清当然也知道这一点。她微笑道：“可你别忘了我是做什么的，要是在电视上曝光这些事，说不定还会连累你后面的人，事情闹大了对谁都没好处。”

半袖男抿紧了唇，显然有些不忿。

闻清也懂见好就收：“今天我能给一部分钱，其他的等我再想办法。怎么选，在你。”

男人阴沉沉地盯着闻清，闻清手心里其实全是细汗，但这时候她只能撑着。闻定山的病受不了刺激，阿铭又不在，她除了自己之外倚靠不了谁。

“要是我都不选呢？”半袖男忽然猛地伸手过来就要夺她的手机。

闻清早防着他这一招，只是那男人一身的肌肉，力气可比她想象中大多了。闻清仓促间往后退，脚上的高跟鞋忽然狠狠崴了一下，这下子真是连老天都不帮她，她整个身子毫无预兆地就往后倒了下去。

然而后背却没栽倒在地砖上，意料中的疼痛也并没有发生，而是稳稳地跌进了……一个人怀里？

闻清猛地睁开眼，一眼就看到了廖敬清，他正微微垂着眼，一脸不耐烦地看着她。

以两人之前水火不容的架势，闻清以为对方会趁机揶揄她两句，可他看了她一会儿，只说了一句：“老实在边上待着。”

廖敬清揽着她的腰，慢慢将她扶起站好，然后便没再看她一眼。

半袖男瞧见廖敬清，脸上的表情稍稍收敛了点，但依旧一副痞痞的口气说："哟，医生啊，不过我劝你还是别管这闲事的好。"

"我也不想管啊。"廖敬清一脸无辜地将双手插进白大褂口袋里，"我那边忙得要命，可你们这边一直吵，已经严重影响我正常工作了。"随后他扫了眼刚才被踹开的椅子："哦，还破坏公物了。"

那人看了他一眼："你不会是想让我赔吧？"

"一把椅子而已，也没多少钱。"廖敬清懒洋洋地说完，忽然加深笑意，"只是你影响了别人休息，别人得有意见了。"

半袖男冷笑道："我倒想看看谁会有意见。"

廖敬清看他一脸蛮横，赞许地点点头："这么说，七叔你也不怕？"

"七……"半袖男高涨的情绪顿时萎靡了不少，将信将疑地打量起廖敬清来。

他没法将面前这个斯文的人和七叔联系在一起，但仔细想想，七叔他老人家确实心脏不太好。

廖敬清似乎也不打算多提，慢慢踱到他跟前，两人离得近了，声音忽然降了好几度："我要是你，就乖乖同意她的建议，这女人出了名的不孝顺，能答应还钱就不错了。"

半袖男愣了一愣。

廖敬清挑眉道："不信？你可以向护士们打听打听。"

半袖男思前想后，其实刚才闻清提议的时候他就已经动心了，能收回点钱总比没钱收要强得多，只是觉得刚才被个女人那么威胁没面子罢了。

毕竟只是帮人跑腿办事，万一事情真闹大了，最后倒霉的还是自己。

更何况眼前的人还认识七叔。

事情总算得到了暂时性解决，闻清拿了张卡给那个人，其实卡上并没有多少钱了，当初母亲住院时就已经将她的积蓄都花得差不多了。半袖男一听说上面的数字还有些不乐意，但最后看了看廖敬清，还是忍下了，只说一周后会再找闻清。

人一下子散光了，廖敬清看了眼闻清，径直走过去替闻定山做检查，刚才他进来时就发现他的脸色不对劲。

闻清也看了眼闻定山，他正在一脸复杂地盯着她。闻清不想猜测这复杂眼神背后的含义，一个人慢慢地增出了病房。

走廊上瞬间安静了不少，这个点大部分病患都在休息，偶尔有护士匆匆忙忙经过，目光都没在她身上驻足停留，就仿佛刚才那场闹剧不存在一样。

不知道过了多久，闻清的视野里出现了一双锃亮的黑色皮鞋，她慢慢地抬起头，和廖敬清视线相撞。

他站在她身前，居高临下地望着她。

两人均是一阵沉默。

随后，又几乎同时开了口。

“谢谢。”

“脚没事吗？”

“……”闻清有点惊讶，他居然发现她的脚扭到了！

廖敬清像是又皱了下眉头，然后在她面前蹲下身来。闻清来不及反应，他已经抓起她的脚查看起来。

闻清有点尴尬，挣扎着想收回脚：“不要紧。”

廖敬清一手用力握住了她的脚踝，眼都没抬一下：“好像我才是医生。”

闻清本想吐槽一句他的专业不在于此，可不知道为什么，话到嘴边还是咽了回去。

许是也觉得她太过反常，廖敬清忽然掀起眼帘睨了她一眼。

闻清被他这么近距离地打量，一时有些别扭，移开视线道：“怎么了？”

“这么乖？很疼？”

闻清：“……”

这人是把她当成了那群小姑娘吗？

廖敬清低着头，闻清的角度只能看到他高挺的鼻梁和线条柔软的嘴唇。她看了几眼就迅速移开了视线，心里默默地想，嗯，其实如果他嘴巴没那么讨厌的话，长得还不赖。

“需要处理一下。”廖敬清忽然站起身来。

闻清一怔：“不用那么麻烦，我待会……”

她的话还没说完，廖敬清已经打断了她：“你是女人，偶尔软一下没关系。”

闻清抿着嘴没说话。

廖敬清没再观察她的反应，而是长腿一迈胳膊一抻，俯身就过来将她捞进了怀里，可很快他就意识到闻清的脚肿得太厉害根本没法走，因为她刚迈出一步，脸色就白得吓人。

他低头瞧她，正好见她也微微扬起脸来。可触及他的目光，闻清马上挺了挺脊背，刻意将刚才那一丝疼痛给掩饰住了。

廖敬清忍不住叹了口气。

闻清也听到了，刚想问他怎么了，身子忽然一轻，她居然被廖敬清给打横抱了起来！

闻清瞪直了眼，全身僵硬得手都不知道该往哪里摆，只知道傻乎乎地瞪着他。

那男人嘴角再度露出意味不明的笑，却说：“清姐你走路也太慢了，还是用抱的比较快。”

闻清："……"

虽然在医院的时间不长，但闻清平时没少见廖敬清和其他小姑娘耍花腔，所以她知道抱一下对于廖敬清来说或许根本没什么。可她还是忍不住会怀疑——这人是不是在故意耍我?

但廖敬清看起来挺规矩，在办公室里给她上了药之后就去洗手了，然后还简单交代了注意事项。

闻清盯着他的背影看。

白大褂将他的身形勾勒得挺拔而修长，甚至有几分清瘦的味道。算上这次闻清已经和他有过三次间接性的肢体接触了，她知道这人白大褂下多有料。

他正在低头将手上的水珠擦干，像是觉察到了她的视线，头也不回地说："别想太多，我只是不希望自己的病人出事，也不希望闹出麻烦来主任找我谈话。"

"但还是要谢谢你。"闻清也不是不识好歹的人，这世界上哪有什么"应该"的情分，不管出于什么理由，廖敬清帮了她是事实。

或许她今天表现得真的太反常，廖敬清忍不住回头看她。

闻清也不回避他的打量，反倒问："那个七叔是什么人？"

廖敬清复又低下头去，仿若经历了一段漫长的时间，直到他将手里的湿巾扔进了垃圾桶，这才慢慢走回她面前："一个在兴城很厉害的人。"

这么一说闻清就懂了，哪里都有几个不可说的人物。

虽然她也有同样的疑问，奇怪廖敬清和这个七叔到底是什么关系，但廖敬清似乎不想说，而他们的关系也没好到可以问那么详尽的地步。

两人坐在那儿忽然没话可讲，平时针锋相对惯了，这么平心静气反倒容易冷场。

闻清想了想，又问："刚才你替他检查，没问题吧？"

廖敬清如今也习惯了闻清父女俩的相处模式，知道她口中的"他"是指谁，颔首道："没问题。"

"那今天可以顺利出院？"

廖敬清的视线落在她扭伤的脚踝处。

其实他有些搞不懂这女人了，看之前病房里那一幕，她似乎也不是完全不在意她父亲，可这会儿……宁愿拖着扭伤的脚也要出院?

闻清见他一直不说话，瞪了瞪眼："不能出吗？"

"明天吧。"廖敬清说，"今天闻先生受了刺激，再观察一晚。"

闻清愣了一愣，最后也只得说了声："好。"

两人再度沉默下来。

房间里很安静，空气中混杂着消毒水的气味，闻清很不喜欢这味道，这总让她回忆起母亲离世前那段日子。

廖敬清一直在无声地望着她，也不知道在想些什么，又好像在等她主动说话。

可闻清从来不是喜欢闲聊的人。

她撑着椅背慢慢站了起来："那我先回去了。"

"好。"廖敬清点点头，抱着胳膊怡然自得地倚靠在办公桌一角，甚至端了杯子慢慢喝起茶来。

这是一点帮忙的意思也没有了。

闻清起身自己走，虽然脚上依旧觉得酸软，但还是慢慢地一步步往外挪，可才走了几步冷汗就下来了。

她坚持走到办公室门口，开门的时候终于没忍住那阵钻心的疼，扭曲着脸停了下来，暗暗地倒抽了口气。

身后忽然传来一阵脚步声。等她再回头的时候，廖敬清的脸已经离她非常近了。

廖敬清看着她，有些无奈的样子："看来要清姐开口求人，真是比登天还难。"

闻清被他扶着，全身的重量都找到了支撑点，这会儿总算没那么疼了。可一听这话她也算明白了，这人之前就想等她主动服软呢。

她忍不住蹙眉看那人："有意思吗？"

"的确。"廖敬清皱了皱鼻尖，"你这人确实没什么意思。"

闻清："……"

"等着吧，我送你回去，都这样了还想去麻烦谁。"廖敬清忽然矮身重新将她抱回了原位，单手撑着她身旁的扶手冲她挤了挤眼睛，"正好我要出去一趟，好事做到底吧。"

闻清被他一连串的动作弄得有点蒙，随后蹙眉道："你旷工？"

廖敬清痞痞地笑了下，也不解释，转身换衣服去了。

刷的一声旁边的布帘被拉上了，但白色帘子并不厚实，一眼就能看到里面发生的情景。于是闻清就这么眼睁睁地看着那人一件件将衣服脱下，最后露出了线条紧实的剪影。

闻清："……"

闻清默默地移开视线，眨了眨眼睛，耳根却不知不觉红透了。

阿铭听说了中午发生的事，急忙赶了过来，看到闻清红肿的脚踝又气又急，一个劲地催促她回去休息。后来听说廖敬清要顺路送她，脸上的笑意更是挡不住："有廖医生送你我就更放心了，清姐你好好休息，这儿有我呢。"

闻清看了眼闻定山，闻定山一直欲言又止地偷瞄她，似乎想对她说什么。

其实哪怕他不开口，闻清也能从他眼里猜出一二，但她还是没给他机会说出口。

她本来只是看看闻定山的病情，可眼下却惹了一堆糟心事。她一想到眼下的窘状全是拜那小三所赐就气不打一处来。

“你旷工到底要去哪里？”两人一路到了住院部楼下，闻清还是忍不住追问。她侧过身看一旁的男人，可因为脚伤换了双平底鞋的缘故，这会儿余光一闪就看到了他裸露在衬衫外的锁骨和喉结。

闻清：“……”

“反正不会让你背锅就行。”廖敬清一低头，忽然见她脸色怪异，再看她脸颊上隐隐露出的薄红——

他眯起眼，伸手指了指她眼睛：“清姐，收敛下您这饥渴的眼神行吗？”

闻清一听这话就炸了：“您老眼神不好吗？再仔细看看，嫌弃和饥渴能分得清吗？”

廖敬清甩了甩手里的车钥匙，一副不相信的样子：“你这眼神，我可一点都不陌生。”

是不陌生啊，医院里那群小姑娘不就老是这么一脸花痴地看着他吗？闻清觉得自己刚才一定是鬼迷了心窍，不，肯定是因为春天刚过去的原因！

不然她怎么会对雄性荷尔蒙这么敏感呢？

“我这是热的！”闻清仰着头纠正，无奈这会儿两人的身高差太明显，她总觉得自己气势上弱了点，好像这气势一弱，说出口的话都没信服力似的，于是又踮了踮脚：“天太热了知道吗？我什么样的男人没见过啊。”

以前做节目的时候，那些明星和模特老在眼前晃悠，哪个长相身材比他逊色了？

“原来清姐阅历这么丰富呢。”廖敬清笑了一笑，下一秒松开她的胳膊，转身就走了：“我去把车开过来。”

闻清吁了口气，恨不能抬手给自己一巴掌，绝对是天太热把脑袋给热晕了！

从医院到闻清住的酒店不算远，但这个点路况有些堵，车子走走停停，于是两人相处的过程就变得格外漫长。廖敬清开了一段路之后就发现不对了，身边的人也太安静了点，几乎一路都不说话。

“脚疼？”

闻清摇头，想了想说：“困了。”

廖敬清就不再打扰她，一直看着前方路况。等了一会儿车子依旧没有挪动的迹象，他看了眼身边的人，见她一直闭着眼，于是拿出手机拨了个号码。

“有点堵，大概还要一会儿，我知道了。蛋糕？好。”

闻清没睡着，将廖敬清说的每句话都听得格外仔细，难得见他对人如此耐心细致。等他讲完电话，闻清也适时地睁开眼。

廖敬清瞧了瞧她："不是说困了？到了我叫你。"

"女朋友？"

廖敬清见她意有所指地看着自己的手机，明白过来她问什么，将手机收好才说："不是。"哪知下一秒他却说："是男朋友。"

闻清："……"

所以这个世界上啊，绝对没有无缘无故的讨厌，这人还真的是在……乱搞男、女关系啊。

难怪会有那种难言之隐。

见闻清的脸色变了几变，廖敬清终于遏制不住地笑出声："还真信啊？看来你比我想象的好骗多了。"

看他笑得一脸灿烂，闻清忍了好几次才没伸手去挠他。

廖敬清笑够了，敛了敛唇角，侧身对她说："是个很可爱的家伙。"

闻清看着他眼底流露出的宠溺，目视前方淡淡地哦了一声。

到了酒店楼下，闻清说什么都要坚持自己一个人上楼。廖敬清似乎也赶时间，匆匆看了眼手上的腕表，对她说："那你自己当心，我走了。"说完当即发动车子扬长而去，像是真的挺急的。

闻清抱着胳膊站在原地，不由得笑了一下，笑什么她自己也说不清，就觉得今天这一天都挺荒唐的。

第二章
硝烟中的温柔

隔天办出院，闻清的脚已经好多了，可走路仍是一瘸一拐的。让她没想到的是，廖敬清早就帮她把手续都弄好了，这样一来，闻清就不用楼上楼下四处跑了。

见她面露诧异，他只说："我是怕你再伤了脚，以后还得继续在医院碰面。"

看他吊儿郎当地说着这种话，闻清难得没反呛回去，只慢慢地将单据都收好，淡定地说了声谢谢。

廖敬清戴着口罩，这会儿也微微偏着头，可闻清就是好似看到了他微扬唇角的模样。

他的眼里有浅浅的笑痕一闪而过。

她看得有点愣，不明白这人笑什么。

廖敬清又和闻定山说了一会儿话，向阿铭叮嘱了一番，这才抬脚往外走。他经过闻清身边的时候，忽然停了下步子。

感觉到他高大的身形逼近，闻清也不知道为什么，心跳陡然乱了一拍。

紧接着像是听到他低低的笑，那笑不同于当初在火车上那一声轻讽，反而带了点愉悦的感觉。

闻清狐疑地看过去，目光深深地与他撞到了一起。

他用只有两个人才能听到的声音说："这样就很好，不要一直做刺猬。"

闻清："……"

两人离得太近，闻清看到他黑眸中倒映出的自己，他的眼眸黑而深邃，像是有某种神奇的魔力吸附着她，让她一时回不过神来。

等闻清意识到自己的失态，他已经出了病房，那一刻闻清知道，不管从前两看两相厌也好，如今冰释前嫌也罢，他们的故事都到此为止了。

出了院，病人家属和医生的关系也就戛然而止了，事情彻底翻篇。

那一刻她也说不上心里是什么滋味，但似乎不是想象中的释然。

闻清将这一切归咎于自己不喜欢欠人人情，本来对于昨天帮忙的事她心里就觉得过意不去，今天见他又替自己省了不少麻烦，心里当然会觉得不舒服。

对，就是这样。

闻清思索再三，决定邀他一起吃饭。

可刚走到病房门口，就见有个小护士一直在和廖敬清说话，两人丝毫也不避讳，就那么站在走廊上腻腻歪歪的。

“我花了好多工夫才从别人那儿求来的票，你不是很喜欢这个队嘛，我们一起去看吧？”

面对姑娘柔若无骨的样子，廖敬清往边上站了站，笑容不变道：“你听谁说我喜欢足球了？我对这个一窍不通，去看只会浪费这么好的机会。外科刘医生不是很喜欢？你可以让给他，还能卖个高价。”

小护士一脸失望的样子，廖医生说话总是滴水不漏从不得罪人，可她们都知道这人有多难约。

但人不就是这样，越难约就越想去尝试，有人失望，但也总有人前仆后继。

小护士又沉默了一阵，见撒娇卖萌都不管用，最后只能怏怏地走了。闻清看着她从自己面前经过，微微挑了下眉。

闻定山去了卫生间换衣服。阿铭正在收拾东西，见闻清折回来，说：“清姐，我去和廖医生道个别，然后咱们就可以走了。”

他正要出门，闻清忽然喊住他。

阿铭疑惑地转过身来。

闻清笑眯眯的，笑得阿铭都有点发怵。只听她说：“你之前说，廖医生一直对你们挺照顾的？”

“对啊。”阿铭点点头，“从我们住进来开始，廖医生就特别热心，帮了好多忙呢。他对其他病人可不是这样的，就对闻叔特别上心。你看昨天，他还帮了你……”

阿铭说到后来声音不由得低了下去，他还记得闻清和廖敬清不大对头，这都要出院了，可千万别再出什么岔子才好。

结果闻清非但没有不高兴，还对他说：“既然他帮了我们这么多，不如请他吃饭吧？”

“啊？”阿铭呆了一呆，随后迟疑道，“清姐，你该不会是……准备请廖医生吃饭的时候，把他灌醉，随后对他下黑手吧？”

闻清翻了个白眼，这都把她想成什么人了？

阿铭站在原地踌躇了一会儿，最后才说："那我去问问，但是廖医生一直都很有原则，恐怕不会接受吧。"

"你去他肯定答应，记住别说我的名字。"闻清交代他。

阿铭将信将疑地走了。五分钟后，他欢天喜地地跑了进来："清姐，廖医生答应了！晚上七点半，地点咱们定。"

闻清得意地勾了勾唇。

晚上，廖敬清准时赴约。闻清去的时候，他已经提前到了约定的地方，正坐在位子上低头看杂志。

"等很久了？"

闻清在他对面落座，廖敬清看了眼她身上的衣服，这才将手里的杂志合起放在一旁，但脸上似乎也没有惊讶之情："清姐请人吃饭，都喜欢用这么迂回的方式？"

"不迂回的话，你会来吗？"

廖敬清直言道："不会。"

"我不喜欢欠人人情，所以你当给我个机会答谢你。"

廖敬清不置可否，只是看着她身上的裙子，意有所指地道："这个答谢有点隆重。"

闻清的确是刻意打扮了下，她丝毫没觉得尴尬，反而问他："好看吗？"

廖敬清点点头，目光已经转开了："我应该穿得更正式些来配你。"

有侍应过来点单，廖敬清让闻清来，闻清利落地点了菜。整个过程廖敬清都在观察她，等侍应走了，闻清才问："看什么？"

"你请我吃饭，难道不应该问我喜欢什么？"

"那我点的，你喜欢吗？"

"我不挑。"

"那不就行了。"闻清道，"你看起来不像那么挑剔的人。"

廖敬清却说："在某方面，我很挑。"

闻清明白了，眼底的深意略沉："这么巧，我也一样。"

餐厅里的灯光和音乐氛围都刚刚好，在幽暗的光线中，两人四目相对，不知谁的眼底有异样的光缓缓流动。

廖敬清盯着闻清看了一会儿，最后说："闻小姐。"

闻清注意到他对自己的称呼又变回了从前。

"我想，有些事有必要说清楚。"廖敬清脸上的笑意不变，他双手交叠，修长的十指绞缠在一起，"如果这餐是为了单纯的感谢，我会很乐意，但是如果是为了其他……"

“你以为是什么？”闻清打断他，将滑落在肩侧的头发拂到耳后。

廖敬清的身子往前倾了倾：“我以为我们彼此讨厌，虽然现在关系缓解了，但仍然不适合做朋友。”

闻清盯着他幽深的眼眸看了许久，慢慢地靠进了身后的沙发里，柔软的靠垫并没有让她觉得舒服一点。

她很快就笑了，描画精致的妆容让她看起来无懈可击。

她说：“在这一点上，我们难得达成共识。所以今晚真的只是单纯的感谢。”

廖敬清坐在背光的地方，所以眸色显得格外深。侍应将香槟送了上来，他端起杯子朝她举了举：“那这会是个令人愉快的夜晚。”

闻清承认，她其实是有一点受伤的，但也只是有一点而已。她觉得一定是自己空窗太久了，虽然和沈逸分手的时间不算长，但他们早就已经貌合神离。

她也很久没有这种和异性亲密接触的体验了。

所以才会有短暂的瞬间，有那么点心猿意马。

食色性也，人之常情嘛。

但她还来不及做什么，廖敬清已经捕获了一切，并且暗示她该终止了。闻清将杯子里剩下的酒一饮而尽。

这拒绝本来不算什么，但联系之前被沈逸劈腿的事，杀伤力就放大了几倍。

或许我真的没什么魅力？闻清郁闷地想。

饭局还在继续，但两人后来几乎没什么交谈，像是真的只为了证明这是一餐答谢宴。廖敬清在目睹闻清喝了不少，终于开口说：“你要是喝多了，我就把你扔在这儿自己离开。我说到做到。”

闻清撑着下巴晃了晃手里的酒杯：“我酒量没那么差。”

然而说着酒量不差的人，最后还是喝多了，廖敬清却不能真的不管她。

他过去扶她起来，侍应等在一边结账，廖敬清抬手推了推犯迷糊的人：“给钱。”

闻清嘟囔道：“你是不是男人啊？”

“这个问题你恐怕没机会知道了。”廖敬清半抱着将她提起来，又伸手去拿她的包，最后在她耳边低声说道：“请我吃饭就请得彻底一点，省得下次再找借口。”

闻清：“……”这什么男人啊？要是这会儿她手里有东西，绝对毫不犹豫地往他脸上招呼上去！

出了餐厅之后，廖敬清扶着闻清一路往停车场走。这样的姿势让他发现这女人很瘦，抱在怀里后背都有点硌人。

这么瘦弱的人，真难将她和平时那个颐指气使的女人联系在一起。

廖敬清低头看她微合眼眸的样子，她肤色特别白，所以这会儿因为酒精作用而生出的两抹红，倒衬得她有不一样的风情，也衬得她比平时乖顺了不少。

他看着她，抬手将她颊边乱了的一缕头发拂开，指尖慢慢下滑，拇指落在了她耳后。

她的皮肤比想象的要柔软。

“你早晚会明白，我们不是一路人。”他低声呢喃。

下一秒闻清忽然睁开了眼，一双眼湿漉漉地看着他。她眼底印着路灯的光，却像是有星星在里边，看得廖敬清有点晃神。

紧接着，她蓦地伸手钩住了他的脖颈，脸颊慢慢地挨近他，那双软软的唇也一点点地离得近了——

看着她渐渐接近，廖敬清本想推开她的，可一切已经来不及，因为下一秒闻清忽然吐了。

吐在他熨帖整洁的白衬衫上！

死一般的沉寂之后，廖敬清咬牙道：“闻清，你故意的！”

闻清迷蒙地看了他一眼，伸出白净的手指晃了晃：“我演技没这么好，被风吹的。”

“……”廖敬清深深吸了口气，嗅到衣服上传来的那股难闻的气味，他的表情都扭曲了。

克制地扶着这女人将她一路带到了自己的车上，廖敬清拿了纸巾清理，结果发现闻清身上倒是挺干净，反倒自己一身狼藉。

他俯身盯着窝进副驾驶座的女人，冷笑着戳了戳她额头：“真是能耐。”

闻清赶苍蝇似的将他的手拍走了。

廖敬清简单处理了下自己，可身上还是一股子怪味，他坐在车里点了支烟，静默良久，侧脸看了眼身边的女人。

因为偏着头，所以她的长发全都散在了脸颊上，他夹着烟的修长指节将她的头发一点点地拨开，露出她微蹙眉头的模样。

她好像很委屈似的，闭着眼也一副不高兴的神情。

他看了会儿，忍不住笑了一笑，这辈子管的闲事恐怕都没这段时间来得多。这女人真是祸水。

廖敬清将烟抽完，发动车子把人送回了酒店。

吐完之后闻清倒是老实多了，也不知道是不是最近太累的缘故，居然一路都没转醒。廖敬清从她包里拿了房卡，将人一路抱进了房间并放在大床上。

他也跟着坐了下来，随后一颗一颗地将身上的衬衫纽扣解开。

医生难免都有些洁癖，他早就被这一身怪味给熏得受不了了。

忽然觉得衬衫下摆像是被人拽了拽，廖敬清回过头，一眼就看到闻清正微眯着眼角看自己。

她说：“你脱衣服干什么？”

“反正不会是你脑子里想的那档事。”廖敬清侧过身，单手撑在她枕侧，缓缓地说，“看样子你今天请我吃饭，不是为了感谢，而是为了整我，嗯？”

闻清的眼眸黑而明亮地盯着他，眨了眨，有些无辜的样子：“明明是你说话伤了我，没看出我很郁闷吗？”

“所以你承认，今晚真的醉翁之意不在酒了？”

闻清抿了抿唇，将脸转向一边：“我喝醉了，听不懂你在说什么。”

廖敬清哼了一声。

他背过身去不再看她，只说：“一个女人，应该少喝点酒。”

闻清坐起身，目光直直地落在他宽阔结实的脊背上，她这会儿脑袋仍旧有些晕，看周围的一切都觉得飘忽。默了默她才说：“因为和你一起我才喝的。”

廖敬清闻言眸色沉了沉，再回头看她时有些讥诮：“你想和我玩什么？419？”

喝醉酒的女人，眼底像是自带一层薄雾，她歪着头看他：“我只是失恋而已，虽然我们彼此讨厌，但这个城市我只认识你。”

廖敬清看着她发红的眼眶，一时有些猜不透了：“失恋？”

闻清猛点头：“虽然爱情早就名存实亡，但还是觉得没面子，结果你又补了我一刀。”

联想这女人向来要强，廖敬清觉得或许自己之前毫无根据的拒绝确实伤了她，于是难得软了些语气：“我不会安慰人，你找错倾诉对象了。”

“你平时不是很能说吗？”

“难听的话倒有很多，要听吗？”

闻清再次有往这人脸上拍东西的冲动：“你这种人到底为什么会有人喜欢？”

“看脸你不懂吗？”廖敬清皱眉想了下，忽然说：“失恋没什么大不了，我以前也喜欢过人，也被甩过。”

“真的？”闻清的眼眸瞬间亮了，那八卦的样子和钟浩然有一拼。

廖敬清嘴角抽搐了下，没想到平时高冷的女人喝醉之后居然是这样的！

可很快闻清就狐疑地问：“你为什么说也被甩过？谁告诉你我是被甩了？”

廖敬清决定不和醉鬼一般见识，耐心道：“猜的。”

“猜得并不准。”闻清死撑道，“不过我可以听听你被甩的经历，嗯。”

“……”廖敬清拼命打腹稿，以防自己露馅。他面不改色地说：“我喜欢以前的同桌，后来还一起考进了同一所大学，结果她搞音乐和别人好上了，两人同台演出时我才知道。关键那人长得又矮又丑，我被朋友取笑了一整个学期。”

“这情节听起来像是某个电影里的？”闻清怀疑这人在逗自己，这个电影她似乎看过，但这会儿怎么也想不起名字。

廖敬清依旧撒谎不带脸红：“不是说生活就像一出肥皂剧吗？怎么样，开心了吗？”

闻清想了想：“如果能看看你前女友的照片我一定更开心。”

廖敬清：“……”什么叫蹬鼻子上脸，眼前这位就是。

两人说着毫无营养的话题，时间居然过得格外快。后来不知是怎样睡着的，等第二天闻清醒来时，一眼就看到了廖敬清正站在床前穿衣服的场景。

廖敬清像是刚洗完澡，乌黑的发丝微微濡湿，他的衬衫不知道是不是拿去洗了还没送过来，总之，此刻他身上只有一条西装裤，裸露的脊背正好对着她。

闻清咳了一声。

廖敬清转过身来。

他深深看了她一眼：“醒了？”

“嗯。”闻清的视线有些不知道该往哪里瞄。他的长腿展露无遗，而身上的肌肉也块块分明地暴露在她的目光下。

上次好歹还有布帘遮挡，这次……

“要我再形容一下你此刻的眼神吗？”廖敬清不客气地提醒她。

闻清淡定地移开视线：“谁让你不穿衣服来着，我睁眼就瞧见了，肯定要多看两眼。”

廖敬清没再理她，正好这会儿门铃响了，他径直走了过去。等再折回来的时候身上就套了他昨晚那件衬衫。他一边系扣子一边对她说：“看样子是清醒了，我走了。”

他说完这话扣子刚好系完，抬眸瞧她的时候，整个人看起来清爽又冷静，就连说出口的话也克制有度：“想必今后我们不会再见面了。”

“嗯，应该。”闻清还坐在床上，她垂放在被子上的手慢慢紧了紧，然后忽然说：“你要直接去上班吗？”

廖敬清双手插兜无声地望着她，似乎想听听她要说什么。

闻清道：“不如一起吃早饭，我昨晚那么麻烦你——”

“不用。”廖敬清拿起自己放在茶几上的钥匙就往外走，连声再见都没有，“我不习惯和别人一起吃早餐。”

闻清心里有些恼，虽然知道他对自己不感冒，但也不必做出一副如遇豺狼的样子吧？那副避之唯恐不及的姿态要不要做得再明显一点？

她甚至不懂自己为什么要一次次地凑上去让他给自己泼凉水。

听到关门声砰地响起，她气得倏地起身去喝水，结果刚走了几步，门铃再次响了起来。

闻清站在原地愣了下，随后大步走了过去，门板打开，却是客房服务员。

“这是一位先生点的……”姑娘显然是被闻清气呼呼的架势吓到了，说话的声音都有些抖。

闻清看着那热气腾腾的早餐，再大的气也消了。一时间甚至有些哭笑不得，她是真的有些看不懂廖敬清这个人了。

之后闻清的确没再见过廖敬清。其实兴城比起B市来说真的很小，可就是这样小的一个城市，两个毫无交集的人想要见面也是难上加难。

当然，如果闻清真的要见他，也不会太困难，她知道那个人会在哪里。

但她忽然不想去找了。

一个人安静下来的时候，她甚至不明白自己对廖敬清那点情愫算什么。如果说是爱情那未免太扯淡，喜欢似乎也算不上。

那或者是心动？一刹那的迷失？又或者是在孤单彷徨时找到的一点倚靠一点余温？

但有一点闻清是清楚的，那就是这感情很危险，趁早悬崖勒马才是最理智的做法。她不是个为爱疯为爱傻的人，更懂得单方面的感情有多辛苦，所以才会在和廖敬清的相处中一次次试探、博弈，却从不敢表露真心。

因为刚刚经历了一场情殇，她实在没有勇气再去执着什么了。

闻清克制着自己没去想关于他的事。渐渐地，似乎很少会再记起那个男人。

加上一周之约马上就要到了，她所有心思都放在了钱上。

那不是一笔小钱，除了这个徐老板之外，原来闻定山的公司还有不少外债。这下闻清是真头疼上了。

她仔细查过之后才发现，那个女人除了挪走公司明面上的资金，甚至给闻定山挖了不少坑，那架势就跟要玩死他似的。

闻清合上手里的资料：“你确定她是你的情人，而不是什么仇人？”

一句话说得闻定山的脸色很不好看，但他最近越来越沉默，不管闻清说什么都极少出声反驳。

以前父女俩是见了面就要掐，现在他不吭声，闻清有种一拳打在棉花上的无力感。她靠着椅背点了支烟。

“少抽点烟吧。”闻定山的声音有些嘶哑和中气不足，大概也在犹豫要不要劝她。

闻清忽然记起那晚在酒店，廖敬清也说让她少喝点酒……

她沉默了下，还是将大半截烟捻灭在了烟灰缸里，只剩一缕苍白的烟雾在两人间袅袅升起。

这个举动让闻定山有一丝诧异，他没想到闻清会这么听话。

闻清却没看他，而是问："警方那边一直没消息吗？"

这么多钱，当然要报警，可大半个月来依旧没什么进展。闻定山也觉得发愁，摇了摇头："恐怕是跑到国外去了。"

闻清瞥了他一眼："这事有点奇怪。"

闻定山不明所以地看着她。

"这么多钱，砸锅卖铁也还不了，我找姜钰看看，先凑一点给徐老板。"她说完停顿了下，蹙了蹙眉："但是那个女人，得去查查才行。"

闻定山消化了一会儿这番话，明显有些激动："你是说这事有人在背后算计我？不可能。"

"为什么？"闻清面无表情地看着他，随即讽笑道，"还是你对她余情未了，仍然认为你们真爱过？"

闻定山被她呛得脸上有些红，眼底也猩红一片，憋着口气似的，半晌才说："我是说，她当初来面试的时候还在上大学，这些我都了解过，谁会这么处心积虑、大费周折地陷害我？"

"那就要麻烦你回忆回忆，自己有没有做过什么缺德事了。"闻清将那叠资料整理好捏在手里，起身时淡淡地瞧了闻定山一眼："原来面试时你就注意到她了？"

闻定山简直要被这女儿气死，猛地从沙发上站起来，激动地说："只是例行了解下，那时候我和你妈感情很好！"

闻清想问问他，那为什么后来就不好了？真的是因为姜钰家出了事，母亲对他太冷落造成的？

她默默地看着闻定山，出院之后闻定山的脸色也一直很寡淡，大概是发愁的原因，他的头发也白了许多，可她还记得，那阵子母亲为弟弟一家突遭横祸而忧愁，他却依旧过得意气风发的。

这个世界上，爱真的可以相信吗？

没人能给她肯定的答案。

她没再说话，而是转身出了办公室。

闻定山开的是保健品公司，要不是这次出了这种事，其实公司发展得很红火，这两年人人都注重养生，保健品一旦炒出了名号销路是非常好的。闻清看着冷冷清清的公司，这会儿只有阿铭一个人坐在外间打电话。

阿铭显然是又碰了钉子，坐在那儿拼命挠头。

闻清走过去拿文件夹敲了他脑袋一下："我有话问你。"

"好。"阿铭满眼期待地转过头来，那样子无端地让闻清想到了某种大型犬……

闻清忽然很想知道："你为什么对他这么忠心？"

阿铭眼里的期待变成了问号，很久才反应过来她说的是闻定山，马上就有了答案："因为我上学时闻叔资助过我，做人不能忘恩负义。"

闻清望了望天。

当初闻定山为了炒响公司的牌子做公益，没想到歪打正着真的做了件好事，在这种时候难得还有个人对他不抛弃不放弃。

看着阿铭纯粹干净的眼睛，闻清只说："把那女人的档案发给我。"

阿铭欣喜地点点头："以前闻叔就总夸你厉害，有你在，公司肯定能渡过难关。"

闻清是真不想给他泼冷水，但她还是实话实说道："等事情查清楚了我还是要走的，公司是他的，跟我没关系。"

阿铭："……"

闻清确认他把东西发到邮箱之后，抱着手里的资料就走了。

阿铭有些沮丧地想，清姐的心肠还真不是一般的硬啊。

闻清这边忙，廖敬清的生活倒是很平静，每天上下班，偶尔加班，这就是他全部的生活，和以前没什么区别——除了钟浩然还在乐此不疲地坚持给他介绍女朋友。

两人中午在食堂遇到，钟浩然不知道从哪儿拿了堆照片出来："你其实是不喜欢同行吧？那我给你介绍其他的。喏，这个不错，在×行工作，长得也漂亮，关键是人品不错，我老婆介绍的绝对靠谱。"

"嫂子最近是不是去婚介所工作了？"廖敬清吃着饭，对他递过来的照片一脸没兴趣的样子，"你总随身带这么多美女的照片，她就没意见？"

"啧。"钟浩然怒道，"你都把我想成什么人了？我这不是热心肠嘛，别人的事我还没这么上心呢。"

廖敬清斜睨着他，想了下，语重心长道："师兄，我眼下真的不考虑个人问题。"

"为什么？"钟浩然怎么都理解不了，"你说你一个正常小伙子——当然撇开上次你逗我那事——身体没问题，长得也好，追你的女生都要排到兴城政府大楼前了，你到底是怎么回事？你就不会有需要的时候？"

见廖敬清一脸淡漠，钟浩然忽然懂了，眯着眼道："莫非你心里有人？"

廖敬清放下手里的筷子，将汤碗收拾进餐盘里，这才吁了口气："你当我不想害人行了吧？我先走了，你慢慢吃。"

钟浩然狐疑地看着廖敬清，虽说这小子长得是挺祸害的，但还不至于真成祸害啊。

廖敬清回去时正好路过406病房，之前几天这病房都空着，今天像是有病人被安排进来了。他看了眼在里面收拾东西的护工，那人也恰好转过头来。

廖敬清和她打了声招呼，哪知道对方很快叫住他："廖医生你等等。"

她说着进了卫生间，折出来时手里多了个东西，然后直接递给了廖敬清。

“这是上一个病人落下来的，都是英文我也看不懂，不过一看就是女孩子用的东西，估计是那个闻小姐的。你不是和她认识吗？你问问她还要不要，我看还剩大半瓶呢。”

廖敬清看了一眼上面的字，不是英文是意大利文，但好在下面也有一行很小的英文注释，写的是洗发水。

他直接对对方说：“都放在这儿了，估计是不要了，扔了吧。”

“啊？”护工有些纳闷，“这万一是忘记了呢，我从柜子里找到的。我看现在年轻人都流行代购，好像这种东西可贵了，你还是问问吧。再说我们有规定，病人要是落下东西得上交的。”

“那你交给护士站。”廖敬清说完就转身走了，把东西直接推回给她。

护工迟疑地看了看手里的东西，叹了口气，忽然又见廖医生折了回来。

他把东西接了过去，皱着眉头看了看，随后眉头皱得更深地转身走了。

护工一脸的莫名其妙。

闻清晚上回去的时候，酒店的前台小姐叫住了她：“闻小姐，这儿有你的东西。”

等看清楚里边的东西，闻清愣了一愣：“谁放在这儿的？”

“是位男士。”前台小姐微笑着补充，“长得挺帅的。”

闻清猜到了是谁。

她把东西收好就径直去了电梯，电梯门合住，上面映出闻清微微翘起的唇角。

回到房间之后，闻清在客厅转了一圈，视线最后又落在了那瓶洗发水上。她盘腿往沙发上一坐，拿了手机给那人发了条短信，内容很矜持，只有两个字：“谢谢。”

等了很久，闻清都以为对方不会回复自己了，可手机忽然响了。

拿起来一看，廖敬清的内容却很欠扁。他说：“不要趁机又想请我吃饭。”

闻清呼出口气，吹了吹散在额前的刘海，指尖飞快地在键盘上飞舞：“你怎么知道是我，偷偷存了我的号码？”

回复完之后，闻清舒服地仰躺着，眼睛盯着天花板却慢慢地笑了起来。

这次廖敬清回得也挺快：“这是正常人的逻辑思维。”

闻清咬了咬嘴唇，在手机上打了一行字，想了想却又一个个删掉。

她将手机扔到一旁，忽然就觉得索然无味。

她在干什么？在和一个男人调情，想要吸引他的注意？可是又能怎么样呢，所有的爱情到了最后都会化成灰，甚至背叛。

她起身去洗澡，在浴室里待了很久，直到全身的肌肤都开始泛红才走了出来。

打开电脑看那个女人的档案，发现她竟然和自己年龄相当。

看，男人的欲望有时候就是这么令人作呕。

因为以前的人脉全都在B市，所以闻清要调查兴城的人和事很费工夫。幸好她有个哥们儿混得不错，帮她联系了兴城这边的人，说很快就会有消息。

闻清和对方聊了很久才结束通话，然后看到手机上有未读短信，打开一看，是廖敬清发来的："难道不是你偷了我号码？删掉。"

闻清对着手机做了个鬼脸，随后就去睡觉了。反正也不会再遇到，删不删的随她高兴。

朋友的办事效率很高，很快就有了消息，虽然不是直接找到了那女人，但打听到了那个女人以前男朋友的地址。闻清决定去看看情况。

按照对方说的，闻清找了很久才找到那里，正是黄昏，楼道间有些暗。

这是栋有些年头的居民楼了，闻清摸索着找对了门牌号，然后又确定没有门铃之后，只好抬手敲了敲门。

门里边有动静，但过了几分钟才有人开门。虽然还隔着防盗门，但闻清看到了开门的人居然是廖敬清。

头顶的声控灯亮了又灭，沉默和昏暗中，闻清听到了自己心跳的声音。

心跳一下接着一下，却躁乱不安，闻清看着门里的人，险些忘了自己来这里的目的。

她有种被惊雷劈到的感觉，又有爆粗口的冲动。这样算怎么回事？难道，廖敬清是那个女人的前男友？

她看着廖敬清，廖敬清也在无声地观察着她，两人间一时像极了在演默剧。

"你住这？"闻清看到他身上的家居服，他姿态随意，其实没什么质疑的必要了。但她也不知道自己为什么还是要问，有种奇怪的偏执。

光线实在太暗，廖敬清的脸完完全全地隐匿在昏暗之中，闻清只能听到他低而沉的声音。他回了声"是"。

闻清垂放在身侧的手指慢慢地蜷缩了下，又很快舒展开。

她深深地吸了口气，随后就笑了："这么说，你是唐娜的前男友了？"顿了顿她才猛然记起，"你之前说的前女友，不会也是她吧？"

唐娜就是那个骗走了闻定山所有钱的女人，而廖敬清上次安慰她时也说过的，有个女人曾经劈腿把他给甩了……

闻清真没法将这样的人和廖敬清联系到一起，虽然廖敬清的人品在她心里也不见得有多高尚，但医学院毕业，唐娜又正好对得上号。

"你的眼光还真不是一般的好啊，廖医生。"闻清的心情复杂极了，"如果这就是你说的‘很挑’，那你的口味还真是独特。”

她不能去联想廖敬清是否之前就知悉这一切，可脑子里一直回响着阿铭曾经说过的话。阿铭告诉过她，廖医生一直对他们格外照顾。

所以这份“特别”的照顾，会不会有更深的含义在里边?

闻清已经没法收住自己的思绪了，这念头一旦在脑子里冒出来，就如燎原之火越燃越旺。她看对方的眼神变得有些猜忌，有些防备起来。

而整个过程廖敬清都没有说过一个字，但闻清知道他一直在观察自己。

一片静谧中，因为光线暗淡的原因，闻清无法揣测他此刻的眼神，更没法猜测他在想什么，但屋子里投射过来的阳光将他的身形勾勒得清晰无比。闻清好似看到他侧过身时，微微勾起的唇角。

他……这是在笑她?

闻清皱着眉头，下一秒廖敬清就将防盗门打开了。

他一步步走了出来，走到离她很近的地方。他垂眸望着她说：“除了嘴巴欠收拾之外，还是只不折不扣的白眼狼。”

闻清：“……”

“你就是这么以怨报德的？”

闻清也扬起头看他：“什么意思？”

“看不出来我上次是在骗你吗？”廖敬清嗤道，“被甩、失恋的事，显然是我故意编造来安慰你的。没恋过怎么失？”

这话让闻清彻底蒙圈了。

这个平时对自己毒舌刻薄的男人，竟然编了个被人甩的故事只为安慰她？他不是一直讨厌她吗?

而且他说他没谈过恋爱，这是间接否定了他和唐娜的关系。

闻清不可思议地张大了嘴。

“不要太感动，我偶尔也会有想做好事的时候。”廖敬清眼眸深而沉，微微俯身睨着她的双眼，似笑非笑道，“而且你刚才那些话，怎么听着一股子醋味？”

“原来您老人家不只眼神不好，连鼻子也不好啊。”明明看不清他的样子，可闻清还是会觉得无法直视他的双眼，她甚至觉得心跳比刚才还要快。

周遭过于宁静，说完这些话之后，两人才惊觉离得实在太近了，几乎鼻息相闻。

廖敬清身上只穿了一件白T，布料柔软而纤薄，这么紧密地挨着，闻清似乎都能感觉到他滚烫的体温。

脑子里再度浮现他背对她时露出的脊背和线条硬实的肌肉，她的脸颊不由有些发烫。

廖敬清也感觉出了异样，他鼻腔全是这女人身上淡淡的烟草味，那是某款女士烟特有的味道，带着点薄荷香在里边。以前他十分反感女人抽烟，对于烟味更是深恶痛绝，可这会儿……居然没那么讨厌。

但和一个女人贴这么近绝对是危险的。他眼角微微一跳，往后退开一步，终于正经地问她："找我做什么？"

"我找唐娜的前男友。"闻清纠正道。

廖敬清安静片刻，说："他不在。"

"谁不在？"闻清不傻，如果那个人不是廖敬清，那么势必是和他关系不一般的人。

廖敬清直视她眼睛时，眼神很……有些没法形容，但他还是坦诚地道："我弟弟。"

与此同时闻清的手机短促地振动了下，她拿出来一看，是那位帮忙打听的朋友发来的。对方说：唐娜前男友的名字，廖正扬。

这还是闻清第一次到廖敬清家里来，确切地说，也是第一次如此真实地离他这样近。

房子是有些年头的老房子了，但里面的布局既干净又整洁，比起外面走道上的昏暗，客厅里阳光充沛。而且迎面就是一大块落地玻璃，此刻天边正燃着几朵火烧云，景色居然出奇地好。

其实闻清是有些意外的，她没想到廖敬清会住在这种地方，他似乎永远出乎她预料。

闻清站在窗口看了会儿外面的风景，直到身后传来他的声音。

"喝水。"

两人此时的立场其实有些尴尬，但廖敬清没有半点不自在，他在沙发上坐下，长腿交叠，做出一副认真交谈的样子。

闻清也慢慢地踱了过去。

两人彼此注视着。闻清一眨不眨地盯着他说："我有些话想问你。"

"随意。"

闻清淡笑道："希望你给出答案的时候也能这么干脆。"

廖敬清没接话，而是意味深长地笑了笑。他长得好，眼睛更像是深不可测，被他如此专注地盯着，闻清有短暂的不适。

她移了移目光："你弟弟呢？"

"不知道。"廖敬清说，"我也很久没见过他了。"

闻清不知道这话可信不可信，但她还是接着问："他和我爸的事有关系吗？"

廖敬清还是那三个字："不知道。"

面对闻清怀疑的视线，他淡然地解释："他的事我没你想象的那么清楚。"

闻清没有发表意见："他和唐娜还有来往吗？"

廖敬清刚想开口，闻清打断他："不许回答说不知道。"

看着她因为佯怒而鼓起的腮帮，廖敬清嘴唇弯了弯，眼底有笑意一闪而过："的确不知道。"

闻清开始怀疑这人的诚意了："你是不是在故意逗我？"

"你不信，不如去周围打听下，这种谎言很容易被拆穿。我们兄弟俩关系很糟糕。"

两人一问一答间，他自始至终都泰然自若，甚至可以说镇定老练。闻清将他的每一个反应都尽收眼底，微微笑了笑："好吧，最后一个问题。你知道我爸的事？刚才我问你你弟弟和他的事有没有关系，你马上就回答了，而不是带有疑问。"

"清姐，你把我当犯人在审吗？"廖敬清俯身端起自己的杯子喝了口水，"这种事，随便听听护士议论就知道了。"

"所以你特别关照我爸，又是因为什么？"

这下廖敬清露出点疑惑的样子，他深深地看着她，问："有吗？"随即又点头："就算有，应该也是因为你。"

闻清："……"

廖敬清睨着她不自觉睁大的眼眸，轻声说："有个这么不省心的女儿，闻先生的病情多不稳定，我当然要特别操心才行。"

闻清看着他眉目间露出的狡黠，忽然有点明白自己心里那不安分的情愫究竟是什么了。或许她正是很享受这种两人间的博弈，每次和廖敬清交锋，总给她一种充满征服欲的感觉。

闻清渐渐露出点笑，点点头，也学他的样子端起面前的茶喝了口，由衷地赞了一句："味道不错。"

"谢谢。"

交谈结束，闻清把杯子放下。廖敬清一直关注着她的一举一动，那样子就差将"送客"两个字写在脸上了。闻清如他所愿地站起身，两人一路走到了门口，她忽然转过身。

廖敬清和她的距离再次挨得很近，险些就撞到了一起。

他个子很高，这里又灯光明亮，微微垂眼就能看到她高挺的鼻梁和粉嫩的唇。她看着他张了张嘴："其实我还想问，你为什么一直没恋爱？"

廖敬清极少会想不该想的东西，可这一刻，他脑海中居然一闪而过那晚她喝醉后的画面，还有她主动贴近自己时，那双唇上粉嫩的颜色。

他的神色瞬间变得疏离："你之前已经问过最后一个问题了。"

“好吧。”闻清无奈地耸了耸肩，“那我告辞了。”

廖敬清居然有种松了口气的感觉。

他伸手将门打开，然而电光石火之间，闻清忽然又停了脚步。他根本没料到她会来这招，身体因为惯性已经来不及刹住，于是两人这次终于毫无预兆地撞到了一起，严丝合缝的。

这女人个子娇小，上次在火车上他也亲眼目睹过她某个部位的尺寸，可眼下两人突兀地贴合在一起，他感受到了意外的柔软和温暖。廖敬清握在门把手上的指节倏地紧了紧，额头上的青筋也狠狠一跳。

他低斥道：“你做什么？”

闻清一脸无辜地说：“我……忘了手机还在桌上。”

廖敬清：“……”

廖敬清怀疑这女人是故意的。尤其她这样微微仰头看他的姿态，发顶还有几缕不安分的小绒毛似有似无地挠着他下巴，痒痒的，让他下巴线条都不自觉收紧了。

然而闻清的眼神很干净，绝对没透露出半分勾引的讯号，甚至对他这么敏感的反应有些惊讶：“怎么了？你以为我要干什么？”

“……”廖敬清沉默了下，转身替她取手机去了。

看着他挺拔的身姿，闻清的嘴角却不着痕迹地勾了一勾。

等廖敬清再折回来时，便很明显地与闻清保持了段距离，甚至递手机时指尖都隔得非常开。

他看了眼门外，说：“楼道黑，小心点。”

外面此刻已经是暮色降临，之前的走道看起来更加昏暗。闻清随他的视线往外一瞟：“这么黑。”忽地又回头对那人莞尔：“你送送我？”

廖敬清回应她的是砰的一记关门声，还有关门前扔下的三个字：“自、己、走。”颇有点咬牙切齿的味道。

还真是个别扭的男人啊，闻清在心里默默地想。

她打开手机上的照明，然后哼着歌就下楼了。

有人在楼下等着她。

“清姐，怎么样？”见她出现，阿铭便迫不及待地迎上来，“有消息吗？”

闻清看了看他眼底的乌青：“你多久没好好睡觉了？没问着什么，不过有意外收获。”

阿铭糊里糊涂的：“什么意外收获？”

闻清笑得很诡异，却没回答他的问题。

阿铭看着她高高兴兴地上了车，下意识地又挠了挠头，但不管怎么样，清姐说有收获就是好消息吧！

结果车子刚开出去没多久，阿铭就被闻清说出口的话给惊吓到了：“什么？那个姘夫是廖医生的弟弟？”

“什么姘夫。”闻清对阿铭这种一惊一乍的状态很无语，“现在知道是前男友，但不知道两人私底下还有没有其他联系，先找着廖正扬再说。”

刚才她观察过，家里没有两个人合住的迹象，水杯和拖鞋全都是单人的，书架和茶几上也都只有关于医学方面的书籍，看起来廖正扬的确是不在这儿住了。但廖敬清说的话她也没有全信。

阿铭开着车，盯着前方路况气鼓鼓地说：“没想到廖医生会和这事有关系，我还以为他是好人，原来之前的好全是假的。”

闻清掀起眼帘瞧他。

阿铭年轻的脸微微地涨红，看起来很激动：“他肯定是知道什么的，不然为什么无缘无故对闻叔那么好？要么愧疚，要么心虚！”

闻清赞同地点点头，她也这么觉得，像廖敬清那种人绝对不是无事献殷勤的个性，但背后的原因到底是什么，她一时还无从判断。

“不如找人跟着他，总归还是兄弟俩，廖正扬肯定会找机会和他联系。”阿铭提议道。

闻清道：“这个不用你操心。”

之前帮忙调查的人也还在继续找廖正扬，相信很快会有消息。

阿铭默了默，突然又说：“清姐，徐老板那边收了钱，其他人肯定也会收到消息，他们很快就会找上门来。”

闻清知道他还有后话。

果然，阿铭咬了咬牙：“到时候咱们会很麻烦，不如这个事……交给我吧。”

“你打算怎么做？”闻清隐约猜到了什么，不动声色地问。

阿铭脸上露出几分决绝的样子，像是下了某种决心：“反正你别管了。”

闻清直接打断他：“不准惹廖敬清。”

阿铭瞪大眼，他可是一直记得闻清和廖敬清关系很糟糕的！旋即他便懂了，又笑了下：“清姐你放心，太过火的事我肯定不会做。”

“我说了，不行。”闻清的神色变得十分肃穆，眼中更是警告味十足，“我不管你跟着闻定山学了些什么，但现在这事是我在管，你那些手段收起来。”

阿铭抿了抿唇，终于没再说话。

闻清很快就忘了这茬，因为第二天一早她要去车站接个很重要的人。

火车站还是和她来时一样拥挤而闷热，闻清站在出站口喝水，整个人几乎要被人流给淹没了。

幸好她视力足够好，一眼就捕捉到了那抹熟悉的身影，她朝着那人挥了挥手：“这儿呢！”

姜钰笑着跑过来，全身上下居然只有很小的一个旅行包。她用手扇了扇热气：“天哪，兴城也太热了，你待得习惯吗？”

“不习惯也得待啊，反正不会久留。”闻清顺手接过她的包，然后递了瓶水过去：“走吧，先去吃饭。”

“行，我都快饿扁了。”姜钰跟着她往外走，笑眯眯地问：“带我吃什么好吃的？”

“辣螃蟹，这里最有名的就这个。”闻清说完斜睨她一眼：“你到底是来看我的还是来旅游的？”

“当然是来看你啊！”姜钰说完谄媚一笑，“顺便旅旅游，顺便尝尝特产什么的。”

闻清丢给她一个鄙视的眼神。

“那个辣螃蟹很辣吗？”对于姜钰这种无辣不欢的吃货而言，她的注意力已经全部被辣螃蟹吸引了，“最近叶维臻都不让我吃辣的，我刚想解解馋呢。”

闻清有些吃惊：“你们准备要宝宝了？”

这个表妹虽然年纪比自己还要小，但却早早地闪婚嫁了人，她老公叶维臻比她还要大十岁。两人前阵子闹别扭闹得很厉害，一度闹到要离婚。

但事实证明，真正的感情总能经得起一切考验，瞧瞧眼下，可不就浑身上下都冒粉红泡泡吗？

“是有这想法，不过还是顺其自然吧。”姜钰说着，脸上有淡淡的红霞飘过。

闻清安安静静地看着她，抬手摸了摸她一头长发：“挺好的。”

姜钰猛然记起闻清失恋才没多久，有些担心刺激到她，于是带了点安慰意味地说：“其实也没那么好，你别看叶维臻平时挺温柔的，可私下太霸道了，简直到了不可理喻的地步。”

闻清耐心听着，没什么反应。

姜钰疑心她是在硬撑，又说：“那个，就是上次去家里找你的那个人，后来我去你家帮你喂鱼时又遇到他好几次。”

“哦。”闻清心不在焉地点点头，如今再提起沈逸真是心无半点波澜。

姜钰试探道：“……是不是真有什么误会？”

闻清终于很认真地看了她一眼：“有没有都不重要了。”

姜钰歪了歪头，有些不解，随后像是有些懂了：“你喜欢上别人了？”

闻清想到廖敬清，却笑着摇了摇头：“哪有那么快，只是发现原来的感情早就没了，可能变了的人不只是他，还有我吧。”

看到姜钰一脸疑惑，闻清伸手刮了刮她鼻子：“不说这些了，先带小馋猫去吃东西。”

其实姜钰这次就是特意来看闻清的，之前她听说了整件事的来龙去脉，私下和叶维臻一商量就主动向闻清伸出了援手，徐老板的钱就是夫妻俩帮忙解决的。

但姜钰到底是不放心，还是要亲自来看一看。

闻清却不想让姜钰操心太多，这件事的关键还是得找到唐娜，否则仍旧不能从根本上解决问题，所以她尽可能地不提那堆烦心事。

两人说说笑笑，一顿饭吃了很久。吃完饭又一起去附近好玩的景点逛了逛，下午闻清带姜钰回酒店休息，晚上两人一块去唱K。

两个人的KTV却一点也不孤单，闻清和姜钰从小一起长大，怎样疯狂的样子都见过了。两人唱唱跳跳的居然玩得还挺high。

闻清中途去走廊接了个电话，却万万没想到在这儿也能遇到熟人。

廖敬清似乎在找人，他神色淡然地走在走廊上，眼里却有些隐隐的怒气在里边。闻清心念一动，抬脚跟了上去。

走廊上的地毯铺得很厚实，闻清今天为了方便和姜钰逛街特意穿的平底鞋，所以走在上面一丁点声响也没有。

她亦步亦趋地跟着廖敬清，两人间隔了近两米的距离。

也不知道是廖敬清找得太投入还是她隐藏得好，总之一直没被他发现。

廖敬清似乎是在看包房号，双手插兜慢慢地走着，一直快到走廊尽头才停了下来。

闻清侧身靠近了另一间包房的门口，门廊设计很深，刚好够她隐匿其中。

她一直盯着廖敬清的一举一动，可那人在门口站了好一会儿，却迟迟没有推开门。

闻清都替他急，可他越是这样，就越是显得反常。

就在闻清诧异的时候，廖敬清忽然转身折了回来！

这下子闻清没地方可躲了，情急之下只能背过身去做鸵鸟状。她双手捂住脸颊，心里默念“你看不到我”，如今也只能希望廖敬清的视力非常差了！

不知道这样过了多久，身后一直没声音，闻清无法判断那人是不是走掉了。她悄悄地侧过身，只能从指缝中偷瞄一眼。

结果这一眼把她吓坏了，廖敬清这个神经病就那么悄无声息地站在她面前！

他的嘴角还带了点若有似无的笑意。

他说：“清姐你小时候玩捉迷藏，是不是永远都第一个被找到？”

这个男人可真是变态啊，早就发现她了居然一直不吭声！闻清本来正胸口狂跳，这会儿也冷静下来了。

她挺直脊背望着面前的男人，微微抬了抬下巴：“里边是谁？”

廖敬清个子高，这会儿将吊顶的灯光完完全全地遮挡住了，所以闻清只能看到他模糊的影像。他刚才因为和她说话又刻意弯下了身子，这会儿几乎看不见这个人的眼神。

闻清眯了眯眼角，忽然抬手抓住了廖敬清的领带，随后掉转身子用力将那人压在了门板上。

两人瞬间调了个个儿，闻清看到廖敬清脸上一闪而过的错愕。

他垂眸望着她，眼底渐渐墨黑一片。

“就算你不说，我也知道谁在里边。”闻清的手指缠绕着他的领带，一圈又一圈，最后将人慢慢地拉近自己：“你说，我直接闯进去会怎么样？”

廖敬清始终没说话，他甚至一直维持着双手插兜的姿态，但他看起来这样平静，反倒有种任她为所欲为的错觉。

白衬衫，滚烫的温度，硬实的躯体……

有的男人就是这样，什么都没做，站在那儿就有种撩拨的味道。

闻清被他这样深沉地注视，不自觉地耳根发烫。她转身要走，却被一道结实的力量倏地钩住了腰。

廖敬清将她拦腰抱住，反客为主地压在了墙壁上。她的手腕被他狠狠攥着，半点挣扎的余地都没有。

“我更喜欢这样的姿势。”廖敬清低下头来，若隐若现的光线里，闻清能听到他低沉的嗓音。

但她无心和他调情，冷冷一笑道：“所以你在拦我？是在用实际行动告诉我，你弟弟确实和这事有关系？”

廖敬清却看着她笑：“谁告诉你里边是正扬了？”

闻清愣了一愣。

廖敬清往她额头吹了口气，吹得她刘海都有点乱了。闻清气闷地甩开他的手，自己拨了拨头发：“那你鬼鬼祟祟在这儿干什么呢？”

“鬼鬼祟祟的好像是你。”廖敬清放开她，往边上站了站，这才说：“来找人，找你以为的那个人，可惜没找到。”

闻清斜睨着他：“你最好是没骗我。”

“反正你早晚会找到正扬，我骗你干什么？”廖敬清说完拿了支烟出来，靠在对面的墙壁打量她：“你又在这干什么？”

“不是跟踪你就行。”闻清还是有些不相信廖敬清，眼神一次次地往走廊尽头那边看。

廖敬清吐出个烟圈：“你不信就自己过去看好了，或者——”他露出一个十分欠扁的笑来，“像你之前说的，直接闯进去。”

闻清知道这人在取笑自己，翻了个白眼没理他。

两人隔着走廊对视。闻清问：“你不是说和你弟关系不好，还来找他做什么？”

淡淡的烟雾中，只能看到他微微拧起的眉心：“我怕他真的做什么蠢事，好歹一个爸妈生的，再怎么样也不能不管吧？”

“所以你真的不知道他和唐娜是不是一伙？”闻清观察着他表情里的一丝一毫变化。

“他的确爱惹麻烦，和唐娜也交往过。”廖敬清顿了顿，“但我不相信他会真的这么做。”

“相信？”闻清喃喃地重复了一遍，不觉失笑，“这种东西，往往最后伤害的只会是自己。”

廖敬清有些不懂她的意思，但闻清此刻的眼神他并不陌生，就是那次在医院，她在自己面前唯一一次显露出脆弱时的眼神……

原来那时候并不是他的错觉。

闻清无声地看了他一眼，似乎不打算说什么了。

廖敬清看着她转身，背影明明很单薄，却透着股难言的孤勇和倔强。这模样还真是有些眼熟。他看着看着，险些被手里的烟烫到。

“闻清，那是你朋友吗？”

忽然有声音传过来，廖敬清侧目一看，有个姑娘正好奇地站在不远处一间包厢门口，冲这边微笑张望。

十分钟后。

“唱K只有两个人也就算了，吃消夜还是两个人。关键是闻清对这里也不熟！”姜钰笑眯眯地对廖敬清说，“既然廖先生你是本市人，不如帮忙介绍一下？”

廖敬清莫名其妙地被姜钰拉进包厢之后，又莫名其妙地被当成了向导，要求介绍吃消夜的好去处……

不过他觉得面前这位小姑娘比她牙尖嘴利的表姐可爱多了：“附近倒是有条美食街，晚上很热闹，很多游客来了都喜欢去那儿。”

“听起来不错，就去那儿吧！”姜钰总算看了眼坐在沙发上不吭声的闻清，冲她眨了眨眼睛，随后又有些为难地对廖敬清道：“可是我们也不知道在哪里，不如你帮人帮到底，顺道送我们过去？你开了车对吧？”

要是闻清的话，廖敬清估计就直接拒绝了，可姜钰似乎没什么别的意思。反正顺路，他稍一迟疑就答应了下来。

闻清终于忍耐够了，伸手扯了扯姜钰，压低声音呵斥道：“够了啊！你干什么？”

谁知姜钰笑得一脸暧昧："刚才我都看见了。"

"看见什么了？"

姜钰觉得闻清是在装蒜，胳膊肘拐了她一下："刚才你俩在那壁咚来壁咚去的，挺有意思啊。怪不得这么快就摆脱了失恋的阴影，我懂的。"

懂什么了？我自己都不懂！她看了眼老神在在的廖敬清，再度警告姜钰："总之不许捣乱，听见没有。"

"我才不捣乱呢。"姜钰哼道，"我只做神助攻！"

闻清："……"

路上姜钰坐在副驾，和廖敬清倒是聊得挺开心。姜钰的职业是作家，对医生有种谜一样的执着和好感。

廖敬清似乎对她的职业也很感兴趣，两人的话题根本停不下来，几乎忘了后座还有一个人存在。

闻清看着廖敬清言谈间含笑儒雅的模样，觉得这人简直太会装了。

闻清也算是知道了，廖敬清除了这副皮囊尚可，还有那超强的荷尔蒙之外，内里就是一个特别特别特别庸俗的男人。

他和所有男人一样，看到美女就无法拒绝，尤其是会撒娇的美女。

撒娇女人最好命，难怪廖敬清每次见她都是横眉冷眼的。仔细想想，他似乎也只有对她才这样……

车子很快停在了美食街前面一个路口，廖敬清解释说："这个点那边不好停车，你们走进去，大概十分钟就到。"

闻清已经利落地解了安全带下车，可回头一看，姜钰居然还在车上！

姜钰伸长脖子作势朝前面张望，又眨巴着眼睛对廖敬清说："哪里啊，直走吗？还是左拐？这里街道布局好复杂啊，我和闻清的方向感都不太好。"

闻清嘴角抽搐了下，方向感不好难道还不会张开嘴巴问一下路人吗？

结果廖敬清略微沉吟了下，也伸手解了安全带："我带你们过去。"

闻清："……"

看着他这么好说话，再对比他平时对自己的样子，她想揍他的冲动都快要控制不住了！

趁着廖敬清下车的工夫，闻清将姜钰拉到一边："你到底要干吗啊？"

"追男人就得这么追。"姜钰冲她挑挑眉，"我敢保证，你以前肯定没成功把男人约出来过。"

闻清道："……以前都是他们约我好吗？"而且谁说她要追廖敬清了？

"哦——"姜钰拖长音调，"是吗？"

"把你那个'吗'字给我去掉！"闻清有点恼羞成怒的意思。

姜钰贼贼地笑了下："总之你把握好机会，我觉得廖医生不错。"

"哪里不错？"闻清至今除了他的外在之外依旧全无发现。

姜钰道："职业啊，救死扶伤，多积德啊。你以前造的孽都有人替你还了。"

"……"闻清第一次怀疑面前的人到底是不是她亲表妹。

三人一道往美食街走。兴城的街道布局确实不太合理，弯弯曲曲不说，路面还特别窄。这一片历来又是游客聚集的热闹场所，所以很多小商小贩都会跑来夜市摆摊。吃的、玩的、用的，还真是琳琅满目。

闻清来过兴城几次，但还是第一次来这里。

姜钰总归是年纪小，每每见了有趣的小玩意总要停下来。廖敬清跟在两人身后一直极少搭话，他只是偶尔看一眼，但每次都见闻清局外人似的站在一旁。

除了她表妹将东西递过来时给点意见之外，她自己很少去触碰。廖敬清觉得好笑，这女人常常让他觉得不像女人。

多矛盾的一句话，就如她给他的感觉一样。

逛了一段路，姜钰头上已经多了一根草，是一种设计成长了草的小发卡，别在头上时其实有点傻，但廖敬清见附近的小姑娘似乎都这么干。

他个子比此刻穿平底鞋的闻清高出不少，轻而易举就能看到她头顶，不知道为什么，他忽然也想看看闻清头上弄这么个东西，于是鬼使神差地在旁边的小摊上也买了一个。

闻清一直在专注地和姜钰说话，根本不会留意到他的举动。廖敬清把那个小卡子往闻清头上夹的时候，闻清忽然回过头看他。

夜风微凉，还有草莓冰淇淋气味飘过来，两人站在人群中面面相觑。

廖敬清看着这时候的闻清，总觉得她和以往不大一样。

她的头发是长而卷的黑发，因为中分的缘故看起来有种利落强势的感觉，身上也是一件很中性的白衬衫，布料清透，可这样职业的打扮加上那个有点可爱的卡子，居然有种很微妙的感觉。

廖敬清原本恶作剧的心思没达成，反而让他的心无端悸动了一下。

闻清的眼神特别黑，戒备地看着他："你干什么？"

廖敬清淡定地将卡子固定，还抬手帮她顺了顺被风吹乱的几缕头发："没干什么。"

他说完又深深地看了她一眼："别摘，好看。"

"幼稚。"闻清骂了一句，可在别人看不到的地方，整个耳朵都红透了。

廖敬清也觉得不自在，双手插兜率先走到了前头。

闻清的手动了动，却没将卡子摘下来。

一旁喝着奶茶的姜钰呆呆地咬了咬吸管，她看着两人间这样的互动，眼底快要冒出火来了，这这这还需要助攻？她其实是个电灯泡啊。

街上人流湍急拥挤，但总还是会有电动车、摩托车或者小型机动车经过。闻清和姜钰被人群挤得东倒西歪，十分钟的路程走了很久还没到。

闻清走了一阵就将姜钰让到了自己右手边，让她走到马路内侧，这其实是她的习惯动作。

可廖敬清刚好看到她这样的举动，又看了眼她头顶那根绿绿的小草，不由得嘴角弯了弯：这个女人啊……

他跟在两人身后一直走，但今天这一带的人似乎尤其多，廖敬清后来才记起这几天正好在办美食节。一晃神的工夫，他看到闻清被个挺壮的男人撞得踉跄了下，他伸手拽住她胳膊，将人稳稳地扶住了。

闻清抬起头看他。

廖敬清沉默了下，将她拉到了自己的右手边。

闻清明显怔了一怔。

没人比她更懂这个举动的含义。

她疑心廖敬清只是随手这么做，可他后来就一直稳稳地走在她身边，高大挺拔的身躯像是一堵墙，将她安全地禁锢在那一方领地里。

闻清一直呆呆地走着，脑子里空白一片，以前她总是下意识地走到别人的左手边，这还是第一次有人往她左手边靠。尽管这可能只是他身为男人的一个绅士举动，或者其他，但闻清还是觉得……有些心动。

她保护着姜钰，而他，保护着她……

三人并排走在一起，姜钰没有注意到这个小细节，闻清却感到有东西在心里慢慢蔓延开，就像刚才飘过来的草莓冰淇淋的味道。

她的左手缓缓地蹭了蹭他垂放在自己身侧的手背，干燥、温暖、坚硬。

并且他没有将手收走。

闻清嘴角的笑意放大，她舒展指节，轻轻钩住了他的一根手指。

廖敬清的手指明显僵了一下，大概完全没料到闻清会再度蹬鼻子上脸，而闻清想做的事自然也不会轻易放弃，她甚至做好了被甩开的准备。

可廖敬清没有。

她抬眸观察他的反应，见他神色如常始终疏离冷淡，这让她有些气闷，于是又探出根手指挠了挠他的掌心。

他的表情总算有了一丝裂缝，低头看她时目露警告。

闻清却对着他的黑脸偷偷地笑。

她很喜欢看他被自己气到却又无计可施的模样。

廖敬清黢黑的眼眸盯着她，也许只是短短几秒的时间，却有种一眼万年的错觉。他慢慢地转过头去，嘴角若有似无地挑起一抹笑。

像是无奈，又像纵容，他自己都想不清楚。

人头攒动的街头，灯火通明，谁也没有发现两人间的小秘密。他们的手指缠绕在一起，一路都没有松开过。

虽然是自己采取的强硬攻势，但这隐秘的美好的感觉，让闻清心里那阵甜蜜无限地放大了。

到了美食街入口处，廖敬清将手抽了回去。他看起来仍是冷静而自持的，对两人说："你们玩得开心，我走了。"

闻清一愣。

"哎——"姜钰不由得瞪大了眼，"都来到这儿了，和我们一起嘛。你特意送我们过来，哪有送到就走的道理？"

廖敬清看了眼闻清，闻清也在看着他。廖敬清在她的眼里看到了一种类似于期盼的东西。

姜钰的眼神也在两人身上转了转，敏锐地嗅到了JQ的味道，于是说："走吧走吧，我还有好多关于医学方面的问题要向你请教。"

廖敬清被姜钰直接拖走了，再度莫名其妙地加入了两人的消夜阵营。

其实这之前他完全是有机会拒绝的……

廖敬清发现今晚他真是见识了一个完全不一样的闻清，这个女人吃起东西来也是……非常让人叹为观止。

她吃东西很快，也根本不挑，姜钰说吃什么她就吃什么。这和他认识的很多女孩都不一样。

几人吃完东西之后，廖敬清自然又承担起了送两人回去的任务。这次姜钰很自觉地坐在了后排，把闻清直接推进了副驾的位置。

而且姜钰上车之后就开始装睡。

"……"闻清觉得自己这个表妹的演技略浮夸。

廖敬清一路都没有说话，他专注地开着车，似乎也没有和她主动交谈的意思。

闻清决定主动说点什么，她咳了一声，刚想发出音节，结果却从喉咙处发出了一个响亮的打嗝声。

两人俱是一阵沉默。

闻清的脸颊像是被火给烧着了，她都不敢看廖敬清的表情。

这浑蛋，肯定在憋着准备取笑她！想着想着，闻清居然又控制不住地打了个嗝。

车厢里太安静，只有她不时发出咕嘟咕嘟的声音。闻清郁闷得想死。

她将颊边的头发默默地拨了拨，侧过身避开了廖敬清余光所能触及的地方。

结果廖敬清那边一直挺安静，闻清刚想侧过身看他一眼，却感觉到自己的胳膊被什么轻轻碰了一下。

她低头一看，是廖敬清递过来的一瓶水。

他一手紧握方向盘，视线仍然盯着前方路况，像是在做一个很稀松平常的动作。

闻清看着他骨节分明的手指，默默地伸手接过来。

“吃东西慢一点。”廖敬清忽然说，“你是女孩子，那样会比较可爱。”

闻清斜了他一眼，廖敬清也转头看她，随后淡笑道：“虽然现在也挺可爱。声音很好听。”

闻清抿着唇没吭声，她拧开瓶盖喝了口水，可是打嗝的声音还在继续，完全止不住。

廖敬清没有笑话她，可是不笑比笑让她更羞赧。她有些幽怨地问：“廖、廖医生，就没有办法能，呃，能止住，止住吗？”

大概是没见过这女人如此……呆呆蠢蠢的样子，廖敬清漆黑的瞳仁里有浅浅的笑意，他的手指在鼻尖轻轻碰了下，咳了一声说：“也不是没有。”

闻清倏地转头看着他，不自觉又咕嘟了一声：“什么？”

廖敬清也侧目瞧着她，他刚想说“接吻”，可不知道为什么，对着闻清他忽然吐不出这两个字。

他的视线从她微微张合的唇瓣上移开，喉结上下滑动了下：“我忘了。”

闻清拧眉瞧了他一眼，觉得这人很是古怪。

之后廖敬清就不再搭理闻清，而是专心致志地听起她打嗝来，扶在方向盘上的手指还附和着她的节奏，别提有多幼稚多欠揍了。

偏偏闻清不管多愤怒，最后还是会没出息地继续打嗝。

于是廖敬清就这么一路听着她的打嗝声，将两人送到了酒店门口，居然还一副很享受的样子。

闻清气鼓鼓地下了车。姜钰到后来居然真的睡着了，大概是今天舟车劳顿的原因。

闻清站在车门前准备唤醒她，廖敬清忽然叫她的名字，手里拿着她刚才喝过的那瓶水，蹙眉道：“你喝过了，拿走。”

闻清只得绕回前面的车门处，他俯身过来的时候，迎面就是他身上淡淡的消毒水味。闻清不知道为什么忽然心念一动。

她也探过身去，接过水的同时，忽然准确无误地吻上他的唇。

廖敬清彻底愣住了。

她因为是探身进来的缘故，大概这样的姿势很不舒服，所以很快就将拿着矿泉水瓶的那只手缠上了他的脖颈。廖敬清看着她近在咫尺的眼睛，虽然无法对焦，但仍旧能看清她眼里闪烁的光芒。

狡猾，却又带着几分迷醉。

她没有更进一步，只是在他唇上吮吸，到了后来似乎用力咬了一下。

“你说的办法，是这个吧？”闻清退开一点，微微笑着看他，“看起来效果不错，谢谢廖医生。”

她径直去喊姜钰了。后来姜钰似乎还和廖敬清道了声再见，可他有很长一段时间都觉得恍惚，等回过神时，酒店门口早没了那两人的身影。

他觉得自己疯了。

不，是那女人疯了才对。

回去这一路上，廖敬清都忍不住在思考，他今天晚上到底是怎么回事？着魔了，或者被下了降头？总之这一切都太反常了，他竟然没有推开她，反而有些沉溺其中无法自拔。

只是个蜻蜓点水的吻罢了，看她的样子似乎也只是在闹着玩。

他承认闻清在有些方面让他觉得很有意思，或者说她常常会无意识地吸引他的注意力，但这和喜欢、男女之情差得太远了。

更何况明明知道危险还要迎头撞上去，这不是他廖敬清的风格。

所以，一定是魔怔了……

他将车窗降下，夜晚的风很惬意，让人混沌的思绪瞬间清明了不少。他用力踩了脚油门，一路往家开去。

到了家门口，却看到了令他意外的一幕。

门口的两面墙都被泼了大面积的油漆，鲜红色的油漆透着股刺鼻的气味。那样醒目的颜色，张狂地挑战着他的视觉神经。

他站在那儿没动，脑子里隐隐猜到了谁干的。

直到身后的门被打开，住在对面那位发色花白的老奶奶探出头来。对方和他是旧识了，低声问道：“正扬又给你惹麻烦啦？”

廖敬清笑了笑，只说：“这墙看着也旧了，明天正好重新刷一下。”

“你就不该再管那臭小子，从小到大就知道拖累你。”老奶奶为他打抱不平，说完又左右张望了下，“要报警吗？”

这房子是父母留下来的，岁数比他还要大，楼道间当然也没有监控，楼下保安又常年打瞌睡。没人证也没物证，这种情况下，报了警也只会不了了之。

更何况，廖敬清不想把事情闹大。

他安抚老人家说：“没事，我会处理的，不用担心。吓到您了吗？”

老人家摆摆手：“住在你家对面，我什么情况都见过了，没那么容易受惊吓。”

结果一连几天，廖敬清都或多或少地遇上了麻烦事：车子轮胎离奇地漏气，医院也遇到有人故意找茬……连粗神经的钟浩然都察觉了，问他是不是惹了什么不该惹的人。

不该惹的人，要说起来，似乎只有那一个。

廖敬清有点烦躁，他不太愿意相信这事和那女人有关系，尤其不太愿意相信她一边和自己玩暧昧，一边又做着这种事。这时候廖敬清才发现，在他内心深处，居然还是会有类似于“失望”这种情绪的。

但闻清向来就是个张扬跋扈不肯吃亏的性子，没人比他更深有感触。要说两人间的关系，恐怕在她那儿连暧昧都算不上……

晚上，廖敬清接了个电话。对方其实已经很久没找过他了，上一次似乎还是他开车送崴了脚的闻清回酒店那天。

他盯着手机屏幕上的名字，隐约猜到了什么事。

“听说你最近遇上点小麻烦？”果然，对方开口就是这一句。

廖敬清当然知道对方指什么，他默了默说：“我可以自己解决。”

那边失笑道：“敬清啊，你这是打算和我划清界限？”

廖敬清拿了支烟点上，缓缓吐了个烟圈：“七叔，您也说是小麻烦，所以不必劳烦您老人家。”

七叔那头也不知道是信了还是在思忖其他，过了许久才道：“听说是闻定山他女儿搞出来的，真的不用我帮你教训一下？”

廖敬清捏着烟的手指微微一顿，眸色沉了沉：“不用。”

七叔看他坚持便没再说什么，只道：“有空了回来看看，一年可不是只有那一天是重要日子。你这一走，总觉得宅子空荡荡的。”

廖敬清看着屋子里某个虚空的点走神，最后才缓缓地嗯了一声，挂了电话之后，一直在黑暗中沉默。

这几天姜钰一直在想办法约廖敬清，当然是替闻清约的，可不知道为什么，廖敬清的态度却较之前冷淡不少，总是回答没时间。

几次下来，姜钰也发觉不对劲了：“难道是在玩欲擒故纵？”

但转念一想又觉得不大像，虽然和廖敬清接触的有限，但这男人看起来不像那么矫情的人。

“他一直都这样，没什么好奇怪的。”闻清嘴上这样讲，心里却有几分不是滋味。这人也太难掌控了，她都主动了这么多次，怎么还是冷冰冰的没点反应？

难道是因为没恋爱过，所以没经验？

见闻清一直在走神，姜钰用力拍了拍她肩膀：“放心，就算我回了遥远的B市，也会继续发光发热，将这个助攻的角色做到最好！”

闻清开始没明白这话里的意思，可等第二天将姜钰送走，居然马上就接到了叶维臻从B市寄来的特产。姜钰的微信也适时而至："替我送给廖医生，谢谢他给我提供写作素材。"后面还带了个微笑表情。

她看着那笑脸，怎么看怎么有股奸诈的味道在里边。

闻清失笑地摇了摇头，将东西放好，手指轻敲着茶几，两分钟之后还是拿出手机给廖敬清打了个电话。

这次直接没有人接。

闻清猜想他或许正在忙。

后来一想，她干脆打了车直奔医院，算了算这个点离他下班的时间也快了，运气好的话或许能碰一面。

想起那天他被自己吻了之后的模样，她其实还挺期待他看到自己的样子。

结果闻清这一等就等了四十多分钟，廖敬清可能是有事耽搁了，等他出来的时候天色已经有些晚。闻清的脚都快站麻了。

他是和钟浩然一道过来的，两人不知道在说些什么，可闻清注意到了，当他的视线逡巡到自己时，所有表情都收敛了。

变得有些……像是木无表情。

她原本靠在车边的身子不自觉挺了挺。

两人谁也没有开口说话，但气氛明显变了，闻清的感觉向来很准，这气氛是他们之间从未有过的。

幸好身边还有别人，钟浩然见了闻清之后，竟然自来熟地和她打起了招呼："哟，你不是那天那姑娘吗？"

闻清没想到匆匆一面，他居然还能记得自己，也微微颔首说了句："你好。"

"我知道你，你父亲是他的病人。"钟浩然说完才似恍然大悟，"你来找他？"

闻清点了点头。

钟浩然的视线在两人身上一打量，瞬间就明白了："啊，我正好有事先走了，你们聊、你们聊。"说完退到了闻清身后，冲廖敬清比画了个加油的手势。

廖敬清好似没看见。

等人走远了，他才开口，语气极淡："找我有事？"

闻清被他这副样子弄得有些发怔，她将东西递过去，表达了一番姜钰的意思。

廖敬清听完点点头："替我谢谢她。"

他这样说着，可并没有伸手接东西。然后又听到他说："只是萍水相逢，这样的礼太贵重了，心意我领了。"

他说完没再理明显愣住的闻清，径直朝车边走了过去。

闻清蹙着眉，但她并没有犹豫，而是大步跟了上去，直接拉开了副驾驶的门上车。

廖敬清正在系安全带的动作停了下来。

闻清甩上车门，目视前方道："替人跑腿送东西，没有还拿回去的道理。"

廖敬清仍旧没说话，而是一直意味不明地盯着她。

闻清侧过头来，冲他莞尔一笑："我饿了，一起吃饭吧？"

廖敬清的克制像是终于到了极限，冷笑着问："闻清，你到底要干什么？"

闻清一时间说不出话来。

看她略微迷茫的眼神，廖敬清眼底的寒意也越来越浓："这样玩有意思吗？"

"我没在玩。"闻清肯定地重复，"我没有。"

"那你一次次试探算什么？"廖敬清狠狠地看着她，说出的话也透着股狠劲，"进退有度、收放自如，一边和我玩暧昧，一边又处心积虑逼我说正扬的下落，这不是玩是什么？难道你要告诉我，这是真心？"这个世界上，任谁都有两副面孔，眼前的女人也不例外。廖敬清在心里一遍遍告诫自己。

闻清有一瞬间的失神，她没见过这样的廖敬清，他说的每个字都像是直戳她痛处令她无法反驳。她对他，是有些征服欲和好感，但她的确从没考虑过长久的问题，或许是她对感情早就已经没了期待，所以、所以——

不，她忽然反应过来，这话里似乎有什么不对的地方。

"我什么时候逼你说廖正扬的下落了？"虽然她也一直在找廖正扬，但从没逼迫过他不是吗？

"但他恰恰就是症结所在，如果他真和那些事有关呢？我们不可能，无论哪一方面都不合适。"廖敬清一字字道，"闻清，别再招惹我。"

闻清看着他幽深的瞳仁，忽然笑了起来："廖敬清，没有谁敢保证将来什么都不会变，但我敢保证我此刻对你是认真的。我会证明给你看。"

她说完就下了车，车门再度被她摔上。

廖敬清看她一瘸一拐地往前走，眉头下意识地皱了皱。

闻清忍着脚麻走了一段路，结果廖敬清的车堪堪擦着她身边开走了。车窗紧闭，她看不到里面的情形。

抬头望了望天空，闻清还是忍不住骂了句脏话："该死的，没良心！"要不是怕影响他工作特意在停车场等，她也不至于变成瘸子。

闻清干脆站在原地，拿了手机给阿铭打电话，哪知道那边才刚刚嘟了一声，廖敬清的车忽然又折了回来。

车窗玻璃缓缓落下，廖敬清就这么和她遥遥相望："脚怎么了？"

与此同时，电话那头传来阿铭的声音："清姐？"

闻清利落地结束通话。

见她不吭声，廖敬清又说：“上车，我送你。”

“不上。”

廖敬清面无表情地望着她。

闻清道：“会有你求我上的时候。”

谁知廖敬清听完这句，却绷不住笑了起来：“我倒要看看你拿什么上……”

闻清过了一会儿才明白这人竟然在和自己开黄腔！她恨恨地抬手指着他：“廖敬清，你最好别被我追到手，否则——”她狠狠地握紧拳头，朝他挥了挥。

廖敬清没再理她，当真发动车子走了。

他从后视镜里看着闻清往相反的方向走去，余晖将她的影子拉得细细长长，周身都像是泛了层金光。这样的场景，无端就想起那天她第一次出现在家门口。

廖敬清烦躁地将领带扯下来，扔到了后座。

他们本来就是两条平行线，无论怎样都不可能有交集，哪怕走到世界尽头，也不会有重合的一天。

如果将来有天她发现了他的秘密，这一切还是会结束。

所以现在划清界限，对谁都是好事。

刚才一个没忍住差点又坏了事，幸好她没有走上前来，看，他们之间总还是差了一步。他有他的顾忌，而她也有她的不确定。

这样的感情，是不足以支撑他走出去的。

隔天上班，钟浩然果然第一时间过来打听八卦：“闻小姐找你干什么？”

“没干什么。”

钟浩然可没那么好打发，换了个角度开始旁敲侧击：“她是不是喜欢你？我看她看你的眼神可不对啊。”

廖敬清专心看病历，头也不抬地说：“这个你得去问她。”

钟浩然翻了个白眼：“你说你，闻小姐又哪里不合你的意了？长得漂亮家世好，身材也不错，名字都跟你这么合拍！”

廖敬清掀起眼帘，淡淡地瞧他一眼：“你没事注意她身材干什么？”

“咳。”钟浩然讪笑着往他办公桌前一坐，“随便看了一眼，绝对没有再往下想。不过你到底怎么回事？我看你也不像对人家完全没感觉……还有，上次你说不想害人又是怎么回事？”

廖敬清终于放下手里的病历。

钟浩然瞪大眼睛望着他，一副洗耳恭听的架势。廖敬清却轻描淡写地说：“总之不合适，你知道我花了多长时间才摆脱那些人。我不想再和过去的事扯上任何联系。”

钟浩然嘴巴微张，半晌才点点头："明白了，原来闻小姐的背景也这么复杂。"随后又小声咕哝道："可我觉得她那样子，倒有点像从前的……"

廖敬清看向他。钟浩然自觉失言，尴尬笑了笑："我胡说的。"

很多事廖敬清当然没法跟钟浩然讲清楚，连他自己都不想去面对。他知道以闻清的个性也不可能多做纠缠。至于她说什么证明给他看的话，更是当作玩笑听听罢了。

他低下头继续工作，可是心绪却怎么都静不下来，事实上他这几天想起这女人的频率越来越高。

廖敬清觉得，肯定是被烦的。

接下来一段日子倒是风平浪静，闻清没有再出现过，幸好他也没把她的话当真，否则多愚蠢。不过奇怪的是，就连之前偶尔遇到的倒霉事居然也没再发生。

钟浩然犹豫了很久还是弱弱地问："难道是你那个养父背后做了什么？"

回忆起那天和七叔的对话，廖敬清觉得不太像。他决定周末回老宅那边探探口风。

然而周六一大早他就被吵醒了，走廊上传来一阵乒乒乓乓的响动，还有不少人在说话。他以为又是那群惹事的混混，隐约还能听到对门阿婆和他们说着些什么。他倏地从床上起来，大步走了出去，可打开门一看就愣住了。

外面站了不少人，有几个廖敬清觉得十分眼熟，仔细一看果然就是前阵子找他麻烦的人。而被围在中间努力和对门婆婆解释着什么的，正是阿铭。

听到开门声，其中一个男人朝阿铭使了个眼色："铭哥。"

阿铭显然是被对门婆婆的唠叨给折腾得受不了，皱着眉头转过来，看到廖敬清时脸上马上堆满了笑："廖医生你醒了？"

"你们在干什么？"如果只是骚扰他他尚可忍受，但要是影响到无辜的邻里，他绝对不会轻易罢休。

不过阿铭没有回答他，而是招呼另外几个人在他面前排排站，随后所有人朝他齐齐地鞠了一躬："廖医生对不起。"

廖敬清："……"

阿铭小心翼翼地赔着笑道："之前我不懂事给你添麻烦了，还请您大人不记小人过。"

"哦？"廖敬清冷笑着问，"你给我添什么麻烦了？"

阿铭的态度出奇地好："就是那些破事呗。您放心，我一定会好好处理。我们已经跟这楼里的人都道过歉了，这不，我们会把墙面重新处理。"

廖敬清沉着脸没说话，他没搞懂这伙人又是在演哪一出。

阿铭对几人比画了下，他们马上纷纷散开，戴了帽子就开始干活。

他则笑眯眯地凑到廖敬清跟前："廖医生，这些事都是我一个人搞出来的，我也是着急，你不知道眼下多少债主追在我们屁股后边，其实我们的情况比你惨多啦。我就是心急想找到你弟弟，然后问问那个女人的消息。可我绝对没有针对你的意思。”

廖敬清抱着胳膊打量他，阿铭又解释：“不过这事和闻叔、清姐都没关系。你就接受我的道歉吧，你要是不接受，清姐肯定和我没完。”

廖敬清的胳膊终于慢慢松开了，他蹙着眉头反问：“是闻清让你来的？”

“啊，对。”阿铭挠了挠头，“你知道的，这些都是帮忙讨债的人惯用的伎俩，我只是找了他们，剩下的事也没管。其实清姐早就警告过我了，只是我太着急……”

关上门之后，廖敬清倒了杯水，走廊上的动静已经小多了。他看了眼安静地躺在桌面上的手机，到底什么都没做。

等到中午出门的时候，廖敬清发现原本刮花斑驳的墙面已经平整了许多，而且新刷的油漆颜色鲜亮，整栋楼都比之前要明亮不少。

就连几处坏了的声控灯也被弄好了。

这栋楼的住户基本都是年迈的老人，他出去时在楼道口遇到几个大爷大妈在聊天，几人见了他马上迎上来问东问西的。

廖敬清并不知道阿铭是怎么和他们解释的，这会儿才知道，原来大爷大妈们都以为是他争取来的福利，几人有好奇的也有八卦的，最后无一不是对着他奉承夸赞，而以前对他的怨言倒是一扫而空。

廖敬清莫名焦躁，但还是耐心地应付。结果，在车边又撞见了阿铭。

阿铭正蹲在他的车旁边研究着什么。

见他出现，阿铭马上蹿了过来：“廖医生，我刚才观察下你的车，毛病还挺多的。这样，你把钥匙给我，我开去修理行——”

“够了。”廖敬清一脸忍耐地转过身，“回去告诉闻清，这件事翻篇了。”

阿铭瞪着眼：“你原谅我了？”

廖敬清没有说话。

阿铭又试探道：“那要不，你给清姐打个电话说一声？”

廖敬清发现不只是闻家的人，就连和他们有关的人也都十分擅长得寸进尺。

他直接问：“我为什么要给她打电话？”

“啊。”阿铭说，“告诉她你原谅我了啊，不然清姐会继续收拾我的。”

廖敬清直接上车锁了车门。

一连几天闻清都没有出现，廖敬清每天上班时看到崭新的楼道总能不自觉想到她。他目不斜视，可还是会嗅到油漆散发出的那股淡淡清香，那香味明明很淡，可总有种无处不在的错觉。

在医院也一样，饭点的时候，他总会收到有人帮他提前预订的午餐。

廖敬清盯着餐盒，那眼神就跟盯着闻清一样又凶又狠。他知道那女人什么意思，她就等着自己主动打电话过去。

他当然不想如了她的愿，可坚持了几天还是受不了，他从来都不喜欢太高调，可有人在高调追求他的说法已经开始在医院传开了。

廖敬清决定主动打电话过去，结果那女人没有接，等他第二次打的时候，那女人竟然挂、他、电、话！

廖敬清简直不知道该怎样形容他当时的心情，要是那女人在他面前，他一定……一定饶不了她！

可第二天他下班的时候，闻清居然又主动拨了过来，廖敬清咬着牙接通了。

也只是五天没见，那女人的声音此刻听起来居然有种暌违已久的熟稔感。她说："廖医生找我有事？"

廖敬清沉默了下："不要再给我送吃的。"

"哦，好的。"闻清很爽快地答应了。

她这么好说话，廖敬清接下来反倒不知道该说点什么，原本以为要费一番口舌的。

两人都陷入奇怪的沉默之中，廖敬清听着她那边传来的浅浅的呼吸声，思绪有一瞬间的短路。

直到闻清再开口："还有其他事吗？"

廖敬清说："你不需要做那么多。"

虽然他没讲明白，但闻清还是懂了："也不是为了你一个人，上次去的时候就发现那里住了很多老人，而且上次我从你家出来就差点摔了。"

廖敬清下意识皱了下眉头。

闻清捏着电话微微一笑，又说："不过主要还是为了你。"

不知道是不是隔着电波的关系，闻清的声音听起来软软的，又带了很浅的鼻音，这和她以往强势的形象有很大反差，廖敬清听着她说出这句话，心跳居然漏掉了一拍。

他吁了口气，有点警告性地唤她的名字："闻清。"

"嗯。"闻清忽然又说，"万一下次我再去你家问你关于廖正扬的事，再摔了怎么办？"

廖敬清："……"

所以刚才他，一不小心自作多情了？

闻清靠着窗户，嘴角的笑容又放大了些："如果没别的事，那我挂了。"

廖敬清心绪复杂地挂了电话，他再一次有种想掐死这女人的冲动。

不管怎么说，闻清已经答应不再往他这送东西，这是好事，至少生活能恢复平静。廖敬清这么想着，心里总算松了口气。

可等他回到家，马上就觉得自己真是太低估这女人了。

"你为什么在这儿？"廖敬清看了眼忽然出现在隔壁的闻清，太阳穴都在突突直跳。

这栋楼的户型不大，一梯三户，原来隔壁家早就搬走了，一直空着，只住了他和对面那对老夫妇。大概是这几天白天他都在医院，所以根本没注意到有人搬进来，这么一看，居然还简单装修过了！

闻清靠着门框冲他笑："我不可能一直住在酒店啊。"

廖敬清真不想拆穿她，但还是说："那么多地方，你就选这里？"

"近水楼台，你不懂吗？"闻清往前一步，微微仰着头看他，眼睛眯得像只小狐狸。

因为有之前那通电话，自己一不小心被她戏弄的事，于是廖敬清没往别处想，就这么冷冷地看着。结果闻清也丝毫不动摇地盯着他，好似她真的只为他而来。

廖敬清笑了一下："没有其他原因，比如……我弟弟？"

闻清想了下，丝毫不回避："当然也有。"

廖敬清也说不上心里什么滋味，明明已经很警惕，但好像还是不知不觉中有些许期待，不知不觉着了她的道儿……

总之，他今天脑子里已经冒出过好几次想掐死她的念头。他也往前一步，垂下眼眸盯着她："清姐的手段还真是，挺熟练，嗯？"

他可没忘了上次这女人说过的，她什么样的男人没见过。光想想她用这种手段撩过多少男人他就——

闻清看着他脸色忽然沉了下来，耸了耸肩膀："放心，你是你，廖正扬是廖正扬，我分得很清楚。"说完之后她像是准备进屋，又忽然想起了什么，然后转身看着他。

廖敬清以为她又要说似是而非的话来逗自己，结果她却说："我个性很直接，喜欢了就是喜欢了，我也不知道将来有多远，毕竟说再多都是虚的，倒不如努力试试。"

安静的走廊上，只有她和他面对面站着。

"廖敬清，我想和你更进一步，这就是我对你所有的目的。"她冲他挤了下眼睛，笑得心无旁骛，"虽然你现在对我没兴趣，但我有自信，你会喜欢我。"

直到她关上门，廖敬清都没回过神来。从小到大他听过很多告白，那些女孩或娇羞或直接，可没有人像闻清这样。她没有说太多冠冕堂皇的话，甚至自信得让人不可思议，但还是让他有短暂的迷失。

他看着那扇紧合的门板，不自觉笑了下，这女人还真是一如既往的不按常理出牌。

第三章
无处躲藏的喜欢

闻清会搬来这里，还有一个原因就是闻定山。他一直在努力劝说她搬过去同住，闻定山在兴城的时间这么久，当然有自己的房产，可闻清是一百万个不愿意天天对着他的。

或许是她最近的态度有转变，对公司的事比较上心，所以闻定山便自认为她已经软化下去。闻清每每想到这些就心如乱麻。

她内心深处依然抗拒闻定山，处处都不想顺着他，可他的身体状况又容不得她太忤逆。

然后她就想到了这……

闻清拿起手中的资料一页页翻看，那是调查廖正扬时，和廖敬清有关的部分。

其实一直以来廖敬清吸引她的都不只是不好掌控这一点，还有他对家庭的那份所谓“责任感”。

资料上显示，廖敬清的父母很早就去世了，他们是跟着爷爷一起长大的。他曾经为了廖正扬要放弃学业，可是再后来不知道为什么放弃学业的却变成了廖正扬，再后来廖正扬就变成了一个不学无术的小混混，成天惹是生非。

更多的内容就查不到了，但廖敬清这几年为了廖正扬付出的可不少，廖正扬不管闯了什么祸都是廖敬清帮他处理的。可想而知，像廖正扬和唐娜这种破事给他带来的麻烦恐怕也不是第一次了。

是什么样的原因，让廖敬清对这样一个弟弟始终不离不弃？以他的性格绝对不是那种任由弟弟胡作非为还一再忍让包容的。

闻清觉得，廖敬清有些地方和自己很相似，可有的地方又……

但有一点她很确定，那就是廖敬清又多了一个吸引她的地方。

她拿起手边的杯子想要喝水，这才记起搬来之后还没烧过开水，于是拿着资料一边走一边看，径直去了厨房。

这房子真的太久没人居住了，许多地方的开关和线路都严重老化，她只是想烧水喝点东西，结果也不知道碰了哪里，屋子里的灯闪了几下就猛地熄灭了。

一片黑暗中，闻清静默了几秒，她记得自己还没准备修理箱。

看来只能去找廖敬清了。

她刚把门打开，就见自家门口一个漆黑的影子晃来晃去，大抵是猛然间看到冲击力太强，她差点将手里的手机拍过去。

幸好那影子很灵敏，稳稳地接住了她迎面挥过去的手，然后微微用力就将她扯进了怀里。

鼻间嗅到了那抹熟悉的淡淡的消毒水味。

他在她耳边说："我。"

闻清静了一瞬："你在我门口干吗？"

随即她余光瞄到了廖敬清家的方向，那里同样黑漆漆的什么都看不到。她猛然间意识到，这种老房子，他们三家应该是同一根线路。

下一秒，廖敬清的指尖忽然沿着她手腕慢慢上滑，干燥的指节磨砺着她的掌心，轻轻的、痒痒的，一路往上，随后落在了她的手机上。

他将她手机中的照明点亮，刺眼的光让两人都不自觉闭了下眼睛。

只听他说："你刚才干什么了？"

"什么也没干。"

廖敬清显然不相信，但或许也知道这里线路问题一直糟糕，便没再追问，而是微微抬起头看向总闸的位置。

他的手还在下意识抓着她的，闻清则捏着手机替他照明，可这样的姿势就仿佛一直依偎在他怀里。

她看着他被光线笼住的脸庞，五官的线条越发显得凌厉逼人，而不自觉皱起的眉头更添英气。

"等着，我去看看。"他对她说着，喉结轻轻滚动，白衬衫下裸露出的那一块肌肤都显得性感极了。

廖敬清正准备松开她的手，闻清忽然反手将手机牢牢盖住，所有光线都被她的掌心给遮挡严实了。原本那一方小小的余光忽然消失不见，一切再度陷入了黑暗中。

闻清钩住他的脖子，踮了踮脚，然后在他唇边停了下来。

她轻轻地说："廖敬清，我们接吻吧。"

廖敬清的沉默和黑暗一样无边无际，闻清不知道他在想什么，两人谁也没动。

倒是对面阿婆的门忽然也打开了。阿婆腿脚不便，只是站在门内喊了声廖敬清的名字。

廖敬清应了一声，声音依旧是不畏不怒的，再正经不过。

阿婆松了口气："你在就好，我还以为你不在家呢，当心点啊。"说完老人家关上了门，显然对廖敬清百分百信任。

一片静谧之中，只剩闻清和廖敬清呼吸相闻。

闻清钩着他的脖颈，脸贴在他硬朗的胸口哧哧笑了两声，像是觉得有趣极了。随后便踮着脚将他吻住了。

这是不同于上次的一个吻，没有轻轻触碰，也不再是浅尝辄止，闻清吮着他燥热的唇，将自己小小的舌尖也一并探了进去。

黑暗最能诱惑出人心底最深层的欲望和罪恶，廖敬清的回应让闻清有些惊讶。他比她想象的要强势得多，将她压在身后的墙壁上几乎动弹不得。

"记好了，是你招我的。"他掐着她的腰，哑声说着，继而低头含住她的唇，那气势像是要吞了她一样。

可他到底还是克制的，并没有将事情做得很彻底，他只是回应着她的吻，可又像是他在主导，总之是场很奇妙的经历。

不知道吻了多久，最后也不知道是怎样松开彼此的，闻清躺回床上的时候都觉得浑身发烫。

他将电路维修好，没有对她多说什么，只是伸手敲了敲她脑袋，说了声晚安就离开了。

闻清不知道这意味着什么，但她知道两人的关系不一样了。

之后的几天廖敬清非常忙，常常加班。闻清很少会在楼里遇见他，加上她也有不少事要忙，所以两人倒是一直没碰上面。

这样反倒将那天的事舒缓了些，以廖敬清那个别扭的个性，下次再见或许就没那么尴尬了。闻清这样想。

她没事就给廖敬清发条微信刷一下存在感，他偶尔会回，不回的多半是被她撩得无言以对的。好多次他都咬牙切齿地给她回语音："闻清你能不能矜持点？"

闻清直接给他发个红包。

看着520三个刺眼的数字，廖敬清顿时什么火都发不出来了，简直哭笑不得，最后只剩四个字给她：不可理喻。

闻清完全能想象他那个又气又无奈的样子，她自己不觉得，但脸上的笑倒是越来越多。时间长了，连闻定山都发现了。

两人正在公司会议室谈事情，闻清拿着手机摆弄个没完，那种笑容更是从来没有过的。

闻定山喝了口茶，不着痕迹地问："这么开心，碰上什么高兴事了？"

闻清头也不抬地说："是有高兴事，但不方便告诉你。"

闻定山默了默，终于按捺不住了："恋爱了？"见闻清不说，又接着道："你和沈逸真的翻篇了？"

闻清这才将手机放下："以后不要再提他。"

"好，我不提。"看得出闻定山很想和她好好谈谈心，身子往前倾，和颜悦色地说："跟爸说说，你是不是喜欢谁了？爸给你把把关。"

闻清看了他很久，看得闻定山都有些不自然了，她才平静地说："我们之间，还是多谈谈公事吧。我不想和你吵架。"

闻定山脸上一闪而过的失望。他重重点了下头，苦笑道："好好，谈公事。你和爸爸说什么，爸爸都高兴。"

闻清低着头，可握着文件夹的手指下意识紧了紧。

两人谈完事情，闻清立刻就走了，闻定山坐在沙发上若有所思地注视着她的背影。随后他对门外的阿铭招了招手："你进来，我有话问你。"

阿铭："……"

接到闻定山的电话时，廖敬清并不意外，他当时刚刚结束一个会议往外走，看到那个名字只是微微眯了眯眼睛，马上就接了起来："闻先生。"

闻定山也不啰嗦，开门见山地说："廖医生，关于你和闻清，我想和你谈谈。"

廖敬清笑了下："可以，明天下午怎么样？"

"好，就在你医院附近的那个咖啡厅吧。"

结束通话之后，廖敬清的神情瞬间变得冰冷，他漠然地将手机放进白大褂里，周身森寒的气场像是瞬间换了一个人。

路过的方主任拍了拍他肩膀，被他猛然转过身时的样子吓了一跳。

"有事吗，主任？"廖敬清笑着问。

方主任才回过神来，说："哦，哦，我就是想提醒你这个报告抓紧点。你这个立意不错，这几年市场上那些保健品真是参差不齐，是该好好整顿一下了，要是能引起重视也算功德一件。"

"好，我会尽快。"

方主任说完就走了，可走出了几步仍然觉得诧异，频频回头张望。大概是廖敬清平时太温顺谦和，他一度觉得是自己看错了。

廖敬清等方主任走了才扯了扯领带，深深吸了口气。他最近越来越难自控，大概是被那女人给闹的。

晚上他回去得很晚，谁知刚刚拿出钥匙，闻清那边的门马上就打开了。她只穿了件睡衣站在门口，但眼神澄澈发丝柔软，一看就是还没睡。

廖敬清淡定地继续转动钥匙："怎么还没睡？"

闻清说："装什么蒜，很明显是在等你啊。"

廖敬清沉默着没说话，已经将门打开了，静了静才回过身："怎么了？"

闻清抱着胳膊也不吭声，微微板着脸。她这副样子倒是和平日那个张牙舞爪的闻清截然不同，透着几分女孩该有的小委屈。

廖敬清叹了口气："我没有躲你，最近真的很忙。"

闻清终于笑了，往前一步走近他，然后侧身进了他的家门，丢下一句："你煮消夜给我吃，我就相信你。"

廖敬清看着她细瘦单薄的身躯在灯下晃动的影子，心底再度被躁郁填满，他只是想离闻家父女俩远一点，可为什么一次又一次地事与愿违？

难道这世界上，真的有因果轮回这件事？

廖敬清果然是会做饭的，闻清支着下巴看他在厨房里忙碌。

修长的背影，白衣黑裤的男人沐浴在暖柔的光线中，尽管他始终微蹙着眉头，可动作利索熟练，伴随着里边传来的嗞嗞声，香气顿时溢满了整间屋子。夜深人静的时刻，仿佛光是这样的过程就令人很享受，有安宁的味道，也有踏实的感觉。

会做饭的男人不一定都有魅力，但有魅力的男人还会做饭，这便很令人着迷。

廖敬清的动作很快，两碗面不一会儿就上桌了。闻清看了眼，卖相不错，除了有绿油油的蔬菜以外，还有香菇和虾仁。

"快点吃。"廖敬清说话间又递过来一杯水，在她对面的椅子上坐下。

闻清拿起筷子："是让我快点吃完好离开你家吗？"

廖敬清低头拌手里的面，提醒她："已经很晚了。"

闻清撇了撇嘴角："我又不会吃了你。"

廖敬清终于抬起眼看她。闻清适时地展露微笑："我真的只是来吃面的。"

廖敬清看了眼她身上的睡衣，没有发表意见，低头专心吃自己的。闻清也挑起面尝了一口，点着头说："嗯，味道果然和看起来一样好。"

许是自己多心，廖敬清总是不自觉将这话想歪，但他观察闻清，见她低眉顺目地乖乖吃东西。从他的角度看过去，只能看到她浓密的睫毛，像是两把可爱的小扇子。

廖敬清便说："不会做饭的人没权利挑剔，所以哪怕不好吃，你也得吃光它。"

闻清夹了条青菜咬了一口，抬头慢慢地嚼着，等嚼完咽下去才看着他道："谁告诉你我不会做饭？"

的确是没有，仅是她这样的外表和个性向他传递了这种信息而已……

闻清又拿勺子喝了口汤："也不奇怪，连我妈也觉得我什么都不会、照顾不好自己，其实我会做的很多，只是没机会而已。"

这还是廖敬清第一次听闻清说起她妈妈，不由得停了下筷子。

"我应该给她做一次饭的，至少让她知道我可以过得很好，不让她带着牵挂走。"

廖敬清的眼神变得复杂起来："你妈妈她——"

"去世了。"闻清也没刻意看他，像是自言自语一样，"癌症，一个人撑了很久，我到最后才知道。而且我连她最后一面也没见到，很不孝顺。"

廖敬清一时不知道该说点什么。

闻清抬头冲他笑了下："但是你说我对闻定山不孝顺，我可不承认，要不是他和唐娜的事，我想我妈的病也不会恶化得那么快。我现在还愿意管他的事也是尽最后的义务，以后就什么都不欠他了。"

廖敬清无声地看着闻清，黢黑的眼眸下有异样的情绪流淌。

闻清慢慢地说："我不会原谅闻定山，也不会轻易饶了唐娜。"

廖敬清低下头，握着筷子的指节渐渐紧绷。

闻清见他沉默不语，以为他是在为廖正扬的事烦恼，于是说："当然，我说过，廖正扬是廖正扬，你是你。这件事就算我不调查，警察也早晚会查清楚，他影响不到我们。而且，他是成年人了，如果真做了什么，该为自己的行为负责。"

话音落下，屋子里无人说话，她的一番急切像是掉进了空谷，毫无回应。

闻清咬了咬筷子。

廖敬清忽然起身将面前的碗收走，只扔给她一句："别光顾着说话，面凉了不好吃。"

吃完东西，廖敬清将她送到门口。闻清迟疑着还是回头对他说："所以你在意的，是怕你弟弟影响到我们？"

廖敬清看了她一会儿，轻笑道："我们？"

闻清扬了扬眉梢："我们。"

廖敬清长久地注视着她，眉眼间像是闪过太多太多的情绪，最后近乎无奈地问："闻清，为什么要是我呢？你对我了解多少，知道多少？如果……有天你发现我并不是你认为的那样，又会如何？"

她这一番孤勇总是让他震惊，他实在不明白让她这么勇往直前的原因是什么。

闻清思考了下："坦白说，我对你了解是不够，但我没机会离你更近啊，你总在不断地推开我。"

廖敬清执拗地看着她，瞳仁乌黑又深不可测："回答我最后那个问题。"

"如果你不是我认为的那样，"闻清轻轻重复着，随后笑了，"你知道自己在我心里是什么样？这个世界上没有谁会是谁心目中完美的样子。而且，爱情为什么要考虑那么多？”

廖敬清看着闻清。

闻清走近他一步，微微仰起头来：“我妈走的时候，我有很多事很多话都没来得及对她说。我非常爱她，到现在做梦梦里都是满满的遗憾。我不想以后再有遗憾，关于你跟我。”

两人站在玄关处，那一方没有足够光线的地方，夏夜闷热而嘈杂，不知道哪里飞来的一只蚊子嗡嗡地在头顶打转。

闻清伸手要去拍它，可她刚刚探出去的手被他抓住了。

他深深地看着她，眼底似乎有犹豫和挣扎。闻清在那一刻听到了自己如擂鼓一般的心跳声。

随后他的手却陡然掉转方向，拇指指腹滑过她唇角，轻轻替她擦拭了一下。他在笑着，又像是伴着一声低叹地说：“你这样，真像个孩子。”

闻清目露疑惑，但她没有追问，她只是奇怪，刚才有那么一瞬间，她分明感觉廖敬清要对自己说点什么，或者做点什么。他抓住她的手，更像是要给她一个拥抱，但不知出于什么原因，他的心意，真实的心意，又被他生生压了回去。

第二天廖敬清如约去见闻定山，闻定山到得比他还要早。

两人还是第一次在医院以外的地方见面，廖敬清先打招呼：“闻先生看起来气色不错。”

闻定山笑着道：“那还要谢谢廖医生，谢谢你在医院对我尽心尽力的照顾。”

廖敬清看着面前的人，清楚地听懂了“尽心尽力”四个字背后的含义，脸上的笑意不变：“只是身为医生对病人的职责而已。”

闻定山收敛笑意，看着廖敬清点东西，直到侍应离开，他才长吁了口气：“廖医生，咱们就不说场面话了。我知道闻清最近一直在麻烦你，但你也知道你弟弟和唐娜的事，我想你们的关系不适合走得太近，所以……”

“闻先生想让我离闻清远一点？”廖敬清嘴角露出一个近乎嘲讽的笑。

这样的廖敬清对于闻定山而言也是陌生的，那样的眼神似乎代表着某种轻蔑，像是看不起，又像是憎恶？

闻定山蹙了蹙眉，可再仔细看又发现他与平时谦和的模样没什么区别。他怀疑是自己想多了，毕竟他除了这次住院就医之外，确定和廖敬清是没有任何交集的。

廖敬清已经神色如常地说：“我的心意闻小姐一直都很清楚。”

饶是闻定山再镇定，也听出了自己女儿倒贴的意思，他的眉头不自觉皱了下，说出的话当然也没多好听：“这个你放心，闻清那里我会解决，你和她从前喜欢过的人都不是一个类型，我觉得她只是一时兴起而已。你也知道她的工作重心都在B市，兴城对于她将来的职业发展毫无益处，她早晚还是要走的。”

廖敬清低头喝咖啡，这一连串的话看起来对他毫无影响，可仔细看还是不难发现他手背上赫然鼓起的经脉。

他将杯子放下，点点头：“闻先生怎么做是你的自由，我想你今天约我见面实在没什么用处，因为这一切的决定权不在我。”

闻定山握了握拳头，又缓缓松开：“我知道这样约你见面很唐突，说实话，如果你们两情相悦我也未必会操心，我是看出廖医生你没那个意思，担心我女儿受伤害罢了。”

廖敬清露出点意外的表情，可心里显然并不相信。如果他真和闻清两情相悦，面前这只老狐狸真的会同意?

只听闻定山又说：“你也看出我们父女感情不好，我做错事与人无忧，也不敢奢望她原谅我，只是想在有生之年尽好父亲的义务。我这个女儿，看起来性格强硬直接，可也因为这样，她是不会喊疼不会喊痛的人，我就是想好好保护她，既然你没那个意思，我也就好办了。”

廖敬清没有接话。

闻定山说：“我给她安排了个合适的对象，是她一直欣赏的类型，只要廖医生配合，我想这件事会很顺利。”

“为人父母，您还真是用心良苦。”廖敬清说完顿了顿，忽地嘴角一勾，“不知道您说的这位，真的是因为适合才介绍给闻小姐当朋友，还是因为他对你的公司有帮助呢？”

闻定山一愣，面露尴尬：“不管是因为什么，我都希望闻清将来的生活好一点，我没觉得自己做错了。”

“闻先生口口声声说要补偿，可似乎永远不懂悔改之意。”廖敬清没再继续说下去，拿出钱夹率先结了账，“希望闻小姐能如你所愿。”

闻定山：“……”

廖敬清回去这一路，路况出奇地堵，到处都是喇叭声和拥挤的车流。他握着方向盘一动不动地坐在主驾上，面色却暗沉如水。

全乱了，一切都乱了，乱的不只是他的计划，似乎还有他的心。

他第一次尝到了近乎失控的滋味，明知道应该冷静地做完一切抽身离开，可如今，他满脑子都是那个女人。他表现得再淡定，还是被闻定山那些话干扰到了，忍不住去想，闻清会去相亲吗？那个所谓的她一直喜欢的类型，是不是能顺利引起她的注意?

堵得水泄不通的路况，一如自己此刻的心情。

闻清并不知道闻定山给自己安排的饭局是相亲，她原本以为这只是一场普通的应酬，直到到了约定好的地方，才隐约觉得不对劲。

闻定山对她的打扮似乎很不满意："你怎么不穿裙子？还有，这个妆是不是太淡了？"

"谈生意，当然是给人感觉专业就行。"闻清诧异道，"穿不穿裙子有什么关系？"

之前闻定山只告诉她，说这位程先生对公司品牌感兴趣，很有意向合作。可眼下这感觉怎么怪怪的？

闻定山仍然皱着眉头，时间差不多了，只得挥了挥手："行，先进去吧。"

闻清狐疑地看了他一眼。

闻定山又低声和她介绍说："程先生之前在温莎杂志社做过主编，现在继承了家族生意，但也算半个娱乐圈人，你们应该很有共同话题。"

"调查得这么清楚。"闻清瞥了眼父亲，"不要期望过高，我对应酬这种事不擅长，别搞砸就是万幸了。"

闻定山不以为意道："你只要表现自然就好。"

闻清看了他一眼，推开门进了包间。

包间里已经有人在等了，男人正襟危坐，听到动静微微抬起眼来。

怎么说呢，那是个浑身上下都散发着成熟味道的男人，鼻梁上架着无框眼镜，身上的西装熨烫挺括整齐，每一个细节都彰显着贵气和稳重。他站起身来，挺拔的身姿往那儿一站就是道风景，就连声线也醇厚动听："你好，我是程季青。"

闻清的嘴角向上一挑，似乎明白了闻定山的意图。她余光往闻定山身上一扫，果然见他正若有所思地打量自己。

闻清大方地同对方握了握手："你好，闻清。"

程季青的视线在她身上淡淡一扫就离开了，扬了扬手："坐吧。"

闻清在圆桌的另一侧坐下，离着程季青有两个位子的距离。

"这么看，我和闻小姐也算有缘，名字里居然都有个'青'字。"

这位程先生显然很健谈，又很善于聊天，找了个不错的话题作为切入点。闻清笑了笑："不知道程先生的'青'是哪一个'青'。"

"青色的青。"

"嗯，那我们不一样。"闻清接道，"我是清楚的清。"

"因为你是女士，所以自然比我要温润如水，这个清很适合你。"

闻清不得不对面前的人刮目相看了，笑意深了些："程先生真会说话。"

程季青回以浅笑。

闻定山看着两人相谈甚欢的样子，原本提着的一颗心总算放了回去，果然如他所料，闻清对廖敬清就是一时兴起。

闻定山找了个机会说要去卫生间，特意留下两人独处。可等他刚刚离开，闻清马上就收敛笑意，开门见山地道：“程先生，我必须向你坦白，今天或许是个误会。”

程季青原本正要喝茶的动作停了下，挑起眉，好整以暇地看向她。

医院这边，廖敬清已经第三次走神。方主任不得不暂时停下谈话内容，关切地问：“小廖，你脸色不太好，不舒服？”

廖敬清看着方主任：“哦，可能是昨晚没睡好。”

“看来你为这个报告真是操了不少心啊。”方主任敲了敲办公桌，沉吟了几秒，“这样，你先回去休息，这个报告我再好好看一下。你这次举证的这家企业在兴城很有影响力，虽然现在爆出资金问题，但如果确定他们的保健品有问题，这个品牌可能就要彻底在市面上消失。毕竟是政府之前扶持过的企业，对兴城的影响肯定不会小。”

“我知道。”廖敬清看了眼方主任，“希望别令你为难才好。”

走出主任办公室后，廖敬清站着用力捻了捻眉心。他昨晚的确是没睡好，可没睡好的原因却不是那份报告……而是隔壁那个女人。

闻清昨晚难得没有骚扰他，隔着一堵墙壁，他也无从知道她在做什么——是在为第二天的相亲做准备？还是在忙其他？

廖敬清从不费心去想些没意义的人和事，这还是他头一次为他人辗转反侧，又或者是这段日子想起这女人的时候越来越多，梦里面居然也是她。

那是个不太好说出口的梦，难以启齿的不仅仅是梦的内容，还有他梦醒后的反应。

他看着自己睡裤下高高耸立的部位异常恼火，正是血气方刚的年纪，到底还是被这女人撩出问题来了。后来他闭着眼放任自己，发泄出来的时候竟觉得异常的酣畅淋漓，可又隐隐有些意犹未尽……

真该死。

廖敬清此时想起这些，仍旧是怒不可遏。不知道为什么，今天一整天他胸口都仿佛憋了一股火似的。

平时那些爱和他说笑的小护士也都察觉到了，远远地避着他，背后却悄悄议论起廖医生是不是谈恋爱了。

下午的时候，钟浩然忽然风风火火地冲进了他办公室，神秘兮兮地问：“你和那个闻小姐真的什么事也没有？”

廖敬清如今听到这女人的名字都觉得脑仁疼，脸色不善地抬头看着他。

钟浩然耸了耸肩膀：“要是什么事也没有，那我就不八卦给你听了。”

他说完作势要走。廖敬清沉着脸，到底还是喊住了他："你到底想说什么？"

钟浩然兴奋地扑回他办公桌前："我中午送你嫂子去同学聚会，结果你猜我遇到了谁？"

"闻清。"廖敬清看似平淡地说，"你之前已经提过了。"

"提过了吗？"钟浩然挠了挠头，"不过这不重要，重要的是我跟服务员打听过了，等在里面的是一男的，海龟，程家二公子，这一看就是要相亲的节奏啊。"

廖敬清没接话。

钟浩然又俯身过来，继续说着："我记得闻先生的公司出了问题，找程家相亲，是不是想东山再起？"

谁知道一直没反应的廖敬清，听到这儿忽然冷笑了下，眉眼间有狰狞的厉色一闪而过。

钟浩然被他这一笑给震慑住了，抖了抖肩膀："怎么了？"

廖敬清恢复了几分神色，顺手整理下桌上的资料："没什么。她这个年纪相亲也很平常，你怎么这么八卦？"

钟浩然歪着头看了他一会儿，嘿嘿一笑："是吗？我还以为你会介意呢！不介意就好，反正是八卦嘛，随便听听别往心里去。"

廖敬清沉默着，可等钟浩然一走，忽然将手中的资料狠狠砸在了紧合的门板上。

他之前听闻定山说起，还以为闻清未必会去，可瞧瞧眼下，这女人还真的去了！她竟然真敢去！廖敬清看着纷纷扬扬落在地板上的白色纸张，再度伸手压了压突突直跳的太阳穴，这一整天的郁气似乎终于到了头。

闻清回去的时候，手里抱了一摞资料，顺便还和程季青通了个电话。

她没想到对方是真的想和他们公司合作，虽然对方看中的是他们的品牌和配方，给出的条件也略微有些苛刻，但如果利用好了也许就能顺利渡过难关。

她以前对商业上的运作不太懂，也是最近才恶补的，所以聊起来有些吃力，于是最后说："不如你明天来公司一趟，我们再详细聊一聊。"

到时候有阿铭和闻定山在场，谈判起来会更加顺手。

她一边聊电话一边开门，可门刚刚打开，忽然被一阵巨大的推力给推了进去。身后的门板应声合上，她的身体也被狠狠地钉在了上面。

她陡然撞见那双幽沉的眼，还有粗重的喘息声，不自觉扬了扬唇角。

一片静谧之中，廖敬清能很清晰地听到那边男人说话的声音："好，那明天见。"

通话刚刚结束，闻清的电话被毫无预兆地夺走了。廖敬清看也不看地将它往身后一扔，居然稳稳地扔进了沙发里。她忍不住笑了一声，伸手圈住了他脖颈："廖医生今天脾气好大啊，谁惹你不高兴了？"

廖敬清反手握住她的手腕，将她的手压在了墙壁上。这时候闻清才感觉到他无形中散发出的强迫感。

他像是要证明谁才是这场关系的主导者一般，始终压制着她，良久才俯身，在她耳边轻声说道："清姐真是好手段，这么快就约了下一场？"

闻清笑了一声："廖医生这语气听起来怎么这么酸？"

廖敬清记起以前也这样调侃过闻清，但他没有闻清那闲情逸致，只是微微低头瞥了眼撒落在地的文件。他慢慢抬起头，对着她笑笑："酸不酸，尝尝就知道了。"

闻清愣了一下。

廖敬清没给她太多时间准备，很快就低下头来用力吻住了她。他按着她的手腕让她动弹不得，可唇舌之间，却引诱着她亦步亦趋地缠紧了自己。

那时候闻清并不懂，这个吻仿佛早就预知了一切。在这段关系里，看似一直是她在主导，可不知不觉中，有些东西早就变了味。

"为什么吻我？"一吻结束，闻清开口便是这样一句。她脸上看不出多余的情绪来，但眼底写满了执拗和期待。

她在固执地等待，像是有所期许，但又随时都对他的回应充满了自信。她仿佛深信不疑在这场博弈中，自己一定会成为胜利者。

廖敬清微垂着眼皮，安静片刻，低笑着说："要我提醒你吗？之前你也吻过我，而且是两次。"

"那是因为喜欢你。"闻清几乎毫不犹豫地接话道。

廖敬清："……"

女人乌黑的双眼，像是深夜最明亮的星辰，耀眼的光芒刺得他几乎无处可藏。她深深睨着他，一字字坚定地说："因为喜欢才亲吻，如果不是，那就是耍流氓。"

廖敬清看了她几秒，忽然再度低下头去。

唇与唇相贴，他密实的睫毛堪堪挡住了眼中的真实情绪，只有宽厚的手掌用力按住她的后脑将她贴紧自己。

闻清瞪大了眼，眨了眨，不自觉地又眨了一下。

等他退开之后，吞了吞口水才问："你这算是告白了吗？"

廖敬清抬手弹了下她脑门："你这么厉害，猜猜看啊。"

闻清气不打一处来："喜欢就喜欢，不喜欢就不喜欢，说一下会死吗？"

廖敬清任由她炸毛，只顾俯身去将她掉落一地的资料全都捡了起来。他随意翻看了下，然后才递到闻清手里："今天相亲愉快吗？"

闻清露出个"果然"的神情来，似笑非笑地说："嗯，还不错。"

廖敬清伸手捏住她后颈，强迫她转头看向自己，阴恻恻地问："怎么个不错法？"

看着他紧绷的唇线和阴沉的眼神，闻清一时没忍住，笑出声：“原来有人打翻醋坛子时是这样的。”

“所以你刚才尝到酸味了？”

闻清有些遗憾地摇摇头：“光顾着震惊了，没留意，要不再来一次试试。”

“过期作废，下次好好把握啊，清姐。”廖敬清笑着在她唇边哈了口气，声调哑了下来，“真遗憾，我明明觉得滋味是甜的……”

他眼中像是有电流蛊惑着自己，闻清扯住他领带：“下次？”

领带还是被人轻轻抽走了，廖敬清没和她继续调情，反倒是长腿交叠往她沙发上一坐，又恢复了正人君子的模样。其实这还是他第一次踏进闻清家里，仔细一看，屋子布局配色都简约流畅，一点也不像是女孩子的审美。

闻清也神色如初地在他身边坐下，低着头整理弄乱的资料：“想喝什么？”

廖敬清回答说水。结果闻清给他冲了杯咖啡过来。

廖敬清也没说什么，端起来喝了一口。

闻清余光瞄见了，嘴角微微翘了翘。

等她将资料重新整理好，抬起头见廖敬清一直在打量自己，于是说：“吃饭了吗？要不要一起？”

“你好像很喜欢约我一起吃饭。”

“吃饭能增进彼此了解，也能看出来一个人的修为教养，最能看出来两个人适不适合。”

廖敬清点点头：“的确。你和那位程先生在一起没吃饱吗？”

“光顾着聊天了，哪有时间吃东西。”

闻清说完这句话，廖敬清的脸色倏地又是一黑。她忍着笑往他脸上扔了个抱枕过去：“等着，这次让你尝尝姐的手艺。”

闻清很认真地做了一餐饭，不像那晚廖敬清的消夜那么随意简单，做饭的时候她甚至想，两人这样算是确定关系了吗？

虽然廖敬清没有将完整的告白说出口，但他刚才的动作其实已经表明了心意，他虽然看似刻薄毒舌，但在感情方面似乎又是保守严苛的……所以慢慢来吧，情到浓时自然会听到自己想要听的。

闻清不是个纠结细节的人，想明白这些之后就将这点小小遗憾抛到了脑后。

她做完一个菜端上桌，见廖敬清在低头看她扔在茶几底下的杂志，那本杂志上恰好有个专访，是她辞职前接下的。上面几乎将她写成了女强人，当然，也有提到她和沈逸的一些过往。

等菜都完全弄好，廖敬清也走了过来。他看了一眼菜色，赞叹道：“比我想的像样。”

“我是个内外兼修的人，做出的东西也不例外。”闻清将围裙放好，冲他抬了抬下巴，“待会别太惊艳。”

廖敬清刚刚坐下，闻清忽然故意问：“对了，需要给你准备一碟醋吗？”

廖敬清不愠不怒地看她一眼，用力扯了她手腕一下。闻清笑着跌坐进他身边的位子上。

他夹过菜尝了一口，表情没有多余变动。闻清一直期待地看着他，结果这人居然低头专心地吃了起来。

闻清简直哭笑不得：“你倒是夸我一句啊！”

廖敬清唇角闪过一丝笑，可也没真的开口夸她，但他将闻清做的东西全吃光了。

他的手臂搭在闻清的椅背上，看着她缓缓地说：“你那个前男友好像很会哄女人开心，可惜我是个行动派，清姐你要早点习惯我的方式。”

闻清看着他言谈间透露出的威压，不自觉抿唇笑了下，这人……这是在杂志上看了她和沈逸学生时代那会儿的小惊喜小浪漫，而表示不满吗？

“有人说过你很小心眼吗？”

廖敬清认真回忆了下：“有。”

“女孩子？”

闻清本来只是随口一提，哪知道廖敬清竟然没否认。他似乎也不太想说这个，马上就转移了话题：“以后不要再见那个程先生。”

闻清以为他还在吃飞醋，随口解释说：“以后见面就是公事了。”

廖敬清皱了下眉头。

“他其实也没有相亲的意思，是家里特意安排的，但他想和我们合作是真的。”闻清脸上难得有些雀跃的神采，“这是我们翻身的大好机会。”

廖敬清若有所思地看着她，随后说：“可你父亲很明显是在利用你。”

闻清的表情顿了一顿，有一闪而过的沉默：“我知道。但不管怎么样，他毕竟还是我父亲，如果事情顺利我会少很多烦恼。我纵然再无法原谅他对母亲的背叛，也没有恶毒到希望他半生的基业毁于一旦。”

廖敬清这次没再接话，微微偏着头不知道在想什么。

闻清见他一副心事重重的样子，以为他是在为自己打抱不平，这感觉很奇妙，不禁也偏过头一笑道：“等这次生意谈妥了，他的公司重新步入正轨，我就不会再管他的事了。他其实也知道，我的感情一向自己做主。”

廖敬清抬手抚了抚她的脸颊，终于没再说什么，可脸上的凝重似乎一点也没减少……

两人像是确定了关系，但又似乎少了点什么，闻清自己也说不好。但廖敬清很多方面表现还是让她很满意的。

比如因为工作关系，他的时间很不稳定，而她也一样，最近因为和程家合作的事几乎要忙到很晚，于是两人基本没什么时间正常约会。

闻清本以为两人暂时只能靠电话和微信维持刚刚确定的恋爱关系了，谁知道廖敬清居然出现在她晨跑的路上。

她看到他矫健的身姿忽然超过自己的时候，差点以为是自己眼花了，可过了一会儿那男人又慢跑着折了回来，蹙眉瞧着她："怎么这么慢？"

闻清愕然地张了张嘴巴："你怎么在这儿？"

"为了配合清姐你，我决定牺牲两个小时的睡眠，不要太感谢我，我只是想做个合格的男朋友。"他说完看了眼时间："如果你能追上我，我想还有半个小时可以陪你吃早餐。"

他说完冲她挤了挤眼睛，迈开步子跑了出去。清晨的公园里到处都是晨跑的人影，晨曦微露，薄薄的雾霭将他的身影勾勒得越发不真实，闻清在原地愣了几秒，唇边的笑容放大，也大步追了上去。

廖敬清其实并没有跑太快，他还刻意放慢了步子等闻清。闻清自己也能感觉到，廖敬清不过是找个机会和她独处罢了，这让她心里原来的那点不确定很快就烟消云散了。

之前她真的觉得自己是剃头挑子一头热。

早餐是在巷子里的早餐店解决的，叫了两碗粥和雪菜包，还有茶叶蛋。

闻清小口吃着，忍不住看了眼身边的男人，他一直神色淡淡的，没有太多表情，吃东西很认真。

"看什么？好好吃东西。"他没有侧过头，低声提醒她。

闻清忽然想起一件事："上次你和火车上的那个小姑娘，在卫生间干吗呢？"

廖敬清看了她一眼："现在才想起来问。"

"之前没有立场。"闻清理直气壮地看着他。

廖敬清笑了，低着头，睫毛都在微微颤动。他笑完了才问："现在什么立场？"

"你说呢？"闻清垂在桌上的另一只手戳了戳他胳膊，"快说。"

"我们正好一个车厢，她从上车之后身体就不舒服，遇到你那会儿卧铺车厢刚好熄着灯，我只是给她做个简单检查，是你自己想太多。"廖敬清顺势捏住她作乱的手，十指交缠，缓缓地垂放在自己膝盖上。

闻清看着两人自然而然握在一起的手指，忍不住低头笑了笑："你又知道我想什么了？"

或许是和沈逸的爱情死了太久，和廖敬清在一起的许多小细节都让她忍不住怦然心动。

廖敬清侧过头来看她，眼神深而明亮，他偏头在她耳边小声说："我就是知道。"说完忽然勾起了唇，"不过放心，你以为的那件事，我只会和一个人做——"

明知道这人又在故意逗自己，可闻清还是忍不住地心脏瑟缩了下，有酥麻的感觉一闪而过，像是被电流给击到了。她斜睨着廖敬清，他也毫不回避，眼神直接而赤裸。

闻清趁着没人留意到他俩，大胆地伸手捏了捏他下巴："那就要看你的本事有多大了。"

四目相接，有火花在两人瞳仁中闪烁，闻清知道在这段关系里，他们都迫不及待想要成为征服对方的那个人。

可一段感情里，男女双方都目的性极强，也不知道算是好事还是坏事。

回去的路上，廖敬清一直很自然地牵着闻清的手。这个城市的早晨似乎总是开始得特别晚，这会儿才陆续有学生和上班族在小巷里疾走。到处都车水马龙，一派欣欣向荣的生活气息。

有电动车的喇叭声在身后响起，廖敬清忽然胳膊一伸将她带到了马路内侧，牵着她的动作也变成了顺势揽住她肩膀。闻清微微抬起眼看他，忍不住笑出声来。

眼下的情景和那晚他们逛夜市时如出一辙，当时哪里想到两人真有确定关系的一天？想起从前这男人是如何斩钉截铁地宣布两人不可能，如今反倒是他主动表白……还真像是一场梦，特别特别的，不真实。

廖敬清低头看了她一眼，眉毛微挑，像是带了些疑惑。

闻清坦然道："忽然觉得，能追到你挺不容易。"

廖敬清竟然恬不知耻地点点头："要好好珍惜。"

"虽然一直都知道你脸皮厚，但还是每次都忍不住惊讶，廖医生你的脸皮怎么能厚成这样？"

"这只是一种诚实的自我认知。我明明是实在人。"

闻清叹道："明明就是自恋。自恋也是病啊，千万别放弃治疗自暴自弃。"

"你这是在怀疑自己的审美吗？"

闻清摇了摇头，一本正经地纠正："我一直觊觎的都是你的肉体而已，对你的人品始终持保留意见，你不知道吗？"

廖敬清这回没再和她继续耍嘴皮子，而是直接伸手掐了她胳膊一下。

闻清抱着胳膊瞪圆了眼："你竟然对女朋友下黑手！"

"嗯，自尊心受挫，一时没忍住。"廖敬清无辜地伸出胳膊，"让你掐回来好了。"

闻清龇牙咧嘴地试图报复回去，结果发现根本没地方下手，指尖触及的地方全都硬邦邦的。她越发发现廖敬清这人真的一肚子黑水！

两人吵着闹着一路到了家门口，廖敬清准备换衣服上班，临进门前忽然又问她：“今天要做什么？”

闻清不解地看着他。

廖敬清显然没什么约人的经验，有些别扭地问：“今天下班会很早，是不是应该去约会？”

难得他一直主动，闻清却迟疑了下：“可能不行，我有要紧事走不开。”

“还是和那位程先生？”

闻清看他面无表情的样子，暗道这人醋坛子也翻得太久了，只得顺着他说：“合同细节马上就敲定好了，再给我几天时间，到时候好好补偿你，嗯？”

廖敬清看了她一眼，伸手弹她脑门：“我是小孩子吗？拿这种话哄我。你忙你的。”

他说完就转身进屋了，闻清看着关上的房门，忍不住笑了一下，这人这醋劲简直全宇宙第一。

今天闻清是真的忙，她和程季青一直在会议室敲定最后的细则，但合同条款太多，一天下来已经让她快崩溃了。

程季青看她一次次揉额头，出声问道：“要不要休息下？”

闻清也不客套，靠上椅背长长吁了口气：“我之前对这些东西一窍不通，现在消化起来的确有点难。”

“慢慢就好了，我刚接手公司的时候也这样。”程季青端起面前的咖啡抿了一口。

闻清好奇道：“后来怎么坚持下来的？”

程季青蹙眉想了下，失笑着摇了摇头：“命吧。”

闻清愣了一愣。

她当然也仔细研究过程季青的身份背景，意外地发现他不是程老爷子的亲生儿子，会接手家族生意，恐怕背后也有盘根错节的原因。她看出了程季青脸上的无奈，但她没好意思八卦，活到这个年纪，谁没点糟心事呢。

正在走神的时候，程季青的电话响了，闻清见他看到手机屏幕的一瞬间脸上溢满了笑，那是一种温柔得几乎化不开的笑容，眉眼间都写满了纵容和宠溺。

他冲闻清点点头，说了声抱歉就拿着电话出了会议室。

闻清隔着玻璃门看他边接电话边走远的身影，发现此时的程季青完全变了一个人。如果说他平时的笑容近乎脸谱化，那么现在的笑才是真的发自内心的。

能让一个男人露出这种笑容的人，恐怕才是被真心疼爱着的吧？闻清趴在桌子上，拨弄着自己的手机页面，情不自禁地调到通讯录给廖敬清拨了个电话。

可那边一直无人接听。

忍不住骂了句小气鬼，她又将手机滑到了微信界面，手指一下下戳着廖敬清的头像："还说不是小孩子！幼稚鬼，大醋缸。"

身后的会议室门被推开了，她急忙收起手机，头也不回地问："这么快就打完了？"

可身后无人回应，等她狐疑地转动转椅想要回过身时，忽然就被人给吻住了。她甚至来不及看清楚是谁，这突如其来的偷袭让她紧张，可很快一颗剧烈跳动的心就渐渐平静下来。

因为她嗅到了熟悉的气味，那是她刚刚思念的人……

廖敬清微微俯身，将她圈在自己和会议桌之间，见她发怔，不由得低声提醒："张嘴。"

闻清听他的话，热烈地回应。

廖敬清将她抱起放在了会议桌上，闻清只能被迫微微仰着头，可这样的姿势让她更加清楚地感觉到了他的入侵。热烈缠绵之间，她险些忘了自己身处何地，幸好最后还保有一丝理智，伸手推开了他。

廖敬清撑着会议桌打量她。

闻清气息不稳地问："你怎么会来？"

"要是不来，也不知道有人背后这么诋毁我。"廖敬清点了点她鼻子，声音有些沙哑，"看来对我怨念很深啊。"

闻清笑着，歪了歪头："你是不放心，来监场吗？"

廖敬清深深地睨着她，摇了摇头："我来窃听商业机密。"

闻清被他逗笑了："行，最好是真的。到时候我一定毫不留情地把你送进监狱。"

廖敬清没有接话，可眼神有些怪。

闻清刚想再说点什么，余光瞄见会议室门外，程季青已经挂了电话往回走了。

这算是程季青和廖敬清的第一次正式见面。可程季青和他握了握手之后，忽然说："我怎么看廖先生有些面熟？"

廖敬清神色淡然地说："你应该认错人了。"

程季青又若有所思地看了他一眼，不知道想到了什么，含笑道："应该是，我在兴城确实没什么旧识才对。"

廖敬清没有和他攀谈的意思，目光一直胶着在闻清身上，好像其他人都和他无关。闻清只得打圆场说："他是新安医院心脏科的医生。"

"哦？那更应该不认识才对。"程季青说着这话，看廖敬清的眼神却是意味深长的。他看了眼腕表，转而对闻清说："既然你有约，那我们今天就到这儿吧。"

闻清不好意思道："没关系，我们可以继续。"她向来都是公私分明的人，更不喜欢因为感情问题而耽搁正经事。

然而程季青已经站起身来，对她摆了摆手："我临时也有事要办。我女儿忽然来了兴城，要是不去接她，小家伙会闹情绪的。"

虽然对程季青没那方面的意思，但闻清还是有些震惊。

程季青有个女儿，但是他还没结婚？

程季青冲两人点了下头就离开了。

闻清还在发呆，廖敬清忽然搂住她的腰，将她翻转过身来面对自己："想什么？"

闻清皱眉道："为什么都有女儿了还会去相亲？孩子妈妈呢？"

"只能说明你父亲为了成功真是不择手段。"

闻清一怔。虽然廖敬清说得没错，可她总觉得哪里有些怪。

她眼神复杂地盯着面前的人："你之前不是一直站在他那边吗？还说我不孝顺。"这几次怎么口风一下就变了？

好像、好像很看不惯闻定山，又特别希望他们父女关系不和谐似的。

"因为知道你父亲做的事之后，很不齿。"廖敬清沉默着，忽然极其郑重地问："闻清，你可以不再管他公司的事吗？"

闻清知道此刻的廖敬清比以往任何时候都认真，他只有非常认真的时候才会这么严肃地叫她的名字。她意识到他这样真诚严肃全是在为自己抱不平，心里就异常温暖，又有些感动，主动伸手抱住他。

廖敬清也回抱着她。

"为这些事我纠结过很久，但是我说服不了自己的良心。我身上流着他的血，如果能帮而不帮，我会觉得自己和他一样没良心。"她枕着他宽厚的肩膀，轻轻地说："我就管他这一次。"

廖敬清在她看不见的地方，用力紧了紧眉心，他什么都不能说，纵然有千言万语也说不出口，只能更加用力地抱紧她。

闻清被他勒得几乎喘不过气，挣扎着退开了些："怎么了，你今天这么反常？"

廖敬清半晌才说："对你又爱又恨，当然反常。"

闻清扑哧一声笑出来，收拾好桌子上的合同："走吧，看来今天真的可以顺利去约会了。"

廖敬清正准备去拿自己放在椅子扶手上的外套，忽然又说："我去趟卫生间。"

"走廊尽头就是。"闻清提醒他，顺手接过了他的外套，廖敬清径直走了，她就在会议室门口等。

可刚刚站定，廖敬清外套里的手机就开始嗡嗡振动起来，她没打算管，可电话很快又振动起来。闻清担心是医院有急事，忙从兜里掏了出来，但一看手机屏幕上的名字就愣住了。

是廖正扬。

或许是最近太甜蜜了，她都快忘了这个人，也可能是她潜意识里不愿去想这横亘在两人之间的问题。

她盯着屏幕，直到屏幕熄灭，这短暂的过程中心却无比的煎熬。

两人才刚刚确定关系，这个时候不管她怎样处理廖正扬的事，一定都会对彼此的关系产生影响。

正在她混乱之间，手机忽然又振动了一下，这次不是电话，而是短信。

信息当然来自廖正扬。

“待会做什么？看电影吗？”廖敬清折回来以后，自然地牵住闻清的手，他专注地盯着闻清看。而闻清的视线却一直在他外套上。

但她很快就移开了目光，不着痕迹地说：“你以前真的完全没和女生约会过？”

廖敬清皱着眉头想了想，一边转身带着她往外走：“有过，很小的时候和女生一起玩过家家、捉迷藏之类的。”

“好吧。”闻清失笑着摇了摇头，“先买票，如果时间还早可以在附近的商场逛逛，怎么样？”

“都好。”廖敬清看来是真的没什么约会经验，一副听之任之的口气。可等两人进了电梯，他忽然又低声在她耳畔道：“只要人对了，做什么都无所谓。”

闻清斜睨他一眼，面上看似无波无澜的，可心里还是不可避免地被触动了。

廖敬清是第一次恋爱，他没什么经验，可很明显地在努力配合她。虽然之前一直是她在追求对方，但确定关系以后，几乎都是他在主动……看得出来他对这段关系也很重视，并不是玩玩而已……

她脑子里不受控制地又想起刚才那条短信，心里那个天平摇晃了下。

就像迟莉莉说的，闻清从来不是个会考虑别人感受的人，可第一次在这种原则问题上产生迟疑。

廖敬清见她始终低着头不吭声，奇怪地摸了摸她脸颊：“怎么了？”

闻清抬起头看他，直视着他的眼睛，随后笑了一下：“没什么，还在想公事。”

廖敬清瞬间就不高兴了，双手插兜转过头，绷着脸道：“和我在一起还想别的男人？”

“什么时候公事就等同于其他男人了？”闻清对这个醋缸子既无语，又觉得被这样在意着很有意思。她钩着他脖颈逗他：“你怎么就这么在意程先生？人家都有女儿了。”

廖敬清也不回抱她，任由她整个人挂在自己身上：“你一整天的时间已经被他占了大半，现在人不在跟前了还想和他有关的公事。”

“你这么一说，我也觉得自己很糟糕。”

廖敬清这才搂住她的腰：“我也觉得你很糟糕。”

“得寸进尺。”闻清戳着他胸口笑骂。

廖敬清忽然将她抵到电梯墙壁上，黑眸闪了闪：“可怎么办？我还是喜欢你。”

闻清一怔，看着他深如星海的眸子，整个人都静了下来。

廖敬清低下头，含住她的唇慢慢加深了这个吻。闻清闭着眼，耳边全是自己的心跳声。

以前她和沈逸恋爱的时候也有过心动有过沉迷，可那和眼前的感觉完全不同。廖敬清带给她的体验总是很奇妙，仿佛他每一次漫不经心的话语，总能给她带来最大限度的撼动。

如果不是他平时表现得太生疏，闻清真的要怀疑这人是情场高手，处处对症下药让她深陷其中。

到了电影院之后，一下子就买到了闻清想看的那部电影，两人买了爆米花和可乐就入场了。

片子是最近很火的青春文艺片，画面拍得很唯美，情节则完全可以忽略，闻清以为廖敬清一定没什么兴趣的，可他似乎看得还挺专心。

闻清咬着可乐吸管，一下又一下，都快要将吸管给咬坏了，这才低声对他说：“我去趟洗手间。”

暗淡的光线里，廖敬清面容沉静地盯着大屏幕，只嗯了一声算作回应。

闻清看了眼他专注的侧脸，咬了咬下唇，还是起身走了。

闻清这一去去了很久，片子都播了大半也没见她回来，廖敬清这才意识到事情不太对劲。

他看了眼她的座位，发现连包都带走了……

廖敬清的神色晦暗不明，他坐了一会儿才站起身往外走，拿出手机准备给闻清打电话。但通话记录刚刚调出来，脚下的步子就倏地顿住了。

闻清上了出租车之后，马上报了短信上的地址，出租车一路朝着目的地驶去。

廖正扬约廖敬清见面，她却没把这事告诉廖敬清。

廖敬清太理智了，又很保护这个弟弟，有他在场只会让事情更复杂。何况现在所有事都只是猜测，连警察那边都没证据，所以闻清也没将他当成嫌疑人的意思，仅是想知道和唐娜有关的消息而已……

哪怕刚才有短暂的迷失，但闻清还是很清楚自己在想什么做什么。

或许廖正扬真的会成为两人之间的一道鸿沟，但她会有原则，冷静、理智地去处理，这与他们之间的感情毫不相悖。

对，毫不相悖。

除非廖正扬真的和这件事有关系。

闻清闭了闭眼，脑海中还是飞快地闪过刚才缠绵悱恻的一幕幕，她吁了口气，强迫自己清醒一些。

车子在夜色中疾驰，很快就到了约定好的地方，这是家位置不太好找的酒吧，霓虹闪烁的入口处，形色各异的男男女女络绎不绝。

闻清下了车之后，径直往里走。

之前在调查资料上看过廖正扬的照片，闻清对这个人的样子并不陌生，她在角落处立刻就找到了对方。

廖正扬今年二十五岁，和姜钰的年纪差不多，但他身上那种纨绔浮夸的气质却很明显，这是早早被现实浸染过的痕迹。他穿着简单的T恤牛仔裤，靠坐在沙发里，见有人过来，不耐烦地看了一眼。

闻清走过去，直接在他旁边的位置坐下，而这整个过程，廖正扬只是蹙了蹙眉。

“我是闻清，闻定山的女儿。”

廖正扬很快就明白过来了，嗤了一声，依旧吊儿郎当地坐在那儿：“你和廖敬清什么关系？我谁也没联系，所以你是从他那儿知道消息的？”

闻清并没有回答他的问题，而是说：“你应该知道我为什么找你。”

“知道。”廖正扬伸了伸懒腰，端起桌上的啤酒灌了一口，“唐娜嘛，你也不是第一个为这事找我的人了。我就再说一遍吧，我和她没关系了。”

“那以前呢？”闻清仔细打量着面前的年轻人，他和廖敬清还是有几分相似之处，只是廖敬清身上更多了几分冷淡气息，而面前的人，浑身上下都透着股市井气。如果单凭气质，真的很难将两人联系到一起。

廖正扬耸了耸肩膀：“也没关系啊，人家一重点大学毕业的高才生，长得也好看，你以为真会和我好多久？我们半年前就分手了。”

他脸上写满了讽刺，闻清没接他这话茬，转而说：“那你这段时间跑哪儿了？唐娜一出事你也不见了，这算巧合？”

“大姐。”廖正扬哭笑不得，“谁规定了她有事，我就得天天待在家里等着你们上门跟审犯人似的审我？我以前也很少在家的好吗？你去问廖敬清啊。”

闻清笑了下，从包里掏出一叠东西。

廖正扬瞥了一眼，好像是些照片，疑惑道：“什么意思？”

“这些呢，是我一个朋友调商场录像不小心发现的。”

廖正扬拿起来看了一眼，发现是自己和唐娜逛街时的照片，而时间很清楚地显示在半个月前。

“你自己也说了，她和你不可能长久，如果你不告诉我她在哪儿，我就把这些东西都交给警察。到时候你，或者她，可都比现在麻烦多了。”

廖正扬盯着她，脸上神色难辨。

闻清又说："我们谈谈吧。"

酒吧里的音响音质并不好，震天响的音乐搅得人心慌。廖正扬喉结动了下，却说："你该不会是和廖敬清好了吧？"

闻清看着他："别想转移话题。"

廖正扬冷笑道："胆子挺大啊，居然敢和他好！闻小姐，你之前有好好了解过他吗？"

即使刻意防备，闻清还是被他成功给带偏了，大概是他话里的内容令她太意外。

她一直都知道廖敬清对这个弟弟非常好，可廖正扬居然会这样说自己的哥哥！她忍不住皱起眉头："说什么呢！"

"好心提醒你一下。"廖正扬的手指轻轻摩挲着酒杯杯沿，似笑非笑道："别看他一副正人君子的样儿，往往这种人内心可比你想象的阴暗多了，什么叫斯文败类你懂吗？"

"不需要你提醒。"闻清抱着胳膊，眼神冷了下来，"我自己有眼睛会看。"

"嗯。"廖正扬撇了撇嘴巴，"我可认识他二十多年呢。"

闻清面无表情地望着对方。

廖正扬身子往前倾："你知道他怎么当上医生的吗？你知道他怎么念完大学的吗？你知道他这么多年不恋爱的原因吗？"

一连串的问题，让闻清无言以对。

廖正扬笑了一笑："不知道吧？闻小姐，老实说，我的确和唐娜见过，那晚我们睡了一觉，后来就不联系了。你手里有照片，但是不交给警察而拿来威胁我，难道不是想试探我和唐娜的真实关系？要是真查到什么有用的东西，你早就交给警方处理了。"

他最后说："你不是那么好心的人，你和廖敬清现在的关系，也不足以支撑你为他改变。"

闻清抱着胳膊，不得不承认廖正扬比她想象的要精明，远不是她之前以为的那种游手好闲的小混混。

廖正扬叹了口气，语重心长地说："真的，别总盯着我了，还是好好盯紧你的男朋友吧。"

闻清在心里权衡着。廖正扬也丝毫没有溜走的打算，他笑笑，冲闻清举了举手里的杯子，目光触及她身后，忽然挑了下眉："哟，说曹操曹操就到，你的男朋友来了。"

闻清身子一顿，回头果然见廖敬清站在自己身后，酒吧里真的太吵了，所以她之前根本没察觉到。

她也不知道廖敬清在两人身后站了多久，听到了多少。

闻清很快就镇定下来，挺直了身子坐好。她一直看着廖敬清，看着他一步步走过来，然后在自己身边落座。

经过刚才那番话，她便下意识地一直盯着这兄弟俩。廖敬清的神色永远没法分辨，倒是廖正扬嬉笑着说："不正式介绍下吗？这位是我未来嫂子？"

他刻意将"嫂子"两个字咬得很重，眼底有一闪而过的阴霾。

然而廖敬清没有介绍，开口就问："找我做什么？"

"还能做什么，我们俩之间除了钱似乎也没什么好谈的。"

闻清没想到两人之间的关系是这样的，之前她一度以为这兄弟俩情深，毕竟廖敬清对廖正扬的好是人都能看得见，可事实似乎又不像。

廖敬清二话不说就拿出了钱夹，直接将身上所有钞票都取了出来："不够的明天转给你。"

他说完拉起闻清的手，终于看了她一眼："我们走。"

闻清怔了一怔。

廖敬清深深地睨着她，眼底有些她看不懂的情绪。闻清并不想错过逮到廖正扬的机会，这小子成天到处跑，下次再想找到他可就难了。而且，她发现自己不明白的事情好像更多了……

廖正扬将钱放进自己口袋，像是看出了她的犹豫，吹了声口哨："你应该存了我号码吧，随时可以找我啊，有了这笔钱还人家，我以后出现的概率会比你想象的多。"

谁知廖敬清听完这话，狠狠地看了他一眼，这一眼清晰地被闻清捕捉到了。

廖敬清有事瞒着她，已经很确定了。

闻清被一路带出了酒吧，震耳欲聋的音乐声渐渐飘远，今晚的风似乎很凉，像是要变天的样子。

直到离那酒吧很远，廖敬清才松开她的手。闻清觉得手腕很痛，低头一看，腕间红了一大片。那男人背对她而立，似乎在极力忍耐着什么，过了几秒才转过身来："是不是该给我一个解释？"

闻清看着他瞬间恢复平静的面容，有片刻的失神："你又是怎么这么快找来的？"

廖敬清晃了晃自己的手机："我手机有恢复被删短信的功能。解释。"

闻清也没迟疑，直接说："就是你看到的这样，我看了你的短信，然后就来见你弟弟了。"

"为什么不告诉我？"廖敬清冷笑着问，"你不信任我？"

"不是。"闻清道，"我觉得这是我和你弟弟之间必须解决的事，廖敬清，我总要亲自见见他吧。"

廖敬清打断她："我一直都告诉你他和这件事无关，所以你认为我在骗你？"

“我没和你说实话是我不对，但公平一点，这件事你有你的立场，我有我的立场，我只是想把事情弄清楚。这样我们之间才会更纯粹。”闻清一直都知道两人性格强势，爆发是早晚的事，只是没料到争吵来得这样快。

她甚至无法理解此刻的廖敬清：“你为什么这么激动？”

廖敬清危险地眯了眯眼：“你想说什么？”

闻清深深吸了口气：“我很喜欢你，你或许对我也有好感，可是这不能掩盖我们之间不够了解的事实。你那么维护他，我当然会觉得你之前都是在替他辩解啊。”

“那现在满意了吗？”廖敬清毫不留情地反驳，“你看到了，我和他的关系并不好，而且他非常厌恶我。”

闻清一时不知道该如何接话，因为她发现此时的廖敬清真的是彻头彻尾的陌生，与之前同她说情话、亲热时都截然不同。

他看自己的眼神冷冽如刀。

廖敬清明显也意识到了，他沉默了下，很快收敛语气：“抱歉，我和他关系很糟，遇到他的事难免会失态。”

闻清也安静了一会儿：“你和他的关系，的确出乎我意料。”

“你是不是很好奇，他提的那些问题的答案。”廖敬清忽然这样问她。

闻清没想到他会主动提起这个，她当然好奇，可是她一直不知道该怎么问。这会儿他自己说了起来，她反而觉得不知所措：“如果不方便，你不说也没关系。”

廖敬清笑了下，可眼底毫无情绪：“没什么不方便的，如果不说，你会一直介意。你还会继续去见他，对吧？”

闻清没吭声，算是默认了。

廖敬清便没再看她，而是看着马路对面空旷的街景，眼神变得幽深起来。

“他会讨厌我，最重要的原因是因为我，他没能顺利念大学。”廖敬清缓缓地说了起来，“当时我已经在读大一，可爷爷突然去世了，那会儿他刚刚结束完高考。我们的家境，处理完爷爷的后事，根本没办法让两人都上医学院。对，正扬也很想当医生。”

闻清依稀能猜到是怎么回事，想起他说唐娜是高才生时的讽刺，大概廖敬清剥夺走的不仅仅是他念大学的权利，还有他继续追求爱情的勇气。

“当时爷爷的一个老朋友愿意资助我们，但条件是只有一个名额。”廖敬清说到这儿表情微微变了变。

闻清诧异道：“为什么只有一个？”

如果是熟人，又愿意帮助他们，怎么会提这种要求？且不说这要求不合理，简直是故意让他们兄弟不和吧？

廖敬清这次没有马上回答，大概答案不方便向她透露。

闻清明白了，又问：“你上的学校是重点，当时如果你弟弟也考上了，其实可以申请助学金啊。”

廖敬清扯了下唇角：“如果有人故意不让你拿到呢。”

闻清震惊地瞪大眼。

廖敬清没给她机会追问，而是回到了刚才的话题：“开始时，我愿意自动让出这个名额，正扬也知道，但是后来发生了……一些意外，就变成了我继续念下去。总之正扬很生气，觉得我很阴险，背叛了他。”

显然，他将不方便透露的消息都抹去了。闻清听得似懂非懂，但还是明白了两人间的纠葛。难怪廖敬清会一直无条件地纵容廖正扬。

闻清点点头：“你觉得他变成现在这样，自己有责任？”

“学历不是一个人成功与否的必备条件，不过他又遭遇了感情的打击，变成这样，我总不能一直不管他。”他意味深长地说，“他和唐娜之间没你想的那么情深。”

闻清咳了一声：“那他说的最后一个问题呢？”

以前她也问过他为什么一直不恋爱，像廖敬清这种人身边从来不缺乏追求者，可为什么偏偏到了她这里才会点头同意？

廖敬清看了她很久，久到闻清觉得他大概不会回答了，他才淡然说道：“因为没遇到脸皮足够厚的人啊，厚到我都扛不住。”

闻清：“……”

或许是两人之前还在争吵，所以他这么揶揄自己，闻清一时没回过味来。

廖敬清看了她一眼，抬脚就往马路对面走。这会儿天上开始下起了小雨，夏天的雨势总是来得又猛又急，不一会儿就将头发淋湿了。

走了几步，他见她犹在发怔，脚步一顿又折了回来：“发什么呆？还想生病麻烦我？”他嘴上这样说着，可已经脱下了身上的外套遮在她头顶。

他的身体温暖火热，将她完完全全地护在自己怀里，皱着眉头说：“搂着我。”

闻清依言搂住他的腰，摸到了触感极好的线条。他深深地看了她一眼，带着她往马路对面跑。

两人一路跑到车里，廖敬清发动车子时，随手扔过来一条毛巾。

闻清拿着毛巾瞥了他一眼，他的头发也在滴水，透明的水珠沿着鬓角一路下滑，落在了他半湿的衬衫上。

他看也不看她，说：“不要和我说话。”

“是你自己先说话的。”闻清咕哝了一声，结果毫不意外地招来廖敬清的一记白眼。

闻清擦着自己的头发，毛巾干燥柔软的触感让她的心情格外复杂。

他们的性格硬碰硬，注定了在很多事情上都会产生分歧和争吵。可似乎不管怎么吵，廖敬清又不会幼稚到让事情更严重，这样的男人，让她都忍不住觉得自己刚才做了件糟糕的事。

她忽然开始懊恼，他们的第一次约会居然就被这样搅和了，两人的第一场电影也只看了十分钟不到。这会儿冷静下来一想，廖敬清发脾气也不是没道理。

闻清试图和廖敬清说点什么，可她只要看过去，马上就被廖敬清瞪回来。

他好像真的很不想理她啊……

一直到家门口，廖敬清都没有再理她的意思，而是直接进了屋并落锁。闻清撇了撇嘴巴，狠狠地拧了把手里的外套："真是不折不扣的小气鬼。"

回家以后，她却一个人对着那件外套发起呆来。

脑子里都是他进屋时的背影，半湿的衬衫和濡湿的头发，这一切都让闻清心里有些异样。

她明明和廖敬清才在一起没多久，确定关系之后却总是被他的很多举动搅乱了心，从前因为沈逸和闻定山对爱情的背叛，她或多或少都有些抗拒完完全全地捧出自己的真心，但现在，她觉得自己再有所保留就太不尊重人了。

闻清起身去厨房煮了碗姜汤，然后端着到隔壁正式道歉。结果廖敬清来开门时居然只穿了条运动裤，赤裸结实的上身让闻清一下子就失声了。

闻清咽了口口水，端着姜汤的手差点没能稳住。

这人，绝对是有暴露癖的吧！

"有事？"

廖敬清仍是一副矜持的口吻，听得闻清牙痒痒。她脸上堆满了笑，捧着手里的姜汤递过去："你刚才淋了雨，我特意给你煮了姜汤喝，小心待会感冒了。"

她求和的意味太明显，廖敬清也纡尊降贵地伸手接了过来，然后就将她往后推了一步，作势要关门："谢谢，晚安。"

闻清顿时就怒了，一掌抵住了门。

男人脸上有一闪而过的笑意。闻清气势汹汹地说："我要顺便把碗带回去！"

廖敬清绝对是故意的，闻清发现他很明显在憋笑，可面上还硬撑着说："行，进来吧。"

真是个傲娇鬼，闻清在心里默默地将某人鄙视了一番。

等她进屋时，廖敬清正在穿衣服，他随手捞了件白T过来正往身上套，可动作慢悠悠的，拉扯下摆时牵动背部的肌肉鼓动贲张，画面可真是要命。

闻清咳了一声，廖敬清闻言转过身来。

被他满是疑惑地审视着，闻清只能随便找个话题："你饿吗？"

"不饿。"

闻清有些挫败："你还在生我的气？"

廖敬清已经在餐桌前坐下，他慢慢地喝着她端来的姜汤：“没有。”

“还说没有，”闻清溜达到他旁边的位子，也坐了下来，“说话都是两个字、两个字地往外嘣。”

“所以我之前是话唠吗？”廖敬清很认真地问她道。

闻清语塞了。

廖敬清垂下眼：“是有点不高兴，但是我认真想过了，你不知道我和正扬的关系才会这样。现在知道了，以后一定不会背着我单独见他，对吗？”

他看似随意地问，可闻清总觉得他此刻压迫感十足。但对方给她递了台阶，这时候当然要麻溜地顺着下，于是用力点点头：“对。”

廖敬清伸手摸了摸她发顶：“乖。”

“滚。”闻清把他的手拍开，随后又笑得眯起眼：“好喝吗？”

廖敬清递给她一个无语的眼神：“这种东西有技术含量吗？”

“没情趣。”闻清撑着下巴打量他。他像是刚刚洗完澡，身上有沐浴露的清香，发丝因为濡湿看起来更为黝黑，这样干净纯粹的感觉让他看起来少了很多疏离感。

看着看着，忽然发现他脖子上有个东西。

其实之前她就发现了，只是一直没机会仔细问，这会儿不免又起了好奇心：“这是什么？”

哪知道她的话还没说完，探出一半的手就被他攥住了，他握着她的手力气很大。

闻清的心不知道为什么猛然咯噔一下，像是上台阶上得正欢，突然临空踩了一脚……

“一块老玉，没什么特别的。”他大约看出了她神色有变，捏着她指尖放在唇边吻了下，像是无声的安慰。

闻清哦了一声，想到他这么紧张珍惜，又是有年代感的物件，大概是他爷爷留下的吧。

姜汤已经喝完了，碗安安静静地摆放在那里。闻清一时间有些意兴阑珊，起身说：“那我走了。”

廖敬清也没开口说什么，撑着下巴无声地望着她。

闻清这下是当真打算走了，她快步走到门口，紧接着身子忽然一空，整个人被腾空抱了起来。

惊愕中，她看到他好整以暇的一双眼。廖敬清打横抱着她，将她一路抱回了沙发上。

闻清被他压在身下，瞬间瞪圆了眼。廖敬清抿着嘴，将她还愣愣捏在手里的碗给接了过来，放在茶几上。

整个过程闻清还是处于震惊模式，她平复了下呼吸：“你干什么？”

“忽然有点舍不得你走。”

他的双臂撑在她头侧，以防自己的重量压到她，可这样亲密贴合的姿态，闻清还是能感受到他身体的某个部位紧紧挨着自己。

她迟疑了下：“我们在一起也没多久，好像太快了。”

廖敬清情绪不明地盯着她，数秒后，忽然笑出声来。他在她耳边轻轻地说：“你和我在一起，只想做那件事？”

闻清有些恼羞成怒，可廖敬清又笑着捏了捏她下巴，哑声说：“其实我也想。我常常梦到你。”

梦到什么，他不说闻清也能猜得到。

闻清自认脸皮挺厚的，可这会儿听到这种话还是忍不住地脸颊发烫。

大概是和他平时淡漠疏离的形象不相称，所以这种话被他说出来就格外引人遐想，而且他还是用那种平静至极的语气说完的……

闻清脑子放空了几秒，随后淡定地哦了一声。

廖敬清挑了挑眉，有些意外她的反应。

他眼看着她不自在地挪了挪身子，可沙发实在太小了，她也没地方可以再挪，渐渐地，脸上那两抹红越发明显，就像画中少女脸上的腮红。

廖敬清也不由得愣住了，他没想到闻清竟然也有这么……可爱的一面？

他忽然很想知道：“清姐有没有梦到过我？”

闻清的呼吸顿了下，点了点头：“有。”

廖敬清没想到还真的有。

只听闻清说：“梦到你以前各种捉弄我损我，然后我在梦里把你揍了一顿，还揍掉了一颗牙。”

短暂的静谧之后，廖敬清绷不住笑出声来，靠着沙发背笑得胸口都在微微颤动。

这大概是两人在一起以来，闻清第一次看他笑得这样毫无防备。她坐起身，自然地靠着他肩膀：“不过慢慢就变了，后来也梦到一次，你一直牵着我的手往前走，我们走到了一个很美丽的地方。”

她侧过头看他，见他也安静地回望着自己，便接着说：“虽然我们之间有你弟弟的问题，可能还会吵无数次的架，但我对你的心意就是这样，只想和你一起走，走很远，没有其他东西掺杂在里边。”

廖敬清没有接话，这种时候其实闻清很希望他能说点什么。

可他到最后也没说什么好听的话，只是将她搂进怀里，低头认真地吻住了。

吻到后来两人都有些刹不住。孤男寡女、夜深人静，怎么看都应该要发生点什么，但廖敬清还是克制地将她乱了的衣服整理好，随后将她在自己身上作乱的手捉住：“好了，明天还要上班，早点休息。”

闻清的呼吸很乱，这人太坏了，分明是在她身上点完火就跑啊！

廖敬清帮她顺了顺头发：“不过要一起睡。”

闻清推了他一把：“你又撩我！”

“单纯的睡觉，想什么呢。”他拉着她的手不肯松，“今晚想和你在一起，当是弥补第一次约会就被你放鸽子。”

他已经起身去浴室给她放水了，闻清看着他的背影，心里的甜腻像是要溢出来。

恋爱就是这样，无时无刻不想和对方在一起，一秒钟都不想分开，虽然闻清有时也会觉得……廖敬清似乎太快投入到男友这个角色了？但或许因为他是第一次恋爱，所以才会这样吧。

晚上廖敬清很老实，倒是闻清时不时骚扰他一番。廖敬清把人从被子里拽出来，呼吸粗重地警告道：“再敢碰我一下，我保证你会后悔。”

“谁让你先调戏我的。”闻清从他怀里钻出来，躺平睡好，“好了，晚安。”

这下轮到廖敬清睡不着了，他盯着屋顶恨恨地想，这死丫头报复心也太强了。

不知道折腾了多久才渐渐有了睡意，而身边的人已经完全睡着了，她的胳膊和腿都缠在他身上，廖敬清伸手握住她纤长的手指，轻轻叹了口气。

以为是个尖锐且坚硬的家伙，其实是没心没肺吧，她连睡着时的表情居然都是开心的……

廖敬清这一夜睡得很不安稳。

第二天一早，自然醒得有些晚，而身边的人也已经不在了，廖敬清看了眼闹钟，她应该是去晨跑了。

等他到了客厅一看，餐桌上竟然摆着温热的早餐，看样子是闻清提前为自己准备的，大概考虑到他上班时间很紧，怕晨跑回来会赶不上。

廖敬清坐在餐桌前，却迟迟没有动筷子。

在这个他从小长大的屋子里，这几年几乎都是他一个人在生活，安静，每天的感觉就是这个。孤独吗？其实他自己并不觉得，他很厌恶其他人入侵自己的生活。

早餐更是很少记起来准时吃，所以这样的早晨，对他来说陌生极了。可，又有种说不出的感觉，至少他内心深处并不排斥。

或许勾起了他对家的思念、对爷爷的怀念……一直以来在乎他的关心他的，也只有爷爷了。

他看着早餐走神，心里很清楚地意识到有些东西可能在失控，这很不妙。

桌上的手机响了，他不看也知道是谁，接通之后果然传来廖正扬的声音：“不要忘了转账给我。”

廖敬清起身到卧室拿衣服，对那头淡淡说道："不用你提醒，但是正扬，这是最后一次。"

"真无情啊。"廖正扬吹了声口哨，"心情不好？看来是没顺利摆平闻定山的女儿？"

廖敬清寒了声调："管好你的嘴。"

廖正扬笑了起来："怕我跟她说什么？你还真打算和她谈情说爱啊，不会真要娶她吧？"

廖敬清没有回答，廖正扬嗤了一声："让我猜猜，昨晚你肯定用各种计谋，让她觉得你坦荡又正人君子，我说的都是故意抹黑你的。然后让她离我远远的，以后不要再见我，对吗？"

"闭嘴。"廖敬清咬紧牙。

"你不是不肯再给我钱了吗，闻小姐家境还不错，应该会比你大方，我告诉她一些感兴趣的事，说不定就——"

他剩下的话被廖敬清喝住了。廖敬清冷笑着对他说："你要是敢，尽管去试。"

廖正扬骨子里还是怕这个哥哥的，别人或许不知道，但他真的太了解这个人，越了解内心深处就越惧怕。但他还是说："这么紧张，你到底是怕我打乱了你的计划，还是怕她伤心？如果只是为了——"

"不需要你教我怎么做。"廖敬清似乎真的异常烦躁，几乎不肯给廖正扬任何一次说完话的机会。他努力吸了口气让自己冷静下来："离她远点。"

通话结束，廖敬清站在餐桌前用力闭了闭眼，随后转身就出门了。

门板被他摔上，巨大的声音像是将之前那点温热都给震碎了。直到离开，他都没有再看那些早餐一眼，生怕看一看什么就会变了一样。

闻清刚到公司就接到了程季青的电话，他抱歉地说："不好意思闻小姐，今天我可能还是没办法过去。"

"是出什么事了吗？"闻清马上紧张起来，一天没签合同，她提着的心就无论如何也放不下，一点风吹草动对她而言都是惊吓。

程季青笑道："是我女儿不放人，没其他事，你不用担心。"

闻清松了口气，心中程季青的形象也陡然高大了几分："程总真是好父亲，这么疼孩子。"

程季青朗声笑了笑，却迟疑道："不知道闻小姐待会有空吗？"

"嗯，本来今天和您约好继续敲定合同流程，现在——"闻清失笑道，"时间一大把。"

程季青那边传来几声清脆的女童声，他静了静才说："那能请你帮个忙吗？我女儿是瞒着她妈妈跑来的，衣服也没带几件，可我又不会挑女孩子的东西。”

闻清马上就懂了：“那我们约在恒达那里见吧，那边的童装质量好款式也很新潮。”

“那麻烦你了。”

闻清挂了电话吁了口气，她当然巴不得程季青多麻烦她几次，这么大个大金主在那儿，可不能再横生枝节把生意给搅黄了。

闻定山一听说她要去和程季青逛街，脸上瞬间绽开一抹笑：“顺便给自己买点东西，你来兴城还没怎么逛过街吧。”

闻清忍耐了下还是说：“我和程总没有任何关系，拜托你别再想着把我卖了。”

闻定山脸上的笑僵住了：“我是觉得程总人真的很好！你认识他久点就知道了。”

想起他对女儿的态度，的确是个好父亲，可是这世界上哪有什么绝对的好人。闻清已经出门了，闻定山还在她身后说：“你就是太年轻了才会觉得廖敬清好，早晚有你后悔的时候！”

等到了商场，闻清按照程季青说的地址找过去，发现是家电玩城，而且程季青的女儿比她想象的还要大一些，足有八九岁了。

小姑娘长得很漂亮，一头黑发柔顺地披在肩膀上，穿着短裤背心，正在投篮机前玩得不亦乐乎。

程季青始终含笑看着，等闻清走近了才说：“稍等，她以前很少玩这种东西，让她再开心一下。”

那种发自内心的宠爱，无论眼神还是语气，都令闻清无限恍惚，她想起自己小时候，闻定山似乎也曾这么惯着她。他们也有过父女天伦之乐，那时候也是很幸福的，可惜后来幸福悄悄溜走了，连影子都不见了。

小姑娘玩够了，擦着额头上的汗走过来：“还是爸爸好，妈妈什么都不让我碰，总说这个危险，那个危险。”

程季青摸了摸她的头：“妈妈是担心你的身体。”

“可是什么都不干，身体才会越来越差啊。”小姑娘嘴巴很厉害，马上就开始反驳。

程季青微微一笑，给她介绍说：“这位是闻清姐姐。这是小慕。”

小慕盯着闻清看，眼神居然有些戒备：“她是你新交的女朋友吗？”

闻清简直哭笑不得：“不是，我是你爸爸的朋友。”

“哦，是可能会变成女朋友的那种朋友？”

现在的小朋友真是太早熟了，而且口才怎么能这样好？闻清都快被她给打败了，她加强语气道：“也可以称为生意上的合作伙伴。”

小慕眼珠转了转，也不知道明白了没有。

三人去买衣服的时候，程季青故意落后两步，低声对闻清解释："抱歉，因为我和她妈妈的关系很复杂，所以她……但是她没有恶意。"

"我明白。虽然嘴上抱怨，但看得出她很爱她妈妈。"

程季青有些讶然："你好像很有感触。"

"我和我妈妈就是这样。"

"你妈妈——"

"已经不在了。"闻清笑道，"不用露出内疚的样子，我常常会想起她，看到你女儿，我也会忍不住想小时候的自己。"

程季青看了她很久，大概是今天的见面让他对她有了新的认识。他犹豫了下，忽然提到："那天那位廖医生……"

"嗯？"

程季青蹙着眉，点到即止："这么讲很不厚道，但他的背景或许比你想的复杂。闻小姐，你是个好女孩，恋爱的时候留个心眼不是坏事。"

闻清听得有些恍惚："你真的认识他？"

"不太确定。"程季青思索着，"时间隔得有点久了，不过他的样子变化不大。对了，你知道兴城有位很有名的人物，大家都称呼他七叔吗？"

闻清马上就记起来了，上次在医院他替自己解围时，分明提到的就是这位七叔。

程季青看她的脸色就知道，适时地说："他们关系很不简单。"说这话时他表情挣扎了下，大概很难细说，只是又一次提醒："总之你自己小心。"

如果一个人这么说，闻清真的不会放在心上，但每个人都这样对她说，就不得不认真审视了。

程季青见她一脸凝重，伸手压了压她肩膀："当然，感情的事很难说，即使他有不好的背景也不代表什么，但就怕他另有所图。还是你自己的真实感受最重要，他待你如何，相信也只有你最清楚。"

闻清很久都接不上话，只说了声谢谢。

陪着程家父女俩逛了一上午，午餐也是一起吃的，就餐的时候，廖敬清的电话打了进来。

他应该也正在医院吃饭，背景嘈杂，两人闲聊了几句，都是些恋爱中无关紧要的腻歪话。

快挂电话的时候，小慕和程季青说笑的声音正好透过电波被廖敬清清晰地捕捉到，他问："你和谁在一起？"

眼看瞒不住了，闻清只得说实话："和程先生，还有他女儿。我帮了他一个小忙，所以他请我吃东西。”

廖敬清那边一度很安静，须臾才听他沉声笑了笑：“那好好玩。”说完他就将电话挂断了。

闻清不由得失笑，廖医生真的可以再加一个标签了，真真是东亚醋王！

看着程季青和小慕互动的画面，她脑海中又不自觉地想起他之前那番话，的确，就算廖敬清背景复杂，和他们的感情又有什么关系呢？他真真切切地在乎她，这是不争的事实，除非她的感觉出了错。

或者……廖敬清一直都是在演戏……

但是如果要演戏，为什么不早早就接受她然后再演，要僵持这么久？

闻清感觉自己要分裂了，想了很久也想不出答案。

晚上回去的时候，闻清直接去了廖敬清家里。廖敬清开始没什么反应，很平常地和她说话。

两人一边聊天一边看电视，闻清悄悄观察了几次他的脸色，发现都毫无异样，于是脑袋往他肩膀上拱了拱：“你吃饭了吗？我有点饿了。”

廖敬清把她的头推开，闻清又靠过去。

廖敬清低头瞧她：“每次和程总出去都吃不饱，然后来我这儿续摊？”

闻清扑哧一声笑出来：“明明你这才是正餐。”

廖敬清阴晴不定地看着她，然后低下头就开始亲她。闻清被他逗弄得气喘吁吁，张嘴咬了他下唇一口：“你怎么这么小气？”

“你只说公事，可不包含还要陪逛街。”廖敬清也咬回她，“还带着他女儿一起，这是要征求女儿的意见吗？”

“脑补过多。”

廖敬清忽然惩罚性地捏了下她屁股：“所以还要多久？不是说很快就会签合同，合同出问题了？”

闻清刚想回答，忽然又想起程季青的话，于是含糊道：“嗯，快了。”

两人互相睨着彼此，可很明显都感应到了空气中那一丝丝异样。闻清甚至有股莫名的心虚，但她又很想仔细看看廖敬清，看看这个和自己朝夕相对的男人。

然而他神色毫无异常，反而狎昵地捏了捏她鼻子：“想吃什么？”

闻清说了两样自己想吃的东西，其实弄起来很麻烦，可廖敬清还是依言去了厨房。

看着他忙碌的身影，闻清真的丝毫看不出伪装的痕迹。她准备将带来的资料打开看一看，可想了想又合住。就在她失神的间隙，廖敬清忽然又折了回来。

他往她对面一坐，手肘撑着膝盖，面色沉重地望着她。

闻清愣了下：“怎么了？”

“我们谈谈。”

两人几乎同时开了口。

闻清看着他严肃的模样，慢慢地点了点头，垂放在膝盖上的手指都不自觉拧在了一起。

她也很想听听廖敬清要说什么。

廖敬清开口就直切要害，将她心中的疑惑说了出来。

“我想和你谈谈我的养父，当然，也就是资助我上学的人。”廖敬清道，“大家都喊他七叔。”

闻清：“……”

第四章
被算计的爱情

闻清心中有种很怪异的感觉，怎么自己刚刚好奇七叔的事，廖敬清马上就提到了呢?

廖敬清像是知道她心中所想，又说：“我在某些方面很敏感，所以猜测那个程总一定对你说了什么，与其让你胡思乱想，倒不如摊开来说。”

他这样坦然的姿态让闻清心里好受了点，两个人之间最忌讳猜忌，尤其他们的感情基础还这么薄弱。

她点了点头：“好，你说。”

廖敬清沉吟着，眉毛深深拧成了结：“我和程总的确见过一次，在七叔的家宴上，上次之所以否认，是因为我不想让你害怕我。”

“害怕？”这个答案的确令闻清很意外。

廖敬清露出一丝苦笑：“你不在兴城生活，所以不知道七叔在兴城的影响力，他是个很可怕的人，也很有手段。”

想起他之前说的只有一个资助名额的事，闻清的头皮微微有些麻。

“但凡和他扯上关系的人，大家都会自动避开。大学的时候他去看过我一次，那之后我就被宿舍的人孤立了。”

闻清不可思议地瞪大眼。

“爷爷去世之后他忽然找到我们，当时我内心其实很抗拒，但他提出了会资助我们上学，我又很心动。”廖敬清顿了顿又说，“他说只有一个名额，虽然不知道原因是什么，但我还是想把名额让给正扬，后来才知道，他其实是有目的的。”

闻清也觉得这样的人提出这种要求，绝对不可能只是单纯地为了做好事。她忍不住猜了下：“难道是为了培养接班人？”

“他的确需要一个接班人。”廖敬清的眼神闪了下，“或者说需要一个和他一样狠的人，替他打理生意。”

闻清忍不住吸了口气，她有些不敢猜想廖敬清接受七叔的帮助后经历了些什么。

打理生意，当然也是指那些见不得光的，而且说得好听是接班人，谁又知道这不是为自己将来留后路？如若有天出事，第一个遭殃的势必还是没血缘的廖敬清。

他只是七叔的一枚棋子。

廖敬清看着闻清的眼睛，像要看进她心底一样：“我一直在试图摆脱他，他让我变成了像怪物一样的人。我想做名医生，可是他却想把我拉进黑暗中，我也讨厌别人露出害怕我的眼神，那让我心里很不舒服。所以不论对谁，我都尽量隐瞒和七叔的关系。”

他第一次对她说这么多，闻清想象着背后的一切，心底生出无尽的辛酸和心疼。

他原本和每个年轻人一样享受着恣意潇洒的青春，可忽然有天什么都变了，为了保护弟弟，在弟弟眼里却又成了最坏的人。七叔为了更好地控制他，让他成为了没有朋友没有亲人的人……

这真的是一个她从没接触过的廖敬清，也是一个她从没接触过的属于他的世界。

闻清意识到，自己之前对他的所有了解都太过表面。

她走到他身边，廖敬清也主动张开双臂抱住了她，一室暖黄的灯光洒在他们身上，仿佛周围的一切都不存在。

闻清枕着他宽厚的肩膀，低声说：“你为什么不告诉你弟弟呢？他可是你在这个世界上唯一的亲人了。”一直被误解，一直被讨厌，真的不会觉得孤独吗？

“正扬太冲动，而且我不想他和七叔牵扯过多，只要我不和谁走得近，七叔都不会为难对方。”廖敬清叹息着，抚了抚她的头发，“七叔现在身体还很好，所以我和他周旋时也没刻意为难我，但彻底摆脱他是早晚的事。这之前，我希望你能全身心地信赖我。”

闻清的指尖颤抖了下。

廖敬清将她和自己拉开一段距离，好将她的眼神看得更仔细：“也不要用那种防备和害怕的眼神看着我，我会受不了。”

难怪他刚才说在某些方面很敏感，大概就是厌恶这种眼神吧。闻清沉默了下：“你现在对我说的都是实话吗？没有一句谎话？”

廖敬清深深地睨着她，俯身在她耳畔说：“如果有一句假话，我将永远失去你。”

闻清的心脏猛地一震，她看着他深不可测的眼眸，轻轻点了点头：“记住你的话，廖敬清，你懂我的。我不容许任何欺骗和背叛。”

廖敬清一言不发地望着她，缓缓闭了闭眼睛：“我知道。”

这之后，两人的关系反而神奇地更近了一步。之前闻清总觉得他们之间少了点什么，现在才明白是缺少信任，所以周围人的只言片语就引发战争。

廖敬清已经将内心深处最大的秘密告诉了她，闻清觉得自己不该再胡思乱想，以前的经历让她对感情缺乏信心，但这次她想试着去相信这个男人。

他们每天在一起的时间更多，交谈的内容也越来越广泛，闻清发现廖敬清懂得非常多，不仅仅是专业领域的，很多方面都有涉猎，比如金融、房地产，再比如心理学。

闻清吃惊道："所以面对我，你都能猜到我在想什么？"

"只是心理学，又不是读心术。"廖敬清说完忽然对着她坏笑，"不过你有些方面的想法，我不用分析也知道。"

"比如？"闻清好奇极了，拽着廖敬清追问。

廖敬清一本正经地回答她："比如你觊觎我肉体这回事——"

闻清直接将手里的心理学书籍摔到了他脸上。

而且闻清留心观察发现，廖敬清其实还是个很没安全感的人，这段时间以来他显然适应了和她更亲近，所以如果她在身边，他的话就会慢慢多起来；如果她不在，他可以坐在那儿半天不讲话不动弹。

这一点似乎连廖敬清自己都没发现，闻清心里其实是有些窃喜的，这证明她对他而言是特别的。

或者正因为这样，所以他占有欲很强。闻清开始有点理解他为什么总吃程季青的醋了。

她没事就尽可能早点回家，两人比之前还要腻歪，甚至都有些不满足于一墙之隔了。

这天廖敬清来接她下班，路上忽然说："你搬来和我住吧。"

当时闻清正在喝水，一个不注意就被呛到了。她咳得脸都红了："你说什么？"

"一起住。"廖敬清开着车，顺手抽了张纸巾递给她，"反正现在你也会在我那儿过夜，倒不如直接搬过去，房子空在那儿简直浪费资源。而且你最近那么忙，这样也不用两边跑这么辛苦。"

和程总的合同已经到了尾声，马上就要签约了，为了不冷落廖敬清，她要特意抽出时间陪他，但又要看文件资料，如果住在一起，倒是一举两得。

闻清慢慢地将手中矿泉水的瓶盖拧好，眼底有狡黠的光直逼他眼睛："真的是因为这个？"

廖敬清默了默，抬手抵了下唇角："好吧我承认，我另有目的。"

闻清斜睨着他。

廖敬清无比坦然地说："面对你，我越来越没法装正人君子了，这个理由够吗？"

“……”闻清眨了眨眼睛，耳廓微微地发红。

廖敬清和她对视了一眼：“之前我顾虑很多，所以一直克制，可是最近——”

“最近，你打算化身为狼了吗？”闻清面上说得挺镇定，其实心里也很紧张。这之前他们睡在一起过，可从没突破最后的底线，她也好奇廖敬清为什么这么自律，现在才知道原来他是有所顾虑。

是担心自己背景太复杂，将来不能给她个好归宿吗？

原来他已经想得这么长远了。

见她一直走神，他伸手在她眼前晃了晃，眼中一闪而过的不确定：“或者，你怕了？”

闻清正了正坐姿：“怕什么？我为什么要怕？”

廖敬清笑看了她一眼，正好遇上红灯，他便执起她的手紧紧地握在手心里，指尖轻轻挠着她的掌心：“不怕我吗？”

闻清不想两人之间再有信任危机，她笑着反手扣住他的掌心，在他手背上轻轻摩挲着：“到时候你就知道，该谁怕谁了。”

“嗯。”廖敬清点点头，话里都是蛊惑的意味，“我很期待。到时候清姐的表现，一定很棒……”

闻清就是皮再厚也不由红了脸，她用力把自己的手抽了回来，低低地骂了声流氓。

“那说好了。”廖敬清目视前方，嘴角的弧度渐渐绷平。此刻绿灯放行，他用力踩了脚油门，一路顺顺利利地朝着前方开了过去。

感情急剧升温，住在一起似乎也水到渠成，他们都是成年人了，又两情相悦，所以闻清并没有什么好矫情的。但她也没把现在住的房子退了，房租交了一年，干脆让它一直空着。

廖敬清还很细心地带着她一起去买床上用品，原因当然是之前他家里的白色床单被闻清吐过酒。

闻清真的是很不理解这个人，明明每天待在医院面对一堆白色已经很压抑了，家里居然还是白色物品居多，尤其床单被套每一套都是白色！

她都怀疑这人是有极度的洁癖和强迫症了。

商场的导购显然将两人当成了新婚小夫妻，一直强烈推荐大红色，对方热情地推荐，闻清好几次要说话都被她很不礼貌地打断了。

廖敬清倒是一直很耐心，等人家介绍完了才平静地说：“好看是好看，但我老婆脸以下的部位都不够白，躺在里面不够诱人。”

导购小姐和闻清一起被震惊到了。

尤其是导购小姐，看两人时一张脸红得能滴血："那、那您二位再看看，喜欢哪一款叫我。"

闻清等人跑开了，狠狠戳了下廖敬清的腰："谁不白了？还有，谁是你老婆？"

"我！"廖敬清马上说，"我躺进去不好看。"

闻清脑补了下那画面，扑哧一声笑了出来。

"谁让她话那么多，影响我们约会。"廖敬清搂着她的腰慢慢地往前走，嘴角带着浅浅的笑意："不过我老婆是谁，我自己也不知道。"

闻清嘴角也有藏不住的笑意："我也不知道。"

"哦，"廖敬清点着头，低头在她耳畔絮语，"有一个人知道。"

闻清狐疑地看向他，廖敬清指了指不远处一个地方，闻清侧目瞧过去，见那边有很大一面落地镜。他说："要不要过去问问？"

闻清绷着脸笑骂："幼稚鬼。"

"害羞了？看看而已啊。"廖敬清率先往前迈了一步，闻清正想跟上去，包里的手机响了。她拿起来，看到上面的号码不由得愣了下。

沈逸一共两个号码，之前都被她拉进了黑名单，而此刻打来的这个，竟然是他们上大学那会儿她用的那一个。但那端的人会是谁，她几乎不用想也知道了。

闻清当然没有接，她毫不犹豫地将电话给挂断了，而整个过程廖敬清都看在眼里，竟然也什么都没问。

两人笑笑闹闹地逛完商场，出来时手里已经多了好几个购物袋，不仅买了新床单被套，还买了不少情侣款的东西。要搁从前闻清是决计不会对这种东西感兴趣的，可这次和廖敬清一起挑选的时候，她竟然也觉得很有意思。

快到停车场的时候，电话再次响了起来，振动加铃声，动静格外地大。

廖敬清提着东西故意往前走了两步："你在这儿等我好了。"

他这是故意给她留私人空间。闻清深深吸了口气，终于将电话接了起来。

时隔两个多月，她再次听到了沈逸的声音，他的声音听起来不似平时那样低沉有力，反而略显疲惫："我以为你永远不会接了。"

闻清直截了当地说："我觉得我们之间没什么可说的了。"

沈逸那边立时安静了一会儿，良久才溢出一声笑："一直都知道你理智，没想到对我也一样。闻清，五年的感情对你来说真的不算什么？"

"这个问题应该问你。"闻清的语气很平静，"对于那五年，我或许不是个温柔体贴的女朋友，但我没有背叛你，所以并不亏欠你什么。就这样，别再打扰我。"

她说着打算挂电话，可下一秒沈逸忽然喊出口："闻清，我来兴城了。"

闻清："……"

“这两个月我都在忙那个片子的事，忙完我就来找你了。”沈逸说着微微叹了口气，“等你高兴了就回去继续上班，所有事我都处理好了，没人会为难你。”

闻清重重出了口气：“沈逸，我不会回去了。”

“你奋斗了这么久的事业，真的要放弃吗？”沈逸打断她，“为了我不值得。”

“不是为了你。”闻清说，“我心里有别人了。”

一句话成功让沈逸彻底噤了声，细微的电流声中能听到他猛然加重的呼吸声。闻清不知道他会怎样想，虽然只是短短两个月，可他们之间却好似已经过去了许多年。

沈逸再开口时，话里听不出任何情绪：“好，但我都来了，可以见个面吗？”

闻清觉得没有必要了，但沈逸太了解她，很快又说：“就当是正式告别。除非，你心里还介意我。”

“这种激将法很幼稚。”不过闻清还是答应了，“既然你都来了，见一面也没什么不可以。”

挂了电话，她抬头看了眼此时的天空，天色渐渐暗了，湛蓝色的天幕上满是繁星，兴城的天空似乎总是离人特别近，像是只要一抬手就能摘到最亮的那颗星。

闻清忍不住笑了下，当初来兴城的时候，她绝对没想到自己有天会爱上这个城市的夜空，更想不到会爱上这里的一个人。

廖敬清的车驶过来，闻清站在路边冲他微笑。他也忍不住冲她笑，眼角眉梢都是满溢的喜悦，可很快闻清就看到他脸色微微一变，然后就是身侧有一道刺眼的灯光猛然投射过来——

闻清下意识抬手挡了挡，可很快她便发现那车是冲着自己来的！

闻清哪里遇到过这种阵仗，脑子刹那间嗡了一下。她甚至听不到任何声音，但很快她的身体就被人牢牢地抱住了，天旋地转之后，闻清才渐渐地回过神来。

那辆车险险地擦着廖敬清的车身呼啸而过。

她慢半拍地转过头，入目的就是廖敬清紧张而焦急的脸庞，他捏着她肩膀的手力气极大，像是要把她给捏碎似的。

“还好吗？”他紧张地问。

闻清仿佛这一刻才终于感受到心脏还在自己身体里。她点了点头，嘴唇依然有些抖：“我没事。”

廖敬清松了口气：“动一下胳膊。右腿。”

闻清都依言做了，等她做完这一切，廖敬清才明显放松下来。他将闻清从地上扶起来：“我们先回去。”

“嗯。”闻清说着，可眼神还是不受控制地往那辆车离开的方向瞧。她心里隐约有个猜想，但却不知道该不该说出来。

廖敬清的脸色很不好看，下颌紧绷，周身都散发着一股生人勿近的气息。闻清能感觉到他很生气，所以就什么都不敢说了——万一真和七叔有关，他一时冲动难保不会做出什么事来……

闻清伸手去反握住他胳膊，谁知道却摸到了一片黏腻，她惊得马上拉过他的手，然后就看到了一大道血口子，像是被什么尖锐的东西给划伤的。

“可能从车上冲下来的时候，不小心刮到了哪里。”廖敬清安慰她，“不要紧，只是小伤。”

闻清瞪大眼：“这怎么能算小伤？”说完她便懂了，或许对于廖敬清来说，这真的不算什么大伤口。

刚才那车是不是故意的、会是谁派来的，其实他们彼此都心知肚明。闻清不知道那个七叔的目的是什么，或许只是为了吓吓她，或者又有什么不可告人的目的，又或者只是要警告廖敬清什么，总之，有一点闻清已经真真切切地感受到了，那就是，七叔不是善茬。

能在兴城这么明目张胆乱来的，恐怕背景也很强大。

她用力抓紧廖敬清的手指：“去医院包扎下。”

“不用，我自己可以处理。”廖敬清见她脸色比刚才还要白，将她搂紧了些，一下下拍着她瘦削的脊背：“没事，真的没事，相信我。”

闻清攥紧他的衣摆，无声地点了点头。

经历了刚才这一场，她不信他还能信谁呢?

廖敬清自己做了简单处理，他伤到了右手，可用左手处理伤口时居然也很灵活。闻清在边上手足无措却完全帮不上忙，她发现廖敬清简直快要十项全能了。

见她一脸郁闷，廖敬清将手里的纱布丢过去：“你帮我。”

闻清眼睛亮了亮，下手前又嘟囔了一句：“我没经验，可能会很丑。”

“料到了，就看能丑到什么程度了。”廖敬清一脸诚恳地点点头。

如果他现在不是伤患，闻清肯定要上手挠他！她低下头认认真真地帮他缠起了纱布，还要小心翼翼地生怕弄痛他，时不时地往他伤口处吹着气。

廖敬清看着她做这一切，眼神都不自觉变柔软了，原来被人关心的滋味是这样的……

看着看着，他忽然倾过身去，在她脸颊上印下一吻。这个动作做完之后他自己都吓了一跳。

闻清的动作停了一停，眼睛都没敢看他：“好好坐着，不要影响我发挥。”

廖敬清坐了回去，另一只胳膊却不老实地将她抱坐在自己膝盖上。闻清撑着他胸膛怕碰到他胳膊，怒道：“你干什么？”

“是想干点什么，虽然手不方便，但应该没问题。”

闻清忍无可忍地点了点他眉心：“还有心思调戏我？嗯？”

“不是调戏。”廖敬清看着她说，“闻清，我好像越来越喜欢你了。”他在她耳边哈了口气，“忍不住想吻你，想碰你。”

温热的气息让闻清不自觉地瑟缩了下肩膀，她慢慢地转过头，暖黄色的光晕里，他一双眼亮得惊人。

闻清忍不住说：“那就一直喜欢我。”

廖敬清一怔。

闻清主动覆上自己的唇，在他唇间轻喃道：“反正我喜欢你，你喜欢我也不吃亏。”

屋子里只亮着一盏落地灯，影影绰绰之中，彼此的呼吸渐浓。哪怕没有经验，廖敬清的表现也让闻清吃惊，她几乎招架不住，脸上绯红一片。

他箍着她的腰，喘息着问：“喜欢上面还是下面？”

闻清说不出话，他便含着她耳垂道：“只有这次听你的，接下来几次，乖乖听我的。”

看着他的眼神，闻清几乎要溺毙其中。她的手一路往下，再往下，然后满意地听到了他的抽气声，她来回抚摸，在他耳边低声说：“看来你要一直听我的了。”

廖敬清掐着她腰线的手越收越紧，终于按捺不住，翻身将她压进了沙发里。

经过这么一折腾，廖敬清的伤口好像比之前还要严重。第二天闻清给他清理的时候，忍不住嗔道：“就不能老实点吗？现在好了，安心在家养着吧。”

廖敬清已经向医院请过假，这会儿更是有心逗她：“可昨晚到后来，好像你更不老实。果然和我想的一样，热情又——”

“你再说。”闻清用手里的纱布往他脖子上一缠，“我会灭口的。”

廖敬清个臭不要脸的，居然顺势低下头，在她攥得紧紧的小拳头上亲了一口。

闻清瞪着眼，眼看着他的吻一路滑到了自己的手腕上，他笑看着她，眼底似是挑衅又似是引诱。

闻清终于没忍住笑着扑到他身上，廖敬清托住她的臀，两人又一起滚到了床垫间。

明明昨晚才毫无节制地做了几次，可这会儿被他引领着渐入佳境，她竟然也觉得那滋味仍是妙不可言，像是怎样都尝不够。

闻清从没试过这样放纵自己，和廖敬清在一起，她感觉到无论做什么都很合拍。以前姜钰就说，他们名字里有相同的一个“清”字，这缘分注定了他们是最合拍的一对。

到了现在，闻清也会忍不住这样想了，他们好像彼此的另一半翅膀，有了对方才能更加恣意地随意飞翔。

他们在清晨明亮的阳光中做爱，眼神和呼吸交缠着，自由又美好的感觉，那一刻身体相贴，连心都离得特别近。

两人在床上厮混了很久，中午的时候一起吃了饭，闻清不得不离开了。

廖敬清百无聊赖地倚着门框看她：“我怎么有种被嫖了的感觉？”

闻清穿好衣服，坦然地说：“怎么会，我又没给你钱。顶多算是被睡了。”

“不能不去吗？”廖敬清走过来搂着她肩膀，“不如试试和我一起混吃等死的感觉？”

闻清伸手拍他：“公司里有事。程总前段时间陪女儿耽搁了很久，明天他女儿要走了，终于能签合同了，我今天再回去看看。”

不知道为什么，她总觉得心神不宁，或许是太久没应付这种场面，所以才会格外紧张。

闻清吁了口气，回身抱了抱廖敬清：“等合同签完了，闻定山那边的事我就再也不管了，专心陪你混吃等死。”

廖敬清没有接话，眼神幽暗地瞧着她。

闻清想了想，又说：“唐娜到现在也没出现，至于正扬和她的事，我决定以后不再插手了，相信警方会公平处置。以后他们那些破事，都和咱们没关系了。”

廖敬清知道，以闻清那样强势的个性，做出这些让步全是因为自己。他只能抱紧她，嗓音低哑地说了声谢谢。

闻清流里流气地摸了摸他下巴：“我对你这么好，以后要好好报答我。”

“正经不过三秒钟。”他笑话她，可看她的时候神色越发复杂了，像是有千言万语都没法说出口。

等走的时候，闻清看着廖敬清的胳膊还是有些发愁。毕竟是因为自己伤到的，闻清觉得自己这么一走了之太不厚道了。

廖敬清也意味不明地和她对视着，站在门口看她那模样居然有点撒娇和委屈的味道。

闻清迟疑了下，还是折了回来：“算了，让阿铭把东西送过来好了。”

廖敬清低低一笑，伸手拍了拍她发顶：“对我真好，以后只能以身相许了。”

阿铭很快就把文件都送了过来，闻清当时正在阳台晾衣服，廖敬清帮忙收了。

等阿铭走了，廖敬清在沙发上坐定，眼神明灭地看着那沓文件。此时的闻清因为背对着他所以根本看不到他的举动，他只要……

廖敬清伸出去的手在半空停顿了下，指尖收紧。但他不知又想到了什么，还是快速地将那沓资料打开，然后飞快地在里面找到了闻定山那个保健品的配方复印件。

晚上闻清去赴沈逸的约，廖敬清竟然神奇地什么都没说，闻清觉得奇怪，要知道这人之前可是连程季青的醋都要吃的。

廖敬清似乎很不在状态，表情微微有些浮躁："我跟着去多不好，显得太小气。"

闻清心想之前你也没少小气啊，但想到他手不方便，于是便没再多想什么，自己拿了包就走了。

沈逸除了比原来瘦了些，似乎没什么太大变化，坐在那依旧是一副招蜂引蝶的样子，闻清进餐厅时，看到隔壁桌的女孩正在偷看他。

从上大学开始他在人群中就是抢眼的。闻清承认自己是外貌协会，当初就是被他这副皮囊给吸引的。

她走过去和对方打招呼："不好意思来晚了。"

"是我早到了。"沈逸一直注视着她，深邃的目光像是要将这段时间失去的都给看回来一样，然后自嘲一笑："状态很好，看来真的是在热恋。"

闻清在他对面坐下："你很懂女人啊。"

沈逸微微扬了扬手："可事实上，待在我身边最久的女人只有你，应该说我从来都只有你。"

闻清并不想谈论太多关于两人感情的事，可听了这话还是没忍住："难道不是迟莉莉吗？她认识你比我还要久。"

沈逸安静下来，英俊的五官浸润在餐厅幽蓝的光线里，他忽然伸手过来，牢牢覆住了她的手背。

"不管你现在和谁在一起，我都没打算放弃。"沈逸坚定地说，"我约你来不是为了告别，而是为了开始。"他很郑重，"我想和你重新开始。"

闻清将手抽了回来："你觉得可能吗？"

"闻清。"沈逸轻声唤她，很是无奈，"眼睛看到的不一定都是真的。那天她喝多了，我送她回家，她忽然扑上来吻我。"

"你回应她了。"

沈逸并不避讳："是，当时我有短暂的迷失。"

闻清听着他如此轻描淡写地提起自己出轨的事，只是冷笑了一声："那很好啊，继续迷失吧。"

沈逸自始至终都很平静，等她说完才道："你看，你明明还是很介意。"

"当然介意，毕竟第一次被甩。"闻清端起面前的水喝了一口。

沈逸纵容地笑了下，像是早就习惯了她毒舌又刻薄的样子："这两年我们之间出现了问题，相信你也发现了。我们在一起的时间越来越少，可哪怕这么少的时间，依旧有吵不完的架和谈不完的工作，你想想，我们多久没认真约会过了？"

“所以这成为你出轨的理由？”闻清说完又觉得可笑，自己干吗要在这儿和他谈论这个话题？

沈逸没有直接回答她，而是说：“我那时的确受不了你的强势，可后来你离开了，我觉得自己生活和工作都一团糟。闻清，这次是我不对，但我保证，以后对你忠贞不渝，难道还不行吗？这次之后，我太清楚失去你的意义。”

“嗯，说得好听。”闻清道，“可我很抱歉，沈逸，我爱上别人了。”

沈逸垂放在桌面上的手微微紧了紧，指尖缓缓叩着桌面：“我知道，那个医生，闻叔叔已经告诉我了。”

闻清一点也不意外沈逸和闻定山见过面，沈逸是个很有城府的人，最懂得如何俘获人心。他说：“你只和他相处了这么短的时间，你确定这份感情值得放弃我们的五年？”

“难道不是你先放弃的？”闻清很无语，终于觉得这顿饭没有必要吃下去了。

她起身拿好自己的包，沈逸一直蹙眉瞧着她。

她临走前回头对他说：“一份感情值不值得，不是用时间长短来衡量，有的人在一起哪怕一天，你也觉得意义非凡。”

沈逸从没见过闻清这么不理智的样子，更无法相信这样的话会从她嘴里说出来。直到她离开了，他才将手中的杯子狠狠往前一推。

竟然有人能改变闻清？！他完全无法置信。

闻清都快被气饱了，但还是在路上买了吃的带回去——廖敬清一个人恐怕也只是随便应付下，她特意买了他爱吃的粉。

但是打开门锁，屋子里却漆黑一片，闻清将灯全打开，每个房间看了一遍都没找到人。

难道是出去吃饭了？

闻清意外地发现，连车钥匙也一起没了，这人手受伤了还敢自己开车？

她拿了手机打电话给他，但廖敬清一直没有接，连续响了几次都是无人接听。

闻清心里开始有些不安。她坐在沙发上无法控制地想，会不会去找七叔了？联系昨晚的一切，她越想越觉得有可能，于是立刻又出了门。可下楼之后，她自己也不知道该去哪里。

这个生活区的路灯已经坏了好几盏，有的地方光线根本都看不清楚，闻清站在一片夜色之中，脑子里浮现了无数的画面。

他会不会一冲动惹怒了七叔，然后发生什么事？

大概是恋爱真的能让人智商下降，闻清觉得这些乱七八糟的念头根本不受掌控，一个个争先恐后地往自己脑子里钻。

她抱着胳膊站在小区门口，夜晚的风吹得头发全都乱了，可脑子仍然没清醒多少。

也不知道等了多久，她终于看到廖敬清的车远远地开了过来，灯光那么刺眼，可她就是一眼就认出了是他。

廖敬清也看到她了，眉心微蹙，赶快将车找地方停好。可这边还来不及下车，闻清那边已经开了车门扑上来。

廖敬清被她撞得闷哼一声，哭笑不得地道："怎么了？"

"你为什么不接电话？"闻清感受到他真实的体温才稍稍安心一些，忽然直起身来狠狠瞪着他："我以为你——"

她并没有说完，可焦急紧张的神态根本掩饰不了，廖敬清和她近距离地凝视着彼此，那一刻他清楚地感觉到自己内心深处有根弦狠狠悸动了下。

他伸手抱着她："看起来胆子挺大，怎么这么容易害怕？"

闻清将脸埋在他胸口，不自觉地笑了下："还不是你害的。"

廖敬清没再说什么，熄火下车，然后去后座拿东西，闻清看到是个购物袋，看来他是去超市了。

她站在车边等他，可余光不经意地掠过副驾上，忽然发现了一个东西。

那是个发卡，带蕾丝的东西，但不属于她……

廖敬清提了东西走过来，闻清丝毫没有避让，直接对着那发卡抬了抬下巴："你刚才和哪个美女约会了？"

她一直看着他的反应，廖敬清没表现出一点惊慌失措的样子，径直开了门将那东西拿出来："路上遇到钟医生和他太太，大概是嫂子落下的。"

闻清将那发卡拿过来看了看："这么Loli，钟医生他太太应该比我还大吧。"

廖敬清把手机拿了出来："不如你问问她，为什么会喜欢这种和自己年龄不相称的东西？这个问题也困扰了我很久。"

"敷衍我？"闻清拿着他的手机，戳了戳他胸口，"你要是敢劈腿，看我怎么收拾你。"

廖敬清点点头："要劈腿也不是现在啊。"

这话倒是让闻清愣了愣："为什么？"

廖敬清撑着车顶，笑笑地看着她说："当然是因为清姐和我样样都合拍，尤其昨晚之后，我们如此契合，你都让我有些食髓知味了——"

"不要脸。"闻清把手机和卡子一并扔进他怀里，用力踩了他一脚就转身走了。

夜风寂寥，廖敬清脸上的笑渐渐凝固了。他阴沉沉地看了眼手里的卡子，直接将它折断扔进了一旁的花坛里。

经过这事之后，原本闻清还留了个小心眼，可接下来几天她和廖敬清朝夕相处，他的手机就放在屋子里她随处可见的地方，但从没有任何不对劲。

渐渐地她就把这事给忘了，而且更重要的是，几天后发生了一件大事。

那天是签合同的日子，可是程季青迟迟没有出现在公司里，闻清坐在位子上紧张得直拧手，频频看自己的腕表。

闻定山和阿铭也在，两人也是焦虑不安。闻定山更是愁得走来走去。

阿铭忍不住说："要不我去看看？"

闻清刚想说话，她的手机就响了，上面赫然就是程季青的名字。闻清的心剧烈跳动了几下，那种强烈的不安感越发被放大了数倍，她慢慢地拿了起来，按下接听键。

程季青说："闻小姐，实在抱歉，我恐怕不能和你签合同了。"

"出什么事了？"闻清终于没按捺住，从沙发上倏地站了起来，动静太大，膝盖狠狠撞到了前方的茶几上，但她浑然未觉，忙不迭地追问："还是我们的合同哪里让您不满意的，您可以说，我们再商量。"

程季青安慰她："不是这个，这次洽谈的过程中闻小姐表现得非常有诚意，我也很有意向和你们合作，但是现在你们公司的产品出了问题，我实在没理由买下一个有问题的配方。"

闻清瞪着眼，半晌都说不出话，她千算万算绝对没算到会是配方出了问题。

闻定山在边上也很紧张，脸色苍白地注视着闻清的一举一动，他听不到两人的谈话内容，但猜也能猜到些什么。

闻清半晌才找回自己的声音："这怎么可能？我们的产品已经销售了很多年，怎么会有问题呢？"

这话一出口，她看到闻定山的脸色明显变了变，变得更加煞白无血色。

闻清明白了。

程季青一直表现得很温柔绅士，这个时候还是轻声安抚她："因为有人做了检测报告，这个报告已经被证实了……相信很快会在各大媒体和医学周刊发表。闻小姐，这件事会很麻烦，你还是尽快想办法应对吧。如果有需要帮忙的尽管开口。"

"谢谢你。"闻清的脑子已经乱了。

有人……会是什么人呢？

难道是以前的行业竞争者？对方知道闻定山可能卷土重来，于是彻底断了他的后路？毕竟当初闻定山在这行做得风生水起。

闻清缓缓地将手垂下，脸色凝重地靠坐回椅背。

怎么办？该怎么办？新闻一出，这个公司就彻底毁了，没有人再对这个品牌感兴趣，也没有人再帮助他们渡过难关。

闻清蓦地抬起头，目光直直逼向闻定山："是不是真的？"

"什、什么？"闻定山往后退了一步，正好跌进对面的单人座椅间，他喘着气，整个人显得灰败难堪。

闻清已经猜到了，她不可思议地瞪大眼，垂在身侧的手开开合合，最后用力地紧握成拳："这是保健品啊，吃了会出事的！你的良心到底去哪儿了？"

阿铭见闻定山脸色不好，急忙在中间调和："清姐，这都是过去的事了，我们现在的配方没问题，真的。当时有人出了事——"

"阿铭！"闻定山立刻出口呵斥他。

闻清觉得自己周身的血液都凝固了，她从前无比痛恨那些奸商，可自己现在也同流合污了？

她颤抖着唇问："出什么事了？"

阿铭支吾着不敢说，偷偷看向闻定山。

闻定山的脸色由苍白变得紫黑，他艰难地说："现在和程总合作的，绝对没问题，那次之后我们就改进了。当时我也是被人……"

"出事的那个人，后来怎么样了？"闻清打断他的话。

闻定山没有开口，而阿铭很小声地嘟囔道："是位老人家，死、死了。"

闻清不敢置信地站在那里，她整个人都怔住了，久久都说不出话。

"我在拼命做的，到底是什么样的一件事……"闻清深深地看了眼闻定山，眼中满是愤怒和轻蔑，她抓起自己的包，转身就冲出了办公室。

闻清一个人走在路上，或许是天实在太热了，脑子一直浑浑噩噩的不清醒。她毫无形象地坐在马路牙子上，发起呆来。

乔梦婕知道闻定山出轨，却始终没有离婚，原因闻清心里是清楚的——女儿太不省心了，让妈妈走得很不放心，于是乔梦婕才会想着有个亲人在，她就不会活得那么孤单艰难。

闻清内心深处虽然痛恨闻定山对婚姻的背叛，可她还是爱他的，毕竟那是她的父亲，她面上总是冷冰冰的不肯和他亲近，可在心里还是偷偷爱着他。

她拼命地想帮他重新恢复事业，可是闻定山呢？自始至终都在利用她。

他甚至没对她说过一句实话。

闻清自嘲地想，因为她个性问题，她的确是活得很失败啊。

一个人不知道坐了多久，听到包里的手机铃声，闻清拿出来一看是阿铭打的，居然一连打了很多个。闻清将它挂断了，她捏着手机茫然四顾，一时间不知道该去哪里，该找谁。

就在她怔愣的时候，手机再次响了，她惯性地想直接挂断，却在屏幕上看到了廖敬清的名字。

廖敬清，对，她还有他！此时此刻，这个名字于她而言就恍若一根救命稻草。闻清马上接了起来。廖敬清在电话那端问：“你在哪里？”

闻清看了眼周围：“我也不知道。”

“你把定位打开，我来接你。”

廖敬清的语气很急，没有多余的废话，闻清终于意识到了什么：“怎么了？”

“你父亲心脏病发作。”廖敬清说完停顿了下，“闻清，你要做好心理准备。”

闻清：“……”

廖敬清来之前的这段时间，闻清不知道自己是怎样度过的，她只觉得周围太安静了，烈日照得她头晕，可身上又冷冰冰的。

恍恍惚惚中有人抱住了她，触感温暖又真实。她慢半拍地抬起头，看到了廖敬清。

他看着她，用力握住她肩膀：“没事，我会陪你。”

被他半拥着带上了车，直到车子开出去了，闻清才嗓音沙哑地问：“他肯定没事对吧？这么坏的人，一般能活很久。”

廖敬清侧过头看她，闻清一直偏着头看窗外，她不让他看到自己的面容，可他从倒后镜里还是看到了她通红的眼眶。

这不是个轻易会哭的女人，可这样的她竟然也令他很难受。

廖敬清蹙着眉，许久才说：“他的状况一直都不稳定，你这段时间已经帮他省了很多烦心事，现在这一切，和你没关系。不是你的错。”

“我知道不是我的错，我也没有自责。”闻清将头偏得更靠外一点，肩膀瑟缩了下，“我只是讨厌他这样，为什么要这样？明明不是我的错，可我现在觉得我好像错了。”

她语无伦次地说着，忽然哽咽了下：“一个个都这样，我妈这样，他也这样！”

廖敬清忽然记起闻清说过，她母亲乔梦婕离开的时候，她在外地出差，没赶上见她最后一面……所以她现在内心也在害怕，害怕再次失去见父亲最后一面的机会？

他的表情变得更加复杂起来，这样的闻清让他连心脏都忍不住抽搐。他直视前方路况，忍不住说：“他会等你。”

闻清转过头来，廖敬清伸手握了握她发凉的手指：“不管他是好人还是坏人，你自己尽心尽力已经足够。闻清，人一辈子只能律己，其他的你管不了。”

闻清回握住他的手，久久地没有说话。

到了医院，闻定山还在急救室，阿铭坐在长椅上满脸忧愁，见她来了怯怯地喊了声清姐。

闻清在他身边坐下，廖敬清也一直都在，三个人或坐或站，可谁都没有说话。

终于看到急救室的门打开，方主任是第一个走出来的，闻清几乎立刻冲了过去。

方主任说："毕竟年纪大了，之前做完搭桥手术还没完全康复，就看熬不熬得过今晚了。"

闻清站在那儿没有说话，可整个人都像是被抽了魂一样。方主任又看了眼她身边的廖敬清，叹了口气便离开了。

闻定山被推了出来，闻清站在边上一直看着他，几个小时前她还恨不得和他脱离父女关系，可现在——

血缘或许就是这么没办法解释的东西，她这会儿看着陡然老了许多的父亲，异常难受。他的面容变得非常苍老，手背上竟然还隐隐有了几点老人斑，几个小时而已，可她快要认不出这是闻定山了。

阿铭看闻清一直在发怔，急忙迎上去帮着把闻定山推去监护室。

廖敬清的掌心抚了抚闻清的耳侧："进去看看。"

"我、我等一会儿。"闻清后退着跌坐回了长椅里，手在口袋里一直摸索。

廖敬清从外套口袋里把烟递过去，她喃喃地说了声谢谢。

廖敬清从来都不懂安慰人，他此刻也不知道该做些什么，只是安静地待在她身边。

直到几分钟之后，闻清重新站了起来。

她像是完全调整好了，这才大步朝着病房的方向走过去。廖敬清看着她的背影，仿佛对她有了更深的认知，这个女人有时候太脆弱，可有时候又太过坚强……

一整天闻清都守着父亲，廖敬清当然也陪着她，快凌晨的时候，他去便利店买了吃的过来。

闻清已经十几个小时没吃东西了。

她披着廖敬清的外套，坐在深夜寂静的走廊上，手里的泡面冒着热气，这种速食的味道居然让她心里稍稍温暖了些。

这个时候还能有个人陪着，可真好。

她低着头说了句："谢谢你。"

廖敬清道："和我不用这样。"

闻清没有再接话，她刚刚吃了两口，忽然听到一阵匆忙的脚步声，就像她刚来兴城的第一天那样，看到方主任和护士匆匆忙忙地跑进了闻定山的病房。

闻清猛地站了起来，手里的面和汤洒了一身，满身狼藉她却浑然未觉，第一时间就冲了过去。

廖敬清看着这一幕，垂在身侧的拳头紧了紧。不管怎么样，那个人终究是她父亲，她父亲在她心目中的地位……到底还是被他看轻了。

是闻定山醒了，他睁着浑浊的眼一眨不眨地看着闻清，可方主任的表情却并不轻松，甚至有些欲言又止。

闻清深深吸了口气，她抬头看了看病房的屋顶，主动走到闻定山病床前。

闻定山抬起了手。

闻清也慢慢将自己的探过去，终于肯握住他的手，这是父女俩不知道多久以来的第一次亲昵。她垂着眼一直盯着他手背上的输液管，那些透明液体一滴一滴地流进他身体里，可他身体的温暖还在流失，越来越冰凉。

“对不起，我对不起你，还有你妈妈。”闻定山艰难地开口。

闻清仍旧没有说话，闻定山又道：“可我没有骗你，现在的配方的确没问题。我不是个好人，但我从没想过把你也变成坏人。爸爸爱你，是真的。”

闻清将头埋得更低。

闻定山看着她，眼角也慢慢有泪流了下来：“你妈妈走的时候我就后悔了，我做错了太多事，你恨我是应该的。可我知道你过得并不轻松，恨着自己的爸爸，一定很难受。我不为自己辩白，我只希望你少辛苦一点。”

“那个配方，当时闻叔也是被人骗了，他刚做这行不清楚，等出事才知道有问题。”阿铭在边上忍不住插嘴，大概是看闻定山说得实在太辛苦。

闻清的睫毛微微战栗，她伸手替他掖了掖被角：“不要说这么多话，先休息。”

闻定山摇了摇头：“我不累。”

闻清抬起猩红的眼，闻定山疲惫地看着她，冲她笑了下：“闻清，把公司结束吧。爸爸这样，只会一直拖累你，走到这个地步也都是我罪有应得。”

闻清不知道该说什么，只是点了点头：“好。”

“以前总觉得你太硬，女孩子该软一点才好，现在爸爸反而庆幸，你比很多男孩子都坚强。”闻定山颤声道，“如果我走了，不要哭，我是去找你妈妈了。我其实一直都很想她……”

闻清重重地吁了口气，眼底布满了血丝，她看着闻定山，努力让自己的声音听起来明朗清晰：“我不哭，你知道我不会哭。”

“爸爸知道，我们闻清从小就是打不倒的小怪兽。”似是想起了闻清幼年时的趣事，闻定山笑得格外开怀。

那一晚闻清都守着闻定山，闻定山后来睡了，呼吸绵长，心跳仪也平稳正常。闻清这一天真是累坏了，可她一点睡意也没有，她让廖敬清回去休息，可廖敬清坚持陪着她。

“你这样，以为我回去能睡得着吗？”他和她并排坐在病床前，手臂横伸过去让她靠得舒服点：“你闭眼，休息一会儿。”

闻清摇了摇头，但还是靠着他胳膊，他坚硬结实的臂膀让她觉得安宁，忍不住叹息道：“幸好有你在。”

廖敬清转头看她。

闻清说："多奇怪，你在身边陪着，我就觉得自己充满了力量，好像什么都不怕。"

廖敬清只是将她搂得更紧了些，他垂着眼，很好地将眼底的情绪都藏住了。

闻定山是第二天下午走的，当时闻清已经彻底平静下来，她没哭也没闹，一直很平静地处理他的身后事。

廖敬清在边上观察着她，闻清见了只是说："我妈去世没多久，这些事我已经很熟悉了。"

廖敬清忽然问："你恨那个人吗？"

"谁？"

"……那个害你们签不了合同的人。"

闻清认真思索起来。她想事情的过程中，廖敬清始终一眨不眨地盯着她看，似乎这个答案对他很重要。

闻清最后说："如果那个配方真的有问题，产品不能上市是好事，但如果没问题——"

廖敬清仍旧看着她，等她继续说下去。

闻清却摇了摇头："我还不清楚，所以先不做假设，等处理完这些事，会认真把事情查清楚。"

她说完这话，发现廖敬清的神色有些僵，但他很快就恢复了平常。

闻清又抽空给姜钰去了个电话，现在她这边已经没什么亲戚了，能通知的也只剩下这个表妹。姜钰在电话里什么都没说，只说第二天就飞过来，但B市到兴城没有直飞，她最快大概也要后天一早才能到。

闻清做完这些，却无论如何也不肯闲下来，她又跑去闻定山现在住的地方给他收拾东西。

其实这段时间她觉得自己都浑浑噩噩的，可廖敬清居然一直由着她，她要做什么都陪着，哪怕晚上坐在床上不睡觉，他也一直守着她，她说什么都愿意听。

闻清虽然没说出口，可她真的感受到了廖敬清对自己的好，那种熨帖又细致入微的爱让她动容。

她甚至想着，父亲现在走了，公司也面临正式破产，她之前来兴城的所有目的一个个都没有了，要是换作从前的闻清，应该会毫不留恋地离开。可现在有了廖敬清，她想考虑留下来。

至于事业，虽然这个年纪再从头打拼会很难，但越有挑战性她也越有冲劲，所以并没有什么好惧怕的。

她将一切都考虑好了，就等办完闻定山的身后事和廖敬清好好谈一谈，谁知道她对未来的美好期许还只画了个蓝图，就被现实给狠狠击碎了。

给闻定山收拾东西的时候，廖敬清的手机响了，他看了眼号码，在闻清身后说：“我接个电话。”

闻清正坐在床边收拾衣服，点了点头，可等他离开了一会儿之后，忽然微微皱了皱眉头。

廖敬清从来不会刻意避开她接电话，这似乎还是第一次？但她也没特别往心里去，毕竟这两天遇到的事实在太多了，心思也全在闻定山的事上。

直到她收拾完东西廖敬清也没回来，闻清便拎着行李去找他。

闻定山这房子面积不小，从卧室出来依旧听不到任何声音，闻清穿过走廊，终于在阳台看到了对方。

廖敬清是背对着她的，一只胳膊随意地搭在栏杆上，他似乎一直在做个聆听者，闻清走过去时几乎没听到他说任何话。

这是个封闭阳台，闻清走过去打算将阳台的门打开，可手才刚刚抬起，忽然听到了一声低笑。

那笑声当然来自廖敬清，那样的笑闻清也并不陌生，可就是因为不陌生，才让她的动作陡然停了下来。

那是只有在逗她、哄她的时候才会发出的声音。

闻清站在玻璃门内，就那么意味不明地看着，她清楚地听到了廖敬清接下来的话语。

他说：“好，我忙完这两天就去看你，你乖一点。蛋糕？不行，你不可以再吃甜食。”

后面的话，闻清听得恍恍惚惚的，玻璃门外还是那个她熟悉的人，男人的背影沐浴在阳光之中，此刻却令她遍体生寒。

他的语气太温柔，温柔到像是一面明镜，将一切都折射得格外清晰。这样的语气会是对什么人在说话，随便想想都能想得到。

猝不及防地被泼了一头水，闻清的思绪反而渐渐清明起来。

脑海中闪过很多画面，那些被她忽略了的，那些被她深信不疑的，一切的一切在瞬间像是变成了幻影，手指碰一碰就会碎裂成片。而眼前明晃晃发生的，才是现实。

原来她以前就听过类似的对话啊，在她的脚不慎崴到，他送她回家的路上……那样清晰的记忆竟然被她漏掉了！

不，是因为廖敬清声称自己没有恋爱过，所以她才深信不疑。

还有那个出现在副驾上的不明发卡。

男人的劈腿于她并不陌生，只是像廖敬清这样，从一开始似乎就带着谎言的，让她除了被欺骗之外，还有莫名的耻辱。

闻清的嘴角向上扯了扯，自嘲一样，却发现肌肉都僵硬得无法动弹。

她捏着行李包带子的手紧了又紧，直到掌心处都传来尖锐的疼才慢慢将手松开。

她淡然地转过身，重新折回了卧室。她的脑子很清楚，知道眼前发生了什么，可思绪又像毛线球，需要认真理一理。

还有胸口某个地方，一下下紧缩着让她几乎喘不上气。

闻清告诉自己，她需要一个人待会儿，一会儿，一小会儿就能重新变回那个理智的自己。

只是个男人劈腿了而已，没什么的，对，没什么。

可直到廖敬清返回，闻清的脑子仍旧是乱糟糟的，她看着他站在卧室门口，微笑地同自己说话："好了吗？"

闻清回看着他，仔仔细细地端详着这个男人的眼睛、神情，可他竟然伪装得这样好！他看她的目光，此时竟还像是带着无尽的纵容，被那样的眼神注视着总是容易迷失。

或许这个男人是情场老手？又或者演戏才是他的本能？

闻清垂下眼，不动声色地回了句："好了。"

"那走吧。"廖敬清过来接走她手中的东西，另一只手自然地和她十指相扣。

和以往两人相处的每天一样，闻清忍不住想，在过去她不知道的时候，这个男人做了多少次同样的事？一边哄着另一个女人，挂了电话却又能继续和她谈情说爱。这样恶劣的人，真的是她喜欢到不能自已的男人？

她木然地跟着廖敬清往外走，到玄关的时候都忘了换鞋。

廖敬清拉住她，眉毛微微挑了挑："傻瓜，你要穿着拖鞋出门？"

闻清慢半拍地低下头，在她准备俯身之前，廖敬清已经率先低下身去。

他蹲在她面前，叹了口气："你真的需要好好休息，再这样下去，身体会受不了。待会儿哪儿也不许去，回家补眠。"说着这些话，他已经将她的鞋拿了过来，慢慢地帮她穿上，修长的手指在她脚踝处轻轻流连，费了点工夫才将凉鞋的系带绑好。

廖敬清起身，看到闻清直勾勾地盯着自己，失笑道："怎么了？"

"你可真会哄女生高兴。"

这话听起来有点怪，廖敬清打量着闻清，默了默才说："只哄过你一个。"

闻清笑了下："是吗？真是荣幸。"

廖敬清若有所思地看了她一眼，闻清已经率先走到了前头。

这是个狡猾的男人，又很擅长察言观色，闻清非常清楚现在撕破脸的结果，她得不到任何她想知道的答案，而他也只会像从前那样，很巧妙地蒙混过关。

闻清想用自己的眼睛去看清楚这段时间生活在自己身边的到底是个什么样的男人，而自己，到底又陷进了怎样的谎言之中。

接下来两天，廖敬清的电话倒是没再响过，他又和从前一样，并且因为闻清不是兴城本地人的关系，他还帮忙解决了很多闻定山葬礼需要的事。

当问及闻定山的墓地问题，闻清思忖了下，还是决定将他的骨灰带回B市。

廖敬清闻言，竟然说："到时候我陪你一起去。"

闻清有些诧异，他何至于做成这样？

人和人之间就是这样，信任一旦没有了，任何好意就都成了目的。闻清总觉得廖敬清似乎是要在自己身上得到什么，不然真不需要这般处处周到又处心积虑的。

两天后姜钰和叶维臻总算到了兴城，闻清本来有一肚子话想对她说，可看到叶维臻小心翼翼地护着姜钰，她好像明白了什么。

果然，吃饭的时候，叶维臻告诉她，姜钰怀孕了。

"所以这些、这些，都不可以吃。"饭桌上，叶维臻将姜钰碗里的辛辣食物全都一一拣了出来，然后给她夹了不少蔬菜。

姜钰不高兴地抗议："吃一点点没关系的，我回去多吃点水果就好啦。"

叶维臻摇头："医生说前三个月最危险，你虽然年纪小，但也不可以胡来。忌嘴一点，晚点给你买蛋糕吃。"

姜钰的脸色这才舒缓了些："那我要吃榴莲蛋糕，而且你不可以逃走，要在身边陪我。"

叶维臻是最受不了榴莲味的，但他还是点头答应了："好。"

两人腻腻歪歪的，似乎感情比之前还要好，闻清看着他们俩，心里一时不知道是酸还是甜。

原来每个男人，都会给喜欢的女人买蛋糕吃吗？

闻清低着头，慢慢地吃碗里的东西，明明是很正常的味道，可吃进嘴巴里怎么全都变成了苦的？

廖敬清忽然在桌下握住了她的手。闻清愣了下，转头见他深深地看着自己，眉眼间有些猜不透的情绪。

"怎么了？"

闻清挺了挺脊背："没事啊。"

"你也不要一直吃那些辣的。"廖敬清给她盛了碗汤，"最近睡眠不好，这样很容易上火，你看眼睛都特别红。"

"事情太多了，有点烦而已。"闻清伪装得很好，装强硬是她的强项，可这会儿居然也觉得有些力不从心。

姜钰这次来，最开心的莫过于看到两人终于在一起，见廖敬清对闻清这么好，眼睛都变得格外亮："我就知道廖医生是个会照顾人的男人。"

为了不让姜钰看出来，闻清很自然地端起那碗汤喝了口："他欺负我的时候你没看到而已。"

"你那么厉害，被欺负了也会欺负回去的。"姜钰随口说。

闻清放下手里的汤勺，看了眼身边的男人："当然，谁要是欺负我了，我肯定要欺负回去，才不会吃这哑巴亏。"

廖敬清安静地注视着她，听完微笑了下："好啊，这样欺负来欺负去，很快就是一辈子了。"

"哇哦，这是变相在求婚吗？"姜钰在边上打边鼓，被闻清狠狠地剜了一眼。

廖敬清没接这话，只是桌子底下握住闻清的手指，在她的无名指上慢慢摩挲。竟然像是在她无名指上绕了一个圈，画了个戒指似的。

闻清装作没懂，专心和姜钰及叶维臻聊了起来。

廖敬清看着她的眸光微微黯了黯。

饭后姜钰和叶维臻想去看闻定山，被闻清拦住了。

"先回酒店休息吧，你现在怀孕了，跑来跑去不安全。"

坐完飞机又转大巴，旅途劳顿，怀孕的人最忌讳这个。加上叶家好不容易盼到叶维臻有孩子，闻清真不想姜钰难办。

她陪着两人去酒店，可到了酒店门口，廖敬清忽然说："你送他们上去吧，我还有点事，等会儿来接你。"

闻清站在车边看着他，廖敬清的眼神坦然澄澈，一点也看不出有撒谎的迹象。她开玩笑似的问："什么事？又不去医院，难道去约会？"

廖敬清回答："对啊，要一起吗？"

闻清的指甲用力陷进掌心里，她往前走了一步，盯着廖敬清，做出平日那副凶巴巴的样子："好啊，你先走一步，我随后就到。"

两人平时总是这样半真半假的，所以廖敬清反而没看出什么破绽，他只说："我走了，结束的时候给我电话。"

他的车离开，姜钰和叶维臻也打算进酒店大厅，可闻清忽然说："我手机好像落在刚才的饭店了，我去找找。"

"啊？"姜钰愣了，"你怎么这么粗心？我们陪你去。"

"不用。"闻清拦住她，坚决地说，"我一个人去就好，人多不方便。"

姜钰："……"

闻清说完就飞快地拦了辆出租车，朝着廖敬清刚刚驶离的方向开了过去。

运气还不错，闻清很快就在车流里找到廖敬清的车，他开了一段路之后，果然在家蛋糕店门口停了下来。

闻清就坐在车里，一直透过蛋糕店的门注视着他的背影。他和蛋糕店的服务员打招呼，而对方居然马上就递了个纸盒过来，谈笑风生之间，对方自然地替他将东西包好。

想来他是这里的常客了，所以才会和服务员这么熟悉，闻清闭了闭眼，只觉得胸口闷得更加厉害。

她将车窗降下一条缝，深深吸了口气，有微风吹拂着，脑子也才更清醒。

廖敬清拎着蛋糕折回来，他步子很快，一下就重新上了车。等车子再上路之后，出租车跟得也愈加小心。

幸好他走的路并不偏僻，所以这一路闻清都没被发现。

跟了一个多小时的路程，在出城之前他终于停了下来，而目的地也令人颇意外，竟然是家很高级的疗养所！

闻清没时间思考太多，她跟在廖敬清后面想混进去，无奈门口有保安执勤，在门口犹豫了下，她还是硬着头皮走了过去。

对方果然将她拦下了，认真地打量着她："小姐，你找谁？"

闻清清了清嗓子："我和廖先生一起的，他先进去了，我停好车才过来。"

本来只是想冒险试试，如果实在不行，她还有其他办法，谁知道连保安都很熟悉他了，马上就说："哦，来看莹莹小姐吗？进去吧。"

听到这个名字，闻清的心脏微微颤了颤，莹莹，原来电话的那一头，叫莹莹……

闻清不知道自己怎么走进去的，在确定对方名字和性别之后，离心中的猜测又更近了一步，前方等待她的就如同一个地雷，可威力有多大，爆炸之后会引起多大的余震，竟然让她产生了短暂的恐惧。

真可怕，她竟然在那种甜蜜的假象里，变成了这样？！

闻清大步朝里走，她沿着走廊一间间往里，这样的概率实在太像大海捞针了，可老天这时候终于舍得眷顾于她。她马上听到了一道熟悉的声音："我在这里。"

闻清的脊背僵硬了下，可回过头之后，却见廖敬清背对着自己站在一个房间门口。

他说话的方向自然也是背对着她的，在他前方，是个穿条纹病号服的女孩。

女孩长得很漂亮，皮肤白得就像瓷娃娃，她一头长发上果然别了个粉色的小发卡。

纵然廖敬清是背对自己的，可闻清也能猜到他此刻的表情，这之前她从来不知道，原来人的声音是这么神奇，光是听着就仿佛能窥到他脸上所有的笑、所有的宠。

闻清认为自己这会儿还是该避一避先不让对方发现，可她全身动也不动，尤其是那双脚，麻木到几乎提不起来。

廖敬清的注意力全都在那个叫莹莹的女孩身上，等她跑近，竟然微微提高了音量呵斥道："说了好几次了，不要这么慌慌张张的。"

"见到你高兴嘛。"莹莹站在他面前，笑得一双眼都眯了起来。

廖敬清双手插兜站在那里，似乎对莹莹挺无奈，摇了摇头："进去吧，外面风很大，小心着凉。"

"好啊。"莹莹非常听话，高高兴兴地跑进去了。

闻清站在病房门外，透过上方的玻璃往里看。廖敬清坐在莹莹对面，将买来的蛋糕递给她。莹莹一双眼都亮汪汪的："可以都吃光吗？"

"不可以。"

"可是我都听你话，乖乖吃药了。"

"所以奖励你吃一点。"

莹莹噘起嘴巴："敬清你太坏了，还是正扬对我好。"

廖敬清低着头，专心把蛋糕分开，随后才说："正扬来看你了？"

"每天都来，他对我好，敬清对我坏。"

廖敬清笑出声："你牙疼的时候可不是这么说的。"

莹莹歪着头像是在回忆当时的情景，想得很吃力。廖敬清把手里分好的蛋糕递给她："好了，别想了，快吃。"

"你又想走吗？"莹莹说这话的时候，也没耽误吃手里的东西，吃得嘴巴上都是一层奶油，"你每次都趁我吃完东西就走。"

廖敬清没有回答她，而是抽了张纸巾替她擦嘴，随后又递了杯水过去："你要见我，不就是想让我给你买蛋糕吗？"

莹莹瞪着眼直摇头："当然不是，你总不来，我就会想见你。"

廖敬清再度陷入沉默，他就坐在那儿一直看着莹莹吃东西。然后莹莹问他："你很辛苦吗？爸爸说你每天都很忙，所以才没空来看我。"

廖敬清点点头："很忙。"

"忙着给人看病？"

"对。"

"我也生病，为什么不是敬清给我看？"

"别胡闹了。"廖敬清很耐心，端了杯子喂她水，然后将她嘴角又沾上的奶油擦掉。

莹莹笑得很开心，眼睛一眨不眨地盯着廖敬清看。他们俩离得非常近，可廖敬清竟然也没觉得尴尬，或是推开她。

只能证明，他们之间经常这样……

闻清面无表情地看着这一切，里面那个男人的很多举动都如此熟悉，可是人却越来越陌生，陌生到她觉得自己从没认识过他。

那两人坐在那儿一直在聊天，说的也都是无关紧要的话题，闻清觉得莹莹有点奇怪，像是、像是小孩子心智一样，说话做事都有点不对劲。但不管怎么样，看得出她对廖敬清很依赖，说什么都离不开他的名字。

吃完之后莹莹还想再吃剩下那一半蛋糕，但是廖敬清说什么也不肯给。他直接拿了那蛋糕起身："我拿去给隔壁阿婆。"

"阿婆都没有牙！"莹莹追着他指控。

廖敬清一边大步往门口走，一边回头答她："没有牙也可以吃，蛋糕很软。"

他的话音刚刚落下，拉开门的一瞬间世界便陷入了静谧之中，一片死寂，他和闻清陡然撞了个正着。

闻清看着他，平静地开口："我说过，我稍后就会到。"

廖敬清："……"

廖敬清没有马上开口解释，他脸上的惊慌也只是转瞬即逝，似乎不管任何情况，他都觉得自己能掌控一切。

倒是他身后的莹莹很好奇，凑到他身侧观察起闻清来："这位漂亮姐姐是谁啊？"

闻清的眉头皱了一下。廖敬清看着她，对莹莹介绍："她叫闻清。"

闻清也问："这位小妹妹呢，不给我介绍下？"

莹莹自己就欢喜地挤了过来："我叫莹莹。"

闻清和她握了握手，又问："他呢，他和你什么关系？"

莹莹居然真的回答说："老公，爸爸说了，是——"

闻清的脸色巨变，她蓦地转头看廖敬清，什么都没说，直接将他手里的蛋糕全都砸到了他脸上。虽然蛋糕很软，可她的力气并不小，加上距离近，那些东西猛然砸到眼睛上还是有不小的冲击力和刺痛感，尤其被稀烂的蛋糕和奶油糊到了，非常不舒服。

廖敬清闭了闭眼，纤长的睫毛上都是奶油，他分明也在极度隐忍之中，唇线紧抿，下颌绷得紧紧的。

闻清看也不看他一眼，转身就走。廖敬清快步追了上来。

"闻清。"

他的话音落下，迎面又是一记，她拿着包往后一挥，毫不留情地往他脸上招呼。

女人的包很重，尤其是闻清的，里面除了化妆品还有几本她喜爱的书籍，被砸到了流鼻血都有可能。廖敬清侧身避开了，伸手去捉她手腕："你听我说，她是——"

廖敬清显然也急了，可闻清哪里会乖乖听他的，趁着他伸出手的时候，高跟鞋往他脚上用力一踩。

廖敬清这次没躲开，可他也没喊痛，只是剩下的话都被疼痛感给压下去了。但尽管如此，他还是手臂一伸就箍住了闻清的腰，在她耳边喘了口气：“你老实点！”

“我就是太老实了！”闻清不客气地回敬他，抓起他另一只胳膊用力咬了上去。

廖敬清眉头紧皱，连拖带抱地把人给带了出去，而整个过程莹莹都瞪直了眼，在边上看得眼珠都快蹦出来了。

闻清被廖敬清一路带进了车里，他将人往后座一塞，这会儿才有空低头看自己的胳膊。闻清那一下没头没脑地咬，正好咬到他原来受伤的那一处，暗红色的血迹从纱布中溢出来，已经将他的袖子给染红了。

他站在外面点了支烟，狠狠地抽了一口，这女人战斗力太强，虽然都是些小伤小痛，可折腾得他一肚子火。

身后的车子居然挺安静，这一点也不符合那女人的作风。他忍不住回头去看，结果闻清竟然直接爬到了前座，她坐在驾座上打着了火。

廖敬清一摸口袋，车钥匙没了，刚才他带着闻清往车边走，想来这女人已经猜到了他会做什么。

刚才还一股子焦躁，这会儿真不知道该笑还是该怒了。他用力拉了下车门，没拉开，被那女人锁住了。

闻清回头看了他一眼，挑衅又满是鄙视，她一句话也没说就用力踩了油门。

车子倏地冲了出去，带起一地尘埃，廖敬清摸了摸口袋，连钱包也没了。

回到家，闻清把车停好，然后拿了车钥匙上楼。她这一路想了很多，可想来想去似乎也没想明白什么，只知道廖敬清是个有“未婚妻”的人了，而他自始至终都瞒着她。

满脑子都是这个事实，脑仁疼得厉害，她用力捏紧了车钥匙，走了几步忽然没忍住，又将他的钱夹打开来看。

可钱夹里什么有用的线索也没有，别提莹莹的照片了，就连他自己的也没一张，更不要说其他什么蛛丝马迹。

这个心机叵测的男人！

闻清恨恨地咬了咬牙，用力把钱夹合住，上楼的时候心里又忽生悲凉，事情怎么会走到这一步的？

真的好像做梦一样，两天前他们还如胶似漆，她还幻想自己和这个男人的将来。可现在，别说这个男人的将来了，原来连现在都不是完完全全属于她的。

闻清慢慢地走向家门口，她打算把廖敬清的车钥匙和钱包放回他家，然后收拾点东西去闻定山的房子里住。

有"未婚妻"这个事实已经远远超出了她能承受的范围，她还不至于想做个第三者。

远远地看到家门口有人，似乎还有一点猩红若隐若现，夹杂着淡淡的烟草味飘过来。

难道他这么快就回来了？

闻清脸上没有多少波动，她径直走了过去。然而走近了才发现，不是廖敬清，而是沈逸。

沈逸手里抱着外套，颀长的身形微微倚靠着墙壁，脚边已经扔了好几个烟头，见她回来了，掀起眼帘说："你电话一直打不通。"

电话刚才在车上被她关机了，但闻清没对他解释，只是问："你怎么来了？"

那次饭局不欢而散之后，沈逸给她发过一条短信，说B市有要紧事要先回去了。闻清本以为那就是两人的最后一次见面。

"闻叔叔有事，我怎么都该来看看。"沈逸站直了身子，他个子高，像是突如其来的一道阴影遮挡住了大半光线，可哪怕如此，也能看到他眼底隐隐的乌青，他看起来非常累。

闻清心情烦闷，实在没心思应付他："谢谢你，已经处理得差不多了。"

她始终低着头，一直在把玩手里的钥匙。沈逸安静了一会儿才说："就算分手了，我们也还是朋友。"

"我知道。"

"所以哪怕你不通知我，我还是想来看看。有什么需要尽管提。"

"好。"闻清点了点头，唇角紧抿，"要进来坐坐吗？"

沈逸借着并不清晰的光亮打量她，忽然问："你怎么了？"

闻清怔了一怔。多可笑啊，在她最不开心的时候，能在她身边问她怎么了的人，竟然是她的前男友。

她叹了口气，忽然抬头对他说："我们去喝一杯吧。"

沈逸略有些意外，但他很识趣地什么也没问，配合地说了声好。

"我进屋拿件衣服。"闻清开门进去，沈逸便站在门口的阴影里看着屋内的情形。她进去的显然是那个男人家，他一眼就看到了放在玄关处的情侣拖鞋，还有茶几上的情侣茶杯。

他夹着烟蒂的手指微微颤了一下，这些东西闻清以前明明是最讨厌的。

廖敬清花了点时间才回到家，钱包被闻清拿走了，他身上又被折腾成那样，最后还是钟浩然来接他的。对方那个话唠属性，当然在车上没少追问出了什么事，廖敬清一路都缄默不语，他脑子里只有闻清，也只剩下闻清，其他的什么都听不进去。

闻清那个性子，事情还真是麻烦了，该怎么解释？

直到回到家里他也没想好。

门一打开，屋子里静悄悄的，只看到茶几上的车钥匙和钱包。他略一思忖，去了隔壁。

但是敲门敲了很久也没人应，廖敬清以为她在生闷气，正在犹豫要不要从自家的阳台翻过去，这时候对门阿婆忽然出来了，探出头唤他：“敬清啊，闻清不在呢。”

廖敬清皱了皱眉头：“她去哪儿了？”

“这我不知道。”阿婆说，“就看到之前有个男人一直在她家门口守着，守了一下午，然后闻清回来，两人就一块走了。”

廖敬清沉默了会儿，问：“是她那个助手吗？”

阿铭之前来过很多次，阿婆也记得他。

可隔壁阿婆马上就否定了，摇头道：“以前没见过，长得挺好看的，挺精神。”

廖敬清的脸色黑了黑，他大概猜到是谁了，除了她那个前男友，闻清在兴城也不认识那么多男人。

不，难道是程季青？想到程季青，他忽然联想到了其他，神经瞬间紧绷起来。

两人都住一块了，同出同进的，阿婆这段日子当然也看在眼里，见廖敬清猛然阴沉着一张脸，急忙补救道：“就是一块儿出去了，可能一会儿就回，你在家等等。要不给她去个电话？”

“好，我会的。”廖敬清安抚老人，“麻烦您了。”

等阿婆带上门，他的脸色再度变得阴晴难辨，拿出手机又拨了一次那个号码，结果依旧是关机。

廖敬清站在门口犹豫了下，复又拨了另一个号。

那边很快就接通了：“清哥？”

“帮我找个人。”

这个点的酒吧没什么人，闻清和沈逸并肩坐在吧台边上。

闻清约自己来喝酒，可沈逸很快就发现，她纯粹是自己来喝的，他就是个陪衬。因为不管他试图问什么，闻清都一律不回答，甚至当他是空气。

沈逸无语道：“所以你让我来干吗？”

“防止我被人捡尸，顺便帮我埋单。”

沈逸摇了摇头：“不说我也知道，和那个医生吵架了。”

闻清没回答。

沈逸侧过身去，抱起胳膊：“说说吧，把我当树洞，你知道我绝对不会乘人之危的。”

闻清的确有一肚子话想对人说，可她不知道该对谁讲，姜钰怀孕了，大老远从B市跑来找她，她不想再让她为自己的事着急上火，而沈逸，显然更不是个合适的倾诉者。

沈逸将她近乎挣扎的情绪全都看进眼里：“他是不是……”

“不是。”

沈逸哭笑不得：“我都还没说。”

“你不要打听我们的事。”

“OK。”沈逸摊了摊手，他当然巴不得闻清和那个医生分手，但背后捅刀的事他也不会干，只是踟蹰道：“等叔叔的葬礼结束，和我回去吧。”

闻清转过头看他。

“你的位子我一直留着，那样的生活才是你该拥有的。这里能有什么呢？在兴城这样的小地方，你永远飞不起来。”沈逸叹息道，“为了一份不确定的爱情，你真的要放弃过去打拼的一切？这不是你，你看看现在的你，变成什么样了？”

话题重新回到了之前，她被揉碎的那个美好期盼再度被摆放在桌面上。

那不仅仅是她二十七年来唯一一次的小女人心态，也是她的自尊，她曾经为了一个男人想要放弃一切，这真的太不像她，怎么就像着了魔似的……闻清想了很久，握着酒杯的手指慢慢收紧，最后说：“我会考虑。”

她还有事没弄清楚，廖敬清的事先扔一边不谈，配方的事一定要弄个水落石出。

沈逸以为她还是舍不得那个男人，表情有些难看，可也知道这事急不来，而且闻清的性格，向来是软硬不吃，只信自己。

“我知道你肯定会答应。”说完他抬起手，想要像从前那样抚摸她的长发，可手才抬到了半空，就被人给用力攥住了。

那力道非常之大，饶是沈逸这样身体强壮的也觉得像是被捏碎了骨头一般。他怔了一怔，回头就见个男人面目不善地站在两人跟前。

闻清也感觉到了不寻常的气压，她眯着眼看过去，见有个理了平头的男人站在两人身后，结实的胳膊上肌肉鼓动，正狠狠地掐着沈逸的手腕。

她刚想说点什么，余光就瞄到了那人身后还站了一个人，廖敬清就那么沉默地站在那里，可周身都仿佛压了一层乌云似的。

“你再不松手，我就不客气了。”沈逸蹙着眉，他虽然没见过廖敬清，可显然也猜到了什么，目光徐徐地转向最后面那个男人。他的长相的确是闻清喜欢的类型，可是那眼神，总让人觉得毛骨悚然。

小平头不为所动地站在那儿，甚至暗暗加重了手上的力道。沈逸垂在身侧的另一只手也渐渐握起了拳头，他刚想发作，一直安静站立的男人发话了。

他说了很平静的两个字：“松开。”

小平头很听廖敬清的话，马上就松手了，然后木无表情地退到一旁。

闻清看着这一切，已经不知道该说什么好了，廖敬清还真是有千百种模样。这似乎是她第一次见识到廖敬清和七叔有关联的一面。

“你没事吧？”闻清帮着查看沈逸的伤势，可手刚刚抬起来，马上就被一股大力给扯到了一旁。

廖敬清只用了一只胳膊就把她从沈逸身边拽了过来，他似是压着极大的怒气，每个字都像是从胸腔处挤出来的：“跟我出来。”

“你要说什么？解释吗？”闻清回视着他，“我不想听了，你骗我是事实，我说过不能容忍任何欺骗和背叛。”

廖敬清看了她很久，那些忍耐的情绪终于再也藏不住，嘴角慢慢绽开一抹残酷的笑：“不想听了？你玩够了是吗？闻清，我早就说过让你别招我，是你先招惹我的，现在我也开始了，你没权利单方面喊停！”

闻清愕然地瞪大眼。

廖敬清在她耳边说：“要么你乖乖跟我出去，要么我抱你出去，自己选。”

“我两样都不选。”

廖敬清一把抓住她手腕，按住她挣扎的双手：“你猜，你们俩的胜算有多少？”

闻清不可思议地看着他。

廖敬清忍耐地说：“我们谈谈。”

沈逸蹙眉观察着这边的一举一动，闻清又看了眼那个小平头，他那样的体形和架势，一看就是练过的，大概是七叔的手下。闻清不想把沈逸给扯进去，她看了眼廖敬清，自己率先走了出去。

廖敬清捻了捻眉心，也紧随其后走了出去。

而沈逸被那小平头给拦住了。

外面的天刚刚擦黑，陆续有人往酒吧门口走，闻清走在最前面，廖敬清忽然加快步子，一把抓住了她的手。

闻清想甩开他，却被他缠得更紧，他用力扣住她白净的手指，强迫她和自己十指相扣。

闻清没办法摆脱他，只能和他维持这样的姿势，两人一路走到了酒吧门外的街边。

“你想说什么？”闻清转身问他，两人因为牵着手，所以她一转身就离他非常近。她话音刚刚落下，就被他扣住后脑吻了上来。

闻清当然不会让他得逞，可他另一只手过来钳住她下巴，迫使她微微张开了嘴，他更是瞬间将舌头探了进去。

两人明明在接吻，可看起来却像是在打架，廖敬清感觉到周围有人路过，掉转身体，将她牢牢地护在怀里。

吻到最后，嘴里满是铁锈味，廖敬清感觉到自己舌尖隐隐地疼，他松开她时摸了摸嘴唇，连唇肉也破了。

这个女人还真是——

他叹了口气，迎着她满含怨气的眼睛，慢慢地说："莹莹她，是七叔的女儿。她从小身体就不好，智力也像小孩子一样。"

闻清微微一怔。

廖敬清又道："现在能好好听我说了吗？"

虽然早就猜到莹莹的身体有问题，可闻清没料到会是……她有短暂的怔忡，但还是说："这不能成为你欺骗我的理由，上次我问你，对我说的是不是都是实话，你说是。"

"我的确没有撒谎，那时候跟你讲的有关七叔的部分，全是真的。"

看着他镇定自若的神情，闻清明白了，冷笑着点点头："对，你说的都是真的，只是选择性地回避了另一部分。廖敬清，你真不该当医生，应该去研究语言文学。"

这个男人说的每句话、做的每件事，原来全都是周密思考、计划过的，哪怕将来东窗事发也不会落下任何话柄由人指责。闻清看着他熟悉的面容，觉得自己对他的了解实在太不够了，他真的像是戴了无数的面具，每次揭开一个，可下一个也未必就是真的。

廖敬清没反斥她的调侃，反而平静地接道："我不是有意瞒你，七叔的确提过这件事，但我一直都在拒绝。而且我早晚会离开他，这些事告诉你没有意义。"

"这是你单方面的想法。"闻清也说，"这不是小事情！廖敬清，不管你的意愿如何，至少莹莹和七叔都认定你了。"

廖敬清忍不住纠正她："这只是七叔的意愿，不是我和莹莹的！莹莹她根本不知道什么叫老公，全是七叔灌输给她的思想。当然，这也不代表她不会有喜欢的感觉……"

闻清蹙起眉，她觉得廖敬清这话背后有其他含义。可廖敬清却没再继续说下去，他试图抱住她，再度被她用力甩开了。

闻清退后一步："抱歉，我需要冷静下。"

"是我解释得不够清楚？"廖敬清耐心说着，可语气里分明有些不耐烦了，"我只是把莹莹当妹妹看，她在我眼里就是个孩子，你认为我和她会发生什么？"

"不是。"闻清打断他，看他的眼神渐趋理智，"从我们在一起开始，已经发生了很多事，你每次对我解释的都是实话，却又故意欺瞒。坦白说，我有种被你牵着鼻子走的感觉。我甚至觉得，你现在说了这些，背后还是有所隐瞒。"

廖敬清没有立刻接话，他的瞳仁似乎总是比常人要黑一些，所以很多时候，情绪也令人无从琢磨。

他默了默才说："我喜欢你是真的，这不够？"

闻清摇了摇头："这不是我要的喜欢，身边躺着一个人，可总觉得离得很远，如果哪天你忽然不见了，我可能都不知道该去哪里找你。"

"我哪儿也不会去，只会待在你身边。"廖敬清的嗓音低了下来，"闻清，其实我才害怕，有天你离开了，我不知道该去哪儿找你。"

闻清不可思议地看过去。

廖敬清嘴角泛起一丝苦笑："因为你父亲和刚才那个男人，你对感情总是有一丝保留。就像这次，你发现我可能在骗你，几乎毫不犹豫地打算抽身离开，对我，其实你也没那么在意吧？"

想来是刚才沈逸对她提出同回B市的要求被廖敬清听到了，闻清那一刻分明是有犹豫的……可她忽然不想对廖敬清解释了。

这样一个精于算计的男人，怎么会不懂她那点心思？

大概又是想转移话题让她心软罢了。

闻清退得离他更远了些，似乎只有这样才不至于让自己再被表象所迷惑，她坚定地说："我需要好好想想。"说完就大步离开了。

廖敬清这次没再跟上去，只是眉间的结又深深拧了拧。

闻清当晚就在闻定山的房子里住下了，她以前没有和人同居的经验，所以忽然自己一个人，晚上盯着黑漆漆的天花板，内心居然有种说不出的寂寞。

她睡不着，干脆起来看电视，这段日子她的睡眠本来就很差。

可一个人坐在电视机前，又莫名其妙地想到那个人。

闻定山去世的这段时间，她睡不着也会忽然爬起来去客厅坐着，然后廖敬清会陪着她，把她抱进怀里，两人裹着一条被单。

闻清甩了甩头，强迫自己不去想这些，廖敬清从前只说他背景复杂，可现在看来，他这个人更复杂。她该理智地审视这段关系才对。

直到葬礼时才又见到了廖敬清。但他们没什么机会单独在一起，也顾不上说什么话，那天闻清很忙，一直在招呼葬礼上来吊唁的宾客。

闻定山在兴城这边其实也没什么朋友，大多都是生意伙伴，之前他公司出问题时个个都避而不见，今天倒是大多都来了，一个个做出沉痛的样子，再三安慰着闻清。

在商言商，闻清也见惯了世态炎凉，所以还是礼貌应对，礼节周到。

等事情忙完，她已经累得整个人都快虚脱了，坐在椅子上一动也不想动。姜钰和叶维臻也作为家属一起陪着她答礼宾客，这会儿叶维臻不知道从哪里找了杯热水，小心地喂姜钰喝，因为怕她烫到，还提前给吹凉了。

闻清也一整天没顾上喝水，这会儿嘴唇很干，她看着身侧的叶维臻和姜钰，心里多少还是有些羡慕。

面前忽然出现了两瓶水，等她抬头看过去，见是沈逸和廖敬清。

两人都穿着一身黑色正装，面容一个比一个严肃，一左一右地站着，齐刷刷地看向她。

这两个男人都个子极高，这么站在身前让人有种莫名的压迫感，就连姜钰和叶维臻也看了过来。灵堂这会儿已经撤了，在座的只有他们几个，可气氛古怪得令人心生尴尬。

闻清咳了一声，干脆起身走开了："你们自己喝吧。"

廖敬清的眼神微微一黯，目光一路追逐着闻清。她这样……是将他和沈逸看成了同等身份?

想到自己也可能变成了前男友，他胸口一阵窒闷，捏着矿泉水的手指不由得用力一紧。

比起他来，沈逸显然有些幸灾乐祸："嗯，看来我们在同一起跑线上了。"

廖敬清捏着手里的那瓶水，力气越来越大，忽然瓶身就炸裂开了，透明的水滴沿着他指缝缓缓下落，他却浑然未觉。

"没用的，你根本没机会赢。"他嘴角微勾，眼底满是不屑。

沈逸无所谓地将那瓶水拧开，自己喝了一口，这才回答："谁知道呢？毕竟我和闻清有五年的回忆，而且她马上要带闻叔回B市下葬，这段时间……廖医生你多保重吧。"

廖敬清的脸色看起来并无异样，可谁都能感觉到他浑身散发出来的低气压，他没再说什么，而是径直转身跟了出去。

沈逸也想跟上去，姜钰忙拉住他："既然咱们马上就要回去了，让他们俩单独说句话吧？沈哥你这么大方，肯定不会计较的。"

知道她这是故意在帮廖敬清，沈逸也没表现出丝毫不悦，淡然地坐回了椅子上："好啊，反正他们之间的问题，没我也不见得就会好。"

姜钰微笑着，心底却清楚得很，闻清对廖敬清到底还是不一样的。

廖敬清在一个角落找到了闻清，她独自坐在石凳上抽烟，周围是葱绿的草坪和花簇，她脸上却找不到一点生气，眉眼间都写满了烦闷和忧愁。

是他让她这么烦恼？在思索到底要不要离开他?

见他走过去，她的表情没有多余变化。廖敬清在她身边坐下，也点了支烟，抽了几口才问："你想清楚了吗？"

闻清看了他一眼。

"你说要好好想想，想清楚了吗？"他的声音低而沉，带着不易察觉的沙哑，竟还有小小的委屈藏在里边。

两人近距离对视，闻清看到他下巴上有个很小的伤口，很新。

廖敬清解释说："早上刮胡子，想你想得太入神，不小心刮破了。"

闻清没接话。

廖敬清侧过身，在她耳边轻语："你不在，我做什么都会想你。你看，明明我才是那个认识你以后，浑身是伤的人。"

闻清愠怒地转过头，廖敬清不闪不避。想起他们在的过往，他说的又似乎没错，她反而说不出什么难听话了："你总是这样，苦肉计对我没用。"

"可你心疼了。"廖敬清戳穿她，"你刚才看我的眼神，我看懂了。"

"你能看懂我，我却看不懂你，不公平。"何止是不公平，这让她没有任何安全感。

廖敬清抓起她的手，用力按在自己心脏的地方："现在这里全是你，你还要怎么看？"

"诡辩！"闻清抽回手，脑子越发乱了。这个男人就是有这种本事，明明是他瞒着莹莹的事，这会儿却弄得好像是她在无理取闹一样。

廖敬清也懂得见好就收，坐了一会儿忽然问她："你走了以后，还会回来吗？"

闻清知道他在说回B市的事，她当然还得回来，回来查配方的事，但她故意不答他。

本以为廖敬清要说些挽留的话，可他只是问："什么时候走？"

"干吗？你要去送我？"

廖敬清笑了下："我说了我已经开始了，你没权利单方面喊停，我们不可能分手。所以自然要去送送你。"

闻清翻了个白眼。

谁知道等他们一行人离开兴城那天，廖敬清非但来了车站送她，竟然还带了简单的行李。闻清看着他一步步走向自己，脑海中蓦地空白一片。

在场的人都表情各异，脸最臭的莫过于沈逸了。姜钰倒是很兴奋，还有意捉弄他："廖医生，你出差啊？"

廖敬清笑看了眼闻清，自然地说："当然是特意来陪她的。"

姜钰一脸意味深长地看向闻清，闻清面上没什么，可心里不可能没有半点波动。等人走近了，她便压低声音道："你干什么，医院的假期不是该结束了？"

"在你想清楚之前，我不能让你和他单独待着。"廖敬清脸不红心不跳地说着这般幼稚的话，然后又补充："不是单独的也不行。"

闻清哪有心思关心这些，避开其他人的注视，又小声说："你这么离开，七叔那儿不会找你麻烦？"

如果廖敬清是七叔内定的女婿人选，其实他答不答应对于七叔来说都没什么要紧。这些天冷静下来，闻清早就想明白了，她不希望廖敬清有危险，就像那天停车场那一幕，绝对是七叔弄出来故意警告廖敬清的。

可这个男人，怎么就那么——

廖敬清深深地看了她一眼："你不需要操心这些，只要待在我身边就行。"

闻清："……"

第五章
他的旋涡

几人得先乘火车到C市，再由C市直飞回去，火车这一路买的还是卧铺，于是这下热闹了。

廖敬清因为是临时买的票，买的卧铺票便离几人有段距离，也就意味着有一个晚上的时间他是不能和闻清待在一起的。而闻清的卧铺和沈逸的买在了一起，两人翻个身就能面对面，距离也只有那么短短的几十公分。

廖敬清嘴上没说什么，可看沈逸的眼神都快着火了，恨不能那火直接迸射出来把沈逸给当场解决掉。

沈逸得意地拍着他肩膀："距离产生美，廖医生也不要太难过。"

廖敬清将他的手推开，沉着脸去了自己的车厢。

姜钰有些无奈地看了看闻清，而闻清则一脸有心事的样子。

她还在想七叔那边，不知道廖敬清会不会摊上什么麻烦……就算明知道廖敬清这次又是在玩苦肉计，闻清也不得不承认他玩得很成功。因为她清楚七叔不好惹，这个举动大概会彻底激怒对方。

而激怒对方的结果，她不敢去想象。

一整个下午廖敬清都没过来，沈逸热情地拉着三个人玩扑克，闻清没有参与，而是坐在一旁安静地看着。

看了会儿又忍不住看向车厢另一头，然而那人一直没过来。

她还有很多话想问问他。

直到晚上熄灯那人都没出现，闻清拿着手机翻来覆去地看，最后还是把手机塞回了枕头底下。

火车发出轰隆隆的声音，一下下晃动，她不由得记起了来兴城时的那一幕。那时候和廖敬清的第一次见面，针锋相对又彼此厌恶，哪里会想到再回去时，他居然成了自己的男朋友……

想得有些多，又有些远，迷迷糊糊开始有了倦意，她睡的是下铺，恍惚间感觉到有人钻进了自己的被窝里。

闻清被吓得一个激灵，可鼻间嗅到了再熟悉不过的气息，她沉默着，在黑暗中感觉着身后那人的心跳声。

车厢里很安静，两人都没说话，两个成年人的体形也只够那么侧卧着，闻清想翻过身去都不行。

廖敬清在一片黑暗中开始吻她的后颈，唇一路游移着向前。闻清的耳朵非常敏感，被他有技巧地挑逗，险些就发出声音来。

而这人的手也越来越不规矩，原本只是横在她腰间，后来越来越往下，竟然钻进了她裙子里。

她忍无可忍，在被子里踢了他一脚，他埋在她肩窝处轻笑。

闻清又气又恼，然后听到他轻哑的声音，贴着她耳边徐徐响起："从小到大，身边只有爷爷和正扬，我又是家里的长子，所以养成了遇事自己解决的习惯。怕你乱想，也怕你离开我，如果这让你不踏实，我保证以后你问我什么，我都老实回答。"

"好不好？"他在被子里将她的手握住，用力紧了紧指尖。

闻清没接话，他又贴着她耳边，说："我没试过和谁这么亲密，所以总觉得自己还是一个人，你给我时间，我以后会改变。"

过了许久才传来闻清的声音，压得很低，大概是怕隔壁或者沈逸他们听到。

她说："廖敬清，你总是在挑战我的底线，每次都让我为你打破原则。这是最后一次。"

廖敬清的胸膛颤动着，唇间发出低沉的笑声，温热的气息落在她肩膀上，隔着衬衫布料轻轻刮擦着她的肌肤。

她能感觉到他的愉悦，那种发自内心深处的开心。

他双臂将她搂得更近，在她后颈又吻了一下，虔诚却又可恶："我会好好珍惜这最后一次，争取没有下一次。"

他贴着她瘦削的脊背，几乎要将她揉进自己身体里，是的，没有下一次。他现在无比确定自己想要这个女人，绝对、绝对不会给她机会离开自己。

两人相拥而眠，第二天一早还一块儿去盥洗室洗漱，沈逸抱着胳膊坐在那儿，看廖敬清的眼神很不友善。

他万万没想到这男人手段这么多，背着闻清朝对方狠狠竖了竖中指。

廖敬清也毫不客气地回敬他："我说过，你根本没机会，哪怕同一起跑线你也只有输的分儿。”

沈逸冷哼道：“哄了她一次就得意上了？闻清的脾气，我保证你还没彻底见识过，祝你好运，千万别真的惹到她。”

“是吗？”廖敬清耸了耸肩膀，“这个就不劳沈公子操心了。”

沈逸看着对方露出那种一切尽在掌握中的眼神，心中很是不忿，可他没有办法，是他自己不知道珍惜，才把闻清给弄丢了。

两人人后掐得硝烟四起，等闻清来了又一副道貌岸然，闻清哪里看不出来，只是懒得理这两只幼稚鬼。

不过也是因为这两人，一路时间倒是过得很快，下午在C市转乘飞机，当天晚上便顺利在B市机场降落了。

来到这个闻清从小长大的城市，廖敬清似乎兴致勃勃，牵着她的手说：“等你父亲下葬之后，带我去看看你长大的地方？”

闻清也正有此意，只是没料到他和自己想到了一处，遂看着他说：“你是不是就因为太了解我，所以才肆无忌惮地做坏事？因为知道怎么做我才会原谅你？”

廖敬清摇了摇头：“我做了坏事，第一个不希望你知道。”

“油嘴滑舌。”

两人一路往外走，时不时能看到闻清微笑的侧脸，沈逸和姜钰夫妻走在后面，浑身散发出的怨气就快冲破天际了。

姜钰忍不住安慰他：“小情侣吵架是常有的事，闻清和他好像挺认真的……”

沈逸沉默着，许久才苦笑一声：“我知道，只是不甘心罢了。”

当初闻清和他在一起的时候，何尝不是这样认真？哪怕两人分手了，他也以为她会一直等在那里，可不知不觉她已经走得那样远了，一下就走到了别人身边。沈逸心里很不好受。

可他看着闻清此刻的笑脸，又希望她能一直这样笑下去。

真是矛盾。

爱情真的要把人给逼疯了。

他用力吁了口气，像是要把胸腔处那团躁郁给一并疏解似的：“这小子最好一辈子对她好。”

姜钰没接这话，但她心里有同样的企盼，闻清看起来强势又霸道，但对廖敬清真是一再妥协了。如果廖敬清真的有负于她，不敢想象闻清爆发时会是什么样子。

接下来便是安排墓地、下葬等等事宜。闻清也是看了闻定山的遗嘱才知道他早将自己的墓地选好了，就在母亲乔梦婕旁边。

那天的天气不错，闻清站在父母的墓碑前，闭着眼静默了很久。她有很多话想对母亲乔梦婕说，可想了想全都没有说出口，最后只说了一句：“我会好好的，你们放心。”

二十七岁这年，前后不过半年的时间，父母双双离开了她，闻清以为自己会崩溃，可她撑了下来。

身边多了一个人，闻清觉得自己并不孤单。

她睁眼看向身侧，发现廖敬清一直注视着父母的墓碑，眼神沉静而幽深，竟然像是比自己还要专注。

她忍不住伸手碰了碰他胳膊：“怎么了？”

“没什么。”他静了下才回答她，随后将她搂得很紧，“以后我会好好照顾你，陪着你，保护你。”

“这算是对我父母的承诺吗？”虽然她向来不信男人的誓言，可感觉到他此刻的真心，还是有片刻的动容。

廖敬清却坚定地说：“是对你的承诺。”

闻清只是笑了下：“好了，走吧。起风了。”

并肩下山，风很大，周围的树叶都被吹得哗哗直响。廖敬清将自己身上的风衣披在闻清身上，忍不住又回头看了眼身后的碑林，闻定山和乔梦婕的墓碑紧紧挨在一起，两块森白的碑牌像是深深地注视着他。

他微微闭了闭眼，用力攥紧了闻清的手。

这一页过去了，随着闻定山的离开，一切恩怨都会被埋葬。他和闻清，也一定会好好在一起。

他廖敬清这辈子想做的事，从没有做不到的，想要的人也一样。他坚信一切都在他的控制之中，瞧，之前再糟的情况他都处理好了。

以后也不会有脱轨的那一天。

在B市，两人度过了一段很开心的时光。闻清带廖敬清去了不少地方，也没特意计划去哪里，去做些什么，而是想到了就去，累了就回家。

然后听着音乐，做饭、吵闹，生活安宁而充实。

那些父母离开后的寂寥和怅然都被填充了，有他在身边，好像连空气都变得温柔起来。

这样平淡如水的日子，让闻清止不住恍惚，总觉得很不真实。

毕竟在她二十七年的记忆里，除了很小的时候，父母感情还很和睦那几年，几乎从没这么开心过。

家的感觉久违，也太令人留恋，连廖敬清也说：“要是能一直这样多好。”

他说这话时正从身后拥着她，而闻清在煮咖啡，浓郁的咖啡豆香气弥漫在整间屋子里，很香，却夹杂着淡淡的苦。

闻清下意识地没接这话，两人之间的问题实在太多，单一个七叔就很难摆平。她甚至害怕回去之后可能会发生的一切……物极必反，这是她一直深信不疑的道理。

沉默之后，两人的思绪都清醒了不少，闻清把咖啡煮好，转身给他尝。

廖敬清就着她的手喝了一口，忽然又说："我会处理好一切，让你开开心心嫁我。"

这话来得太突然，可又像在她意料之中，闻清笑了一下："嗯。"

廖敬清将她抱得很紧："有你之前，我已经认命了，可是以后，我会争到底。"

不知道他是不是单纯地指七叔的事，但这话还是让闻清很感动："我对你这么重要？"

这次换廖敬清没回答，他捏住她下巴，四片唇相贴，认真地亲吻起来。

不管多不舍，玩够了还是得回兴城去，还有很多事等着他们去做。离开前闻清去和姜钰告别，姜钰当然很舍不得她，拉着她说了许多悄悄话。

到送机那天，闻清无论如何都不让姜钰来，其一当然是因为她怀孕，之前已经奔波了太久。其二，她真是怕极了这种分离的场面。

谁知道姜钰没来送她，沈逸却来了，和他一起来的还有迟莉莉。

回B市这段时间，迟莉莉没少给她打电话，闻清当然知道对方想说什么，但她一次也没接。

在她看来，不管迟莉莉和沈逸的事到底是不是真的，迟莉莉都背叛了这份友谊。于她而言，曾经有多亲密，背叛之后的伤口就有多难缝合。

迟莉莉显然也是最了解她的，所以才会挑这样的机会来见她。

她站在闻清面前，踟蹰着说："我们能单独聊聊吗？"

"不必了，时间快到了，我们马上就要进去。"闻清挽着廖敬清的胳膊，微笑着摇了摇头。

迟莉莉若有所思地看了眼廖敬清，闻清给两人介绍，说到"男朋友"三个字时，她看了眼沈逸，目露疑惑和担忧。

闻清将两人的反应都看在眼里，越发怀疑自己当初怎么会那样迟钝？迟莉莉对沈逸的心思，真是明明白白地写在了脸上。

"她说想见见你，我就把航班号和时间都告诉了她。"像是怕闻清再误会什么，沈逸急忙解释道："我们分头来的，在门口碰上了。"

这话让迟莉莉的脸色微微变了变，但她掩饰得很好。她接着对闻清说："虽然你不想听，但我还是要解释下，那天我喝多了，完全不知道自己在干什么。我和沈逸，真的没事。"

这话招来廖敬清一记闲闲的眼刀，冰凉的视线盯得迟莉莉遍体生寒。

闻清没看到廖敬清的反应，她也没有接这话茬，而是说："谢谢你们来送我。"

"还有那时候误会你向媒体爆料的事，对不起。"迟莉莉忽然说，"我已经查清楚了，给记者放消息的是王潇。"

王潇就是当时沈逸的竞争对手，将沈逸和迟莉莉的丑闻曝光给记者，显然对他最有利，这么简单的事情，闻清早就想到了。可令人心寒的却是，她最亲密的朋友不信她，如今"对不起"三个字，听起来也没有半点意义。

她没有发表任何意见，只是淡淡一笑，被冤枉这种事，于她而言早就习惯了。

迟莉莉原本还打算说点什么的，但看了看廖敬清，又选择了沉默。不知道为什么，她有点怕这个男人。

"进去吧。"廖敬清在边上提醒闻清，"时间差不多了。"

沈逸深深地看着闻清，眼中闪过不甘和留恋。闻清对他们挥了挥手，跟着廖敬清一起进安检口。

可很快沈逸叫住了她，闻清回过头，忽然被人用力抱住了。

那巨大的冲击力撞得她险些踉跄了下，但很快就被沈逸的胳膊给牢牢箍住，他在她耳边很轻地说："如果被欺负了，打电话给我。"

闻清感受着他双臂间的力量，他真的很用力，像是不肯松开她了。她微笑了下，发自内心地说："谢谢。你也要好好的，沈逸。我们之间过去了。"

"你过去了，我过不去。"沈逸坚定地回道，"你走多远，我都等着你。"

闻清完全不知该说点什么，这样的沈逸让她陌生，他沈公子身边什么时候缺过女人？就连过去在一起的五年，沈逸也常常让她有种游戏人间的感觉……

下一秒，两人被大力分开了，廖敬清蹙着眉，双手用力攥住闻清肩膀，将人完完全全地揽到自己胸前。

那架势仿佛要将她完全护在自己羽翼之下，不让任何人触碰似的。他眉眼间有些愠怒，克制地看了眼沈逸，话却是对闻清说的："走吧。"

沈逸看着闻清一路被廖敬清拥着进了安检口，拳头攥得越发地紧，而迟莉莉在背后一脸失神地看着他。

"以后不要随便抱男人，更不许随便被男人抱！"顺利登机之后，廖敬清终于按捺不住了，"离异性最好保持一米以外的距离。"

闻清翻着杂志："清哥你这样，迟早要被醋给淹死啊。"

廖敬清将她的身子转向自己："什么意思？你故意要气死我？"

闻清笑出声来："以后我用不用拿块面纱把自己的脸给遮住？"

她一句玩笑话，结果廖敬清还真的皱眉认真思考起来："面纱就不必了，衣服可以再加一件，裤子也可以再长一点。"

闻清直接把手里的杂志拍到他脑袋上："你给我适可而止一点！"

廖敬清稳稳地接住那本杂志，防止自己的鼻梁受伤："不是我小心眼，你身边的男人未免也太多了，一会儿沈逸，一会儿程季——"

他的话说了一半，急忙顿住，但闻清还是马上被他提醒了，摸出手机来："对，我得问问阿铭，配方的事查得怎么样了。"这段时间怎么一点消息也没有？

"就要起飞了。"廖敬清将她手中的电话顺走，直接放进自己口袋里，"回去再说。"

闻清忍不住将头侧过去，舒服地枕上廖敬清肩膀。

廖敬清愣了一下，微微挑眉看过来，有点询问的意思。

"万一回去以后，你忽然被七叔绑去结婚，我要好好珍惜和你的最后一点时间。"

廖敬清嗤笑道："把我想得也太没用了。"

闻清的角度正好能看到他线条凌厉的下巴，说这话时有种胜券在握的气势，但脸上那种狠戾，是她以前没见过的。

廖敬清见她盯着自己发呆，用下巴摩挲了下她脑门："怎么了？"

"没什么。"这段时间一直想问却又不敢问的话，闻清终于还是没忍住说出了口："你真的不会有危险吗？知道我们在一起，七叔上次都那么生气了，这次你竟然陪我跑来这边，估计会更生气吧？会不会对付你？"

她在脑海中已经迅速脑补了一部黑帮大片，紧张得脸都白了。

廖敬清看了她很久，忽然轻佻地冲她挤了挤眼睛："这么怕守寡？嗯？"

"滚。"闻清骂道，"你不知道我担心？"

"知道。"廖敬清将她的手包裹在自己掌心里，轻轻揉捏着她莹白的指尖，"所以才一直不想把这些事告诉你，可现在你都知道了，就安心待在我身边。闻清，接下来不管发生任何事，你一定要相信我，只听我的，只看着我。"

闻清被他说得有些糊涂。

廖敬清强调道："从前和他周旋，我没有任何软肋可以被他威胁，但现在有你了，你一举一动都会影响我。"

闻清被他说得脸上有些热，似乎再度和好之后，廖敬清对她的占有欲更强，情话也说得比以前还顺。

反倒是她有些不好意思起来："哦。"

"哦什么。"廖敬清握着她的手，放在唇边咬了一口，"回答我，'知道'。"

闻清依言说："知道。"

廖敬清笑着微微低下头，握着她的手这一路都没再松开。

终于回到兴城。离开了一段时间，天气开始转凉了。

廖敬清很快就回医院上班，闻清的生活也慢慢回归正轨。

只是阿铭调查配方的事，居然毫无进展："那个报告我查过了，可是根本查不到是谁做的，你看，就连在这种知名医学周刊上登出来，也没对方的名字。"

上面作者一栏的确是匿名，可这不是更奇怪吗？写这种报道的一看就是医学方面的专业人士，这也是个出名的大好机会，但对方居然完全没放在眼里！

难道真是行业竞争者干的，怕查出来有麻烦？

闻清又仔细看了一遍这个研究报告，然后意外地发现对方竟然将他们的原始配方都公布了！闻清看得后背生寒，能有这种东西的，整个公司里只有她和父亲闻定山，但闻定山显然不可能把这东西外泄，她就更不可能了，除非——

闻清想到那个可能，立刻就被她排除在外了，虽然廖敬清也学医，他也有机会拿到这个东西，但这么做对他有什么好处？

或者是唐娜？

但是唐娜到现在都没找到，所有关键都没法揭开。

不过有件事可以确定，那就是做这一切的人，铁了心要打垮闻定山。

之前闻定山强调过，现在和程季青合作的配方已经改良了，没有问题，那么这个做报告的人不可能没发现这一点，但他还别有用心地将原始配方公布出来，居心可见一斑。

这么狠的人，不是仇人还能是什么？闻清忍不住问阿铭："我爸以前是不是还有什么仇家？"

"不可能有啊。"阿铭斩钉截铁地说，"虽然生意上的竞争者不少，但也没谁会这么处心积虑。再说了，当时和程总的合作，咱们保密功夫做得很好，一点口风也没透露出去。"

这么一说，闻清心底有根弦再度轻轻一颤。

阿铭见她发呆，又往她身边一凑："清姐，我还发现一件很奇怪的事，就是这次我调查这件事，发现阻力特别多，一点蛛丝马迹也查不到，像是有人故意给我增加阻碍。"

"可能怕被报复吧。"闻清暂时也想不出其他原因，这几年她和父亲闻定山的关系不好，闻定山到底有没有什么仇家她也不清楚。他们在明处，敌人在暗处，要对付他们当然更容易一些。

"可以走了吗？"廖敬清不知道什么时候来到了办公室门口，站在那里朝闻清微笑。

不知道是不是刚刚才想到他，闻清的表情有一瞬的空白："你走路都没声音？"

"太想你，所以直接飞过来的。"他走到她面前，自然地俯身在她额头上亲了下："还在忙？"

"没有，可以走了。"

阿铭也飞快地把桌子上的东西收起来，廖敬清看了一眼，很快就将目光移开了。

阿铭收拾完了，对两人嘿嘿一笑："那我先走了，你们慢慢聊。"

等阿铭离开，闻清才问面前的男人："这么早过来，有事？"

"钟医生说请我们吃饭，还有莹莹也一块去。"

闻清有些诧异："莹莹也去？"随后她忽然懂了："你故意想让我见她。"

廖敬清略一颔首："上次太匆忙，你该亲自见见她，否则我说再多，你心里还是有疑惑。我们之间一直有信任危机不是吗？"

闻清想起刚才心底偷偷冒出来的那点疑惑，不由得有些心虚："好，那你等我一会儿。"

她去休息间换衣服，可门却被廖敬清推开了。虽然两人再亲密的事都做过了，闻清还是有点不习惯。她背过身去，拿起衣服虚虚遮掩了下："怎么了？"

"没什么。"他从身后将她抱住，粗粝的掌心在她身上游走，将她拿起的衣服重新扔回了床上。

他的目的太明显，闻清很快就开始呼吸不顺了："不是说，要去钟医生家？"

"还有时间。"他哑声说着，握着她的手抚摸自己，"我快点，半个小时足够了。"

闻清慢慢地也被他勾起了兴致，回身抱住他，热情地回应起来。

不知道为什么，自从从B市回来以后，他似乎比以前要强势许多，就连在这方面的需求也越来越厉害。闻清常常觉得，他像是有心事。

廖敬清说半小时，结果还是折腾了很久，后来还是闻清使出杀手锏，在他耳边说了许多让人脸红心跳的话，这才让他草草结束，不然两人在饭局上就得丢人了。

紧赶慢赶，接了莹莹再赶过去，到了钟医生家还是有点晚。钟浩然的太太周欣把菜都做好了，正好赶上最后一道菜上桌。

闻清觉得非常过意不去，说是来吃饭，居然正好踩着饭点来，实在太不礼貌。

她把带来的酒递过去，钟浩然不客气地接下来："太好了，我刚好酒瘾犯了，师弟，咱俩今晚好好喝几杯。"

周欣忍不住笑骂道："敬清都不怎么喝酒的，你就知道教坏人。"

"谁说不喝的，他都看人的好吗？"钟浩然招呼几人坐下，"我保证你们在座的，谁也没见过他唯一一次喝醉的样子，那还是——"

"咳。"廖敬清咳了一声，"都过去了，不要提这个。"

闻清侧过头看他，见他也正看着自己，似乎是真的不想提这个，脸色有些不好看。

钟浩然也像想起了什么，抬手摸了摸鼻子："对，都过去了，大家都朝前看。来来来，咱们干一杯。"

莹莹也高兴地把杯子推过去："我也要喝。"

钟浩然笑道："这不行，这个是酒。"

"我知道。"莹莹瞪着眼，"可你们都在喝，我也想喝。"

廖敬清把周欣递来的饮料给她打开，轻哄道："莹莹乖，你喝这个，那个喝了会过敏。"

莹莹真的非常听廖敬清的话，只要他开口，马上就不闹了。

闻清其实不太懂，廖敬清是让自己来看这个的？眼下怎么看，莹莹还是很依赖他。如果莹莹是个正常人还好，她能坦然应对，可莹莹是个、是个有缺陷的孩子，她总觉得自己做了件很糟糕的事。

直到饭局快结束的时候，钟浩然家的门铃响了，急促又刺耳，来的人似乎很焦急。

门打开，来的人竟然是廖正扬。

他皱着眉头走进来，目光很快落在了莹莹身上。莹莹看到他，眼神也倏地亮了起来。

廖正扬快步走到莹莹身边，却狠狠地看了廖敬清一眼："你带她来这儿干什么？"

廖敬清没有回答，一直安静地听他说。

廖正扬非常生气，这个时候的他和以往那个纨绔的样子截然不同，先是将拿来的外套给莹莹穿上，然后才说："你明知道她的情况是这样，还带她出来到这种陌生环境，要是出什么事怎么办？"

"正扬。"莹莹忽然出声，小心翼翼地拽了拽他袖子，"我很高兴啊。"

廖正扬一下子像是被噎住了。

莹莹又冲他眯眼一笑，晃了晃手里的筷子："有很多好吃的，你也尝尝？"

"尝你个大头鬼。"廖正扬嘴里嘟囔了一句，可神色明显舒缓了很多。

这下连钟浩然夫妇也瞧出了苗头，周欣笑嘻嘻地加了副碗筷，廖正扬就坐在了莹莹旁边。

闻清看着莹莹和廖正扬相处的样子，那是一幅很美好的画面，那个词叫什么来着？对，两小无猜。

他们说话、对视的样子，连周围的人都不自觉嘴角上扬。

饭后闻清帮着周欣刷碗，廖敬清也进来帮忙，闻清把他赶了出去。周欣在边上看得直笑："敬清待你可真好，以前医院里喜欢他的女孩可多了，我和老钟还一直以为他是那个，就是那个你懂的，就没见他喜欢过女孩儿。没想到，他喜欢的是你这样子的，其实你们俩很像啊。”

闻清想起从前，自己还一度以为他有难言之隐呢。

周欣又问：“你们俩，谁先主动的？”

“我。”闻清觉得没什么丢人的，大大方方地道，“我先追的他。”

周欣笑道：“我猜也是，敬清这人其实挺被动的。”

闻清心里偷偷地想，被动什么啊，主动起来吓死人呢。

周欣显然是在和她闲聊，聊的内容也没什么逻辑，想到哪说哪的样子：“他和老钟认识好些年了，人真的挺好的，上进又有爱心。前阵子好像还听说要写个什么报告来着，好像是有家公司的保健品出了问题……”

周欣的话还没说完，闻清正在擦的盘子忽然就掉在了地上，瓷器撞击在地砖上的声音，脆得像是把什么东西给撕裂开了。

闻清因为背对着周欣，周欣一时看不到她的样子，以为是她手滑了，忙过去查看：“伤到手了吗？”

“没、没有。”闻清的脑子像是被灌进了糨糊，重得几乎要抬不起头。

她蹲下身去想帮忙清理，周欣急忙去拦她：“别用手。”

周欣不拦还好，一拦反而不小心扯到了闻清，尖锐的瓷器边缘将她的指腹给划破了一道口子，鲜红色的血珠唰地冒了出来。可多奇怪，人说十指连心，闻清却一点也不觉得疼，她觉得自己一定是麻木了太久，神经和思维都麻木了，所以才会这么蠢。

厨房的推拉门被哗的一声拉开了，廖敬清快步走了进来，语气急切地问：“怎么了？”

“没事没事，可能手滑了，我去给她找个创可贴，你帮她清洗下。”周欣说完就去了客厅找医药箱，逼仄的空间里，一时只剩下他们俩。

廖敬清紧张地看着她的手：“刚才就说让我来的，疼吗？”

“不疼。”

闻清慢慢地抬起眼，入目的是他不安的侧颜，那紧拧的眉心和担忧的眼神，真是太逼真了。她一点点描摹着他的每一处轮廓，真想仔仔细细地把他看清楚，可这样的距离，这样明亮的灯光，她依然觉得他的面目模糊不清。

廖敬清细细地翻看她的手指，然后将她的手放在嘴里嘬了一下。闻清感觉着他灼热的温度，心却一点点凉透了。

这个人，演技真是好啊，好到她都想为之鼓掌，好到她都想问问他：到底哪一个是真的你，你自己还分得清吗？

廖敬清一抬眼，发现闻清表情复杂地睨着自己，眼眶更是红得吓人，眼底也像是拉满了血丝。他不由心脏轻颤，伸手抚了抚她光洁的额头，连声音都变轻柔了：“不是说不疼吗？怎么了？”

闻清看了他很久，缓缓地低下头去："是装的，很疼。"

心脏很疼，疼得不能自已，原来那种麻木过后的疼痛才更要人命，来得又猛又急，让人全无防备。

"傻瓜。"廖敬清失笑，将她的脑袋按进自己怀里，"在我面前不用装。"

闻清没说什么，只是睫毛不断颤动。她在他面前的确从没装过，从一开始就将心迹表明得太明显，所以才会被耍得团团转。

周欣拿了创可贴过来，闻清自己接过来贴好，这整个过程中她都在拼命调整呼吸和思绪。

如果周欣说的都是真的，那么廖敬清是怎样拿到配方资料已经不言而喻，若他真是从她这儿拿走的，她便间接成了害死父亲的凶手……

廖敬清让她信任他，可事情到了这一步，她真的没办法再说服自己。周欣也没必要胡诌这种东西来骗她。

闻清胸口顿时被一股郁气给充斥得满满的，她的指尖都在发抖，纵然他们父女感情再不睦，也改变不了那是她父亲的事实。

在她指责他并大吵一架之后，父亲忽然离世，她内心怎么可能没有遗憾？

她有多少遗憾，此刻就有多内疚，自然，便有多恨那个始作俑者。

如果真的是廖敬清，她一定不会饶了他。

可如果、如果——

闻清感觉到身子晃了晃，廖敬清揽着她将人带了出去："我帮嫂子洗，你去客厅等我。"

说着他已经动手将衬衫袖口卷了起来，结实的手臂上，那道因为她留下的疤痕无比显眼。那疤痕狰狞地弯曲，此刻看起来倒像是小丑脸上大大的嘴巴，滑稽地越张越大，不知道是在嘲笑着谁。

"你们都去歇着！本来就没有让客人帮忙干活的道理。你去陪闻清说说话。"周欣将两人一并赶了出去，还冲廖敬清挤了挤眼睛，又竖了下大拇指，似乎对闻清挺满意。

廖敬清失笑，等走开了几步才说："看来以后，嫂子不会再逼着我相亲了。"

闻清看他笑得弯起的眼眸，淡淡地应了一声。

廖敬清看她一副心不在焉的样子，皱了皱眉头："这么疼？你也太娇气了。"嘴上这样说着，他捉起她的手看了看，然后握在掌心里："咱们回去吧。"

"我不想回去。"

廖敬清一直在打量她，闻清心里烦得要命，扭过脸，避开他咄咄的视线："那样很失礼，人家会真的以为我娇气。"

"难道不是？"廖敬清忍不住打趣，"上次崴了脚，也是一脸要哭的表情。"

现在回想起来，那会儿的她竟然也很可爱，平时张牙舞爪，可到了他面前，又会露出那种脆弱无助的样子。

真像只纸老虎。

廖敬清宠溺地揉了揉她头发。

闻清在他看不到的地方，却苦涩地扯了扯唇角，那些过去，不去想也罢。如果一切真的是他做的，那这场阴谋到底是从什么时候开始的，已经令她不寒而栗了。

客厅里钟浩然正在陪廖正扬他们说着话，有莹莹在，气氛很活跃，时不时就有笑声传过来。

两人一道走过去，莹莹见她出来了，马上拍了拍旁边的位子："姐姐坐这儿，和我一起。"

廖正扬盯着两人交缠的手指，眼底闪烁着异样的光："闻小姐一看就是没怎么吃过苦，洗个碗也能割到手，像我们这种粗手大脚的爷们儿都不会这么笨。"

以前太迟钝，竟然感觉不到廖正扬对自己也是有恶意的，闻清若有所思地看了他一眼。

廖敬清在她开口前，沉声训斥道："你话怎么那么多。"

廖正扬嘴角勾了下："没办法，见到闻小姐总是忍不住想多聊两句。"

"聊什么？"莹莹好奇地将脸凑到他肩侧，"我也想听。"

廖正扬转头就看到她放大的五官，那双大眼睛扑闪扑闪地盯着自己，耳朵悄悄红了："怎么哪儿都有你，老实吃你的橘子。"

莹莹撇了撇嘴巴，不高兴地接连往嘴里塞了好几瓣橘子，嘴巴鼓鼓地又朝闻清招了招手。

闻清正好不想和廖敬清一块儿坐，径直去了莹莹身边。莹莹笑着从自己手里掰了一瓣橘子递过去："姐姐吃，吃完就不疼了。"

闻清看着莹莹微笑的样子，伸手接了过来，这么简单而纯粹的快乐，可真令人羡慕。

这世间人人都戴着面具，像莹莹这样的，反而能让她卸下心防。闻清冲她笑了笑："谢谢。"

莹莹将手窝成了喇叭状，很小声地在她耳边说："很甜吧，不过不能告诉敬清，他不许我多吃甜食。特别凶，很凶很凶。"

闻清点点头，莹莹冲她调皮地挤了下眼睛。

几人聊天的时候，廖敬清时不时地扭头去看闻清，她没什么异样，一直在和莹莹小声说着话，嘴角还能看到若有似无的笑。刚才提着的一颗心总算放了回去，何况周欣也应该不知道什么才对……廖敬清心底稍稍松了口气。

这段时间他过得并不轻松，总觉得有种风雨欲来的不祥预感，都快要草木皆兵了。

接下来几天，廖敬清很忙，结果闻清比他还要忙，他每次回到家里都找不着人。

廖敬清不太习惯这样的日子，多奇怪，以前他也是一个人生活，可现在不知不觉中，竟然习惯了有那个女人在身边。

刚开始他一直没发表什么意见，可时间久了，便拉着闻清问："你到底在忙什么？公司不是已经结束了吗？"

"是结束了，可是也有很多事要做，之前欠下的货款要给人结清。"闻清回答得很自然，廖敬清完全看不出一丝端倪。

他又问闻清："所以是在为钱发愁？"

"有一点。"

廖敬清马上说："要多少，我可以帮你。"

闻清转过头来，看他的眼神很陌生。

廖敬清意识到什么，于是解释说："帮七叔做投资的时候，我自己也试了下，虽然钱不多，但应该能帮上你。"

"是吗？"闻清笑着点了点头。他能开得了这个口，绝对不会是他口中的"不多"那么简单，她的手指在他胸口绕了绕："早知道，当初就不和程季青合作了，找你入股啊。"

廖敬清没有接话，他向来警惕，遇上模棱两可的问题总是缄口不言。

闻清坐直了身子："不用了，我把我爸的房子卖了，还有B市那套房子也拿去做了抵押，加上和朋友借过来的，应该够了。"

廖敬清没想到闻清这段时间做了这么多事，而她竟然提都没跟自己提一下！他忽然抓到了一个关键词："你问朋友借钱？什么朋友？"

如果没记错，她关系好到可以有金钱往来的，而又有这么大能力帮她的，似乎只有那一个。

果然，闻清回道："沈逸，我跟他借了一部分。"

廖敬清一把握住闻清的胳膊，将人用力转向自己："你什么时候跟他联系的？"

"前几天。"闻清蹙着眉，因为背光的关系，她的眼神明明灭灭异常幽深："我连打个电话也要向你汇报吗？"

廖敬清被噎了一下，随后意识到自己反应太过火，他紧握住她的手微微松了力道："我只是不喜欢你和他还有来往。"

闻清看着这个人，不得不再次感叹他演技如此之好，简直到了炉火纯青的地步。

这段时间她冷静下来一想，很多事情忽然就明朗了，比如他突然地接受自己，就是在他们决定和程季青合作的当口。她真的不想将他想得太卑劣，可是一切真的都太巧合了。

为什么他会在那时候忽然和她在一起？在一起之后又总是对程季青表现出强大的醋意，总是询问他们的合作进度。

闻清每每想到，他可能那时候就是抱着不可告人的目的接近自己，自始至终都在冷眼旁观她如何沉浸在这段感情里无法自拔时，她就恨不能将这人的所有伪装都给撕碎了。

在他面具的最底下，到底藏的什么？怎么到了现在，他还要继续装呢？装出这么在意她，这么介意沈逸，又是要做什么呢？

廖敬清见她一直不说话，而是这么一眨不眨地盯着自己，以为她是被自己刚才的举动给吓到，于是伸手轻轻抚慰着她胳膊："你和他在一起那么久，而且他到现在也没死心，我当然会介意。以后有什么问题，都对我说，嗯？我能帮你的比你想象的要多。"

闻清感觉到眼眶很热，热得厉害，原来他的能力这么大啊！

想想也对，作为七叔特意培养的接班人，他在兴城的人脉自然不在话下，所以过去看着她那样挣扎，那样为了闻定山的事夜不能寐，想必只是不想出手帮忙罢了。

不想的原因，当然是不够爱了。

闻清感觉到神经和心脏都在微微痉挛，她从前那么想了解这个男人，恨不能将他的一切都知道得一清二楚，可现在越了解就越难受，越了解就越觉得自己过去真的傻透了。

闻清更不想见廖敬清了，面对他的每一刻都快要精神分裂了。但她还有其他事要做，她已经查过廖敬清家里的电脑，甚至做了数据恢复，可是里面什么有用的信息都没有。

以他这么冷静的人，一定不会在她能接触的地方做这些事。

所以闻清猜想，他做那份报告应该是在他的办公室。

于是闻清第二天中午就亲自给廖敬清送了午餐过去，廖敬清当时正打算和钟浩然一块去食堂，见到她的一瞬间，眼底有藏不住的欣喜。

"你怎么来了？"

闻清先和钟浩然打了个招呼，然后冲他一笑道："来做坏事啊。"

钟浩然咳了一声，心里暗道现在的年轻人也太奔放了，红着老脸说："你们忙，那什么，我先走了。"

廖敬清等人走了，才走得离闻清更近了点。他穿着白大褂，总是显得人特别修长笔挺，这会儿微微俯下身，在她耳边低笑道："你特意跑来撩我，嗯？"

"昨天你不是不高兴吗？"闻清说，"我想了想，自己做得似乎也不太好，所以今天我陪你吃饭，等你下班，还可以顺便做点别的。"

她说这话时眼角微微眯起，像只狡猾的狐狸，眼底都带着危险的光芒。廖敬清觉得这女人简直要把自己给逼疯了，他一把扯住她胳膊，将人带进了办公室，随后把她压在了门板上："看来我是逃不掉了。"

"当然，你注定要栽在我手上。"闻清拽着他的领带，似真似假地说。

廖敬清低头想吻她，闻清没给他机会继续，而是矮了下身子，直接从他臂弯下钻了出来。

她拿着饭盒冲他晃了晃："先吃东西，待会凉了。"

廖敬清不疑有他，高高兴兴地走了过去，事实上闻清今天能过来，已经让他很惊喜了。

昨天两人聊完那些，气氛一度很怪异，闻清对他也有些不冷不热的，廖敬清认为是她压力太大的缘故。他不想让闻清觉得自己过于霸道，可看她对自己那种态度，又非常不舒服，没想到她今天能主动示好……

他们并排坐在办公桌后吃东西，闻清今天还亲自下厨了，做的也全都是他爱吃的菜。

其实以前她也常常这样给他惊喜，大概从前他的心思全都放在了其他事上面，愣给忽略了，如今想想，这份心意是如此难得。

他忍不住逗她："做饭的时候，手没受伤吧？"

闻清吃东西的动作顿了下，刚想回答，他忽然又说："以后不用这样，很辛苦。你可以带外卖，只要是你带来的，我都喜欢。"

闻清什么都没能说出口。他们同居的日子一直是廖敬清在做饭做家务，他在这方面真的很照顾她。上次手被盘子割破个小口子，他更是紧张到连水都不让她碰。

吃东西味同嚼蜡，闻清侧过头看他，见他微微垂着眼眸，睫毛又长又密，嘴角带着浅浅的笑。

察觉到她在看自己，廖敬清转头看过来，那笑意放大了无数倍："怎么？"他说完自顾自又笑开了，从桌上抽了张纸巾，"怎么跟个孩子一样。"

他替她擦了擦嘴，看她的眼神格外幽深："闻清，等过阵子我们就结婚，好不好？"

闻清把头转开，握着筷子的手加重了力道："为什么突然想到这个？"

廖敬清说："不是突然，我如果认定一个人，就一辈子只会有她。和你在一起的第一天，我就知道我的将来都是你。"

"嘴巴越来越甜了。"闻清笑着调侃他，"人家都说，男人做了对不起女人的事，才会总说甜言蜜语。仔细想想，你最近说的情话都快有一卡车了呢。"

她一直甜甜地笑着，笑得比以往任何时候都开心，可眼底却有些濡湿的痕迹。

如今他说的任何情话，仿佛将从前那些蜜语甜言也给淬炼成了沾染毒汁的匕首，每说一句，都像往她胸口插了一刀。

闻清不想再听他这些谎话了，一句句真是信口就来。

什么娶她，喜欢她，将来都是她……他都那样对她了，那样对她的父亲，怎么可能真的计划和她的将来？

难怪从前觉得他不像没恋爱过，不走心的话，当然张嘴就能胡诌。说谎是男人的天性，她居然都给忘了。

廖敬清张嘴想解释，可想想还是没说下去，反正眼下七叔那边还没解决掉，先不给她承诺也好。等事情都处理干净了，再给她一个惊喜。

廖敬清低头吃东西时，满心都是喜悦的，那一刻他心里脑子里，的的确确想的都是未来，他们的未来。

可他不知道，闻清已经不信了。

吃完东西廖敬清去刷碗，他说下午有个会要开，让闻清就在办公室里等。闻清没想到会这么走运，她原本还在为怎样独自待在他办公室想理由呢。

廖敬清临走前怕她无聊，还特意给她找了本书，其实他在书里藏了个小惊喜。

闻定山去世的时候，正好赶上七夕，那是他们在一起的第一个节日，但那时候无论送什么都不合时宜。如今虽然过去了很久，可他还是想补送份礼物给她，她身上能戴着属于自己印记的东西，想想就很欣喜。

他第一次送女生礼物，也不知道买什么好，想来想去，最后买了条项链给她。

但是项链藏在书里又太明显，于是就写了张纸条，上面有提示线索。

这个惊喜本来是想晚上带回家的，没想到现在能派上用场。想着她原本在办公室无所事事，后来发现这个惊喜的样子，廖敬清不自觉笑了笑。

他特意交代闻清："一定要看，听到没。"

闻清心不在焉地点点头，敷衍地说："知道了。"

廖敬清在她额头上吻了下，这才带着资料离开了。

等他一走，闻清马上把那本书丢到了一边，开始翻找他的抽屉和办公桌。

她做这一切的时候非常冷静，就像廖敬清了解她一样，她其实也能琢磨透廖敬清的行事作风，所以并没有花太多时间就找到了有用的东西。那是廖敬清压在文件柜最底层的一份备用资料，上面全是关于闻定山公司这几年的新闻。

她的心脏蓦地像是被什么东西用力挤压着，之前毕竟只是周欣一面之词，如今证据终于渐渐浮出了水面。

脑子也空白了下，她深深吸了口气，继续找寻，直到在电脑里找到一个隐藏文件夹……

闻清坐在椅子上，所有证据都赫然在列，她之前或许还有一丝丝的不甘和侥幸，如今这一切和她曾经掏出去的真心都像变成了耳光，一下下狠狠打在面颊上。

她将双手插进发丝里，头慢慢地低了下去，忍不住低笑出声，那笑声却比哭还难听。

真是难堪，如果不是周欣的一句话泄露了，她还要被蒙蔽多久都不知道。

她把这当作最美好的爱情，可这只是一场阴谋。

放在桌上的手机响了起来，上面是个陌生号码，闻清拿起来接通，那边传来一道略微沙哑却中气十足的男声："闻小姐，我是七叔。"

闻清："……"

廖敬清折回来的时候，满怀期待地将门推开，刚才开会的时候他一直心不在焉，总觉得每一分钟都异常难熬，这种不专心的样子对他而言还是第一次。刚才方主任都警告性地看了他好几眼。

办公室里空荡荡的，他第一眼就看到了自己给闻清的书被扔在桌角一处，而原本夹在书里的小纸片已经掉落在地板上。

他眉心一蹙，有种不好的预感，等走到办公桌前，喉咙像是硬生生被扼住了。

电脑页面上显示的正是他之前写的关于闻定山公司保健品问题的报告原件，而桌子上散落的也都是相关的资料。

他慢慢地走过去，坐在椅子上，拿起自己那本书翻了几下，随后又将抽屉给打开了。

装着项链的盒子安然躺在那里，这个抽屉也明显有被翻动的痕迹，可这个盒子却没被打开过，或者她打开了，可已经不屑一顾。

廖敬清把东西重新放回抽屉，看着电脑上的字体不由得笑了一下，是自嘲还是别的什么，他自己都不知道。

虽然早就知道会有这一天，但没想到来得这么快。

他拿出手机准备给闻清打电话，但手指试了好几次都按不下去，她不可能再接他的电话，这种时候要怎么做？之前他想了无数种应对的方式，这会儿却什么都想不起来，只知道心里很慌，很乱，还有点隐隐的疼。

那张被扔在桌角的小纸片，像极了他的感情，会不会就这么永远地被扔在了一角……

手机铃声忽然响了，他怔了一怔，可一看却是林平打来的。林平就是上次陪他一起去酒吧找闻清和沈逸的小平头，他们平时其实很少联系，除非是和七叔有关。

和七叔有关？

廖敬清马上将电话接通，林平刻板的声音缓缓地传过来："清哥，刚才七叔出去了，我听福婶说，是约了闻小姐。"

廖敬清眼角一跳，眉眼间有一闪而过的狠戾："我知道了。"

他迅速将身上的白大褂给扯下来，一把抓起桌上的车钥匙往外走，做着这一切的时候，他感觉到自己的手指都在发抖。

从前不与人交好，与谁都保持距离，只为了有天交恶时，没有任何东西可以威胁到他。

可现在，他早就管不住自己的一颗心了。

闻清想过很多种和七叔碰面的场景，但绝对没想到是这么和平的方式，她坐在对方面前，沐浴在一大片阳光里，一个人来人往的咖啡厅。

七叔和她想象中的也不一样，他穿着很规矩的半袖唐装，眉毛和头发全都白了。

七叔只叫了一杯温水，对她笑着说道："本来想约你在茶馆见，可现在年轻人都不爱喝茶，但是我也喝不惯咖啡，年纪大了，一喝还容易睡不好觉。"

闻清不动声色地打量着对方："这里也有其他喝的，您要不要换杯别的。"

"不用。"七叔摆了摆手，"我想闻小姐也不希望对着我太久。"

闻清便没再和他客套，耐心地等着。

虽然对方看起来和颜悦色，但闻清还不至于真的以为他就是个善人。他能在这个时候约她见面，势必对她的事了解得很清楚，更甚者，他连她查到了什么都一清二楚……

果然，七叔开口就问："你是不是很奇怪，敬清为什么要那么做？"

闻清点了点头。

"你不用这么提防我，闻小姐。我承认这次来，就是为了拆散你们，相信敬清早就告诉过你，我很中意他做我女婿。"七叔毫不掩藏地说，"不过这些事就算我不说，你早晚也会查到，我只是不希望你再浪费时间。你和敬清早晚要分手，早点知道这些，对大家都好。"

闻清握紧了拳头，她想说点什么，可最后却发现自己一个字也吐不出来。

她刚刚查到的那些东西已经让她很难负荷了，她真的不知道七叔还会说出什么来。

七叔喝了口水："敬清和正扬的父母很早就过世了，他们有个爷爷。他们的爷爷将两人从小抚养长大，老人家省吃俭用，还供敬清考上了理想中的医学院，他们感情有多深厚，想必闻小姐你一定能想象到。"

闻清的喉咙干得发痛，她端起面前的咖啡打算喝一口，可很快就听到七叔说："可有一天，他们的爷爷，因为吃了有问题的保健品，意外丧命了。"

闻清的手一抖，深褐色的液体尽数泼洒在裙子上，白裙子马上被晕染了一大片污渍。

她慢慢地抬起头，眼中满是不可置信。

七叔很平静地说："就是你想到的那样，敬清和你在一起，就是为了报复。我知道这很难接受，但闻小姐，这就是事实。你还不愿意离开他吗？”

闻清脑海中被“报复”两个字给填满了，她之前想到廖敬清是在利用她，或者是在骗她，只是为了达到某个目的。

可万万没想到，还有——

所以他还想做什么？想玩弄她吗？

她感觉到门口的风铃响了，有人急匆匆地闯了进来，像风一样来到她身边。

她茫然地抬起头，向来意气风发又成竹在胸的男人，脸上难得出现了焦虑的情绪。他深深地看着她，嘴巴微微动了动，却只是轻轻唤了声她的名字：“闻清。”

周围的一切仿佛渐渐虚化了，两人对视着，胸口明明被千言万语挤压着，可都没有再说下去的理由。事已至此，他们彼此都心知肚明，这是个死结无法解开，谁也没有办法破这个僵局，那道巨大的鸿沟很难跨越。

还是七叔率先打破沉默，他缓缓地站起身来，脸上笑意不减：“敬清来了？那我也该走了，你们好好聊聊。”

廖敬清浑身上下都是强忍的怒意，他没有看七叔，所有注意力都在闻清身上。

七叔不以为意地又补充说：“闻小姐是个聪明人，你们俩不合适，还是早点把账算清楚，各走各路吧。”

“各走各路”四个字，像是一记闷棍狠狠敲在了廖敬清的脑门上，他看着闻清，而闻清的表情早就恢复了平静。她不再看他，端着面前的咖啡淡定地喝了一口，那冷静的样子，似乎真有这样的打算。

“我有分寸，不劳你老费心。”廖敬清背对着七叔，拉开她身边的椅子坐了下去，他的拳头握得吱吱作响，手指上的骨节森白骇然。

七叔的眉毛微微一挑，大抵是廖敬清以前在他面前多少还愿意装一下，如今这样直言不讳，令他心中有片刻不悦。但他没说什么，看了眼他俩就离开了，表情里十足笃定，笃定这一关，他们过不去。

剩下两人之后，廖敬清反而不知道要说点什么。他深深地吸了口气：“我们谈谈，七叔说的你不要信。”

闻清面无表情地转过头来，廖敬清迎着她的眼，忽然有些说不下去了。

闻清一字字地重复道：“谈谈，七叔说的不要信……这些话你早就跟我说过。那时候就料到了会东窗事发，所以提前给自己做好铺垫吗？我该信什么呢？信你？”

他自然是最信不得的，所有谎言都出自他之口，所有梦想都是他给她编织的，然后再一点点撕碎，这样的人，在和她谈信任？

廖敬清也自知理亏，他略微烦躁地闭了下眼睛：“我知道，有些事我骗了你，是我不对——”

话音未落，闻清便倏地端起了面前的咖啡，廖敬清以为她要泼向自己，已经做好了让她解气的准备。可闻清却没那么做，她端着咖啡的手在他面前停住了，细白的手腕一直在发抖，似乎那杯咖啡有千斤重。

“你爷爷就是当年出事的那位老人家？”她忽然问他。

廖敬清看着她发红的眼眶，心脏狠狠地抽搐：“是。”

“你当时和我在一起，也是为了套取配方，阻止我和程家签约？”

“是。”廖敬清每个字都回答得很干脆，第一次这样对她说尽实话，可实话如此伤人。

闻清停顿了下，像是在缓解什么，几秒后艰难地又问：“那次在停车场，救我，也是为了博取我的信任，让我对你没有防备心？”

廖敬清的拳头握得更紧，他喉结滑动了下，还是承认了：“是。”

“真是步步为营，算无遗策啊。”明知道问了也是自取其辱，可闻清还是想听他亲口说，如今算是彻底死心了，对这个人，也彻底看清了。

她笑了笑，手里的那杯咖啡如愿泼在了他脸上：“你可以报仇，可以阻止我们的产品再上市，甚至可以不喜欢我，但你不可以骗我，更不可以这样糟蹋我的感情！”看着我一路掉进你的陷阱，那样心甘情愿，是不是觉得很有成就感？

这样玩弄我，很有意思？

她多想一口气说完，可最后还是得给自己留点自尊啊。

她闻清这辈子，真的从没这么丢脸过。

廖敬清闭了闭眼，咖啡渍顺着鼻梁滑到了下巴上，冰冰凉凉的，那凉意像是能浸透到心里。

哪里是算无遗策，他漏算了自己的心，可这时候说出来，她能信吗？

他睁开眼看着闻清，忽然怔了一怔，闻清眼角有透明的液体，虽然很快就被她擦掉了，可还是被他清晰地捕捉到。

闻清是个泪腺并不发达的女人，在他记忆里，除了闻定山去世时见她夜里偷偷哭过，其他任何时候都没有，他甚至一度觉得这个女人天生薄情。

闻清已经快步走出了咖啡厅，廖敬清一路追了出去，他确定闻清对自己有感情，她刚才哭了，如果不是被伤得极深是不可能哭的。他用力抓住她手腕：“我开始是在骗你，可是我后来——”

“不要和我说话！”闻清打断他，转身看他时眼神凶狠又嫌恶，“也不要再碰我，廖敬清，从此你我再没有任何关系。”

廖敬清的瞳仁剧烈地紧缩：“你要和我分手？”

“难道你以为我们还能继续？你可以为了报仇随便和我睡，但我想到身边躺着害死我父亲的凶手，我就恶心。”

廖敬清被她这些话刺激到了，忽然就开始口不择言："害死你父亲的凶手？那你父亲呢？他又有多磊落？当初拼命压着事情不让曝光，瞒天过海，随便给点钱打发我们，他自己没为这事负任何法律责任！那是一条人命！闻定山根本就不把人命当回事！"

闻清知道事情会很不堪，可她没想到会如此不堪。她慢慢地偏了下头："所以你要一命抵一命才肯罢休？现在做到了，离我远点。"

她觉得一颗心都被搅乱了，之前想了无数质问他的话，想了无数手段来替自己、替父亲讨回公道，可现在公道是什么，她自己都不确定了。

他们欠廖敬清一条命，可廖敬清用这么卑劣的手段，欺骗了她的感情，又间接害死了闻定山，孰是孰非，真的完全没了判定的标尺。她感觉整个人都恍恍惚惚的，只想马上离开，一秒钟都不要再对着这个男人。

廖敬清见她转身欲走，喉间一阵阵发紧："你就不能听我把话说完？闻清，你到底把这段感情当什么？"

"错误。"闻清冷淡地回答，"从一开始就是错误，也是骗局，更是耻辱。"

廖敬清不可思议地瞪大眼。

闻清看着他，缓慢地说："当初喜欢你，就是因为失恋了，那段时间又正是我母亲去世非常孤单的时候。虽然后来有短暂的迷失，但对我而言，也只是段恋爱而已，没什么大不了。"

看着他脸上露出惊诧的神情，闻清心里有种扭曲的快感，对，就是这样，被打了要打回去。

可是打回去了，也并没有觉得很痛快。

她还是想走。

廖敬清再度拦住了她，他脸上露出讽刺的神情："没什么大不了？对，我早就该知道，你闻清心里在乎过谁？"

闻清看着他陡然赤红的双眼，他浑身上下都充满了戾气，像是要吃人一样，可她半点都不怵。她坦然直视他的眼睛："我和沈逸五年的感情，遭遇背叛之后，我还不是过得好好的。和你，当然也一样。"

廖敬清第一次被人激得理智尽失，一股火气直冲脑门，他倏地抬手掐住闻清的下巴："你再说一次！"

颚骨仿佛要被人给捏碎了，可闻清依旧扬着下巴，一字字地说："你，廖敬清，在我这儿也不过如此，马上就能翻篇。"

明知道她是在说气话，可他还是控制不住地想发火，闻清这样的语气令他害怕，是那种对未来无法掌控的感觉……并且闻清现在真的是油盐不进，他不管说什么做什么，在她看来都是假的。

她是个既不吃软也不吃硬的女人，她只相信自己的感觉，爱的时候不顾一切，恨的时候也同样会做到极致。面对这样的她，他使尽浑身解数也没用！

“闻清，我对你——”他的话没说完，脸上就重重地挨了一巴掌，啪的一声脆响让他立时噤了声，紧接着闻清曲起腿往他要命的地方招呼，幸好他闪避及时，但还是被她攻击到了其他部位。

他下意识松了手。闻清往后退开了好几步：“这是你玩弄我的代价。”

她拿着包朝马路对面走，一边走一边拦出租车。廖敬清握了握拳头，没有追上去，只是说：“你别想就这么和我撇清关系！”

闻清径直上了辆出租车，也不知道听见了没有，背影决绝而利落。

廖敬清站在原地，拇指指腹抚了抚唇角，其实她力气再大也不过是个女人，那一巴掌并不痛，只是有些丢脸而已。可是不知道牵扯到了哪根神经，怎么浑身上下都在隐隐泛着疼，止也止不住。

“小姐，请问去哪儿？”车子开出一段路，司机师傅才开口问她。

闻清沉默了许久，她也不知道能去哪里，闻定山的房子因为欠下的货款拿去卖掉了，公司也已经解散等着退租，今天阿铭恐怕已经去办退租手续了，至于自己租下的那套房子，当然不可能再回去。

她现在谁也不想见，谁也不想理。

“随便转转吧，你随意开。”

司机师傅见她苍白的脸色，忽然搭话道：“姑娘，和男朋友吵架了？”

在这个陌生的城市，陌生人的询问反而让她感受到了几分意外的诚挚，她兀自点了点头，不知道是说给对方听，还是说给自己听：“我们分手了。”

司机师傅是个中年大叔，看起来和颜悦色的，呵呵笑道：“分手而已，又不是天塌了，哭一场，吃点好吃的，很快就会好的。这个世界啊，没有谁离开谁就活不了，看开点。”

闻清低头笑了下，嘴里全是苦涩：“对啊，很快就会好的，我知道。”

会好的，肯定会好的，现实就是现实，哪有那么多的痴心不悔？他有他的仇要报，她有她的怨难消，这段感情怎么可能走得长远？

一段感情是不能背负太多磨难的，否则注定就是悲剧。

司机师傅没再打搅她，车子沿着护城河缓缓绕行，闻清看着窗外行色匆匆的人群，任由自己的思绪乱飞。

直到晚上，闻清找了间酒店住下，她从河边兜风回来就有些浑浑噩噩犯瞌睡，将窗帘全都拉严实了，蒙上被子倒头就睡。

睡觉的时候手机响了好几次，闻清置若罔闻。又一次响的时候，她终于不耐烦地接了起来。

她没看是谁，料想可能是廖敬清，语气不善地正想警告他几句，那边却传来了沈逸的声音。

“你没事吧？打了好几次都没人接。”沈逸那边背景空旷而深远，让人有种不真实的感觉。

闻清睁开眼看着黑漆漆的房间，感觉到自己的身体好像飘荡在棉花上一样虚软无力，又隐隐有些发冷，等再开口时，声音也哑得厉害：“我没事，一直在睡觉没听到。”

“钱已经给你转过去了。不过，你声音怎么了？”沈逸听出了不对劲，“不舒服？”

“可能发烧了。”闻清的脑子还剩几分清明，她觉得是下午在河边吹了太久的风，加上这几天晚上没睡好。她又抬手摸了下额头，大概是掌心也热得厉害，所以自己没感觉到温度有多高。

沈逸马上接话道：“他呢？他没陪着你？”

心脏再次被什么给刺了一下，闻清沉默片刻：“我吃点药就行。谢谢你沈逸。”

向人哭诉不是她闻清的风格，更何况这事真的太难说出口。闻清和沈逸随便说了几句就把电话挂断了。她想出去买药，可一起身就感觉天旋地转，随后整个人栽倒在了床上。

她以前身体从没这么糟糕过，现在感觉连喉咙都烧得火辣辣的，嘴巴里也很疼，好像长泡了。

闻清趴在床上，看着纯白的床单和枕头，不知道为什么，忽然就有咸涩的液体沿着眼角流出来。

她慌乱地抬手抹了下，可怎么擦都擦不尽。她在心里狠狠骂了一句：“真是没出息！”

她给前台打了电话，有服务员送来了退烧药，闻清吃完就睡下了。

她也不记得自己睡了多久，做了很多很多的梦，一会儿梦到父亲闻定山，一会儿梦到母亲乔梦婕，还有姜钰。可梦里面却一直没有另一个人的身影。

廖敬清像是一场雾，虚幻又缥缈，从来没有真实地存在过一样。

等再有意识的时候，是被门铃声吵醒的，闻清中间也断断续续醒过一两次，但浑身没力气，所以干脆就这么躺着。

门口的人异常执拗，门铃响了一次又一次，她不堪其扰，只能裹了浴袍去开门。

出现在外面的竟是沈逸。

他一身风尘，下巴上还长出了浅浅的胡茬，见到她开门，终于露出一抹疲倦的笑：“还以为你昏倒了，准备找前台来开门呢。”

闻清愣怔地看着他："你、你怎么来了？"

"当然是来乘虚而入的。"

见她表情僵硬，沈逸按了按她肩膀："开玩笑的，只是来看看你，听声音你似乎很不好。"

说完这些，他顺便抬手试了试闻清额头的温度，烧是退了些，可整个人看起来像脱了层皮似的没精神。他也没再问为什么廖敬清不在这里，而是直接说："换衣服，去医院。"

闻清摇了摇头："不用麻烦，我好多了。"

她的声音仍是低哑，说话时喉咙里也涩涩的疼得厉害，可这会儿她实在不想出门，更不想见任何人。

但沈逸已经来了，她没办法拒之门外，于是裹紧浴袍回了房间："你怎么查到我住这里？"

"我去你家里看过，没人。"沈逸拖着行李进来，话也说得十分自然，"然后就一家家酒店找，幸好运气不错，才找了五六家就找到了。"

闻清听完没有马上接话。沈逸向来会哄女孩子，可也仅限在物质方面，能让他这样大老远赶来，又这样没头没脑地找自己，真的已经很难得。

她给沈逸倒了杯水，自己也拿了一杯开始喝，但喉咙是真的很痛，就连水灌进去都感觉到火辣辣的疼。

拿镜子一看，原来嘴巴里长了好几个泡，估计都破了。以前就是遇上再棘手的情况她也不至于上火成这样，这辈子能让她这么可笑的恐怕也只有那一个人了……

沈逸换了身衣服，出来时看起来精神多了："吃东西了吗？想吃什么，我去买。"

闻清把镜子扔到茶几上，摇了摇头："我不饿。"

沈逸沉默，径直走了过来，往她身边一坐，道："那我也不吃了，陪你。"

"你赶了一路车，怎么能不吃东西？"闻清皱起了眉头。

"一个人吃多没劲，你陪我的话，还可以考虑。"沈逸冲她笑着眨了眨眼睛，"我大老远赶过来，你作为东道主，好歹该招呼我一下。"

闻清很是无语："有你这么看病人的吗？还威胁我。"

沈逸笑得露出一口白牙："你也知道自己是病人，吃不下也得吃，不吃哪里会好？"

闻清拗不过他，也知道沈逸是真的担心自己，犹豫了下："那出去吃吧，我去换身衣服。"

"好。"沈逸看着她起身折回卧室，眼底含着温柔笑意。这样的他们，仿佛又回到了从前那样的日子。

沈逸挑了家家常菜馆，点的也都是些清淡菜色，他以前不是这样的，现在很明显在故意迁就她。

闻清看在眼里也没点破。她这会儿裹得特别严实，虽然已经入秋，却捂得跟过冬没什么两样，连话也懒得说，一个劲地低头喝水。

只有沈逸没话找话道："之前你负责的那个片子已经开始播了，你看了吗？第一期反响很不错。"

闻清愣了下。

她来兴城之后，虽然一直在忙但也没把这事给忘了，毕竟是自己亲手策划一路做下来的项目，就和自己的孩子一样。她还特意在日历本上标记了播出日子。

不过日历本在廖敬清家里，这段时间她又被他的事搅得心神不宁，如果今天沈逸不提，她真的把这事给彻底忘了……

闻清低头拨弄着手里的水杯，回答说："还没来得及看。"

沈逸是有些失望的，但他没表现出来，又说："以前台里有些人对你有意见，但这次，才第一期的收视率就让他们全都闭嘴了。闻清，你的实力大家都看得见。"

"嗯。"闻清兀自笑了下，"多好，姐不在江湖，但江湖一直流传着姐的传说，这才是我的风格。"

沈逸剩下的话被她堵得说不出口了，正好服务生开始上菜，话题算是暂时结束。

闻清又哪里听不出来，她知道沈逸还没死心，还是想劝自己回B市，回电视台工作。其实现在，在兴城的确也没什么好留恋的了。

两个人一言不发地吃完东西，等出门的时候却遇到了熟人：七叔被一群人簇拥着走进来，而待在他右手边最亲近的那一个，居然是廖敬清。

几人正在说着什么，似乎很慎重，廖敬清和七叔交谈时表情也格外认真，等目光触及她，眼神不由得变了一变。

大概是没想到会在这儿遇到她，有些意外，又有些惊喜，可再看到她身边的沈逸，整个人又瞬间阴沉起来。

闻清没理他，也没有和七叔打招呼的准备，直接与他们擦肩而过。

反倒是七叔叫住了她："闻小姐。"

闻清只能停住步子，她垂在身侧的拳头已经紧了又紧，指甲都陷进了掌心里。

看起来，廖敬清和七叔的关系也不是她以为的那样糟糕，纵然七叔前两天才棒打鸳鸯，可廖敬清似乎也没打算和他撕破脸。或者一直以来，廖敬清在她面前说的那些，也都是假的吧，什么要脱离七叔，也只是骗骗她而已。

亏得她之前还为他陪自己回B市而担忧，更为了这种事就轻易打破了自己底线，想来真是可笑。

她漠然地转过头去，只盯着七叔一个人。可哪怕这样，来自那个人灼热而胶着的目光一直让她无法忽略。

“这么巧。”七叔笑笑地和她说起话来，“怎么看起来没什么精神，病了？”

闻清可不觉得对方会好心到关心自己，不答反问：“有事吗？”

七叔啧了一声：“你看你，年轻人就是脾气冲，咱们前两天才见过，怎么也算是熟人了啊。”

“也没那么熟，见面没什么可聊的，聊起来又尴尬。”闻清说，“还是别打招呼的好。”

七叔立刻笑出声：“闻小姐这脾气真是，挺有意思，怪不得我们敬清对你那么着迷。”

闻清吸了口气，怒气值快到头了：“还有事吗？”

“没事没事，你觉得尴尬咱就不聊了。”七叔状似无意地看了眼她身边的沈逸，“这位是——”

“我朋友。”闻清实在不知道七叔到底要干什么，手臂直接挽上了沈逸的胳膊：“我们还有事，先走了。”

七叔看着两人交缠的胳膊，嘴角挑了挑：“慢走。”

廖敬清的脸色已经沉得能滴水。七叔等两人走远了，若有所思地看了他一眼：“看来闻小姐心情很好啊，这么快就又有伴了。”

廖敬清没有接这话，只说：“进去吧，别让里边久等了。”

等七叔往前走了，廖敬清又回头看了眼门口，哪还有那两人的身影。他深深吸了口气，将胸口的怒气强忍了下去。

“你还好吗？”沈逸见闻清越走越快，高跟鞋踩在地砖上发出嗒嗒嗒的声音，他都担心她不小心崴了脚。

闻清头也不回地说：“好极了，好得不能再好。”

沈逸叹了口气：“你在我面前不用这样。”

这话不知道哪里触到了闻清的逆鳞，她蓦地转过身，沈逸见她脸色苍白，眼眶更是充血似的红。本以为她要发脾气，可她却说：“就是发现自己过去太蠢，蠢得都不想见人了。”

沈逸虽然不知道两人到底怎么回事，可看刚才那情形，也猜到了一二：“再聪明的人也敌不过别人用心算计，更何况你防了一次也防不了两次三次。闻清，你不是这种拿别人的错误惩罚自己的人。”

过去她一直活得很自我，哪里会在意别人的眼光？她只会在工作上做到最好，在为人处世时，用自己的一套方式做到无愧于心，哪怕有很多人误解她中伤她，可她活得一样自由而潇洒，现在怎么……

沈逸也不知道该怎么安慰她了，只是上前一步，伸手试图将她抱进怀里。

可下一秒，他的胳膊就被人给用力拧住了。

闻清震惊地转过头，廖敬清不知道什么时候出现在了两人身边。

他一只手狠狠制住了沈逸的胳膊，眼底迸发出冰冷的情绪：“你敢碰她一下试试。”

沈逸皱着眉，随后另一只胳膊忽然紧握成拳，狠狠地朝他脸上挥过去：“你有什么资格说这话？”

廖敬清显然是练过的，身手非常敏捷，微微偏了下脸就避开了他的拳头。可沈逸从小也学过跆拳道，会那么几下子，于是再次抬腿朝他踢过去。

两人忽然就在路边打了起来，闻清一时间有点傻眼，随即气不打一处来：“廖敬清，你给我住手！”

廖敬清没理她，他一肚子火越燃越旺，脑子里只剩下刚才闻清和他挽在一起的胳膊，还有他伸出一半要抱她的姿态。这才两天，才两天而已，他有事没顾得上找她，想着顺便让她冷静下，她居然就这么迫不及待地联系了前男友！

就这么着急吗？如此心急地找好下家。

想到这两天她没回去，而是可能和沈逸在一起，他只觉得自己的理智都崩盘了，恨不能把面前的男人给揍得再也站不起来。

沈逸也能感觉到廖敬清的怒意，但他并不怕他，这个男人接二连三地让他在闻清面前出丑，他早就想一较高下了。

两人谁也不让谁，打得不可开交。闻清只觉得自己脑袋疼得快要裂开了，想不到一把年纪居然还有男人像中学生一样为自己争风吃醋到打架！她真是又可气又可笑，对着廖敬清吼道：“再不住手我报警了！”

廖敬清蹙了下眉头，一闪神的工夫就被沈逸一拳砸到了下巴，男人的手劲不比女人，这下结结实实地砸到了他骨头上，嘴巴里顿时涌上一股铁锈味。

闻清过来一把拉开两人，将沈逸完完全全地护在身后，她狠狠地看了眼廖敬清：“你疯了吗？”

廖敬清用舌头顶了下嘴角，笑了一笑：“对，疯了，都是你逼的！”

闻清狠狠地喘着气，和廖敬清互不相让地对视。廖敬清忽然伸手钳住她手腕，将她一把扯进了怀里。

闻清没料到他会有这样的举动，来不及避让，堪堪跌进他结实的胸口，然后他扣住她后脑，低头含住了她的唇。

“闻清——”他在她唇间轻声呢喃道，“我想你了，很想你。”

廖敬清发狠似的吻着闻清，不顾她的挣扎和抗拒，将她的舌尖吮得又痛又麻。

闻清马上就意识到了他要做什么，这人根本是想给沈逸个下马威，想在他面前宣示主权罢了！她有种难以言喻的羞愤感，不知道哪里来的力气，一下就把人推开，随后抬手想给他一巴掌，却被人用力制伏了。

廖敬清的双眼满是冰凉的情绪，哪有半点温存的痕迹？闻清和他对视，大力将自己的手抽了回来。

廖敬清看着自己空了的手心，觉得空了的不只是那一处。

闻清用力擦拭着自己的嘴巴，恨不能将上面他碰过的痕迹全都抹消掉。

“疯子。”她骂了一句，随后道，“我说过我们俩没任何关系了，以后不要再骚扰我！”

廖敬清看着她将自己的唇瓣擦得又红又肿，那嫌恶的感觉，就差把他当病菌了。而且她竟然用了“骚扰”这样的词！

她说完又马上回身查看沈逸的情况，沈逸当然没吃半点亏，只是或许被他刚才突然吻她的动作给惊到，此刻脸色有些微微的不好看。

“以后离我的朋友也远一点，否则我真的会报警。我想廖医生你那样的背景，应该很不乐意和警察打交道吧。”

廖敬清终于被她的话给刺激得一阵冷笑：“骚扰？你一定忘了当初你主动追我的时候什么样了？那才叫骚扰！”为了个曾经背叛她的男人，说这种话来威胁他，这真的是闻清？真的是那个曾经为他痴迷为他疯狂的女人？

她眼里不是只有他吗？怎么一转身，就能这样全心全意地护着另外一个男人？

闻清怎么也没料到廖敬清会用这种话来反击自己，她本来就觉得被对方愚弄是件很愚蠢的事，更何况这段感情还是她主动追求来的……她的拳头倏地一收，脸上没有任何情绪，心里更是死寂一片：“对，当初是我眼瞎，一切都是我自找的。既然你也觉得过去很可笑，那别再纠缠我。”

她的神色冷得吓人，廖敬清这才意识到自己说了多么过分的话。他趁着七叔谈事情的间隙追过来，本意并不是要和她再起冲突的。

然而闻清已经不给他多说的机会，拉着沈逸的手转身就走了。

廖敬清看着他们相携离开的背影，心里像被完全掏空似的。他从来没试过有个人对自己这样重要，笑是因为她，难过也因为她，她不在，仿佛连呼吸都不会了。

以前他不是个如此冲动毫无章法的人，遇事总能冷静地处理好一切，可现在……明知道闻清在生气，明知道闻清对沈逸也不可能真的有什么，可还是控制不了自己的情绪，脱口便说些更伤人的话，抬手便做些更糟糕的事。

乱套了，一切都乱套了。

他忽然有些明白过来，真正的感情或许就是这样，没法算计，没法控制。心动等同于失控，如果能掌控好，那便不是真的情动了。

他拼命让自己冷静下来，打算之后找闻清好好谈一谈，虽然他一开始的确动机不纯，可后来对她的感情都是真的！

否则这样下去，两人可能真的会越行越远。

手机响了，是林平打来的，对方提醒他说：“七叔这边快好了。”

“我知道，这就回去。”廖敬清将电话挂断，深深呼了口气。

除了闻清之外，他要面对的问题并不少。回头再望向那两人离开的地方，人来人往的街头，只剩他形单影只……

希望闻清不要走得太快太远，否则他真的不知道要多久才能追上她。

“对不起。”闻清和沈逸一起搭乘出租离开，等情绪稍稍稳定些，她忽然对对方说，“是我连累了你，我没想到他会这么冲动。”

沈逸安静地打量着她，等她说完才道：“为什么要道歉？你和他没关系了，动手的人是他。”

闻清微微一怔，但还是说：“整件事还是因我而起，虽然你没受伤，我仍然觉得很抱歉。”

沈逸沉默。车厢里播放着一首老歌，歌词让人觉得胸闷，女歌手无病呻吟的腔调更是让他莫名烦躁：“你是在变相地再度拒绝我吗？”

闻清并没有否认：“我的确和他分手了，但我不想让你误会。沈逸，我很开心你现在能陪在我身边，可我不能利用你的感情。”

沈逸失笑道：“我不介意被你利用，你不知道我有多开心你和他分开。虽然一直知道，你和他分开也不代表我就有机会。”

这话让闻清没法再接下去，沈逸又道：“我知道你现在没心情想这些，你也不需要去想。我们是朋友，对，现在我还是你的债主，出手帮你，保护你的安全，也是为了我自己啊。”

沈逸俊逸的脸上露出笑容，他在安抚她，可他笑容背后是什么，闻清再清楚不过了。

她还是说：“我还有件事没做完，等做完才会离开这里。沈逸，谢谢你来看我，你先回去吧，不能为了我耽误工作。”

“不行。”沈逸几乎毫不考虑就拒绝了，“廖敬清今天这么做，让我对他的人品不抱任何期待，我不能让你一个人待在这里。你放心吧，B市那边没问题，我都安排得很好。”

闻清还想再说点什么，沈逸抬手阻止道：“刚刚才说过，是朋友就不用讲这么多，你赶不走我。兴城这么大，酒店那么多，我走不走，你做不了主的。”

闻清只能叹口气。

沈逸莞尔一笑，伸手抚了抚她的额发："你安心做自己的事就好。"

隔天闻清的身体好一点了，她立刻将公司现有的配方拿去做检测，虽然公司已经解体，但她不希望背负这莫须有的罪名。闻定山承认老配方是有问题，那么新配方呢？如果新配方真的没事，完全是廖敬清为了报仇而诬陷公司的话，他就真的太卑劣了。

闻清不敢想，他会低级成这样。

检测结果暂时还拿不到，她做完这些忽然无事可做，沈逸提议两人到附近转转。

这一转就打发了大半天时间，两人吃完饭再回酒店已经到了晚上。

闻清白天买了不少东西，沈逸帮着她提到房间，一边走一边说："幸好我拦住你，否则你真要把整个商场搬回家，在买买买这点上，你倒是和其他女人没两样。"

"我本来就和其他女人一样，难不成我还半男半女吗？"闻清纠正道，"何况这里面你的东西也不少。"

他沈公子买起东西来，也并不比女人好多少，她纯粹是为了消磨时间，那他呢？简直就跟出门大采购一样。

沈逸耸了耸肩膀："我是为了陪你啊，你买那么多新衣服，我也得打扮得像样来配合你，否则你和我走在一起多没面子。"

闻清嗤了一声："是打扮好了，方便泡妞吧？"

"那你肯让我泡吗？"沈逸往前一步，伸手拦住闻清，微微低头笑看她，声音也低沉下去，"喜欢热水还是凉水，热泡和冷泡应该还是有区别的。"

"神经病。"闻清被他那样子逗得直笑，"你以为泡咸菜呢？"

郁闷了几天，难得有人肯逗她笑，闻清也很给面子地笑得几乎直不起腰。她的病还没完全好，一边咳嗽一边笑。

笑着笑着，她戛然而止，因为她看到房间门口站了个人。

他刚才一直站在阴影处，又穿了一身纯黑的西服，所以根本没被发现。这会儿完完全全地曝光在灯光下，面容也格外冷淡。

沈逸也看到了廖敬清，短暂的惊愕之后，就戒备地将闻清拦在了身后："你来做什么？"

廖敬清没有回答他，亦没有看他，而是目光越过他，直直地落在闻清身上。

闻清见他脸色并不好看，那样子分明是将她刚才和沈逸的话全都听了过去。其实全都是些玩笑话，可在旁观者的角度，大概真的很容易信以为真。

闻清当然不会解释，只是她本以为廖敬清又要像昨天那样发疯，可他却很平静地说："你的病还没好，少出去吹风。有个相熟的中医，他的药很管用，我带了点过来给你喝。"

闻清皱着眉头，有些不懂他这又是唱的哪一出，随后就见他微微抬起胳膊，手里的确是拿了一个塑料袋。

面对他的主动示好，闻清第一反应就是警惕，总觉得这人又在耍什么花招，否则昨天还对她恶言相向的人，今天怎么就变了副样子？

她往后退了一步，离他更远了些，目光审视地盯着他带来的中药包。

这样的举动，无疑狠狠刺到了廖敬清。他的心脏瑟缩着，越来越紧，也越来越难受，但仍旧强迫自己冷静："我还不至于卑鄙到在里面下毒害你。"

闻清被他这话说得愣了一愣，她当然没这么想，只是怀疑他又琢磨了什么诡计而已，但他这样讲，她也懒得解释："不管你是真情还是假意，我都不需要，你拿走吧。"

廖敬清的手一直维持着那样的姿势，沉黑的眼也始终盯着闻清，眼里竟有些悲伤的情绪。

闻清不敢再信了，这个男人手段太多，亲眼看到也未必就是真的。他有什么可悲伤的呢？哪里像是会悲伤的样子？他们吵完架，分手，他明明还是意气风发的样子，只有她狼狈不堪而已。

三人僵持在那里，廖敬清就站在闻清的房间门口，他不动，闻清和沈逸也没轻举妄动。

后来还是他主动说："不要和我置气，这个药很管用，身体更重要。"说完手臂又往前抬了抬，似乎她要是不接，就一定不会走似的。

见闻清不为所动，沈逸没办法，只得伸手接过："好了，我们收下了，廖先生请吧。"

"我们"两个字猛然钻进廖敬清耳里，搅得他的脑子一片混沌。他看了眼闻清，又看了看沈逸手里拎得满满当当的东西。

"你们是不是住在一起？"这个问题在他嘴边转了好几次都没能问出口。他知道问了闻清也只会讽刺他，而答案，他竟然不敢听。

静默良久，闻清终于开口问："廖先生还有事？没事的话，麻烦让让。"

廖敬清沉默地看着她，眼神炽热，恨不能就这样将她一眼看穿。

可闻清没再看他，而是径直走过去，刷了房卡开门。

眼看着沈逸也跟了进去，廖敬清的额角狠狠跳动，在闻清关门之前，他的掌心用力拍在了门板上。

啪的一声响，可见他用的力气并不小，那一下震得闻清握着门把的手都有点发麻，更别提他了。

可廖敬清却恍若未觉，他撑在门上的手臂绷得线条紧实，手背上也青筋暴凸。他徐徐抬眼看向她，整个人都极为阴沉。

闻清早就知道他不会轻易作罢，警告说："你这样，我真的要叫保安了，到时候大家都很难看。”

廖敬清眼底的乌黑更浓，唇角也危险地抿成一条直线，闻清真的一度觉得他要冲过来吃了自己。可他说：“这药用热水冲着喝，不用熬。”

闻清的眉心不自觉紧了紧，廖敬清说完这句就转身走了，背影很快消失在那片暗淡之中。

沈逸并没在闻清的房间待太久，把东西放下之后，又陪她说了会儿话就离开了。大概也看出来她心情烦闷，于是给她些时间自己待会儿。

沈逸离开之后，闻清坐在沙发上对着那些中药包发呆。她没伸手去碰过，只是那么看着，可那些东西隔了层模糊的塑料，像是怎么都看不清楚，一如廖敬清这个人。

所以他今晚真是来送药的？如果不是又在打什么坏主意，那大概是觉得内疚？

不管是出于哪一种目的，闻清都不想再碰和他有关的东西。

起身去拿止咳糖浆，门铃再度响了，她以为是沈逸落了东西。

结果门一打开，出现在门口的赫然就是去而复返的廖敬清。

闻清立刻反手关门，但他胳膊一抻就将门推开了，惯性弹得她往后退开了两步。

闻清铁青着脸，很快跑到了沙发边上。廖敬清知道她的意图，一脚踢上门之后，大步上前将她手中的电话给夺走了。

看了眼她拨了一半的号码，她竟然真的打算叫保安！

廖敬清觉得自己脑袋都要炸了，被气的，也是疼的。他扯了扯领带，看她的眼神越发复杂，下一秒忽然双臂撑在她身侧，将人完完全全地禁锢在自己胸前。

“你要干什么？”闻清气极了，可人却被他困在了沙发一角动弹不得。她的力气没他大，而他又离她实在太近，动一动两人的脸就要贴在一起。

廖敬清注视着她，没什么情绪地说：“不干什么，说几句话就走。”

闻清气息不稳地瞪着他，防备而警觉：“有什么话刚才不能说？”

“只想说给你一个人听。”廖敬清一字字缓慢地说着，“我也想确定，你和他是不是住在一起。”

闻清安静片刻，忽而冷笑道：“住不住一起关你什么事？我病了怕传染给他才分开睡的。”

廖敬清狭长的眼眸眯了眯：“你不会和他再在一起，你在气我。”

“你想多了。”闻清嘲讽地一笑，“你在我心里还真没这么重要！我要和谁在一起是我的自由，更不会被无关紧要的人影响。”

“无关紧要。”廖敬清重复了一遍，继而低低沉沉地笑出声来，“不会无关紧要的，至少你现在很恨我，不是吗？”

闻清知道他嘴巴又毒又刻薄，自己在这方面向来很难占到便宜，她也无心和他打嘴仗，冷笑道："你究竟要说什么？说完赶紧滚。"

廖敬清在她身边坐了下来。

闻清借机又想跑，那男人不紧不慢地将衬衫袖口往上卷："你跑不掉，别说你现在生着病没力气，就是平时也不可能是我的对手。再跑一次，我就把你绑起来。"

闻清蓦地转过头来，不可思议到了极点："你怎么能这么无耻？"

廖敬清静了一静，还是提醒她："所以，好好待着。"

他哪里会真舍得绑她？可瞧瞧她这副样子，简直将他随口一句戏言看得比真金还真，而他说的真话掏出的真心，她却总是怀疑了一遍又一遍！

说到底，还是他当初将她的信任挥霍一空造成的，都怪自己当初太自信。如今想要重建信任，恐怕比登天还难。

闻清从来都是不受威胁的主，这会儿气得全身发颤，她忍耐着等他开口，可那男人竟然做起了其他事。

他将带来的中药包拆开，将那些粉末倒进了一个玻璃杯，随后去给她烧水："就知道你不会老实听话，但这个药很难求到，再生气也不要浪费。"

闻清闭了闭眼睛，牙关都快咬出血来："你冲了我也不会喝。"

"那我喂你。"廖敬清很快就折了回来，他做事动作非常利落，才两分钟不到就折回到她面前，"用手，用嘴，你可以选一个。"

闻清抓起身边的东西砸过去："廖敬清，你不要欺人太甚！"

廖敬清接住她扔过来的烟灰缸，太阳穴又开始突突地跳个不停，他将东西重新放回桌上，顺势抓住她的脚踝把人拉了过来。

闻清躲不掉，被他直接拽到了怀里，强行搂住了。他在她耳边说："我知道让你伤心了，可我，我是真的喜欢你。"

这话只换来闻清一声干笑："那你的喜欢还真有特色，寻常人都消受不起。"

廖敬清的呼吸沉了沉："我没喜欢过别人，也没恋爱过，所以确定自己的心意有些迟，这之前也的确做了很多混账事。"

闻清没有理他，睫毛一下下地颤抖。

廖敬清知道她在听，接着又说："我以后会好好待你，闻清，你信我一次。你这样不理我，我真的快疯了，做什么都变得不像自己。"

本以为闻清不会搭理他，可她静了许久，居然意外地回答道："别说我不信你口中所谓的喜欢，就是信了又怎么样？廖敬清，我们不可能有将来。"

"我如果真想要闻定山的命，当初在医院的时候完全可以下手。闻清，这一切都是……"

"都是意外？"闻清笑着打断他，笑容有些凄凉，"你那时候当然不会下手，那样目标太明显，如果出事了，还可能把自己搭进去，得不偿失，不是你廖敬清的行事风格。”

廖敬清闭了下眼睛：“是，我的确知道当时不是好时机，而且我尊重医生这个职业。但闻清，我真的没想到要闻定山的命。”

“不管有心还是无心，这都是你造成的！而且你利用我也是事实。光凭这两点，我就不可能再回头。”闻清坚定地回看着他，“廖敬清，当初做那些事的时候，你就应该考虑到会有这样的后果，可我的感受对你来说并不重要不是吗？”

廖敬清哑然，他当时确实没考虑过闻清的感受，或者说，他太自负，自认能将一切控制得好，可哪知道事情会接二连三脱轨。

“既然当初不在乎，现在又何必做出一副情圣的样子？你这样，不过是因为没玩够吧？”

廖敬清接不上话，闻清也不打算听他解释：“我比你想的要固执，你再这么缠着我也无济于事，只会让我越来越烦你。”

嘴巴里不断说出恶毒的话，仿佛只有这样才能让自己更坚韧，她本来就被人视为嘴巴毒辣的女人，恶言恶语几乎不用多想就能如数蹦出来。

然而廖敬清没有再接这话题，眼底蕴藏着一些她看不懂的情绪，像是压抑，又像是挣扎。最后他起身去接水，将中药冲好拿了过来，又慢慢地将它吹得温热，然后才递到她面前：“喝了。”

闻清一脸不耐烦，廖敬清没办法，只好说：“你喝完我就走。”

闻清狐疑道：“说到做到？”

“是。”

他的话音刚刚落下，闻清端起面前的中药就一口气喝光了，以前那么怕苦怕吃药的人，这次连眉头都没皱一下。她将空了的杯子往他面前一放，抬了抬下巴：“喝完了，滚吧。”

廖敬清：“……”

见他坐在那儿不动，闻清微微挑起眉梢：“廖先生不会连这种小事也要骗我吧？”

廖敬清握了下拳头，喉中泛苦，仿佛他才是那个喝了中药的人。

他扯起唇角淡淡一笑：“表面看起来是我赢了，可现在，我一点也不开心。闻清，我真的不知道要拿你怎么办才好。”

第一次喜欢上一个人，可偏偏又是这样一个人，软的不行，硬的更不行，他空有一脑子想法也无济于事。面对她，真的有种无处下手的无力感。

闻清斜睨着他，她也不知道廖敬清到底还想怎么样，反正她不信他口中所谓的喜欢，忍心将她置于这种田地，这种感情怎么能算是喜欢呢？戏弄还差不多！

两人对视着，直到廖敬清的手机开始振动，嗡嗡的声音在寂静的房间里格外分明。

一次又一次，那边的人非常有耐心。

他只得拿出来看了眼，闻清也看到了，是莹莹打来的。

以前他手机里连莹莹的号码都没存，大概是担心她发现，如今倒是不遮不掩了，甚至当着她的面就接了起来。

莹莹的声音清脆又娇嗔："敬清你怎么还不来啊？我都等你好久了，爸爸都要生气了。"

"堵车，很快就到。"他说着这话，看到闻清脸上讽刺的笑容。

挂了电话之后，她果然说："说谎成性，就这样还敢说让我信你？"

廖敬清没有解释，只道："你好好休息。"

他说完起身走了，走得很快，看样子是着急赴莹莹的约。

这么晚了，闻清不知道他急着去做什么……看着被他带上的房门，她一脚把刚才他坐过的沙发垫全都踹到了地上。

这个该死的浑蛋！

接下来两天，廖敬清没有再出现过，除了偶尔提醒闻清吃药的短信之外，两人没有任何联系。

只有沈逸一直陪着她，可他的手机每天都在响，有时候讲通电话要很久，有时候又对着电脑开视频会议。他现在身居要职，台里的工作几乎离不了他。

看他忙成那样，闻清开始劝说："我真的没事了，你回去吧，不要因为我耽误工作。"

虽然不肯承认，但廖敬清带来的药真的非常管用，她后来又被沈逸逼着喝了一天，结果所有病症都好了。

可沈逸坚持道："身体是没事了，但现在正是失恋期，不能扔下你一个人在这里，反正等检测结果出来我们就可以走了不是吗？"

闻清没有接这话，检测结果出来，除非是新配方确实有问题，要是没问题，她当然不会就此作罢。

见她一脸凝重，沈逸也没再追问下去，对她提议道："你要是觉得过意不去，请我吃饭啊。这几天陪你养病，天天喝粥吃小菜，我都快变成食草动物了。"

闻清抿唇一笑："行，今天带你去开荤。"

"不要说这种似是而非的话，我很容易想歪。"沈逸冲她挤了挤眼睛，笑得不怀好意。

闻清直接将他一张俊脸推远了些："也不要对我开这种玩笑，我没心情。"

"OK。"沈逸举起双手，做出投降的动作，"你失恋你了不起，全听你的。"

闻清看着他将电脑合上，起身去换衣服，思维却微微凝滞了。有沈逸在身边，日子当然没那么煎熬了，可她还是会控制不住地走神，也常常会生出莫名焦躁的情绪，原来这就是……失恋的感觉？

当初和沈逸分开时也没这样过，如今真的，这种滋味时不时就跑出来折腾她一下。

不知是出于对沈逸的感激还是亏欠，闻清带他去了家很棒的西餐厅，其实那是家情侣餐厅，但口味正宗，在兴城很有名。闻清去之前就和沈逸说清楚了。沈逸无语地翻了个白眼："不用解释这么多遍好吗？偶尔善意的谎言更容易让人接受，你这样真的很影响我待会儿的食欲。"

闻清哭笑不得："你可以随便吃。"

"我要是吃成胖子，追回你的概率就更小了。"

闻清摇了摇头，对他这种时不时冒出来的暧昧不明的话已经很有免疫力了。

两人找了位子坐下，沈逸非常懂得调动气氛，先是从工作的八卦聊起，聊着聊着就回到了大学时的回忆。闻清被他带动，居然也渐渐地忆起了很多往昔，一次次被他逗笑。

用餐到了一半，有人从门口走了进来，沈逸看到那两人之后，脸色变得没那么好看了。

他坐在闻清对面，闻清也注意到了他的表情变化，不由得回过头看，结果看见了廖敬清和莹莹！

那天晚上听到他和莹莹打电话，今天又意外地撞到两人在一起，而且举止很亲密，莹莹是挽着他胳膊的……更何况，这是家情侣餐厅。

闻清很想忽视，可心里还是生出几分难受的情绪来，她脊背绷得笔直，尽量不去看身后那两人，也没注意廖敬清脸上的反应。

"真是冤家路窄。"沈逸啧了一声，"不过他最近出现在你身边的频率略高啊。"

闻清没有发表意见，低头吃自己的。

沈逸又说："猜猜看，是偶遇还是刻意？"

"以前没发现你这么无聊。"闻清努力压抑下胸口那阵不快，不管偶遇还是刻意，她都决定无视对方。

沈逸耸了耸肩："好吧，只是好奇而已。我打赌，他很快就会走过来，不过和他一起的人是谁？新交的女朋友？"

闻清低着头，握着餐刀的手都已经用力到骨节泛白，还是冷静地回答："算是吧。"

他是七叔和莹莹认定的人，或许现在只是坦然接受了而已，至于莹莹和廖正扬，本来就只是看似暧昧的情愫罢了，谁知道到底是真是假呢？何况莹莹在这方面什么都不懂，只能听七叔安排。

闻清发现自己的思绪再度跑偏，深深吸了口气，她很希望位子已经满了，那两人会很快离开。

可她没能如愿，两分钟之后，廖敬清和莹莹走了过来。

而且她也没能顺利地无视对方，因为是莹莹率先和她打招呼的。

“姐姐你也在这儿？真的好巧啊。”莹莹惊喜极了，她已经很久没见过闻清，前两天问起来，还被廖敬清忽然变黑的脸色给吓了一跳。

闻清微笑着和她打招呼：“是很巧，好久不见，你好吗？”

“不是太好。”莹莹显然不懂成年人那套寒暄，竟然真的打算和闻清谈谈心，可她沮丧地发现他们桌边只有两把椅子。

“哎呀，我好想跟你一块坐。”莹莹冲闻清说，“要是能拼个桌就好了。”

闻清刚要说话，她已经指挥身边的侍应：“帮我把那套桌椅搬过来，对，就这里，摆得近一点。”

闻清：“……”

侍应应该是认识莹莹的，想来还是看七叔的面子，很快就把原本两人的位子给摆放成了四人的。莹莹热情地拉开椅子坐了下来，眨巴着眼睛问：“我们一起吃好吗？和敬清一起很无聊，他都不说话的。”

动静都闹得这样大了，人也都已经坐下，闻清实在没理由再赶她走。何况她并不讨厌莹莹，甚至对她还有几分恻隐之心。

“好，一起吧。”

廖敬清站在几步开外，这时候才抬脚走了过来，他坐在莹莹身侧，和闻清也正好挨着。

闻清自始至终都没看他一眼，但不知是有意还是无意，席间他的胳膊总能碰到自己——不是出于撩拨的触碰，更像是带着怒意的发泄。

可他气个什么劲?

闻清避了几次，可还是会被他碰到。她狠狠地剜了对方一眼，廖敬清竟然装不知道，但他的脸色真的非常差，连一个侧脸都彰显着不高兴。

他在替莹莹点单，尽管表情难看，但语气异常温柔耐心。

莹莹真的是小孩心性，似乎还有些选择障碍，咬着指甲说：“怎么办，好多都想吃。”

“只能选一个。”

莹莹哀怨地搓了搓手，做出拜托的样子：“那你点这个，我点这个，到时候你让我尝一口，就一口。”

廖敬清沉默片刻，居然答应了。

闻清端起面前的红酒轻轻抿了口，手垂放下去的时候，指尖却在微微地发着抖。廖敬清不是个会和人共享一份食物的人，眼下这样，只能说明他们的关系不一般了。

真可笑，昨天还说着喜欢她，今天就……

闻清在心里将自己唾弃了一百遍，明知这是个骗子，怎么还是会不知不觉着了他的道呢？

莹莹欢喜地转身去和侍应交谈，闻清能感觉到廖敬清的视线一直盯着自己，她目不斜视，脸上也没任何表情——她要学会彻底地放下这个人。

廖敬清在看闻清，所有人都注意到了，他的眼神放肆而直接，好像整个餐厅里已经没有别人，只有他和闻清一样。

莹莹觉得很奇怪，眨了眨眼睛，可她也没问什么。直到沈逸忽然开口："廖医生似乎不怎么忙，我以为做你们这行的，根本没有约会的时间。"

闻清看似没有动静，可心里却泛起些微的涟漪，他们在一起时的确没怎么约会过，大多时间都待在家里。那时候她也以为他工作忙，现在想想，其实是根本不用心吧。

廖敬清看到闻清紧绷的唇角，没接这话，反问道："沈先生这样的职业倒是很清闲，所以才有大把时间和女生约会？"

"嗯，并没有，其实非常忙，但是工作没有闻清重要啊。"沈逸嘴角噙着笑，说到这还意味深长地看了眼闻清。

闻清警告地看了他一眼，意思很明显，让他别这么幼稚。

可这样的眼神在廖敬清看来，和眉来眼去差不了多少，他眼底闪过一丝阴鸷的光，忽然伸手端起闻清的杯子，径直喝了一口。那动作别提多自然了。

闻清："……"

"敬清，你喝的是姐姐的酒——"莹莹瞪着眼提醒他。

"哦？"廖敬清露出恍悟的眼神，将笑未笑道，"习惯了，不好意思。"

闻清冷淡地看了他一眼，这人什么心思她怎么可能看不懂？而沈逸的表情也出现了短暂的裂痕，一时间桌上的气氛有些尴尬。

廖敬清扳回了一局，这才不以为意地接着刚才的话题："看来你们分手之后，沈先生的变化很大啊，是因为迟小姐提醒你的吗？"

沈逸脸色沉了沉："我有任何改变，都只会因为闻清。"

廖敬清哦了一声："迟小姐听到这些，恐怕会很难过吧。"

"你先管好你自己吧！"沈逸意有所指地看着莹莹，"既然交了女朋友，是不是不该再看其他女人？"

"你以什么立场说这话？"

眼见两人又要掐起来，闻清把手里的刀叉一放："我好了，你们慢慢聊。"

"哎——"莹莹急得一把抓住闻清的手，"姐姐你别走啊，我还没来得及和你说说话呢。"

闻清看了眼怒目而视的两个男人，拍了拍莹莹的手背："等有空了再聊，今天我还有事。你慢慢吃，嗯？”

莹莹看了眼脸色越发难看的廖敬清，咬了咬嘴唇没有说话。这些人的世界可真难懂啊。

沈逸也看出来闻清不高兴了，见好就收，和闻清一起离开。

廖敬清沉着脸，再度端起那杯酒一饮而尽。她现在护着那人的姿态还能再明显一点！对他的事视若无睹，对那个男人倒是一句都不让说了？

而且他很不甘心地发现，从刚才坐下到离开，闻清竟然没和他说过一句话。

一句都没有。

沈逸知道闻清生气了，她一路都没理自己，等到了酒店门口，他主动搭腔道：“我是不是……”

“是。”闻清说，“很幼稚！”

沈逸看她这样，反而笑出声来：“好，以后不会了。我就是看他带个女的来跟你示威，想替你出出气罢了。”

闻清想起莹莹，心里有些烦闷：“我和他分手了，他和谁在一起都不关我事。”

沈逸打量着她，从她脸上看不出任何端倪，似乎心里真是这样想的。他其实很想问问闻清，是真的放下了吗？对她而言，是不是每一段感情都能这么收放自如？

当时他没能问出口，可很快他就知道了答案，因为闻清第二天一早终于拿到了那份新配方的检测报告，而报告结果，令两人都很意外……

第六章
最后的慈悲

“您……确定吗？真的没有任何问题？”

直到工作人员再次向她确认：“的确是没有任何问题，我们反复检验过，这个结果不会错，配方对人体没有任何危害性。”

听着这些话，闻清不知道该做出怎样的表情来，之前她一直在廖敬清和闻定山之间摇摆不定，到底要信谁呢？一边是她一次又一次怀疑过的父亲，而另一边，是她深爱的男人。

可结果却是这样——

为什么会是这样？

廖敬清不仅骗了她，为了报仇更是不惜编造这样的结果来诬陷他们！哪怕原来的配方真的有问题，害死了他爷爷，他也不该这样不择手段啊。

闻清捏着报告的手一直在发抖，她觉得全身都痛得不能自已。总是这样，廖敬清总是有本事让她这样，每次都以为是最痛，结果却是一次比一次还要痛。

她一直以来爱的，竟是这样卑劣的男人！

沈逸在边上看着，一时间也是五味杂陈。他不知道要怎样劝闻清，那个向来高高在上、如钢铁般怎样都打不倒的女人，此刻却像遭受了最剧烈的痛击，整个人都失魂落魄的。

她在原地站着，像是被抽走了灵魂一样，连眼神都是空洞的。可下一秒，她忽然不顾一切地冲了出去，速度太快了，等沈逸反应过来的时候，她已经跑出了很远。

沈逸急忙跟上她，他猜想闻清一定是去找廖敬清算账，可这么激动的情况下，两人见面不知道会发生什么事。

等他追到楼下，闻清已经拦了一辆出租离开了，偏偏这个点不好打车，沈逸急得满头都是汗。

他了解闻清，闻清最受不了的就是背叛和欺骗，廖敬清几乎样样都触到她底线，而且这事还牵扯到了她的父亲闻定山。以闻清那样的个性，他真的不敢想接下来会怎么样！越想越心急，越心急就越拦不到车，沈逸只好给阿铭去了个电话。

闻清直接打车去了医院，这个点廖敬清应该还在上班，她一路上脑子都是空白的，只是不断地用力捏紧手中的检验报告，指甲都快穿透那一页页纸张陷进掌心。

往住院部走的时候，刚好遇到钟浩然，钟浩然热情地和她打招呼："嗨，弟妹，来找敬清？"

等看清她的面容，钟浩然微微愣了下："怎、怎么了？吵架了？怎么还哭了？"

闻清抬手抚了下面颊，结果发现上面湿热一片，她这辈子哭过的次数屈指可数，更不可能在人前掉眼泪。可这会儿她已经顾不上这许多，只一字字地问："他在哪里？"

"在……"钟浩然回忆了下，"这会儿估计就在办公室吧，刚才那谁也来找——"

他的话还未说完，闻清已经大步离开了，步子急促而迅速。钟浩然摸了摸鼻子，心中纳闷：闻清平时不是这么没礼貌的人啊。

电梯缓缓上行，闻清看着镜面中反射出自己的面容，忽然怔了一怔，那是她吗？那竟然是她？

她抬手将脸上还未干涸的泪珠全都擦干净，深深吸了口气，不能哭，不能再在他面前丢脸了！闻清用力咬了咬嘴唇，直至唇肉充血般嫣红，整个人看起来气色好了一些，这才大步走出电梯。

哭也不是因为他，而是因为自己蠢，对，到此为止，让那个男人、让这场骗局，全都随着这些没出息的眼泪一起滚蛋！

闻清停在廖敬清办公室门口，抬手擦了擦脸颊，随后一脚踹开了办公室的门。

里面的情形却让她一愣，各种文件和书籍撒了满地，桌椅板凳也歪歪斜斜地倒在地上，而廖敬清和廖正扬正打得不可开交。

廖敬清余光瞧见她，表情变了变，与此同时，廖正扬也看见了她。

廖正扬嘴角一翘，趁着给廖敬清一拳的时候，往边上避开了，随后竟然直接朝着闻清走过来。

闻清如今知道了事情的始末，料想廖正扬对自己也一定不怀好意，于是一步步往门口退过去。

廖正扬嘴角带着嗜血的笑："闻小姐不必害怕，你来得正好，我只是有些话想跟你说清楚罢了。"

闻清直退到门口，确定了安全路线，这才问："什么话？"

“你敢说！”廖敬清出言喝止他，脸上是从未有过的慌乱。他嘴角处有淡淡的血迹，看样子两人打得很厉害，身上的白大褂也被弄脏了几处，头发凌乱，可他却顾不上此刻的狼狈，抬脚大步向闻清走过来。

闻清指着他：“你不要过来！不要靠近我。”

她的拒绝和不信任，让廖敬清脸上有一闪而过的受伤。闻清又转向廖正扬：“你想说什么？”

廖正扬嘴角勾了勾，嘲弄地看着廖敬清：“你真的以为，这个世界每件事都能如你所愿？你在乎她是吗？我现在就在她面前揭穿你，让她看看你到底有多卑鄙。”

闻清心想还能有多不堪呢，最不堪的不是已经在她手上了吗？

可廖正扬一字字地告诉她：“他要和莹莹结婚了你知道吗？我的哥哥，我世界上最后一个亲人，在抢了我上大学的机会之后，连我最在意的一个人也要抢走！对了，你知道他是怎么得到七叔给的机会的？他在签上动了手脚，本来这一切的机会该是我的。莹莹也应该是我的！”

廖正扬像是疯了，怒不可遏地狂吼，他的嘶吼引来不少人围观。

而闻清在那些指指点点的声音中，却什么都听不到了。她看着廖敬清，觉得完全认不清这个人了。

难怪他最近和莹莹走得那么近，可为什么到了这时候他还要对她说什么喜欢？

回想和他经历的一切，她真的觉得自己只是做了场梦，一定是梦，因为只有梦里才会出现那个让她觉得可靠踏实、深深爱慕的男人。

廖敬清的眼睛红得吓人，他深深地看着闻清，看着她站在那无声地掉眼泪。他不知道要怎样向她解释这一切，有原因的，都是有原因的，可这些原因……说给她她也不会信。

闻清忽然抬脚朝他走过来，廖敬清感觉到了前所未有的紧张，连呼吸都停住了。

可闻清走到他面前，却说：“爱过你，我觉得很丢脸。幸好，今天以后不会再丢脸了。”

她将手里的那几页纸重重地摔到他脸上，纸张锋利的边缘刺得他脸颊一阵尖锐的疼，可最疼的，莫过于胸口那一处。

她坚定地告诉他：“欠我的，我一定会加倍讨回来！”

来时的怒气冲冲，最后变成了心如死灰，那些甜蜜那些爱恋，全都被撕成了粉末，随着这几页报告漫天飞舞，最后不知道飘去了哪个地方哪个角落。

闻清转身离开，离开这令人窒息的地方——她和廖敬清的故事就是从这儿开始的。

那时候真好笑，真的像是被人下了蛊似的，怎么就那么没头没脑地喜欢了？她慢慢地往外走，感觉整个世界都在摇晃，看什么都觉得不真实，到底什么才是真的，她也早就分不清了。

廖敬清用力地喘息，他看着她单薄的身影越走越远，眼底像是要迸出火来，忽然抬脚快步跟了上去。

闻清在电梯口被他拦住，她眼神淡漠地看着他，那样鄙夷的样子，比看一个垃圾还不如。

廖敬清觉得胸口刺痛，但他只能说："你不要相信这些，闻清。"

闻清讽刺地笑了一声："那要信什么？廖敬清，连你自己说这句话，都觉得毫无信服力不是吗？"

廖敬清看着她，沉默，再抬起头时，眼眶红得像是浸了辣椒水似的。他缓慢地说："我是骗过你，但仅限于想通过你窃取配方，其他时候都是真的。如果我说，在你面前的才是真的我，你会信吗？"

闻清笑了起来，眼角再度有咸湿的液体溢出来，他这是告诉她，他其实在全世界面前都在演戏，独独在她面前是真的？他不愿在所有人面前露出自己的真面目，一直在伪装，可对她是不一样的？

但这，谁信呢？

如果她是最特别的那一个，为什么现在还会变得伤痕累累？

闻清摇了摇头："不信，廖敬清，你说的话，我再也不会信了。"

廖敬清看着她转过身，那一刻清晰地感觉到，她要彻底地远离自己了。他在黑暗里待了这么久，第一次有了抗争的勇气，可她却要离开他了？

廖敬清忽然往前一步，紧随着闻清一起进了电梯。电梯门徐徐合上，闻清靠着电梯冰凉的内壁，警惕地望着他。

感觉像是做了一个梦，一个耗尽心神的梦，闻清醒来时只觉得周身疲累，脑子也有短暂的放空。她看着屋顶天花板，依稀有些陌生的感觉，等终于确定不知道身处何处时，几乎立刻从床上弹坐起来。

不知道是不是因为起身太过猛烈，一阵巨大的眩晕感袭来，她撑着额头努力回想，这才渐渐记起发生了什么事。

她去找廖敬清算账，结果知道他要和莹莹结婚，后来迷迷糊糊地往外走，然后在电梯里被他拦住了。

再后来，她忽然觉得头晕，眼前一黑就要栽倒。

直至晕倒前的那一刻，看到他慌张而焦虑地一把接住自己。

闻清瞪大眼，倏地转身看四周，随后发现廖敬清竟然就坐在自己咫尺之外！

男人一贯沉静而英挺的面容，此刻却苍白疲惫，浓密的睫毛因为低垂的角度而显得纤毫毕现。他应该是睡着了，坐在扶手椅里一动不动，胸膛微微起伏，胳膊闲适地搭在膝盖上。

闻清环视周围，这个地方她的确没来过，不像是医院的病房，更不是她或者廖敬清的家。

悄悄起身下了床，穿鞋的时候连呼吸都凝滞住了，因为俯身的姿势，她的脑袋离他仅有毫米之遥。确定他没苏醒，她又蹑手蹑脚地朝门口走过去。

可门竟然被反锁了？！

闻清试了好几次都没能从里面打开，不可思议地又用了点力。

“没有钥匙打不开。”低沉的男音从身后传来，沙哑而低迷。

闻清不可思议地转过身：“廖敬清，你到底要干什么？”这是……难不成要软禁她?

廖敬清就那么安安静静地坐在椅子里，手肘用力撑着扶手，似乎只有这样才有足够的力气支撑。他缓慢地说：“你身体不舒服，在这儿休息好了再走。”

“我现在很好！”闻清怒道，“你马上放我走。”

廖敬清这才慢慢站起身，大概因为这样的姿势维持了太久，他起身时微微有些踉跄。

闻清防备地绕开几步，身子贴着墙壁，背在身后的手摸到了一样东西。她拿过来一看，是桌子上的一个摆件，不知道是什么材质做的，但那东西非常重，拎在手里沉甸甸的。

廖敬清也看到了她的动作，站在原地没有动，只说：“就算现在让你出去，你也没办法马上离开。”

闻清疑惑地看了眼窗外，此刻天已经完全黑透了，外面能听到风吹树叶的沙沙声，似乎还裹挟着不甚分明的海浪声。

对面的人马上替她解疑道：“我们在一个渔岛上。”

“你！”闻清已经不知道该骂点什么了，每一根神经都痉挛着，喃喃嗤道，“你个疯子！”

廖敬清没有反驳：“你好好休息，不要做无用功。要离开这里，只有等三天后的船。”

闻清气得把手里的东西砸了过去，结果廖敬清稳稳地避开了，那摆件用力撞击在墙壁上，发出砰的一声巨响，可见她用了多大的力气。

廖敬清看着掉在地上还反弹了两下的摆件，俯身将它捡了起来，睫毛虚虚地掩盖住了眼中的寂寥：“我不会对你怎么样，只是三天，三天后我们就离开。”

他说完才抬头看她，神色已经恢复了宁静，似乎刚才那黯然的语气根本不是他：“我煮了东西给你吃。”

闻清看着他将门打开，原来这是间套房，再往外看过去，发现是栋自家建的小别院。

廖敬清似乎没有要拦她的意思，闻清跟在他身后走了出去，她看向门口的方向，两扇门板紧合，不知道有没有上锁……

屋子里摆设简单质朴，但该有的生活用品一应俱全，其中还有一面墙壁被凿空做成了巨大的书架，上面摆满了各种各样的书籍。闻清失望地发现没有任何疑似电话或者电脑的东西，想来这里信号不佳，这个地方，更像是用来度假散心的。

“这是爷爷的老家，我有时候会回来住一段时间。”廖敬清忽然开口说话。闻清的眼角余光瞧见他站在自己身后不远处。开放式厨房里有袅袅的热气氤氲，在他周身洒下一层白雾。

闻清没有接话，而是在屋子里走了一圈。

那位本应该被讳莫如深的老人，就这么毫无预兆地出现在了两人的谈话之中。以为他会继续说点什么，可廖敬清将碗碟摆放好：“吃东西吧。”

闻清转身瞧他，廖敬清道：“你之前昏倒，是因为低血糖的缘故，我想你就算要离开，也要保持足够好的体力。”

闻清走到吧台边上，见他准备的食物清淡却令人食指大动，有浓郁的食物香气扑鼻而来。

仔细看了眼，发现是酸笋老鸭汤和几个她偏爱的小菜。

兴许是一整天没吃东西了，闻清这会儿觉得肚子里的馋虫全被唤醒，沉默地往他对面一坐，拿了调羹小口吃起来。

廖敬清没有刻意看她，但他似乎胃口并不好，随便吃了两口就不动筷子了。他坐在她对面，却心神不宁的样子，像是要抽烟，可摸出烟盒之后忽然又想到什么，默默地将烟盒揉皱了扔进了垃圾桶。

闻清吃得很饱，但抬头看到他这个举动，不知道为什么心里有些微的异样。

见她一直盯着垃圾桶里的烟盒，廖敬清解释说：“这里易燃物品很多，还是不抽烟的好，老房子，很容易失火。”

闻清看了他一眼，不做回应。

廖敬清沉默了下：“要看会儿书吗？这里有很多——”

“我要打电话。”

廖敬清湛黑的眸子闪了闪：“打给谁，沈逸？不必了，我已经通知过他。”

闻清瞪大了眼，她想象不到廖敬清是怎么跟沈逸说的。廖敬清却道：“他现在自身难保，恐怕没有时间管你。”

闻清原本愤怒的情绪陡然一变：“你对他做什么了？”

“没做什么。”廖敬清坦然直视她的眼睛，“与我无关，是他自己造成的，他和迟小姐之间似乎有些麻烦需要解决。”

闻清大概猜到了会是什么，但她没有追问，廖敬清故意说给她听，目的不言而喻。

她不想让他得逞。

廖敬清一直看着她，哪怕她走神、愤怒或者嫌弃的样子，他都像是深陷其中不可自拔，看得极为入迷。闻清被他的眼神刺得如坐针毡，马上从位子上站起身："刚才那是我的房间？"

"嗯。"廖敬清点点头。

闻清快步走过去，随后忽然又转过身来："这里应该不止一间房吧？"

廖敬清扯了扯干涩的唇角："不止一间。"

闻清明显松了口气的样子，随后回了之前那间房，嗒的一声锁了门。虽然明知道他有钥匙，但那种厌恶的姿态还是做得极其明显。

廖敬清盯着紧合的门板，微微合了合眼。

岛上温差大，夜里闻清觉得很冷，她一直没睡着，竖着耳朵听外面的动静。刚才已经检查过了，房间里没有她的包，她的手机大概也被他收了起来。虽然不知道廖敬清要做什么，可这样乖乖就范只会让她觉得自己更窝囊。

盯着屋顶开始走神，脑海中晃过很多很多画面，想得多了，不知不觉就开始犯困。

迷迷糊糊中快睡着，感觉到有人走了进来，可眼皮很沉，几乎要睁不开。

闻清知道那是谁，在这间屋子里也只可能是他，紧接着身上多了一层温暖覆盖着，然后是额头上有轻柔的触碰，软软的、很凉。

像是他的吻，可又不太像。

感觉到他在床边坐下，似乎一直在看着她，闻清睁了下眼睛，随后只能看到模糊的影像。

多奇怪，明明白天已经睡了那么久……

这一晚她都感觉到他在床前坐着，但怎么可能呢？像他这样的人，怎么可能傻乎乎地守着她一晚上，而且那种难过的眼神也不可能属于他。

第二天被刺眼的亮光吵醒，咸湿的海风从窗口灌进来，很清凉，让人有种心旷神怡的感觉，闻清竟然感受到了一种前所未有的放松。

她从床上坐起来，身上的确多了条毯子，而房子里没有别人，床边那把扶手椅里整齐叠放了一身衣服。

闻清走到客厅，意外地发现竟然空无一人，她快步走到门口想要将门打开，结果手还没触上门把，身后就传来一道声音："想出去走走？"

闻清蓦地转过身，看到廖敬清身上只裹了条浴巾，上身赤裸而精壮。他刚才应该是在洗澡，头发还湿答答地往下滴着水，黑白分明的眼在晨光中看起来格外明亮。

闻清侧过身不看他，平静地说："我要离开这里。"

廖敬清沉默几秒："三天都不行？"

"对。"闻清对他怒目而视，"一秒钟都不可以，我不想再对着你。"

廖敬清许久都没说话，经过了一段漫长而令人窒息的沉默，他忽然抬脚朝厨房走过去。闻清不知道他要做什么，过了一会儿见他折回来，手里多了杯牛奶。

她不由得怔了一怔，然后廖敬清走到她面前，说："喝完这个，我带你去码头。"

闻清狐疑地打量着他，总觉得这人不可能这么好说话，但眼下她暂时没有其他办法，身上没有手机也没有钱，而且这个小岛究竟是个什么情况也不得而知，暂时只能信他。

廖敬清一直垂眼看着她，眼神温柔："这三天，我不会骗你，所以说的每句话都是真的，不用担心。"

闻清咕咚咕咚喝完了牛奶，将杯子往吧台上一放："你说真话还是假话都无所谓了，我只想离开这儿。"

廖敬清略显苍白的面容有短暂的失落一闪即过，随后他伸手揩了揩她唇角，将她唇角沾的那点牛奶渍给擦拭掉。

闻清愣了下，下一秒居然见他神色平静地将手指放进唇间吮了吮，将那点从她唇角抹去的奶渍给吃掉了。

他喉结微微动了下，对她说："我换件衣服就带你去。"

闻清："……"

说是换衣服，可廖敬清却直接进了她昨晚休息的那个房间。闻清皱了皱眉头，随后见他在门口就将身上的浴巾给扯掉了！

猛然看到他结实的脊背和修长笔挺的双腿，闻清吃了一惊，她快速背过身去，用力吸了口气。

这个浑蛋是故意的，她确定！

她气急，问道："你干吗进我的房间？"

廖敬清的声音悠悠地传了出来："这里确实不止一间房，可是只有一张床，我的换洗衣物全都在这个房间里。"

"……"所以昨晚，他真的在床前坐了一整夜？

闻清并不去深究他这么做的原因，无非只是为了证明给她看，他也有真实的一面。

可这又有什么意思呢？她不可能原谅他，而他也马上要和别人结婚，这样的举动和证明看起来既无意义又十分可笑！

闻清避开他穿戴的场景，走到吧台边喝水，几分钟之后廖敬清走了出来。他身上只穿了简单的白衣黑裤，头发也微微松软地趴伏在额前，整个人看起来比以往要温和不少。

连声音都变得轻柔，他递给她一件外套，说："外面风很大，穿上。"

闻清见是他的衣服，想也不想就拒绝了：“我还没那么脆弱。”

廖敬清像是有话要说，又硬生生地给咽了回去。

两人一路往码头走，闻清这才看清楚这个小渔岛，岛上的人家并不多，房屋三三两两地挨在一起，但或许也正因为这个原因，大家彼此似乎都很熟悉。

廖敬清带着她往外走的这一路，不少人和他打招呼：“敬清早啊，这是要去哪里？”

“去海边看看。”廖敬清回以微笑，那种笑是他鲜少会露出的，和煦而直接，没有一点城府的味道。

从昨晚开始，这个人似乎就不太对劲，闻清默默地想。

她跟着他，目光时不时地落在那些渔民身上，他们看起来很淳朴，或许常年出海劳作，皮肤都黝黑甚至有点发红。可他们看人的时候表情很纯粹，和人说话时能感觉到那种发自内心的诚恳。

闻清当然也会被他们意味深长地注视着，大家似乎都心照不宣，认为她是廖敬清很亲密的人。

她犯不着见人就去解释，只是绷着脸，尽可能地不说话，当然也不会理身边这个人。

可廖敬清一路也没闲着，总有人和他说话。其中还有位和颜悦色的奶奶，对他招了招手：“待会来家里拿两条鱼啊，给闻小姐炖汤喝。”

闻清愕然，对方竟然知道自己！

“好，谢谢您，我待会儿过去拿。”廖敬清礼貌回应。等走开一些，他才对她说：“这是爷爷以前的街坊，我上次回来，和她提过你。”

提的什么，闻清当然不会去追问，有些东西不知道往往比知道要仁慈得多。

终于到了码头，确实没有任何通往外界的船只停靠，只有几只小渔船泊在不远处。闻清抿紧唇角不说话，脸色非常难看。

廖敬清在她身后说：“我没骗你，现在真的走不了。”

“你故意的！”闻清倏然转身，愤怒地握紧了拳，“故意把我带来这里到底什么意思？”

廖敬清微垂着眼睫：“只是想和你，两个人单独待一起。我说过，只要——”

“最后的单身时光吗？”闻清讽刺地笑了下，“廖敬清，你真能糟践人。”

廖敬清抬头看过来，似乎想解释，或许是觉得解释也没用，反而什么都不说了。

闻清在原地转了转：“我知道你有办法，打电话让人来接我们。”

“你把我想得太神通广大了。”廖敬清摇了摇头，“我没有办法。”

闻清不信他的话，廖敬清只好叹息道：“如果我调动游轮，七叔势必会知道，闻清，现在我不能和他硬碰硬。”

闻清明白了，脸上再度露出嘲弄的神情，她看了眼风浪摇曳的海面，心里觉得荒芜一片。

两人只能往回走，这下闻清显得格外沉默，始终走在最前头，廖敬清看着她纤细的背影，踩着步子慢慢地跟在她身后。

清晨的阳光很温柔，柔和地洒了一地，将周围的一切都铺陈为金黄色，连他看向她的眼神，也变得柔软异常。

岛上种植了很多植物，有苍翠的树木，还有大片的蔷薇花，每家每户的栅栏处都被各色花簇掩映着，闻清的注意力渐渐被景色吸引了。

如果身边的人不是他，其实这或许是场不错的旅行……

可如果不是他，又能是谁呢？她身边似乎谁也不剩了。

“想去哪儿走走吗？”廖敬清徐徐开了口。

闻清没理他，他又问：“中午想吃什么。”

她仍然没有回应，反倒是他接着道：“那我炖鱼汤给你喝。”

闻清终于有了点反应，她停了步子，廖敬清也在她一米外停住。

两人以诡异的姿势进行对话：“这里有便利店吗？”

“有，想买什么？”

闻清直接道：“烟。”

廖敬清：“……”

“我在院子里抽。”见他表情为难，闻清蹙起眉，“不能买？”

“不是。”廖敬清回答道，“你现在不能抽烟。”

闻清被他这话说得心口一跳，联想他昨夜的举动，有个未知的念头渐渐浮出脑海。

廖敬清捺着性子说：“你病才刚好，不能抽烟，之前一直咳嗽忘了吗？”

闻清观察着他脸上一丝一毫的反应，手心里竟渐渐溢出了一层薄汗。

她的例假……似乎已经过了好几天……

廖敬清见她发呆，走过来低声说：“我们去便利店逛逛，除了这个，看看你想吃什么？”

闻清微微掀起眼帘，目光触及他幽深的瞳仁，心中那个感知越来越明显，也不知道出于什么心理，竟然执拗地说：“我的身体我自己知道，为什么不能抽？”

廖敬清看了她很久，闻清几次都觉得他口中会蹦出那个可怕的答案。

最后只听他说：“不为什么，我结账，我说了算。”

闻清愠怒地瞪着眼，廖敬清伸手点了点她眉心：“走吧，可以给你买糖吃。”

闻清浑浑噩噩地跟着他到了便利店，忽然看到旁边就有家小药店，店面很小，可门口“药店”两个字极为醒目。

“怎么了？”廖敬清轻声询问，清爽的气息就在她耳畔。

闻清吸了口气，尽量让自己平静些：“没事。”

她说完率先进了便利店，廖敬清的脚步却微微顿住了，他也往旁边的药店看了一眼。

岛上的所有商店都很小，货物有限，闻清转了一圈发现没什么可买的，都是些小女孩爱吃的零食，况且她的心思根本不在这里。

廖敬清倒是拿了不少东西，水果、鲜奶、鸡蛋，他对她说：“这里食材有限，三天的时间，我们只能简单对付下。”

闻清对吃的向来没那么多要求，跟在他身边没有搭腔，但廖敬清很耐心，每一样东西都仔细挑选。

而且挑这些东西的时候，他嘴角一直带着浅笑，他心情很好，跟在身边都能感觉出来。

闻清只要想到他心情好的原因之一，可能是……她心里就开始莫名地烦躁，而一烦躁就忍不住想抽烟。她左右张望的时候，嘴巴里忽然多了样东西。

很甜，带着淡淡的柠檬酸。

等她转过头，见廖敬清嘴巴里也叼了同样的棒棒糖。他微微扬眉望着她：“好吃吗？小时候爷爷常常买给我吃，听话的时候才能有，这是奖励。外面没有卖的。”

闻清将棒棒糖拿出来看了眼，糖棍是彩色的，上面还有模糊的刻字，但糖果没吃完看不清楚。

“是个故事，集齐所有颜色的糖果，吃完以后就能知道完整的故事。”廖敬清解释给她听，随后将旁边一大包棒棒糖塞进了购物筐里。

闻清意味不明地看着他。

廖敬清冲她一笑：“是不是比抽烟有意思多了？”

闻清没有接话，但他这样的举动让她心里那个猜测变得更加明显，垂在身侧的拳头都下意识紧了几分。她垂着眼说：“味道很奇怪，吃完这么多，牙齿也早晚要烂光。”

“奇怪吗？”廖敬清低喃了一句，将自己的棒棒糖拿出来，随即忽然俯身覆上她的唇。

闻清因为嘴巴里还有糖果，所以唇瓣微微开了一点缝隙，他借着这点缝隙狡猾地将舌头伸了进去。

他们站的位置靠角落，又是在货架之间，所以根本没人留意到。落地玻璃外有阳光投射在两人身上，暖暖的，又带着几分灼热，耳畔都是便利店里播放着的女音沙哑的老歌，一句句撩拨着人的心弦和耳朵。

闻清感觉到思绪有短暂的空白，随即伸手要推他，却被他搂得更紧，吻得更深。

他的胳膊像是铁钳一般，将她牢牢地压在了身后的架子上，彼此的身躯贴合着。她渐渐感觉到他身体的变化，他竟然无耻地硬了。

闻清又羞又恼，等他松开的时候，偏偏又气息不匀，只能抓过旁边的东西砸到他脸上："不要脸。"

廖敬清任她发作，只一眨不眨地低头看着她，眸色幽深，像是深不见底的旋涡，想要将她吸附进去一样。他低哑地说："我太想你了才这样，闻清，你想我吗？"

闻清当然知道他这个"想"的意思，只感觉到一股气血直冲脑门，她抬脚狠狠地踩了他一下，转身就大步走开。

于是回去时，路上就出现了这样古怪的一幕：闻清走得很快，将嘴巴里的棒棒糖咬得嘎嘣响，而她几步之外，廖敬清也含着同样口味的棒棒糖，一瘸一拐地跟在她几步之外，但他眉间眼中都是微笑。

那一刻廖敬清真的在想，时光若能定格该有多好。哪怕一直跟着她的步子，一直跟着，这么近的距离也足够了。

本以为三天会过得很快，可是在这样的小岛上，每一分每一秒都像被无限延长了。一整个下午闻清都在院子里看书，时而看着前方的海平面发呆，廖敬清就坐在院子另一侧的原木小桌椅旁不知道在鼓捣什么，偶尔传来轻微的声响，大部分时间都是安静的。

他就独自坐在那一处，他们俩甚至没有过多交谈，可这样的相处模式令闻清越发觉得不自在，就仿佛他们是一对再寻常不过的小夫妻似的。

她躺了一会儿就站了起来，谁知她一动作，廖敬清就马上看着她，像是十分担心她的一举一动。

闻清皱着眉，瞧他的目光也尖锐而犀利："怎么了？"

"没事。"廖敬清顿了顿，又问："很无聊？"

"你说呢？"闻清不客气地翻了个白眼。

廖敬清居然还笑了，随后将手中的一个小木槌放下。

闻清瞥了眼，发现他手边有很多很多的那个棒棒糖上的小木棍。

他手上还戴了手套，慢慢取下之后，对她说："我带你去海边玩，好吗？"

闻清嘴角抽搐了下："不必，面对你没心情。"

廖敬清看着她，眼底有片刻的受伤，但他还是站起来，坚持道："去吧，我和你保持两米以上的距离，保证不会影响你心情。"

他忽然这般低姿态，反而弄得闻清十分莫名，随后一想，出去走走也比窝在这里强，于是她说："你记得自己说的。"

廖敬清颔首一笑："好。"

其实从便利店回来之后，他们之间的距离几乎都维持在至少一米以上，闻清一直防备着他靠近，廖敬清自己也知道，总是不远不近地陪着她。

他们沿着小路慢慢走到了沙滩上，细软的沙子，踩在上面非常舒服，闻清走了一段路就把脚上的鞋给脱掉了。沙子温暖地溢进脚趾缝，有种很奇妙的感觉，痒痒的，但又熨帖无比。

她微微偏过头，余光瞄了眼身后那人，他一直双手插兜静静地跟着她，看到她在看他，嘴角的弧度又向上扬了扬。

他一直踩着她的脚印走，每一步都虔诚而执拗，闻清不知道为什么就有点愤愤的想使坏，她故意东一脚西一步，走得歪歪斜斜姿态难看。

结果回头一看，他竟然也学着她的样子认真在走，他个子高腿长，显然这样的动作根本难不倒他，反而走得很有美感。

闻清不高兴地转过头，结果耳边传来他清晰的一声笑，她恨恨地回头瞪他，他站在两米外对她笑得更加温柔。

海风很大，他的头发长长了一些，被风吹得很乱，身上的白衬衫也被风吹得鼓了起来，可这一切并没有让他看起来有多狼狈，反而将他眼底的光亮映衬得格外分明。

闻清郁闷地低着头大步往前走，然后听到他叫自己的名字："闻清。"

闻清不理他。

他还在叫："闻清。"

一连好几声，低低沉沉地混杂在海浪声中。

闻清终于忍无可忍地回过头："干吗？"

结果见他不知道何时已将裤脚挽起，衬衫也整齐地卷到了手肘部位，他笑着扔过来一样东西。闻清接住，一看是个海螺。

很大的海螺，闻清以前没见过，事实上她也很少去海边。

她愣愣地看着，还没问他到底要干什么，他紧接着又扔了一样东西过来。闻清再一看，是个小海星。

闻清气极："你把我当小女孩吗？"

"你在我心里就是小女孩啊。"廖敬清抬手比画了个动作，期待地看着她："我刚才告诉了它我的秘密，你要听吗？"

闻清盯着那个海螺，随后反手扔还给他："幼稚。"

她转身接着往前走，没有再回头看一眼，她不知道身后的廖敬清是什么样的表情，她不想知道，也抗拒知道。

而廖敬清将那个海螺拿好，嘴角扯了扯，扯出一个自嘲的弧度，低喃一句："我就知道，你不会想听。"

走了不知道有多远，阳光完全变成了橙色，偌大的太阳挂在海天相接的地方，一切都变得恍惚而不真实。有那么一秒，闻清脑海中忽然冒出了“海角天涯”四个字，可这四个字注定和他们没有任何关系了。

她在一个废旧的木船边坐了下来，廖敬清也在不远处的海滩上坐下，他们一远一近地看着同一轮落日，直到阳光倾斜，天色越发暗下来。

闻清起身准备回去，走了太久也坐了太久，这会儿脚很酸很麻。原本一直和她保持距离的人，这会儿忽然走近她，随后在她面前蹲下，只露给她一个结实宽阔的脊背。

闻清：“……”

暗淡的光线中，他侧脸轮廓更加分明，缓慢地对她说：“我背你回去。”

闻清当然会拒绝，可廖敬清早就料到了，说完那句话就一手拿起她扔在地上的鞋子，一手钩住她的膝盖将人强行按在了自己脊背上。

闻清挣扎着，但还是被他稳稳地背在背上。他的掌心在她臀上用力一拍，说：“回去的路很远，你不是讨厌我吗？把我当免费的交通工具好了。”

闻清简直不能理解，无语道：“我不稀罕。”

“我稀罕。”廖敬清低声说，“我想背着你和……”他话音一顿：“这样的机会恐怕不会再有了。”

不知道为什么，闻清敏锐地感觉到了他停顿的那一下，而且仿佛知道了让他迟疑的内容。如果、如果她真的怀孕了，他此刻背着的就是她和他们的孩子……

廖敬清一定知道，如果真的怀孕，她肯定不会想要这个孩子的，所以他才会说以后恐怕不会再有机会。

闻清趴在他硬实的肩膀上，视线忽然有些模糊，她闭了闭眼，终于没有再挣扎。

他手里拿着她的凉鞋，背着她慢慢地走着，天色越来越暗，偌大的海边只有他们俩。

廖敬清那一刻才意识到，他的全世界都在他背上了，可惜他没有好好把握，把他们推得那样远。

晚上闻清睡得很早，廖敬清没有进房间，一直在客厅里不知道做些什么。中途闻清起床去卫生间，这才看到他坐在吧台边上，昏黄的灯光笼在他头顶，将他的发丝都照得有些微微泛蓝。

他很认真地在拼着什么，闻清迟疑了下，还是朝他走了过去。

结果她在他身后看清楚了，他在将中午买的那些棒棒糖的糖渣敲掉，将那些小棍一根根拼起来，最后拼成了一个城堡模型。

闻清不知道他做这种无聊的事干什么，直到他忽然转过身来，乌黑的眼眸深深地睨着她。他问：“怎么了，睡不着吗？”

闻清摇了摇头："我去卫生间。"

廖敬清见她盯着自己手里的东西，犹豫着，把东西慢慢递到她面前："这是我听的第一个童话故事，我很喜欢，可是三天的时间太短，大概没机会让你看到它。所以我把糖都剥开，把它们拼成了这个样子。送给你……"

他的视线在她小腹处短暂停留，又说："送给你，留个纪念。"

闻清并没有伸手去接，她看着他沐浴在暖色光晕中的脸，从来没有一刻他这般真诚过，那种小心翼翼，又有些期待的样子。

原来他如此期待这个孩子!

闻清吸了口气，慢慢将视线移开："谢谢，不过这东西拿着很麻烦，我很快会回B市，不方便。"她说完深深地看了他一眼："这里的东西我都不想要了。"

她说完就转身回了房间，留下廖敬清一个人坐在那里。

他怔怔地看着她的背影，渐渐露出一个比哭还难看的笑容来。

第一次听的故事，细致地将它们拼成一个家的样子，可是这些东西闻清都不再需要了。

她说她什么都不想要了，包括他，也包括他们的孩子吗?

剩下两天很平静，两人除了早起一块去买菜，其余时间都是各做各的事情。闻清也会怀疑这人是不是又在背后耍什么阴谋，但他似乎真的只想和她独享这最后的二人时光，没有任何可疑的举动。

时间过得再缓慢，太阳还是有落下的那一刻。终于熬到了晚上，闻清忍不住问廖敬清："我们明天什么时候离开?"

彼时两人在吃晚餐，廖敬清听完这话抬头看她，大概惊异于她这么迫不及待，表情有些微微凝滞："中午。"

闻清便没再追问，低头用筷子拨弄着碗里的米饭。

这三天廖敬清变着花样给她做东西吃，可不知道为什么，她的胃口反而越来越不好，今天早晨起床的时候甚至出现了恶心的症状。虽然没有怀孕的经验，但闻清做过类似的节目，她知道以后自己的妊娠反应可能会越来越明显。

等回了兴城，这个问题必须趁早做出决断……

廖敬清显然也看出她没胃口，盯着她低垂的眼睫，问："有没有特别想吃的东西?"

闻清抬起头看他，廖敬清抿紧唇，表情有些迟疑。

虽然他们彼此都心知肚明，可谁也没把这层窗户纸捅开，他将手边的碗碟推开一些，说："我也觉得总吃这些有点腻了。"

知道他在给自己台阶下，闻清想了想："我想吃冰淇淋。"

廖敬清："……"

他是医生，虽然不是妇产科，但显然也知道这时候吃这个不合适。可孕妇似乎就是会忽然想吃一些突然想到的东西。

闻清看到他脸上露出纠结的神情，心知他根本不会答应，低下头闷闷地喝了口汤。

孰料廖敬清忽然说："好，一会儿我们去买。"

闻清抬眼看他，廖敬清的表情很平静，他近乎柔和的目光长久地落在她身上，有种宠溺的感觉。

闻清告诉自己，他会这么顺从都是因为孩子，对，都是因为孩子，不可能是因为她。

饭后廖敬清把东西收拾好，闻清就站在客厅里等着他，虽然她等待的姿态不是很明显，时不时地转悠两圈，可投递过来的眼神再清楚不过了。黝黑的瞳仁像是黑珍珠，却又巴巴地睨着他的一举一动，那模样不知道为什么，就让廖敬清想到了那种小型宠物犬……

他都没来得及洗碗就带着闻清去了便利店。

其实这感觉很奇怪，像是他是家长，而她是个吵着要吃零食的小女孩一样，可廖敬清很喜欢这种感觉，她愿意被他宠，他觉得很满足。

廖敬清站在冰柜前让闻清挑选，闻清看着琳琅满目的雪糕，觉得每种都想尝一口。但显然廖敬清这位"家长"很严厉，径直提醒她："只能买一个。"

闻清不禁嘟了嘟嘴巴，廖敬清看着她的模样，眼底再度蕴满了笑："有这么难选吗？"

她没有回答，但难以抉择的眼神已经告诉了他答案。

廖敬清刚想动手帮她挑选，闻清却拿了一只很小的可爱多。

廖敬清有些意外，闻清自然地说："吃太多会胖。"

不知道为什么，那一刻廖敬清心里忽然涌起一股激荡的热流，他迫不及待地想确定她眼中躲藏的情绪，其实她……是不是也是在意这个孩子的？

可闻清没给他机会，她已经转过身去不再看他，直接丢给他一句："我到外面等你。"

廖敬清看着她瘦削的背影，嘴角不由得微微扬了扬，快步走到收银台去结账。

回去的路上廖敬清一直试图和闻清说话，那种神采飞扬的感觉让闻清异常焦躁。

这之前她始终抗拒去接受这个可能性，怀了廖敬清的孩子已经足够让她抗拒的，更何况是在这种时候，在她被他伤得最体无完肤、最狼狈的时刻。

这个男人不仅玩弄了她的感情，还用卑鄙手段害死了她的父亲，而且他很快会结婚，无论哪一样都说明这个孩子是不该存在的。她太明白一个和睦的家庭对于孩子的成长来说究竟有多重要，父爱或者母爱，缺了哪一样对孩子来说都是不完整的。

更何况她和廖敬清之间，这么多的新仇旧恨，把孩子生下来让他看到这样的父母，对他而言也是种不负责任的表现。

这种种的理由支撑着，当真让她罔顾一切随意伤害这条小生命时，她忽然又做不出来。

闻清觉得自己快被这矛盾的情绪给折腾疯了。

她越来越焦躁，也就越来越不想理廖敬清。幸好廖敬清很有眼色，发现她再度回归到了防御模式，就识趣地和她拉开了一段距离。

走着走着，忽然有人从旁边的小径跑过来，闻清记得这是上次给他们鱼的那位老人家，廖敬清似乎一直喊她玉婶。

玉婶脸上满是焦急，拉着廖敬清道："小敏他们几个孩子出去玩，可是现在都没回来，今晚又有台风。"

廖敬清皱了下眉头："附近都找过了？"

"找过了。"玉婶抹了把额头上的汗，"我也去小刘那儿报了警，可是小刘他们人手不够，你——"她说完为难地看了眼闻清。

廖敬清马上会意："我陪您去找。"

他也回头看向闻清，闻清手里还举着剩下的一小半可爱多，样子有些呆。

"我去去就回来。"廖敬清伸手想触碰她肩膀，到了半空又停住，只说："家里我都安排好了，你安心在房间待着，不管发生什么事都不要离开屋子。"

说完仍是不放心，他紧紧盯着她眼睛："我很快会回来陪你。"

闻清握着雪糕的手指有点发凉，这会儿周遭已经开始起风了，天色阴沉沉的，那感觉就跟末日即将来袭一般。她木然地点了点头，说了声好。

她沿着来时的路走回去，背影笔直而坚韧，一如初见时那般果敢挺拔。廖敬清一直看了很久，等那抹背影走得快要看不见了才回过头："走吧。"

他心里记挂着闻清，从来没有一刻像现在这般舍不得离开她，可玉婶的孩子都在外地工作，家里连个年轻人都没有。

廖敬清心里焦急，扶着玉婶走得非常快。

廖敬清这一走就是几个小时，闻清待在屋子里，除了外面呼啸的风声和海浪有些吓人之外，其实一切都还好也很安全。她裹在温暖的毛毯中，却有些心神不宁。

无意识地朝门口看了几次，看什么她自己也不清楚，有一点点动静就全身都紧绷起来。

闻清起身去倒水，可是屋子里的灯忽然灭了，原本明亮的屋子陷入黑暗之中。

视线受阻，听觉就格外敏锐，她感觉到海浪声越来越大也越来越近，紧接着门口传来了沙沙声。这栋房子离海边的距离不够远，闻清怀疑是潮水倒灌了。可她现在手边没有任何可照明的东西，只能凭借着记忆，慢慢地摸索着墙壁走过去。

短短的一段路，却像是走了好久。她蹲下身，双手在地上试探地摩挲，果然在门缝和地毯上摸到了水渍。

闻清倒吸了口气，心里有了一丝慌张，其实她并不是个胆小怕事的人，可这一刻却忽然有些害怕死亡。

她摸了下自己平坦的小腹，那里温热而柔软，尚不能感知到任何生命的迹象，可她就是有一种很微妙的感觉。

闻清慢慢地折回沙发边上，她将自己裹得很严实，靠着墙壁坐到了沙发背上最高那一处。

其实根本看不到任何东西，可水流的声响一下下刺激着她的耳膜，恐惧也无声地逼近。闻清在黑暗中感受到了前所未有的惧怕和孤独，她以前看过很多灾难片，知道台风的摧毁性有多可怕，外面此刻雷雨交加，真的有种一切都要被淹没的可怕感。

她脑子里乱极了，耳边不知道为什么响起了廖敬清的那句话，可这个人总是骗她，她不该再抱有期望的。

冗长的一段时间，闻清就那么抱着自己的胳膊坐在那儿，她想起了母亲和父亲，又想起了姜钰，可是最后陪她度过这煎熬的，却是肚子里这个令她备感复杂的孩子……

不知道过了多久，门口忽然传来响动，像是有什么东西狠狠撞击着门板，力道非常大。

闻清的心脏蓦地紧了紧，心律也开始骤然加快，她用力抓紧自己的手臂，指甲都陷进了皮肉里。

黑暗让她脑海中产生了很多可怕的猜想，视线凝聚在一片模糊之中，总觉得有魑魅魍魉要冲破那门板扑向她似的。

可下一秒，一股海风夹杂着雨滴从门口灌了进来，门板被撞开了，随着投射进来的浅淡光线，她看到了一个高大颀长的身影。她认得他，那是廖敬清。

他快步走了过来，手里还拿着手灯，呼吸粗重而急促，像是一路跑回来的。等走到自己身前，果然浑身都透着股潮湿的寒意。他颤声问："你没事吧？对不起，我回来晚了。"

闻清这才将他整个人都看清楚，他身上的衣服全都湿透了，脸上满是雨水，西裤的裤脚上还沾上了沙子和泥土，大概因为冷，他的面颊和嘴唇都透着不自然的惨白。

闻清看着他不知道该说什么，廖敬清以为她被吓坏了，伸手想抱她，可又想起自己全身都湿透了，对着她竟然有些手足无措。

他只能一遍遍地解释："那群孩子都是留守儿童，家里也只剩老人，我要是不帮忙去找，他们不知道要找到什么时候。对不起，我不该让你一个人。放心，我会守着你，我不会让你有事。"

他濡湿的掌心小心翼翼地抚摸她的脸颊，指缝间都是水滴，他只得仓促地在旁边找了块干燥的沙发巾擦了擦手，随后才一下下轻轻拍着她肩膀："不会有事的，你在这儿好好坐着，我去……"

"不要。"闻清拉着他的袖口，嘴唇轻轻嚅动，"你就在这儿，哪儿也不要去。"

廖敬清安静下来，随后微微低下了头，哑声回道："好，我哪儿也不去。"他的手指反扣回去，牢牢地将她的手包裹住——她的手一直在发抖，可见她有多害怕。

廖敬清很自责，他在她身边坐下，手一直紧紧握住她的。黑暗之中他们十指交缠，只有手灯的光暖暖地照亮了那一处。

一阵的沉默之后，她问："你怎么撞门进来了，钥匙呢？"

他静了静才说："路上摔了一次，可能丢了。"

闻清哦了一声。

廖敬清低笑道："幸好停电了，否则让你看到我这么狼狈，多丢脸。"

闻清没有接话，紧接着他忽然转过身，气息离她越来越近，像是试探，又像是无比的小心，在她唇角轻轻吻了下。感觉到她没有躲，他的唇才慢慢贴上她的，在她柔软的唇瓣上用力地吮了吮："这次我没有食言，闻清。"

闻清闭着眼没说话，廖敬清吻着她，伸手扣住她后脑："对不起，我总是让你难过，总是让你失望。哪怕只有这一次，也请你记住它，我从来都不是有心骗你，我——"

他想说的那三个字，忽然停住了，最后抵着她的额头，很轻地说："谢谢你愿意给我这三天的时间，我很开心。"

等闻清再度有了意识，居然已经到了床上，周围天光大亮，外面有明亮的光线透过白色窗纱洒进来，好像昨夜的一切都是幻觉似的。她坐起身，看到地板上的一片狼藉，有几片木地板的边缘已经微微翘了起来，看来昨晚海水倒灌已经蔓延进了卧室里。

穿好鞋走出去，刚刚打开卧室门就听到一阵咳嗽声，廖敬清正在收拾客厅里被弄乱的东西，他穿着白衣黑裤，背影竟然显得单薄了。

闻清站在那里一直看着他，或许是昨夜受凉了，他断断续续地咳嗽夹杂着喷嚏声。

这段时间他都在沙发上睡，想来也从没休息好。

闻清在那儿站了很久，昨晚一个人的时候她忽然想明白了很多事，廖敬清会带她来这里，根本不是他所谓的享受最后的两人时光，而是想让她有足够的时间和空间想清楚，这个孩子的去留，他尊重她的决定。

之前遇到了那么多冲击，如果是在兴城，她恐怕早就把孩子给打掉了，可是在这个没有任何纷乱的小岛上，她做的每一个决定都是认真思考的结果。闻清决定就孩子的问题，开诚布公地和廖敬清谈一谈。

她抬脚往前一步，正欲开口，廖敬清的手机响了，大概怕吵到她，他马上就接了起来。

闻清退回房里，将门板轻轻合住，可她还没来得及将门关严实，就听到了外面传来的声音。廖敬清的声音清楚地传过来："七叔？都处理好了，我很快就回去。订婚的事不会忘，好。"

闻清握着门把手，慢慢将门板彻底锁上，那扇紧合的门板阻断了一切。她靠着门板慢慢闭了闭眼，随后又笑了一下——原来有些话，还是烂在肚子里的好。

因为台风影响，码头禁船了，于是他们只能在岛上继续等消息。廖敬清本以为昨夜之后两人的关系会缓和一些，谁知道闻清对他依旧冷冷淡淡的。

直至正式离开那天，他们才有机会多说两句话。

廖敬清的情况似乎比之前更糟了些，脸色非常差，但他还是帮着闻清把行李收好。一个很简单的旅行包，包里鼓鼓囊囊的，闻清疑惑地看着，他解释说："玉婶给你带了点特产，还有你之前的衣服，手机钱包也在里边。"

闻清兴致缺缺地点点头，一点打开看一下的意思也没有，只问："船什么时候到？"

"还有十五分钟。"廖敬清站在她面前，看着她，斟酌片刻后才说："闻清，我们……"

"廖敬清。"闻清打断他，郑重地开了口，"你和我很像，我们都是理性超越感性的人，所以你了解我，我不会做蠢事。不该留的也不会留。"

廖敬清的脸色刹那间变得灰败，他的唇线绷得很紧，闻清甚至觉得他像是要伸手掐死自己似的。可他脸上的肌肉鼓动着，竟然平静地点了点头表示知道了。

之后他没有再和闻清说过一句话，回去的时候也没和她坐在一起，闻清望着渐渐远离的那个小岛，慢慢地背过身去。回了兴城，他们再也没有任何关系了，他结他的婚，做他的掌权人，而她做完该做的也会马上离开。

这里的一切，好的坏的，全都当是一场梦吧。

闻清感受着徐徐的海风，深深吸了口气，她并不知道的是，这并不是结束，而只是开始。在船的另一侧，廖敬清看着浩瀚的海面，眼眸深而宁静，随后从口袋中摸出另一只手机，很快地传了条短信过去，随后就将手机扔进了海水之中。

到了兴城，沈逸已经等在酒店门口，他看到闻清出现便大步迎了上来，双手握住她肩膀左右打量，像是在拼命确定她好不好一样。

闻清低声和他说着什么。廖敬清在车里注视着两人的一举一动，直到沈逸忽然将她用力拥入怀中，他的表情变了变，却最终没有任何动作。这样反常的样子，连坐在驾座上的林平都微微愕然地看了他一眼。

“开车。”车窗徐徐升起，却挡不住那刺眼的一幕，廖敬清合住眼，干涩的唇间只吐出这样两个字。

车子缓缓前行，路边相拥的两人渐渐往后退去。林平看着后视镜，忍不住问：“要去医院看看吗？你看起来情况不太好。”

“不要紧。”

林平张了张嘴，最后也没说什么，廖敬清是个不喜欢别人多嘴的人，何况他现在似乎极不愿开口说话。

直到他们的车彻底走远，闻清才缓缓地退开一步。

沈逸眸色微暗，伸手接过她的行李：“先上去吧，这几天阿铭都急坏了，他一直在楼上等着。”

闻清点了点头：“谢谢你们。”

沈逸脚步微顿，像是在隐忍什么，转过头时无奈地笑了笑：“我放不下你是我的事，你真的不用有任何负担。是不是廖敬清和你说了什么？”

闻清安静地回望着他：“不是，是我自己的问题。沈逸，我怀孕了。”

沈逸神色骤变，原本那些想要解释的关于迟莉莉的话，全都一句句咽了回去。他眼底溢满了悲愤和不甘，脸上却强自微笑着：“所以呢？你想让我别在你身上再浪费时间？你就是这么看我的？”

闻清无言以对，沈逸忽然伸出一只手来牢牢牵住她，眼神坚定异常：“这件事和我喜不喜欢你没有任何关系，何况，我相信你会有个正确的决定。”

他话里的意思再明白不过，所有人都知道这个孩子不该留……

闻清微微垂下眼，傀儡一样被他牵着上楼了。

阿铭果然在房间里等着，见到闻清回来，眼眶一下就红了：“清姐你总算回来了！要是姓廖的不守信，我一定去找他拼命。”

虽然一直跟着闻定山，可闻清总觉得阿铭这孩子天真得可爱，她被他逗得疲惫一笑：“他还能把我怎么样不成？”

阿铭却认真地说：“他本来就是为了报复才接近你的，谁知道会不会最后连你也——”

沈逸在边上咳了一声，阿铭这才慢半拍地回过味来，肃然正经地说：“清姐你别太伤心，为这种人不值得。他把你害得这样惨，结果自己转身就去和别人结婚了，没找他算账真太便宜他了！”

沈逸抬手给了他后脑门一下，这小子哪壶不开提哪壶。

闻清却淡然笑道：“谁说便宜他了？他诬陷我们的事，没这么容易罢休。”

沈逸和阿铭俱是一愣，大概所有人都能看出她对廖敬清的感情，所以听了这话全都一脸的不可置信。

闻清没解释，只是接过沈逸手里的行李包，往角落一放："走吧，去吃东西，我请客。咱们好好吃一顿。"

那个廖敬清亲手收拾的行李包，被她彻底地遗忘在那个角落里。闻清走在最前头，沈逸和阿铭看着她潇洒不羁的样子，一时竟无从分辨她是不是真释然了。

很快沈逸和阿铭就知道了闻清那句话的意思，她的确还是那个不肯吃亏的性子，关于廖敬清伪造新配方有问题的事，她很快就做出了回击。

当时廖敬清正在办公室里休息，钟浩然忽然慌慌张张地跑了进来，门板被他猛力推开了，随后隔着老远就把手里的一样东西扔到他面前："你快看看，这怎么回事？"

廖敬清神色自若地瞥了眼，见是曾经刊登那篇报告的医学杂志，心中似乎已经猜到了什么。

他迟疑了很短暂的时间，冷静地拿过来仔细翻看，看清楚上面的内容，却没有任何反应——那是关于上次那篇报告失误的正式声明和道歉，并且贴出了闻清做的配方检测结果。

钟浩然简直瞠目结舌，双手啪地按在桌面上："就这反应？你知不知道后果会怎么样？你怎么会犯这种低级错误？就算你真和这公司有仇也不能这么干啊！你不知道现在真相曝光了，很可能会影响你的前途？"

他的话音刚刚落下，门口传来了敲门声，护士长张姐站在那里，神色有些微微的不自然："廖医生，方主任找你。"

钟浩然一脸"被我猜中"的神情，凝重道："这到底怎么回事？我知道你写了那个报告，也知道你做了多年的调查研究，怎么还会出这种事？你真的为了私利刻意造了假？"

见廖敬清一直全无反应，他以为对方正在心烦意乱，于是也不再说这些了，压低声音道："道歉声明我看了，这个公司不是闻清他爸爸的吗？你让闻清出面解决一下，方主任一直都很器重你，说不定有回旋的余地。"

钟浩然急得满头大汗，结果见廖敬清仍旧是一脸木然，他都恨不得把他脑袋敲开看看这人到底在想什么了。

郁闷地狠狠敲了下桌子，他气急道："你怎么回事？跟这给你想办法呢，你倒是给点反应啊！这事闹大了，你以后在业内还怎么混？你当初辛辛苦苦才考上的——"

"师兄。"

廖敬清忽然这般郑重地称呼自己，钟浩然一时都怔住了。

他脸上竟然带着笑，一字字缓慢地说："算了，到此为止。"

“啊？”钟浩然一脸不解，“什么算了？你和闻清不是……”

随后他恍然大悟：“这不会、不会就是闻清干的吧？”

廖敬清低下头，却没半点难过的样子，钟浩然都怀疑他是不是被打击过度给气傻了。

哪知他说：“这才是我认识的闻清，如果这样她会高兴，那就这样。”

钟浩然半天都合不住惊讶的嘴：“我以前真没看出来啊，你这到底是痴情还是傻？为了这事搭上自己的将来，值吗？”

廖敬清没回答他值或不值，或许他自己心里都没有答案。但钟浩然知道，他是真的很喜欢医生这份职业。廖敬清总是说，一条生命从来都不是独立的个体，救了一个人，带来的结果却是不可预估的。

也许会改变一个家庭的命运。

这样认真的一个人，真的会为了一己私利做这种事？

反正钟浩然不相信。

但不管怎么样，这件事带来的后果还是和钟浩然预期的一样。廖敬清被停职，等待调查和医院最后的商讨结果，而且他在业内的名声一下就臭了，各种各样的谣言随之而来。

钟浩然对此非常不解：“我听方主任说，你当时已经把报告给他了，可后来自己又拿走了，最后怎么又绕过医院这边直接给了杂志社？”

廖敬清沉默了下，随后不以为意地道：“哦，我怕事情曝光会连累自己和医院，所以想匿名发表，谁知道最后还是曝光了，运气不好啊。”

钟浩然总觉得这小子在敷衍自己，但廖敬清拍了拍他肩膀：“好了，别提这个了，这件事翻篇吧。”

“你倒是洒脱。”钟浩然翻了个白眼，“那接下来怎么办？”

此时廖敬清已经把自己的私人物品收拾好带回了家，这会儿正把东西一件件拿出来摆放好。他靠坐在书桌一角，正在低头看手里的一个盒子，看得格外认真。

钟浩然忍不住凑过去看了一眼，发现是个首饰盒，里面是条项链。

廖敬清把盒子合住，很认真地放在了书桌的一个抽屉里，然后才回答他：“去做一件准备了很久的事。”

“神神叨叨。”钟浩然低声嘀咕道，“不会真是结婚吧？”

廖敬清回头看他，钟浩然叹道：“上次你和正扬打架，闹得那么凶，医院里早就传开了，说你抢弟弟的女朋友，然后还要结婚什么的……你真的要和莹莹结婚？”

廖敬清继续低头收拾东西。

钟浩然望了望天：“我真觉得自己白认识你这么多年了，你对正扬明明很好，而且你和莹莹怎么可能？你不是一直很讨厌和七叔那些人有牵扯吗？”

“要一起吃饭吗？”廖敬清只是笑着问他，“也许是最后一次了也说不定。”

“什么最后一次。”钟浩然嗤道，“说得就跟你要去干吗似的。不吃了，看着你一肚子火。”他说完就站起身，像是要走。

廖敬清喊住他：“师兄。”

钟浩然道：“和你嫂子说好了，今天回她妈那边，要是食言，我得被念叨死。”

廖敬清点了点头，他就那么平平淡淡地靠着桌边，长腿交叠，可脸上却露出了一种释然的笑，是从未有过的放松。他说：“谢谢你和嫂子一直这么照顾我。”

“……”钟浩然受不了这个平日里要么寡言少语，要么毒舌刻薄的师弟忽然变得煽情。

他搓了搓胳膊：“看见没，满身的鸡皮疙瘩。就这样，改天再一起吃饭。”

他背对着廖敬清挥了挥手，离开了廖敬清家。

廖敬清放下手边的东西，终于环视了眼这屋子。

从进门开始，他一直没勇气认真地打量这一切，总害怕看一眼就会马上发现少了什么，那种因为少了某种东西而产生的空虚感实在太可怕了。可他这样看着熟悉的一切，却觉得哪哪都是寂寞的味道，明明一直以来都很孤独，可还是会产生比孤独更孤独的滋味。

廖敬清盯着对面的墙壁发呆，一墙之隔就是闻清当初租下的那间公寓。

她恐怕再也不会来了吧。

他低下头看自己的手指，忽然听到对面传来一声动静，砰的一声响，像是什么重物撞击到了墙面上。那声音确定是从闻清屋子里发出的，他愣了下，随后想也不想就立刻冲出了屋子。

到了闻清的门口，廖敬清抬手刚想敲门，门忽然就从里面打开了。

猝不及防地，他和闻清就这样撞了个面对面。

两人四目相对，廖敬清脸上所有的担忧和不安全都来不及刹住。闻清一时愣住了，有些茫然地望着他。

廖敬清看到她安然无恙，很明显地松了口气，随后站在那里，却又不知道该说点什么，气氛一时之间有些胶着。

这次陪在闻清身边的只有阿铭，对方手里拎着两个大袋子，应该是回来收拾东西的，看到瘳敬清，他当即就翻了个白眼：“点真背，出门就看到讨厌的人。”

廖敬清仿佛没听到，只看着闻清说：“听到你这边有动静，以为发生了什么事，过来看看。”

闻清点点头，也随口解释道：“收拾东西的时候不小心撞到了柜子。”

本以为再见面，两人应该也是仇人相见分外眼红才对，可他这是什么意思？做出一副关心她的样子是为了什么？闻清心里有一丝丝异样，但她并没有往深处想，因为想到了唯一的可能，大概还是担心孩子……

廖敬清静默几秒，终于还是问她："你要搬走了？"

她身后的客厅依旧整整齐齐窗明几净，和她搬来时的样子无二。可是她以前说过的，要是走，这里的东西就都不要了。

闻清向来都是说话算话的人，廖敬清知道，等她从他这里讨回了公道，就离她离开的那天不远了。

果然不出意外，闻清回答说："已经没有留下去的必要，明天就走。"

她说这话时语调平静，连表情都无懈可击，可廖敬清听完却心思复杂起来，所以如果他没碰上她，就连她什么时候走的都不知道？

廖敬清的视线长久地落在她小腹上，像是恨不能就此穿透一切，看看那个孩子还在不在。

他如此直白的目光，闻清当然也看懂了，也正好印证了她刚才的猜测。

她微微侧身避让了下，忽然说："你来得正好，我还有点东西在你那儿，方便过去拿吗？"

他和莹莹的订婚宴听说延后了，可关于两人的事却仍旧传得满城风雨。有说是莹莹身体不好所以才延期的，也有说是因为七叔给女儿订制的礼服出了问题，所以要推后几天。总之，各种各样的理由，唯独没有廖敬清方面想推后这一说。

闻清越来越清楚一件事，那就是廖敬清似乎真的想和莹莹结婚。她这话里的意思也很明显，怕他家里有谁在……

廖敬清定定地瞧着她，说："没有不方便，我一个人。"

闻清便转身吩咐阿铭："你去车里等我，我很快就下来。"

阿铭皱眉瞧了眼廖敬清，不放心的样子。但闻清都这么说了，他也不好再多说什么，不情愿地拎着东西离开了。

闻清没再看廖敬清，而是径直进了他家。

屋里还是那样子，闻清注意到，她的拖鞋、水杯，任何和她有关的东西都维持原状，和她离开前几乎一模一样。

她却直接去了卧室，床头柜里放着她的一部分证件，闻清动作很快，马上就将那些东西放进了包里。

不要看，哪里都不要再看，也不要想，闻清只在脑子里这样提醒着自己。果然，身体被思维操纵得很好，直到拿完东西要离开，她都表现得很完美。

廖敬清就站在卧室门口，他双手插兜，表情沉静而漠然，像是尊生无可恋的雕塑。

可就在两人错身而过的时候，他忽然攥住她手腕，闻清还没反应过来，人已经被他从身后抱住了。

他紧紧地抱着她，几乎让她喘不过气。

“你把他怎么样了？”他在她耳边哑声说着，那样低哑的声音，像是被无数的砂纸磨砺过，透着股腐朽的味道，“你真的不要他了？”

他终于还是问了出来。闻清看着地板，瞳仁急剧收缩着，许久才说：“你知道我不会要你的孩子。”

其实结果早就在预期中，可听到的时候，还是觉得难以承受，廖敬清闭了闭眼，自嘲地笑了一声：“我以为你会心软。”

闻清缓慢地转过身来，随后从包里拿了样东西给他。

廖敬清看清楚是手术单，再一看日期，赫然就是他们从渔岛回来之后的第三天……

他感觉到全身都被剧痛侵蚀着，五脏六腑都是疼的，只能用力攥紧那张手术单，上面的每个字都像是一把利刃直往他胸口上扎。

闻清看得出来他很难过，对比在小岛的那几天，他越开心，此时的打击也就越大。可还能怎么样呢？他马上就是别人的丈夫了，也会成为其他孩子的父亲，凭什么还想奢望她留下这个孩子？

她忍着心中异样，极轻地说：“廖敬清，我们两清了，从此以后各不相干。”

听到这句话，廖敬清唇角的肌肉都在抽动，每一个细胞似乎都接近崩溃的边缘。闻清以为他要说什么难听的话，或者要做出什么过激的举动，可他竟然没有！

他只是无声地低下头，小心地，谨慎地，将那张手术单慢慢折好，再仔细地收进口袋里。

仿佛哪怕到了这一刻，那有关孩子的点点滴滴仍是他的珍宝一样。

有那么一瞬间，闻清居然冒出个荒诞的念头：如果他当了爸爸，一定会是个温柔的好爸爸。

她觉得自己疯了，为什么到了现在，对这个男人还会有这样的想法，或者说，还会有这样的期待……

她吸了口气，将自己冰凉的手指慢慢放进了外套口袋里，看着他说：“我想以后不会再见面了，保重。”

廖敬清注视着她的背影，那背影一步步渐行渐远，也许就再也看不到了。

他大步赶上去，跟在她身后说：“我送你。”

闻清想说不必了，但不知想到什么，忽然又忍了下来。

两人就这样沉默地沿着楼梯一级级往下，这里到处都充斥着他们的回忆，就连周遭的墙壁上都是。那时候楼道漆黑暗沉，气氛压抑，是她一腔热情地跑来替他们重新粉刷重新装修，这里变得明亮活泼，一如他沉闷的生活忽然得到了改变。

他开始对光明充满渴望。

廖敬清注视着闻清越来越单薄的身躯，她始终低着头，只露出光裸的后颈，这样的角度看过去，她脖子的线条非常漂亮，像只骄傲的白天鹅。

其实在很多人眼中，闻清个性泼辣甚至凉薄自私，她在别人眼中更像是黑天鹅，只有他知道她的内心有多柔软。

终于到了楼下，阿铭的车就停靠在路边，闻清在原地站定，回头看了他一眼。

分别的时刻终于还是到了，廖敬清注视着她白净的面容，长久地注视着，像是要将她完完全全地刻画在脑子里一样。

闻清咬了咬唇，最后发现说什么都不合适。

廖敬清在她背过身时，快步上前。闻清像是感应到了什么，也再度回过身。

然后她便被他猛然抱了个满怀。

鼻腔都是他身上的气息，有淡淡的烟草味，还有熟悉的消毒水味，她瞪着眼睛一眨也不敢眨，生怕一眨眼睛就会泄露什么似的。他干燥的手指沿着她的后脑慢慢往下，摩挲着落在了后颈上，随后矮身在她唇边吻了下。

廖敬清的唇轻轻哆嗦着，舍不得离开她的唇角。不知道过了多久才分开，却也只有“再见”两个字。

如果再见已经是陌路，还不如不要再见。闻清苦涩地笑了下，决然地回身上车。

车子发动以后，廖敬清一直站在原地没上楼，闻清从后视镜里回望他，见他的身影越来越模糊。

她将耳机塞进了耳朵里，可手指触到手机屏幕，却像是僵住了无法动弹。以前每次情绪失落的时候，她都会试着听一些节奏轻快的歌曲来让自己放松，这个方法百试百灵，可这一次却——

她从来没有想过会有这样一天，离开一个人，像是失去了全世界。

闻清闭着眼，可眼底的湿意还是渐渐溢出眼眶，她开始泪如雨下泣不成声。

这样放肆地大哭，从来都不像她自己。

阿铭坐在前座，原本一肚子话全都咽了回去，除了震惊之外他已经没有任何表情。

之前看闻清毫不犹豫地漂亮回击，他也以为她什么都放下了，可现在看，似乎又不是自己看到的那样？

这个世界，好像总是这样，眼睛看到的永远都不是真的。

他握着方向盘，木然地开着车，最后看不下去了，也只能默默地将纸巾盒递了过去：“清姐，你这样，对孩子不好的。”

闻清像是这才记起来，抬手摸了摸自己依旧平坦的小腹。她骗了廖敬清，在这段感情里，她也第一次当了回骗子，那个孩子还在，手术单也是假的。

她的的确确去了一次医院，也进了手术室，可最后关头还是没舍得。在这个世界上她已经什么都不剩了，可她还有这个和她血脉相连的孩子，这是她一个人的孩子。

闻清将手机音乐打开，让轻快愉悦的音调充斥着自己的脑海，她不能软弱，失去了爱情，可她还有其他。

她可以好好地生活下去，离开这里，回到最初的地方，一切都从头开始。

临行前，闻清见沈逸在收拾东西，看着那一堆行李，她眼皮不由得跳了跳："怎么这么多？"来的时候明明只有一个小包啊。

沈逸也愣了下："不都是你的东西吗？"

闻清一眼就看到了廖敬清在小岛上帮自己收拾的那个包，回来这段时间她从没打开看过……

沈逸问："要精简一下吗？不重要的东西就不要了。"

闻清看了那个包很久，最后还是说："算了。"

沈逸打量着她，也不知道是不是看出了什么，起身走到她跟前，居高临下地微笑："扔不掉就带着，正好我之前买的那些东西也没处放了，去买个大的行李箱吧。"

闻清本来有些犯懒不想出门，可最后还是被沈逸载去了商场。

沈逸直奔他喜欢的那家专柜，闻清看着他挑了两个超大号的行李箱，导购小姐红着脸忙前忙后。沈逸微笑着和对方交谈，惹得小姑娘的脸颊更红了。

看着眼下的情形，闻清不由得好笑，沈逸这个人还真是去哪儿都招女人喜欢。

不知道为什么，她不合时宜地想到了另一个人，想起上次两人逛商场的场景，他一句话将导购小姐噎得面色难堪。

彼时觉得有多甜蜜，此刻回想起来的杀伤力就有多大，闻清觉得胸口闷得难受，几乎要喘不上气。她走到橱窗外准备透透风，隔着商场的圆形围栏，却在对面看到了不想见的人。

和前几次不同的是，这次对方显然没看到她，因为廖敬清和莹莹一起进了家珠宝店。

闻清一眼就看到了珠宝店门口那巨幅海报，这季新出的那款限量版婚戒煞是好看。

联想之前小岛上他接的那通电话，闻清大概知道两人是来做什么的了，她移开目光强迫自己不去看，可胸口原本窒闷的地方似乎闷得更加厉害了。

有一瞬间，她甚至觉得自己快站不住。

幸好沈逸很快就出来了，手里一左一右地拖着两个行李箱，朝她扬了扬下巴。

闻清吸了口气走过去，眼前的世界似乎都在摇晃。大概是她脸色实在太差了，沈逸的表情慢慢变得严肃起来，急忙迎上她："怎么了，不舒服？"

闻清摇了摇头，只说："我们离开这里。"

沈逸居然没再追问，看了她一会儿，忽然嘴角微微翘了翘，紧接着便伸手来拉她胳膊。

闻清愣了下。

沈逸直接将她拉到行李箱边，随后不容置喙地将她按坐在上面："累了是吗？这样会舒服点。"

这种只有年轻小情侣会干的事，令闻清有短暂的不适，她想起身自己走，谁知道沈逸坚持，再次按住了她肩膀。

他说："还记得大三那年，有次我踢球伤到了腿，你用轮椅推了我三个月的事吗？"

闻清当然还记得，那会儿吃饭、学习，就连逛超市都是她一人承包的，又沉又结实的男孩，她却什么事都咬牙自己来。

当时沈逸还开玩笑说，提前体验老年生活了。

闻清一时走神。沈逸俯身看着她的眼睛，缓缓地继续道："现在换我推你。闻清，不管隔了多久，我还是那句话，想和你一起走到老。"

闻清接不上话，只能任他用拖杆箱拉着自己往电梯方向去，周围是否有人好奇观看她已经顾不上了。岁月穿越了记忆，年少的爱人与眼下的一切重叠交错，可闻清知道，有些东西还是变味了。

她忍不住还是回头看了眼不该看的地方，一眼瞧见莹莹娇憨地和身边的人说话，而那个男人，宠溺地拍了拍她的头……

曾经对她许诺婚姻的那个人，就要和别人结婚了，戏已结束，他抽身得及时又成功。如今看来，反倒是自己迟迟无法出戏。

从前吃了亏讨回来就释然的方法，忽然变得毫无用处。

第二天闻清和沈逸一起离开兴城，送行的只有阿铭一个人。

车站人来人往，几人做了简单告别，闻清拍着阿铭的肩膀说："这段时间辛苦你了，我和程总推荐了你，他让你明天就到公司去找他。"

阿铭嗫嚅着唇，几乎说不出话："清姐，你、你要多保重。"

闻清看他那样忍不住直笑："我知道了，你也加油，偶尔也学着狡猾一点，不要什么情绪都摆在脸上。"

阿铭撇了撇嘴巴："那还不是因为老板是你，所以我才有样学样啊。"

闻清失笑："好，那希望你跟着程总，能学到更多。我这个坏榜样就先撤了。"

"也不是坏榜样。"阿铭嘀咕了一句。多奇怪啊，当初闻清来的时候，他觉得对方就像个母夜叉，对她的感觉除了怕还是怕。可这短短的几个月，一切居然在不知不觉中完全改变了，他觉得闻清很好，甚至舍不得她走。

阿铭微垂了眼眸，挠了挠头："那个，你将来要是有什么事，如果想回来——"

"咳。"沈逸加重音调咳了一声，打断他的话，"好了，我们差不多该进去了。"

阿铭也不知道自己好端端的干吗要说这种话，他只是觉得……觉得闻清这么走了，真的就能释然吗？为什么每次看她的眼睛，总觉得里面有些失落和空茫？

闻清微笑着，冲他挥了挥手："那我走了。"

阿铭点点头，目送两人进检票口。

沈逸半拥着闻清，可忽然感觉到她身体明显顿了下，再低头一看，她的视线落在不远处迟迟无法收回。

他也顺着她的目光看过去，猛然之间像是看到了那个当初跟着廖敬清的小平头，闻清说那个人叫……对，林平。

他怎么在这儿？

闻清马上抬起头来，不太确定地询问他："你看到了吗？"

"看到什么？"

闻清本就觉得是自己看错了，此时看到沈逸脸上满是疑惑，于是更加不确定起来。事实上，从渔岛回来之后，她已经好几次看到林平出现在自己周围了。可是不应该的，他不跟着廖敬清，总跟着自己干什么？

仔细再看过去，周围人流拥挤，但一张张全是陌生脸孔，根本没有林平的影子。

沈逸柔声安慰她："如果他真的有心，就会大大方方地出现来挽留你。可是他没有来，闻清，他的态度很明显。"

闻清抿紧唇，她当然知道廖敬清的态度，从昨天看到他和莹莹进珠宝店的那一刻就清楚了。只是看到林平的一瞬间，脑海中像是有什么东西飞快地一闪而过，快到她来不及捕捉。总觉得有什么东西被她忽略了。

沈逸轻声提醒她："走吧。"

回到B市，生活重新步入正轨，兴城的那些人和事，忽然就变成了过眼云烟一样，在闻清的生活中再也找不到一丝存在过的痕迹。如果不是肚子里的孩子，她真的觉得这只是一场梦而已，那个人不再出现在她周遭，连带着和他有关的任何东西都销声匿迹了。

姜钰得知闻清怀孕的消息之后，简直又惊又喜，可随即又面露担忧："你一个人住能行吗？要不搬来和我们一起，正好我们可以交流心得啊。"

闻清是疯了才会跑去做电灯泡，马上露出个嫌弃的表情："千万别，万一看到什么不该看的东西，对胎教不好。"

姜钰哭笑不得道："都当妈了，你怎么还是没个正经？"

虽然嘴上嗔怪，可她知道闻清是不想给他们添麻烦，但越是这样，姜钰就越发放心不下。

还是叶维臻提议说：“不如我将对面的房子租下来，这样也好有个照应。”

“真的不用！”闻清直摆手，“我肚子都还没显怀呢，完全可以自己照顾好自己，再说了，等小钰生产之后，你照顾她都还来不及，我就不跟着添乱了。”

姜钰勉强妥协道：“好吧，这件事等等再说。”

闻清就是害怕这样，她不想成为谁的累赘，姜钰虽然从十几岁就生活在她家，也是她剩下的唯一亲人，可她不想成为她幸福路上的阻碍。这个世界上，是没有谁能陪谁一辈子的，所以她才迫切地想要这个孩子，只有他能一直陪着她，让她不再觉得自己始终都是一个人。

怀孕以后，一切都和以前不一样了，因为嗜睡的缘故，闻清反而从没梦到过什么不该梦的人和事。

她报了很多课程，什么孕妇瑜伽、准妈妈课堂等等，而且因为沈逸的关系，还能接到一些私活赚点外快，日子倒是过得平静而惬意。

再次听到廖敬清的名字，是在一次很偶然的机会。回来之后闻清依然和阿铭有联系，偶尔也会在网上聊几句。

那天阿铭主动找她说话，聊着聊着，不知道为什么突然说：“清姐，你和逸哥现在怎么样了？他对你好吗？”

闻清被这孩子操心的模样给逗乐了：“怎么了，担心我嫁不出去啊。”

阿铭道：“……你怀着孩子，我就是怕你一个人太辛苦，就算不是逸哥，有合适的你也别太挑了。”

闻清觉得莫名其妙，手指飞快地敲击键盘：“你今天不对劲啊，这口吻听起来就跟我妈似的，你是不是被程总虐得不正常了？”

阿铭自打跟着程季青以后，时不时就会找她吐苦水，说程总太变态太凶，简直比她还可怕。

闻清想象不出程总那张温和的面孔也有凶神恶煞的时候，但她能想象出阿铭被折腾得几乎要暴走的状态，不由得有些想笑，生活中有个这样逗闷的朋友也不错。

可很快她就笑不出来了。

阿铭那边停顿了很久，才打了一行字过来：“其实我一点也不希望你要这孩子，廖敬清那个浑蛋真的和莹莹订婚了！而且他现在混得风生水起，跟着七叔出入各种重要场合做他的左右手，咱们当初看起来是毁了他的事业，可似乎歪打正着，反而帮了他呢！”

闻清的手指在键盘上敲敲打打，可反复打了几个字都删掉了，最后径直关了电脑。

她坐在阳台上晒太阳，可思绪还是控制不住，其实这不就是他们的结局吗？早就预知到了，怎么现在只是亲自听别人说出来，居然还是会觉得难过？

他的立场一直都很清楚啊。

这场博弈，她输得太彻底。

闻清摇了摇头，强迫自己不去想，她拿过身旁的孕妇手册看了起来。身边没有能说得上话的长辈，以前她也从没关心过这些东西，现在要学要了解的东西很多，她哪有时间再去想些乱七八糟的事。

对，没有时间，闻清这样对自己说。

后来闻清就很少和阿铭聊天了，阿铭大概也自知失言，偶尔给她发条短信慰问下，其他时间基本自动消失。

沈逸倒是依旧常常来看她，没事给她买些生活用品，一来就是大包小包地往她家里拿。闻清蹙眉道："这些我自己可以买的，你不要这么破费。"

沈逸很自然地接道："破费什么，我说了要做孩子的——"他顿了顿，冲她眨了眨眼睛："干爸啊，多一个人疼他不好吗？"

每到这种时候，闻清的沉默已经代表了她的回答，可沈逸还是不甘心。

他帮着她把新鲜食材放冰箱，然后才往她身边一坐："我知道你现在不想谈感情问题，可是闻清，我们俩认识的时间最久，你了解我，我也自认很了解你。我们重新在一起，好不好？"

闻清转头看他："沈逸，这对你不公平。"

"你指孩子？"沈逸沉默了下，双手交叠，修长的手指用力扣在一起："如果我能接受他呢？"

闻清长久地和他对视。

沈逸注视着她的眼睛，缓缓地说："我和迟莉莉，确实……我没对你说实话，我当时的确有过迷失，在我们渐行渐远的时候，我真的觉得我们走到头了。可是你离开以后，我觉得自己的世界全乱了，我一度觉得我会好，像我这样的人，连自己都不相信会一辈子只爱一个人。可是，你成了例外。"

沈逸是个长相气质都极佳的男人，说着这样的情话，哪有办法不令人心动。

可闻清还是摇了摇头："会好的，沈逸。我、我已经不相信爱情了，那些情啊爱啊的，太让人难受了，我觉得自己现在这样很好，这样的我，给不了你任何想要的。"

沈逸看着她脸上露出煎熬的表情，心里有种被针扎的刺痛感。他眼底覆了层哀伤，苦笑着问："你到底是不相信爱情了，还是因为只愿意相信那一个人？如果是他呢，如果换作他回来找你，你还要他吗？"

闻清怔了一怔，从兴城回来之后，沈逸几乎绝口不提那个人的名字。他太知道如何让她忘记那一切了，不到万不得已，绝对不会说起关于那个人的任何事。

所以眼下……她的心脏开始不规律地跳动。

果然，沈逸闭了闭眼睛，很久才说：“对，他来了，他来了B市。”

闻清：“……”

短暂的惊愕之后，闻清的心和表情都渐渐平静下来。她看着沈逸，只听他继续说：“他想见你。”

闻清回B市之后就将手机号换掉了，廖敬清当然联系不上她，但他若真想和她联系，也不是完全办不到。所以他这么迂回，甚至找到了沈逸，是想以她的意见为主？

闻清沉默几秒，说：“不见。”

沈逸似乎早就料到了她会这样讲，忽然又道：“他知道了孩子的事。”

“知道又怎么样？”闻清听到这儿，终于变得激动起来，“他什么都别想，这个孩子是我的！”

沈逸叹了口气：“我知道，他应该也没有其他意思，如果真的有，何必还要通过我来征求你意见？”

闻清的脸色依旧很不好看。阿铭说过，他已经和莹莹订婚了，为什么还要来纠缠她呢？他千里迢迢找过来，就是为了和她谈谈孩子的事？有什么好谈呢，反正这个孩子不会和他有半毛钱关系。

沈逸见她仍是神情紧绷，揽住她肩膀，伸手搓了搓她胳膊：“好，我回绝他。”

孰料过了一天，沈逸忽然又接到了闻清的电话。她很干脆地告诉他：“明天下午两点，恒利楼下的咖啡厅。你告诉他，如果迟到，我一定不会等他。”

沈逸悠悠地吁出口气：“想好了？”

“你不是也觉得我该和他见一面？”闻清戳穿他，“不然你会直接回绝，而不是来告诉我。”

沈逸苦笑道：“不是这样的，我不想替你做任何决定。与其让他一直住在你心里，倒不如这样坦白直接地谈一谈，闻清，他也有权利知道和孩子有关的事。”

挂了电话之后，闻清坐在梳妆台前看着镜中的自己，忽然笑了一笑。沈逸说得对，坦白直接地谈一谈，或许就能释然了，之所以这段感情迟迟都无法翻篇，是因为它在最深入骨髓的时候戛然而止。

热恋的时候被揭穿了一切，所以她才深陷其中不可自拔。

也许看到他幸福的样子，就什么都放下了……

和廖敬清见面那天，闻清还是简单打扮了下，她最近孕吐情况好多了，可皮肤忽然变得很差，加上最近睡眠不好，黑眼眶也很重。也许出于要强的心理，她不想让廖敬清看到她不好的一面。

到了那家咖啡厅，结果廖敬清已经等在了那里，闻清站在落地玻璃外一眼就认出了他，哪怕只是个背影。

他穿着纯黑的手工西服，似乎比以前瘦削了不少，头发也比以前短了很多，显得侧脸线条凌厉而刚毅，甚至有些冷酷的意味。他一直低着头不知道在想什么，整个人就那么一动不动地坐着，明明周遭热闹异常，身上却透着股落寞的气息。

闻清疑心自己真是想多了，现在的他，应该早就得到了想要的一切才对。

她吸了口气，调整好情绪才推门而入。

廖敬清像是有心灵感应，马上转过头来，随后视线便一直凝聚在她身上无法移开。

闻清在他的注视下走到他对面，坦然地坐了下来。

廖敬清依然看着她，那样的眼神深沉而渴望，像是对面坐着思念已久的人似的。闻清都被他看得有些不自在。她挺了挺脊背，主动说："来出差吗？"

他简单地嗯了一声，看着她微微笑了下："你看起来很好。"

闻清抿紧唇，半晌才道："对，还不错。"

"我也很好。"他很轻地说着，又补充："除了有点想你。"

闻清抬头隐忍地看了他一眼："廖敬清，如果你要说这个我马上就走。要我提醒你，你现在的身份吗？"

她不是他茶余饭后无聊解闷的调剂品，他说这种话的时候，到底有没有想过莹莹？哪怕莹莹不懂这些，可她不能不介意!

廖敬清被她这样不留情面地讽刺，嘴角反而溢出丝丝笑意："好，我不说。"

闻清握了下拳头，正好有侍应生过来送东西，竟然是一杯热牛奶，看来是廖敬清提前替她点好的。

她咽下刚才那股郁气，垂着眼，直切主题道："我们说正事吧，关于这个孩子，之前我的确骗了你。我是留下了他，可是和你并没有任何关系。"

"我知道。"廖敬清说，"你留下他并不是因为我，我很清楚，可我今天来见你，还是想当面和你说一声，我很高兴你能留下他。"

闻清心里骤然升起一股怨愤，似乎不管她想什么做什么，他都很清楚？可这种被人看透的感觉更糟糕。

她蓦地抬起头来，视线与他生生撞在了一起。

这样专注地凝视着，闻清才发现刚才在落地玻璃外看到的都不是错觉，他似乎比上次见面时更瘦了，眼眶都有些许凹陷，整个人气色都很差。

可这算什么，该报复的也报复完了，如今不是该志得意满吗？

闻清心下烦躁，可她不会做这种莫须有的关心，只极力让自己不去看他："那我们算是达成共识了？反正你以后也会有其他孩子，会有一个完整的家，所以我希望你不要再出现。我从没想过让他知道他的爸爸有另一个家庭，我只想让他简单幸福地生活。"

廖敬清的脸色比之前更加苍白了几分，他默然片刻，点了点头："我答应你。"

闻清没想到他这样干脆，心里反而有些异样，狐疑地盯着他看。

“可我不会有其他孩子。”毫无预兆地，他接了这样一句，接下来的话也很令人莫名：“所以闻清，他对我很重要。我本以为这辈子都不会有自己的孩子了，谢谢你。”

闻清被他这话说得一阵糊涂，难道是……莹莹不能生育？

她还没想明白这些，廖敬清忽然站起身，他隔着桌子俯下身来，捏住她下巴吻了她一下。

闻清刚才在想事情，完全没料到他会这样做，等她回过神来，他的唇已经离开了她。

只是个点到即止的吻，他的唇干燥而冰凉。

他的额头轻轻抵着她的，说：“要一直好好的。”

闻清皱起眉头，她总觉得这样的廖敬清很怪，但这场景似乎又没什么好奇怪的，他在和她告别，很合情理的一件事。

她想仔细看看他的表情，但来不及了，廖敬清松开她之后，居然直接就掉头走掉了。

闻清坐在原位看着他离开，她极少看到他的背影，这样看着他走掉更是第一次。是不是所有的第一次，都会让人有不舒服的感觉？

不然为什么此刻，她心里会被一股异常憋闷的情绪给充斥？

廖敬清似乎真的只是来和她说那句话的，那天之后，他再度消失在闻清的生活中。

闻清尽量让自己把这件事忘掉，还和从前一样每天做着相同的事，但生活还是发生了微小的变化，她自己也说不上来，似乎对什么事，都少了点热忱。

一个人去超市采购，她在货架中穿行，可走着走着，忽然觉得身后不太对劲。

余光瞄到一个身影一直跟着自己，闻清的心脏不由紧了紧，最近出了很多不好的社会新闻，她不知道自己是不是被小偷还是什么人给盯上了。她淡定地继续往前走，很快就混进了人较多的地方，她猛然回头，居然再次看到了林平！

林平这次像是根本没躲她，被看到也就看到了，站在几步之外面无表情。

当初离开兴城时那种无法捕捉的感觉再度冒出了头，闻清走近他，问：“你为什么一直跟着我？”

“保护你。”林平话极少，说话时表情也非常冷淡。他对闻清，似乎没什么好感……

闻清蹙了蹙眉：“什么意思？”难道是担心孩子的安全？但似乎又小题大做了，而且闻清总觉得林平像是有话要告诉自己，他这次像是故意被自己发现的。

林平很快就替她解疑道：“清哥交代的，不许我多嘴。”

闻清眉间的褶皱更深：“你到底想暗示我什么？”

林平不吭声。

闻清道："我和他已经没关系了，林平，你回去吧。"

林平固执地站在那儿，只听他说："他一直为了你在努力，可你呢？闻小姐最近和那位沈先生走得那么近，我很替清哥不值。"

闻清发现廖敬清身边的人，三观都极其有问题："你口中的清哥，可马上就是有妇之夫了。"

林平的神色变得更加隐忍，半晌才道："清哥心里只有你。"

闻清没再理他。

这话说出去谁信？

可晚上躺在床上，闻清却翻来覆去都睡不好，她在脑海中整理这一段时间发生的一切。

他有苦衷？有隐情？可不管出于什么原因，廖敬清都没有反驳他陷害公司一说，他间接害死闻定山是真的，他和莹莹订婚也是真的。

不管他到底要做什么，都不该这样欺骗莹莹，这和欺骗她有什么分别？这个男人本质上就很恶劣！

闻清想了很多，一遍遍告诉自己不要再掺和廖敬清的事，林平是他的亲信，或许就是故意说些模棱两可的话来引她入局。

谁知道廖敬清又在打什么主意！

日子仍旧不紧不慢地过着，林平依然跟着她，倒是没有再多嘴，只是偶尔看沈逸的眼神充满敌意。

直到这天中午，闻清再度遇上了熟人，不过这次这个人，是特意来找她的。

第七章

你，是我遗失的另一半翅膀

当廖正扬直截了当地说，他是为了廖敬清来找自己的时候，闻清愣了一愣，第一反应就是："如果是因为莹莹，我想我没有办法帮到你。"

"不，无关任何人，只为我哥。"

这个陌生的称呼让闻清更加震惊，记忆里还是第一次听他这么郑重而亲昵地称呼廖敬清。

而且廖正扬看她的眼神，就和林平之前看她的眼神一模一样。

他们到底要告诉她什么？

大概话题真的很谨慎，廖正扬带她进了一家茶楼，还选了个独立包厢。

这么私密而隐蔽的环境，让闻清心中生出几分罕见的恐惧来，当然不是惧怕对面的人，而是惧怕他可能带来的消息——

两人坐定之后，服务生上了茶，然后将门带上了，廖正扬才抬手搓了搓面颊，疲惫地冲她一笑："别紧张，我只是想把自己知道的一些事告诉你，至于要怎么做，全看你自己。我哥他并不知道我来，何况现在他也分身乏术了。"

闻清始终安静地坐在那里，在她对面的，是一个完完全全陌生的廖正扬。他看起来很痛苦，几乎是处于崩溃边缘，而这痛苦……是因为廖敬清吗？

她用力握紧了面前的茶杯，让那点温热令自己镇定下来，淡然地点点头："好，你说。"

"爷爷在世的时候，曾经在七叔家里做过一段时间的花匠。所以他出事的时候，七叔主动向我们伸出援手，我们并没有发现什么不对劲。"

廖正扬开口便是这些往事，说到这儿顿住了，眸色也随之沉了沉："可他提出只能帮助一个人，并不是因为要培养继承者，或者什么女婿。"

闻清微怔，下意识地接话："那是因为什么？"

"当然是为了他不可告人的目的。"廖正扬勾唇一笑，满眼讽刺。

他低头喝了口水，像是在拼命压抑心中怒气："你并不知道，莹莹的心脏不好，虽然前两年一直没有发作过，但检查结果表明，她心脏衰竭的迹象正在慢慢加重。但要遇到合适的机会做心脏移植手术的概率非常低，所以——"

闻清听到这不由得瞪大了眼，她几乎已经猜到了廖正扬剩下的话。七叔那样的人，没有机会也会创造机会。

果然，廖正扬艰难地说："我们其中的一个人，是要作为帮凶被培养的，七叔需要一个对他绝对忠诚的人，既能帮他做完这件事，又能始终替他保守秘密，威胁不到他。很显然，背景干净的我们正是合适人选。我哥一早就知道这些，所以他才在那个签上动了手脚。他保护了我，自己去面对这一切。"

想来这些事，正是改变廖正扬的关键因素，他提到这一切时表情煎熬而挣扎："除了要帮七叔处理一些棘手问题之外，他也要做好替莹莹手术的准备，随时都可能要做一个杀人凶手。"

闻清握紧了拳头，思绪已经快要无法消化这些讯息了，这一切离她的世界实在太远了。

这是怎样黑暗而丑陋的一切，廖敬清这几年，就是活在这样的环境里？

七叔为了救自己的女儿，真的会害死一个人，让廖敬清为她手术？这是犯罪啊，闻清光是想想这些，全身就犹如坠在了冰窟里。

廖正扬见她面色苍白，还是咬了咬牙继续说下去："他替我挡住了所有罪恶，他那么喜爱崇敬的职业，却被人利用来犯罪，我想他这几年，一定过得很不好。"

闻清无法接上话，只是茫然地坐在那里，她想起了很多很多事。譬如廖敬清在家的时候，常常一个人坐在那儿走神，他走神的原因是什么？还有，他曾经对她说过，遇到她之前，他已经对这命运妥协了，可是遇到她之后，他想去争一争……

"如果爷爷没意外去世，我们的命运不该是这样的。"廖正扬忽然说。

闻清抬起头，看到廖正扬眼底迸射出的怨怼。

"闻清。"他鼓足勇气道，"唐娜是我故意安排去勾引你父亲的，她是我哥的同学，可是却莫名其妙地喜欢上我，我一直都恨着你父亲这个奸商，我必须要让他付出代价！"

他越说越激动，露出残忍的表情来："爷爷死了，他随便赔点钱就想完事，还在继续卖他那些见鬼的保健品！是不是穷人的命就这么不值钱呢？我们兄弟俩的命运变成这样，又有谁在意？"

闻清答不上来。

因为做媒体人的缘故，所以闻清没少接触这种人，那些因为经历而心理扭曲甚至开始报复社会的人，她往往都内心唾弃而鄙夷。

可这会儿面对廖正扬，她完全答不上话，她自己很清楚，闻定山当年一定是错得很离谱。

任何自己造下的孽，都有回报到身上的那一天，所以廖正扬选择了用这样的方式报复，而廖敬清，整件事中受害最深的他呢?

他的人生才是真的被毁得很彻底，他原本只是个普通的大学生，可一夜之间，就变成了刽子手。

廖正扬沉默了下，努力调整呼吸："我哥当然也恨闻定山，但他有自己的原则，所以闻定山成了他的病人，却也能安然无恙地出院。他的确一直打算用那份报告揭穿闻定山的嘴脸，那几年一直在留意闻定山的一切，在得知你们的产品可能再上市的时候，才马上写了那个报告，但是后来发现了你们的新配方又没问题。"

廖正扬说到这儿深深蹙起了眉。

"所以——"闻清喃喃接道，"不是他做的吗？"

廖正扬缓缓摇头："当然不是。闻清，你感觉不到吗？他爱上你了，所以那个报告他拿回来了，他为了你，在努力做回一个好人！"

闻清如遭雷击，许久才渐渐地回过神来："是七叔动了手脚。"

廖正扬点头："七叔不会让我哥有机会脱离他的，所以那个报告未经核实就登报，然后事情曝光，我哥被医院解聘，这一切其实都正合七叔的意。他重回七叔身边，替他做的任何一件事，将来都会成为他被七叔要挟的砝码。在七叔身边，他能干净到哪里去？"

闻清被这一连串的事实给击得溃不成军，其实也并不是无迹可寻的，但因为廖敬清一开始就欺骗了她许多次，所以她下意识地将他做的每件事都往坏的地方想。而他，那么多的难言之隐，显然也是根本开不了口的。

"这么多年他没有恋爱过，就是不想连累别人，但是遇到你，还是陷了进去。"

闻清闭了闭眼，睫毛不住地颤抖，这个男人真的太坏了！他不爱她让她那么难过，可他爱她，还是让她那么难过。她第一次为一个人感觉到了冰火两重天的滋味，爱他不能够，恨他也不能够，她真的不知道该怎么做才好了。

看着她隐忍不发的泪水，廖正扬叹了口气："他不告诉你这些，除了你不会再相信他的话之外，还有一个原因，那就是他要保护你和孩子。"

闻清看向他。廖正扬说："七叔想好了一切，但应该也没料到莹莹会喜欢上我哥，所以七叔不会容许你和孩子的存在来破坏自己女儿的幸福，也不会容许你改变我哥。如果不和莹莹结婚，你和孩子都会有危险。"

闻清已经不知道自己脸上是什么表情了，她只是低头看着茶杯里的茶叶，那极轻极薄的一片，在热水中起起伏伏，那种孤立无援又煎熬的痛苦，她想，她居然能感同身受。

廖正扬似乎也说得差不多了，他慢慢站起身，走出两步却又回过头：“为了他，你要好好照顾自己和孩子，多保重。”

闻清想到什么，马上出声喊住他：“等等，你刚才说，他现在分身乏术，那又是什么意思？”

廖正扬深深看了她一眼，说出了她害怕的话：“他要彻底扳倒七叔。”

闻清不可思议地瞪大眼。

七叔这个年纪，在兴城的根基脉络可想而知，牵一发而动全身，个中牵扯到的各种利益关系光是想都能想到。廖敬清光凭借自己真的能行吗？闻清想到其中一种可能，后背瞬间溢出了冷汗，她看着廖正扬，几乎说不出话：“他——”

“对，他在和警方合作，你们从渔岛回来他就主动和对方联系了，我想是你和孩子给了他勇气。”廖正扬说完，神色越发肃穆，“但他身上并不清白，闻清。”

闻清有种被人敲了一闷棍的感觉。

“如果你现在去，也许还能有机会见见他。”廖正扬扔下这一句就离开了。

闻清坐在窗口那一片阳光里，浑身却冷得彻骨。

闻清游魂一般回到家里，独自一人呆坐在沙发上，不知过了多久，忽然像是想起了什么，快步走到阳台上。

那里靠角落的地方有个行李包，是上次廖敬清在渔岛帮她整理的那一个。她走过去，半跪在那里，颤着手将拉链慢慢拉开了。

每拉开一寸，里面的东西就慢慢曝光在她眼前，而每看清楚一样，她的眼泪就落得更凶。

里面除了上次他用棒棒糖拼出来的城堡玩具，还有很多很多的婴儿用品，有小衣服小帽子，还有个小小的足球。

那个球上的花纹都已经被磨砺得很厉害了，一看就是有些年头的旧东西，闻清猜是他小时候的玩具，廖敬清小时候家境并不好，这大概是他和弟弟唯一的玩具。

她拿起那个棒棒糖拼接好的城堡，放在阳光下端详，上面的每个字都变得格外清晰起来。那是个童话故事，闻清仔细看完了，最后的寓意是：不管遇到怎样不公的人生，都要正直、勇敢、善良地活着。

而城堡里面塞了张小纸条，是廖敬清的字迹，上面的每个字都刚劲有力，几乎力透纸背。他写道：给我的孩子。

这行字的下面还有很小的一行字，显然是写给闻清的，闻清一个字一个字地看完，泪水瞬间淹没了视线。

他告诉她：你以为这是报复，其实这是救赎的开始。因为你和孩子，我想重新做回好人。

在这句话的末尾，他很用力地补充道：闻清，这是实话。

闻清将那张纸条按在胸口，哭得几乎喘不过气，她终于愿意相信他说的话了，也终于从他这听到了实话，可实话往往都如此令人难以承受。

闻清决定回兴城，姜钰夫妻俩和沈逸得知这消息之后，竟然没有很意外的样子，只有沈逸说："我陪你——"

然而这次，闻清没让他把话说完，按住他胳膊打断道："没事，正扬还在等我，我和他一起，路上有人照顾。"

四目相对，沈逸读懂了她眼中的情绪。而闻清自己心里更是清楚，她无论如何都不能再接受他的好意了，否则连自己都会唾弃自己。

沈逸低头笑了下，嗓音低沉地说了声好。

他知道的，闻清这一去，一切都没有再转圜的余地了。能让她回头的人和事并不多，廖敬清成了例外，大概也就成了这永远的赢家。

如果不是想清楚了，她不会这样贸然跑回去。

这是她最后的决定了。

气氛一时低迷，闻清不知道再说点什么好。尽管她一再表明立场，可此时看着沈逸脸上失落的样子，还是不免难过。她和沈逸这么多年，即使不是情人，也还有其他情分在。

可要是说什么祝福他的话，未免显得太矫情，也太伤人……

还是姜钰出来打圆场："如果有事记得马上打电话，闻清，我们都是你的朋友，你不要总是怕麻烦。"

闻清点了点头，叶维臻也附和道："虽然离得远，但我在兴城附近有旧识，有事的话，可以让他们帮忙照应。"

叶维臻原本就是刑警，当年办姜钰家的案子时受了伤，这才退了出来，后来自己办公司。经他这么一说，闻清记起他当年任职的地方离兴城的确不远！

可廖敬清如果正在配合警方做卧底，信息全都是保密的，什么都不可能问得到，关于他的一切，闻清真的是既想知道又害怕知道。

怀着这样忐忑的心情，她不安地休息了一晚，整晚怀里都抱着那只小足球，一会儿想起在渔岛的生活，一会儿又记起他们初识的画面，也不知道是做梦还是回忆，断断续续的。幸好每次想到肚子里的小家伙，她都觉得自己充满了力量。

好不容易挨到了天亮，一大早就和廖正扬一起出发了。

路上又耽搁了两天，等回到兴城，闻清看着陌生又熟悉的一切，有种恍如隔世的错觉。

三次到这里，三次都是不同的心境，闻清只希望这次所有的事情都能尘埃落定，再也不要有任何波澜。

廖正扬这一路倒是十分照顾她。大概是廖敬清的事对他也非常震撼，他表现出了前所未有的成熟，一会儿担心闻清身体不舒服，一会儿又担心路上的食物不够卫生和安全。

就连到了出租车上，也总问她有没有晕车、要不要喝水之类的。

闻清看着这样体贴的他，忍不住问："你们小时候，感情一定很好？"

如果不是这样，廖敬清不可能不顾一切地保全他。

可廖正扬的答案却出乎她意料之外，他摇了摇头，说："我们小时候总吵架，也会打架，还总是抢东西。我哥他比我大，可是从来都不肯让着我，大概也是因为这样，所以我的性格也很刚烈。从小到大除了他之外，没人能欺负我。"

"这算是他保护我的一种方式吧。"廖正扬说着笑了下，"可我一直都没他聪明啊，所以才会通过这样的表面来判断，总觉得他冷血冷漠不顾亲情。"

可事实恰恰相反啊。闻清想象着少年时的廖敬清，恐怕也是倔强又孤僻的，他总是让人觉得很好靠近可又很难靠近，外表和内心永远都无法统一。这样想来，其实和现在的自己个性简直一模一样，他会被自己吸引，大概就是因为她活得像当初的他，活成了他真正想要的样子。她不由低头笑了笑，原来如此，他的爱从来都不难看明白啊，可他们还是一次次被命运捉弄，不得不推开彼此。

幸好，命运也只是和他们开了个玩笑，不舍得真正拆散他们。

廖正扬又感叹道："他这个人啊，真是很讨厌，好人坏人都是他。我们就彻底变成了坏人。"

闻清微笑颔首："这点我赞同。"

廖正扬沉默几秒，表情忽然严肃起来："我哥手里有关于七叔洗钱的证据，前段时间借着接近他的机会，又搜集了很多他行贿的记录。七叔现在已经被控制起来了，但是这事影响很大，法院的结果一天没下来，他都很危险。"

闻清之前一直没听他提过现在的情况到底是什么样，这会儿也彻底安静下来。

廖正扬沉吟道："我哥是唯一的证人，之前他也参与过洗钱，但现在将功补过。而且他还救了人啊，就是七叔找了个人准备制造车祸，然后把心脏移植给莹莹，我哥救了那个人。"

不知道廖正扬是为了说服自己还是说服闻清，一直在念叨："所以情况还是很乐观的，对吗？"

闻清原本始终注视着车窗外，这会儿回头看了看他，只说："我会等他。"

廖正扬紧抿着唇，许久才道："可这不现实，你和他在一起只有这么短的时间，现在之所以放不下，是因为你们的恋情停在最刻骨铭心的时候。时间久了，就淡了，你就把他忘了。"

闻清没再回答。未来的确很漫长，她不敢做任何保证，但她知道，在这段感情里她收获了很多，这段经历让她看到了一个从未触碰过的世界，和一个从未见过的男人。

至少在将来，她都不可能这样深刻地爱一个人了。

出租车终于到了楼下，还是那栋楼，闻清抬头看着门口的那棵大树。

那是棵古老的银杏，这会儿早枯萎了，只剩树干挺立在寒风中，周围萧索一片，似乎连居民也越来越少。

廖正扬对她说："这马上要拆了，要建新建筑，有人说是商务中心，也有人说是新楼盘。"连他们仅剩的那点回忆也将没有了。

闻清静了静，回身看着他："我自己上去吧。"

廖正扬迟疑道："他不知道我去找你，现在正是最关键的时候，他可能会发脾气。"

闻清忽然露出个俏皮的笑来，指了指自己的肚子："他不敢。"

廖正扬立时破了功，哭笑不得："行，一物降一物，最厉害的都在你肚子里了。"

闻清等着廖正扬走了，这才抬脚上楼。这里的住户好多都不在了，以前总会有三两位大爷大妈坐在楼道口聊天，如今到处都空荡荡的，大概正因为这样，闻清每走一步，鼻头都有些发酸。

她走到屋子门口，犹豫了下，却转向了自己原本租住的那一间。

廖正扬刚才给了她把钥匙。廖敬清居然在她退租后将这房子租了下来，闻清猜想，这会儿他一定在里头。

果然，门一打开，沙发上就有人抬眼看过来。屋子里有些黑，窗纱全都拉严实了，但有个人躺在那上面，他微微仰起头，有些不耐烦的样子。

闻清就那么站在玄关处，等和他目光相撞，不客气地问："你在这干什么？"

廖敬清很久都没说话，像是在努力确认她到底是不是真的，或者和以往每次想到的一样，其实都是幻觉？

闻清又问："你自己有房子，干吗租这里？"

廖敬清这才终于确定真的是她，表情从惊愕到慌张，又慢慢变成了强自镇定。他起身坐好，姿势刻板，一直盯着前方的电视墙："我不喜欢陌生人住隔壁，很吵。"

"哦。"闻清信步走过去，在他面前站定，"那不如转租给我吧。"

廖敬清意味不明地看着她。

闻清微笑着说："我住你隔壁的时候，不吵吧？"

廖敬清看了她很久很久，仿佛这短暂的时间里，他的内心经历了一场巨大的挣扎和煎熬。他哑着嗓子说："不租，你更吵，哪来的回哪去。"

闻清没回答，反而绕过茶几坐到了他身侧。

这么近的距离，她的气息几乎充斥着鼻腔，他全身上下顿时都紧绷起来。

接着她忽然伸手抱住了他，在他耳边说："我都来了，你赶也赶不走，我还有你的孩子，你得收留我。"

见他不为所动，她又说："来回跑，对孩子很不好。"

廖敬清闭了下眼睛，终于反手搂住她，将她用力地抱进怀中："每次想躲你的时候总是躲不开，你说，你到底是怎么办到的？"

闻清在他胸前闷闷地笑："你想说我是狗皮膏药吗？"

廖敬清抬手抚了抚她后脑的头发，也忍不住笑了："难道不是？你的脸皮怎么能这么厚，嗯？"

想起以前问过他为什么一直不恋爱，他说因为没人比她皮厚，皮厚到他都扛不住，闻清忍不住扑哧一声笑了。他疑惑地看着她。

闻清却说："你疼他比疼我多，我吃醋了。"

廖敬清握住她在自己下巴上作乱的手，放在唇边吻了下。闻清以为他要辩驳什么，可他却说："没有人比你更重要，所以现在我真的不希望你在我身边。闻清，我本打算让你一直讨厌我，如果我能顺利渡过这一劫，而你也还在那等我，这次换我去追你，一定把你追回来。"

闻清安静地听着，心里有些异样的情愫涌动，她双臂攀着他肩膀，轻轻摇了摇头："不用。"

不用追，我并没有走远。而且这次我会陪着你，再也不让你一个人了。

你一个人走了那么久，这次有我陪着你，夜路不管有多长多远，我们一起走，总有天明的时候。

很多话闻清没有说，可廖敬清全都懂。这个时候她愿意回到自己身边，所有心意都已经不言自明。

她从来都是个敢做敢爱的人，在这一点上，廖敬清觉得自己远远比不上她。在爱情里，他没有她利落勇敢，所以她坚持待在他身边的时候，他决定不再阻拦她。

他甚至没有问是谁告诉了她什么，想来不是林平便是正扬，而那些让她留下的理由也并不重要了，不管是因为爱，还是因为同情，抑或是对她父亲曾经造下的罪孽的弥补……

他已经让她难过了那么久，这次决定纵容她一次，反正有危险，他一定会拼了命地保护她。

廖敬清贴着她耳垂，轻声说："你要听话，老实待在我身边，一步都不能走开。"

闻清欣然答应："好。"

他将她抱得更紧，这种失而复得的感觉让他更加珍惜眼下的每一分每一秒。

于是在等待开庭的日子，两人哪里也没去，像是连体婴儿一样，做什么都黏在一起。

他们大多时候都待在家里，依旧是住在廖敬清那个旧公寓里，那里还有闻清的生活用品，都省得再买了。

一起看书、看电影，做各种各样的料理，要么待在阳台打理绿植和花，这种平静的生活正是他们一直想要而不可得的。

闻清这时候已经开始显怀了，肚子慢慢变大，廖敬清会陪着她看各种育婴书籍，看得比她还要认真。有时候会坐在阳台和她肚子里的孩子说话，那温柔认真的样子，真的和闻清想象的一模一样。

他也会陪着她午休，如果闻清睡不着，他便让她枕着自己的胳膊，然后给她念书。

可往往这时候，闻清听着听着就会打岔："你之前说，希望我一直讨厌你，然后如果还在等你，你就去追我回来？"

廖敬清嗯了一声，自己专心致志地看起书来。

闻清却翻了个身窝进他怀里，接着问："那你知道我怀孕了，还让我一个人怀着你的孩子？不担心你要回不来了，我带着孩子怎么嫁人？"

廖敬清翻书的动作顿了下，继续面无异色道："所以在渔岛的时候，我一直在等你自己决定，这个孩子留不留，你才有决定权。"

"撒谎。"闻清戳他胸口，"你明明就是在赌，赌你在我心里的位置有多少。你成心让我怀孕，有心让我等你，自私鬼。"

心思被揭穿了，廖敬清抬手抵住唇角，虚咳了一声："不是说女人热恋智商都会下降吗？而且你还怀了宝宝，怎么一点不见变笨？"

闻清哼了一声："因为我了解你，你在我这里，什么都瞒不过。"

廖敬清把书放在一边，随后低下头，深情地注视着她："所以我没想瞒，你知道就知道了。我在感情上的确很自私，可闻清，我敢保证，没有人比我更适合你。"

而且他根本不会让自己有事，但这话廖敬清没有说出来。

"还说我脸皮厚，你的也不薄啊。"闻清指控道，"也许我会再遇到合适的人也说不定。"

"你不会。"廖敬清笃定地笑了笑，"我不会给别人机会。"

闻清抿起唇，终于笑出声："是啊，没有人比你更适合我了，一样的皮厚。所以你要好好的。"

廖敬清知道最后一句才是她真正想说的，心念一动，慢慢地俯下身去吻住了她。

分开了这么久，他当然格外想念她的滋味，可是——

闻清被他吻得双颊通红、正意乱情迷的时候，忽然被他拉开胳膊推到了一边。

她瞪直了眼："你干什么？"

廖敬清严肃道："你现在不方便。"

闻清反应过来，一边惊愕于他的自控力，一边又十分羞赧，气鼓鼓地转过头去——刚才她差点就把这茬儿给忘了，真丢脸。

廖敬清见她这副样子不由得想笑，在她身后故意逗她："这么想我？"

闻清脸上微微泛红，嘴硬道："谁想你了，一点也不想。"

廖敬清忽然将她翻过身仰躺，这样的姿势，他便完完全全地笼在她上方。

他面容俊逸，五官深刻，坏笑的时候透着股莫名的性感。

廖敬清亲了亲她鼻尖，诱哄道："真的不想？"

闻清还在坚持："不想。"

他的声音却已经完全哑了："可我想你，每时每刻都在想，只能看着林平发回来的照片，但看到你和沈逸在一起，只会煎熬难受。沈逸是个好男人，我没想到他能为你做到这一步。"

闻清沉默下来，她只知道林平在保护她，却不知道林平还会将她的照片发给他。她憎恶他，他却一直在思念着她。

"你一定不知道，看到你这么干脆地回到我身边，我有多欣喜，又有多惧怕。这样的你，我恨不得将全世界都给你。"

此时的闻清，连带着眼眶都渐渐红了，她回抱着他，哽咽道："不用给我全世界，你知道我想要什么。"

"我知道。"廖敬清说，"为了你和孩子，我会拼尽全力。闻清，谢谢你回到我身边。"

闻清眼底濡湿，却露出幸福的样子，颊边那两抹红晕，映衬得她格外的诱人。

可下一秒闻清忽然拉过一旁的薄毯，将自己完完全全地盖住了，连脑袋都遮得严严实实。她的声音闷闷地传过来："我现在不方便，你不要再勾引我。"

廖敬清还真没见过她害羞的样子，大笑着连人带毯子将她拥进怀里，隔着毯子在她鬓发间吻了吻："好了，我不逗你，该闷坏了，虽然我很冤枉。"

这话招来闻清一脚踹，廖敬清笑得更加开怀。他忽然攥住毯子一角，自己也钻了进去。

闻清大叫着，两人再度纠缠在了一起。他在毯子里轻柔地对她说："我爱你，闻清。"

闻清搂着他的脖颈，鼻尖在他长了胡茬儿的下巴上蹭了蹭："我知道。"到了现在，这三个字已经不用再说出口了，他为了她将自己置于如此危险的境地，她丝毫不怀疑他的感情。

两人过着平淡舒心的日子，平日里有需要的生活用品，廖正扬会特意买了送过来。但闻清和廖敬清也有必须要出门的时候，比如闻清产检的日子。

闻清私心里并不希望廖敬清出门，不知道是不是港片看多了，她总觉得一出门就有人会谋害他似的。更何况连廖正扬也说，现在的情况很危险。

可廖敬清安慰她："没事的，相信我，我有分寸。"

闻清当然知道他身手很好，可还是担心，但廖敬清坚持："这是我陪你的第一次产检。"

他说完这句，闻清便再也不好劝说什么了，这样的过程不让他参与，对他来说恐怕一辈子都会有遗憾。

于是两人收拾了一下就出门了，幸好一路上都很安全，路况也非常好，直至到了医院都没任何奇怪状况发生。

看着医院里人来人往的样子，闻清这才暗暗吁了口气。

两人一起去挂号，全程廖敬清都牵着她的手。其实除了闻清会担心廖敬清之外，他也担心她。

他们等在医生办公室门外，廖敬清拿了之前的B超单和检验结果看。闻清枕着他的肩膀道："你也能看懂这些吗？"

廖敬清丢给她一个嫌弃的眼神："你说呢？"

闻清撇了撇嘴，这时门口的护士叫了她名字，闻清就跟着她走了进去。

临进门时又忍不住退了回来，廖敬清余光瞧见了，微微扬起眉来。

闻清说："你哪儿也别去，就在儿，听到了没？"

廖敬清微微一怔，很快就明白过来，对着她微笑颔首："好。"

护士掩着嘴直笑："你们刚结婚吧，夫妻感情真好。"又压低声音对闻清说："你老公真听你话。"

闻清听完不由得失笑，但也没解释，径直去了办公室。

廖敬清却对着办公室的门开始走神。

检查的时候闻清也总是心神不宁，如今廖敬清离开她视线范围超过五分钟，她便觉得会有事发生。也不知道是不是因为怀孕之后，对什么事都变得敏感且患得患失起来。

出去一看，廖敬清一直等在那里，她松了口气，也开始怀疑真是自己多心了。

接下来还有其他检查项目，闻清一一做完了，随后去了趟卫生间。

廖敬清拿着包在门口等她，因为有之前的经验教训，闻清这次便没多嘴。可谁知道她就这么进去了一趟，出来时廖敬清就不见了。

走廊上依旧人来人往，但闻清却压根找不到廖敬清的身影，她的心脏开始怦怦直跳，随手拉了个护士问："请问——"

但话说了一半又顿住，对方怎么可能会注意到他呢？这么多人，护士哪里会留心他一个？

护士见她脸色苍白，以为她身体不舒服，关切地问："小姐你怎么了？需要帮忙吗？"

闻清静了静心神："你的手机，能借我用一下吗？"

对方点点头："当然可以。"

可无论是廖敬清还是自己的号码，全都是无法接通，闻清站在原地，整个人都僵住了。廖敬清不是那么不靠谱的人，不可能无故消失，可是怎么会、怎么会来得这么快？

她一直都知道这平静表象下往往暗流涌动，可怎么能这么快呢？快到他们都还没过几天好日子啊。

闻清坐在椅子上，四肢都很僵硬，护士小姐见她状态真的很糟糕，主动帮她联系了家里人。

廖正扬和莹莹很快就赶了过来。

莹莹自七叔被捕之后，一直是廖正扬在照顾，对她而言，只知道父亲做了坏事要接受惩罚，其他什么都不清楚，见了闻清仍旧很亲昵："姐姐你没事吧？"

她的手温热细腻，让人备感亲切。闻清慢慢地抬起头，随后又摇了摇头："没事。"

廖正扬的脸色也很难看，但他表现得还算镇定："我已经和刘警官他们联系过，你放心，我哥不是个乱来的人。"

闻清当然也知道这一点，所以才格外担心。她像是抓住救命稻草一般，用力抓紧廖正扬的手："是不是他发现不对劲了，所以才离开的，他怕连累我？"

"不会。"廖正扬说，"他既然让你留在他身边，就不会偷偷溜走。他只会——"

"只会什么？"闻清连唇色都变得浅淡，手上的动作也不自觉施了点力，等她意识到的时候，廖正扬的手都被她抓出了几道指痕。

廖正扬看出她的担心，将原本那句话咽了回去，安慰她道："你现在该做的是好好照顾自己，等他回来。"

闻清低下头去，许久都说不出话。

廖正扬叹息一声，伸手扶住她："走吧，如果刘警官那边有消息，会第一时间通知我们。现在除了等，我们也做不了什么。"

的确是做不了什么，可这种明知道他可能遭遇危险却无能为力的感受实在太糟糕了！

三人一路回了家里，廖正扬和莹莹始终陪伴在闻清身边，可是一整天过去了，关于廖敬清仍旧没有任何消息。

连警察那边也安安静静的，什么都没通知他们。

闻清第一次尝到了度日如年的滋味，那种望穿秋水只为一人的感觉简直快把人给逼疯了。

廖正扬做了吃的给她送过去，闻清哪里有胃口，可目光触及自己隆起的小腹，那句"不想吃"又慢慢压了下去。

她忽然意识到，自己这样不顾一切地来找他，是要做他的坚强后盾的，可不是来给他帮倒忙拖后腿的！

闻清端起那碗面小口吃起来，尽管胃里一阵阵翻涌，却还是强迫自己吃下去。

廖正扬看她那副样子都替她难受，自责道："早知道我就什么都不告诉你了。"

"他说过为了我和孩子会拼尽全力，我信他。"闻清低喃道，"我们都要对他有信心。"

从前她总是不信他的话，他欺骗了她太多太多，可现在却对他的话深信不疑。闻清知道，这次他无论如何也不会再骗她了。

廖正扬沉吟片刻，在房间门口道："他不会骗你，你是他最大的动力。因为你，他甚至可能会主动出击。"

闻清握着筷子的手一顿，蓦地抬头看向他。

廖正扬道："他恐怕会做诱饵，故意引七叔的人出来。"

"为什么？"闻清感觉到耳膜嗡嗡直响，脑子也快短路了，其实有个认知在她脑海中渐渐冒出头，可她根本不敢往那儿去想。

她不敢相信，廖敬清对自己居然那么狠。

廖正扬直言道："当然是为了减刑，闻清，他比你想象的还要在意你。为了和你在一起，他真的什么都敢做，哪怕冒死拼一拼。"

廖正扬说完就转身走了，他背影孤寂沉重，恐怕心情也凝重到了极点。

闻清一个人坐在那里，她缓缓地闭上眼，心里涌起一股无法言说的情绪。

这个男人总是令她震惊，令她完全不知道该怎样做才好，除了更爱他之外，她已经没有其他东西可以回馈他了。她一直以为这只是一段露水姻缘，虽然一度伤心痛苦过，可直到这一刻，她才发现廖敬清将这段感情看得这样重。

她一直以为他不够爱，可原来不知不觉中，他爱得比她还要深，还要认真。

有了廖正扬和莹莹在，至少孤单的感觉不会被无限放大。尤其是莹莹，她根本不知道现在的情况是怎样，每天变着法地哄闻清开心："你看，这是我给小宝宝准备的礼物，好看吗？"

闻清见是件小衣服，虽然尺寸大概只够芭比穿，但她还是被莹莹的心意所打动，真诚说道："谢谢，我很喜欢。"

莹莹虽然智力不足，可她在这方面却十分擅长，爱做各种各样的手工物品，最厉害的就是衣服，玩偶的、宠物的，做出来的样子非常精致漂亮。

闻清看着她一针一线专心的样子，忍不住也拿了布料出来。

莹莹笑着问她："你想做什么？"

"我给他做个小帽子吧。"

莹莹点点头，认真地指导她。

闻清极力让自己集中精神，她必须找件事来分散自己的注意力，这样才不会成天胡思乱想。廖敬清不告而别，一定是对她有信心，她不能让他失望。

自始至终都是他在为这段感情努力，她要更勇敢才行。

廖正扬见她越来越冷静，这才稍稍松了口气，这样一看，他忽然有些明白廖敬清到底为什么对这个女人着迷了。

闻清尽可能不去看新闻，也不去打探消息，可晚上还是会失眠，整宿整宿地睁着眼无法入睡。

足足过了五天，第五天清晨，闻清才听到家里的门被叩响了。

门板只是轻轻响了一声，她几乎立刻就从床上弹坐起来，随后连鞋都没穿就跑了出去。

她无比坚信门口就是自己想要见的人！果然，等门打开，廖敬清隔着一扇防盗门，微笑地看着她。

可在他身后不远处有人等着，那个人闻清没见过，面容严厉，透着股刚正不阿的气息。

闻清握紧了拳头，鼻尖涌起阵阵酸意，只有指尖不断用力扣着掌心，这才勉强没失态。

倏地将门拉开了，她都没敢立刻去触碰他，只是一次次上下打量着他全身，生怕哪里少了什么。

清晨的湿气很重，他睫毛上不知道是不是露水。他缓缓地张开双臂，将自己完全展现在她面前，依旧是微笑着。

他说："早安，我很好，没有受伤。"

闻清看着他再度露出那副吊儿郎当的样子，像极了他们在火车上初遇的那一幕，这才不管不顾地扑进他怀里，眼泪汹涌而出。

她用力捶了他胸口好几下："浑蛋，你怎么老是这样！"

这辈子为他流的泪最多，为他疼为他痛的时候也最多，可偏偏最放不下的，也只有他。

廖敬清按住她的脑袋，将人完完全全地压在胸口，让她聆听着自己的心跳声，不住地说着对不起。

闻清抬起头看他，这时候才发现他脸颊上有伤，伤口并不深，也仔细处理过了，可还是被她发现了。

她抬手一处处查看，随后在他脖子上和胳膊上都发现了不同程度的伤口。她眼底的泪掉得更凶："你到底去干什么了？"

廖敬清没有马上解释，他只是回头看了眼自己身后的男人。

那人点了支烟抽上，对他微微颔首说："我在这儿等你，但时间有限。"

闻清刚刚放松的心脏倏地又被一股无形的力量给紧紧攥住了，她疑惑地看着廖敬清，迫切地想让他给自己一个答案，可他却什么都没说，只矮身将光脚的她一路抱回了房间。

闻清来不及追问那个人是谁，廖敬清将她重新放回被子里，这才慢慢地将这几天的事一件件解释给她听。

"那天陪你去医院，其实也是我和刘队他们设的局。七叔之前行贿的目标在兴城都是举足轻重的人物，这次事件牵扯了很多人，所以只要我出现，他们一定会想办法把我处理掉。"

闻清听到最后三个字仍旧心有余悸，她强迫自己听得很专心："刚才那个人就是刘队？"

"嗯。"廖敬清下巴上的胡茬儿又长长了，连带着声线都低低沉沉的，"之前七叔为了更好地掌控我，除了洗钱之外，行贿的事也全权交由我打理。我是当事者，是我出面接触的那些人。"

闻清细细听着，心尖像是有滚烫的火烧灼着，廖敬清果然参与了这些事，那如今——

这段日子他一直没说，她也从没问过，对于他跟着七叔这几年到底做了些什么，他们彼此都讳莫如深。

除了廖正扬对自己透露的那些，闻清内心深处其实一直都很抗拒这一段。

她害怕知道得多了，对未来就更加恐惧，可如今显然不得不面对这个问题。

廖敬清安静了许久："这次我转做线人，对刘队他们的帮助很大，闻清，我愿意冒这个险，勇气全都来自你和孩子。我不是个多么伟大的人，爷爷死了以后，我已经渐渐习惯做个坏人，活着就已经足够了。"

闻清低下头，很久都没有接话。

廖敬清抬手抚了抚她的发顶，掌心带着让人沉迷的热源。

他继续说道："我是想摆脱七叔，但我真没勇气帮着警方彻底拔掉兴城的整颗毒瘤。是你回到我身边，才给了我足够的信心。我一想到这么做，可以更早更快地和你在一起，我就什么都不怕了。"

闻清低垂的眼睑颤动着，终于有泪掉了出来，她急忙将它们擦拭掉，眼眶通红地望着他。

廖敬清也双眼发红地看着她："我说过会拼尽全力。如今我真的已经尽了最大的努力，虽然会减刑，但是……"

“你，会等我吗？”最后，他终于小心翼翼地问。

闻清吸了口气，第一次在他面前哭得像个孩子，涕泪横流，毫无美感可言。

因为她父亲的原因，他的家人去世，他的人生彻底变了一个模样。他活在黑暗之中，在这段感情里，她甚至一度误解他，对他做了不少狠事，可结果……

结果他还是这样深爱着她。

闻清摇了摇头，艰难地哽咽道：“我、我不值得的。”

如今仔细想来，在这段感情里，她除了一腔果敢之外，真的没为他做过什么。一直以为是她敢爱敢恨，可始终在付出的人，是他啊！

被误解，被伤害的，全都是他！

闻清泪眼模糊的视野里，是他通红却微笑的眼睛。他伸手一点点抚摸着她的脸颊，温声说着：“谁说不值得？我遇到过很多人，可是没有人一直坚持没放弃过我，闻清，值不值得，只有我自己知道。”

闻清颤抖着唇，直到他俯身将她的唇含住。她的眼泪咸湿而苦涩。他在她唇边哑声道：“这样拼尽一切的勇气，我一辈子也只能有这一次，所以我只能厚着脸皮让你等我了，闻清，你等吗？”

闻清重重地点头。廖敬清笑着，可眼睛更红了，像充血似的。他坚持地说：“告诉我答案。”

“等。”闻清一边哭一边笑着说，“这辈子，脸皮厚到追一个男人追到他的城市三次，我恐怕也只有这一回勇气了。当然要等你，我等着你，好好把这笔账讨回来。”

廖敬清伸手扣住她后脑，在她唇上用力吮吸着，恨不能将她完全揉进自己身体里。

廖敬清和刘队走的时候，廖正扬和莹莹还没醒，楼道里安安静静的，没有一点人声。闻清站在走廊上，注视着他的背影渐行渐远。他的身姿笔直修长，步伐却是从未有过的轻快，外面朝阳初升，他终于可以坦坦荡荡地行走在阳光下。

闻清感受着穿堂而过的寒风，却并不觉得寒冷，因为她知道，只有经历了寒冬，才能等来最暖的春。

七叔在兴城势力庞大，一度涉及了很多非法生意，牵连甚广，在位的多位官员都牵扯其中。而廖敬清追随他六年，这期间参与问题的严重性可想而知。

闻清去听了两次庭审，结果都被七叔的言论惊骇到，他果然如预期的那样，将脏水全都往廖敬清身上泼。

从一开始，他就将廖敬清当成了一枚棋，一枚随时顶锅的棋子。

幸好廖敬清早有防备，他显然非常熟悉这个圈子的规则，所以这次主动配合刘队他们，替他争取了不少印象分。

但因为涉案人员众多，案子一拖再拖，等最后的庭审结果下来，闻清的肚子已经很大了。

那天她感觉特别不舒服，于是最后去听宣判结果的只有廖正扬。

闻清和莹莹就待在家里，她一直陪着莹莹做那些手工活。莹莹在边上踩缝纫机，做得很是专心，不论外面怎样的风雨欲来，她完全感受不到。

廖正扬将她保护得很好，总有各种办法哄着她，让莹莹以为七叔只是去了哪里。以前父女俩见面的时候也极少，所以对于莹莹来说，完全没有感觉到难受。

莹莹的身体每况愈下，这两年频频进医院接受治疗，然而说来也很神奇，廖敬清偷偷放走那个被七叔选中要给莹莹移植心脏的人，接着七叔又被捕之后，她的精神头反而渐渐好了些。正扬上次陪她做检查的时候，竟然没有再恶化。这究竟是上天垂怜，还是冥冥中自有善恶业报，又有谁能说得清呢？

闻清不相信什么宿命论，但这一刻，她心里全是暖的。那个男人为她和孩子做的、想的，真的足够多，多到足以支撑她相信这世间美好尚存。

闻清频频走神，几次抬头看向窗外。

今天的天气很好，阳光充沛，阳台上那件白色衬衫一直飘荡来飘荡去。那是廖敬清的衣服，闻清每天晚上睡觉的时候都会把它穿在身上，不管洗了多少次，总觉得他的味道依然在。

她盯着那件衬衫走神，不小心被手里的针扎了一下，门口也正好传来响动声。

廖正扬开门走了进来，目光与她相撞，闻清听到自己的心跳声阵阵如擂鼓，连手指上刚刚冒出头的血珠都来不及理会。

良久，廖正扬冲她微微笑了下：“和我们预期的一样，幸好，连上天都愿意给他机会做回好人。”

那个笑容让闻清提着的心终于安定下来，她深深吁了口气，握住自己的手，慢慢地低头笑了，眼眶温热，心底却是从未有过的轻松。

当天下午闻清的肚子就开始痛，而且一次比一次厉害，廖正扬和莹莹慌手慌脚地将她送去了医院。

到了晚上九点多，他们的孩子终于顺利诞生了。

是个男孩子，模样尚不能看出像谁，可廖正扬却感叹说：“小家伙这是迫不及待地想出来陪妈妈了吗？”

闻清看着肉嘟嘟的小东西，心里就跟暖化了一样，其实她从来都不孤单，孤单的是他才对……

想象着廖敬清知道他们的孩子出生了，一定非常非常欣喜，这是上天在此刻送给他们最好的礼物了。

莹莹则非常好奇，一直趴在小床边盯着宝宝看，随后说：“是不是得给他取个名字呀？”

闻清听完，脸上的笑意更深：“就叫廖煊。”

煊，也有温暖之意，这是廖敬清和闻清之前一起想的，无论男孩女孩都适用。

于是以后的日子，闻清总能听到莹莹成天在自己耳边念叨：“煊煊，看姐姐给你做的小裙子，漂亮吗？这个小帽子呢？”

对此廖正扬解释了很多次，告诉莹莹，煊煊是男孩子，不能穿裙子，更不能戴粉色有蕾丝的小帽子，可莹莹固执己见，坚持说这样很漂亮，煊煊本来就是个漂亮的孩子。

到了后来，闻清也就由着她了。

等闻清终于能去看廖敬清的时候，是出了月子，可是那会儿孩子实在太小了，加上请来照顾的月嫂非常迷信，一直劝解说不能带孩子出入那种地方，很晦气。

闻清倒是不信这个，她本来有心带孩子去给廖敬清看一眼，但廖敬清竟然也托廖正扬传话，不许她把孩子带过去。

所以见面那天，只有闻清一个人。

廖敬清坐在玻璃的另一面，拿着话筒却不说话，只是看着她意味深长地笑。

闻清严肃道：“笑什么，是不是想说我胖了？”

廖敬清咳了一声，笑意仍是不减：“没有，只是比原来看起来和蔼多了。”

闻清磨了磨后槽牙：“你这是想说我以前很凶？外加暗示我，我还老了？”

廖敬清忍不住笑出声，眼角愉悦地微微上挑：“哪里，你就算变成了土肥圆，在我心里还是很性感啊。”

闻清愣了下，随后想象自己变成那个样子，一时没绷住笑出声：“你什么时候这么重口味了？”

“你怎么样都好，我看着你一样很喜欢。”廖敬清顿了顿，忽然又补充：“要适时地给予产妇鼓励和表达爱意，有助于增长她的自信和预防产后抑郁症。”

“……”

闻清原本还为他的前一句话感动，听到后一句脸色马上垮了下来，恨恨地说：“我谢谢你啊，最后一句给我咽回去！”

廖敬清点点头，却一本正经道：“不是你说喜欢听我讲实话吗？”

闻清知道他是故意的，抬手指了指他：“你等着，现在气我的，我全给你一笔笔记着呢。”

廖敬清忽然俯身上前，冲她笑得不怀好意：“全都记好了，这样你才能一直记着我，你不爱吃亏的性子，我最喜欢。”

他借着俯身上前的姿势，将宽大的掌心按在了玻璃上。

闻清也慢慢往前，将手覆了上去，他们深深地看着彼此，眼神中全是无法压抑的思念。但他们从不说想念的话，说了对彼此都是一种负担。

闻清只说：“我是自私女，你是心机男，天生一对，我就可着你祸害了。所以别想那么多乱七八糟的，没事的时候，还是好好想我吧。”

两人相视一笑。

“谢谢你。”廖敬清忽然说，“还有，辛苦了。”

闻清抿了抿唇，他的心意她当然全都懂，只莞尔道：“嗯，再记一笔，将来慢慢还啊。反正这辈子我当你债主是当定了。”

廖敬清一笑：“好。”

两人每次见面，除了斗嘴耍贫之外，最多的话题就是儿子。但他们每次见面都是开心的，和其他愁云满面泪洒当场的人们截然不同。看着两人斗嘴耍乐，连狱警都记得了，每当闻清来的时候就会提醒廖敬清：“你媳妇又来气你了啊。”

日子过得缓慢，却似乎也很快，煊煊一天天长大，竟也渐渐有了廖敬清的样子。

廖敬清只是见过他的照片，却从来没有见过他真实的样子，小煊煊亦然，但他最早学会喊的人，竟然是爸爸。

这当然是闻清教的，她在孩子很小的时候就在他周围营造出了他有爸爸的意识。家里很多廖敬清的照片，也有廖敬清的东西，每当有人问起，煊煊也会含糊不清地说，爸爸的、爸爸的。

煊煊两岁的时候，沈逸正好从B市来看闻清，可他俯身去鞋柜拿拖鞋的时候，煊煊忽然啪的一下把鞋柜的门给用力拍上了。

当时他才刚刚学会走路，摇摇晃晃的，可关门的气势很惊人。

沈逸吓了一跳，瞪着眼看小家伙：“宝宝怎么了？”

煊煊撇着嘴，但含含糊糊地说不清话，闻清当时正在厨房给他冲奶粉，当然也没关注这边的情况。

直到沈逸第二次将鞋柜门打开，并且随手拿出了廖敬清的拖鞋时，煊煊才开始大喊：“爸爸的，爸爸的！”

沈逸这会儿才总算听明白了，对着小脸皱巴巴就快哭出声的小家伙简直哭笑不得，合着廖敬清不在，却留了个小卧底啊。

这小鬼这么小就知道护短了。

沈逸把这事给闻清一说，闻清也觉得好笑：“也不枉费他爸爸那么爱他，这大概就是所谓的父子连心吧。”

沈逸听完露出将信将疑的样子，对着煊煊开始试探起来。

他特意走到书架边，拿了廖敬清的照片看，结果煊煊摇摇晃晃地冲过来，拽着他的衣角露出一脸愤愤不平的样子，那小眼神就跟看一个入侵者没两样。

沈逸终于有点信了，又觉得十分有趣，俯身开始研究起煊煊来，还伸手指着自己的鼻子："小鬼，你不知道我差点就成你爸爸了吗？"

闻清翻了个白眼，又觉得好笑。

结果煊煊啪一下把他的手指打开了，立场分明。

沈逸露出凶相说："干爸也是爸爸啊，小子你也太厚此薄彼了。"

煊煊也对着他不客气地翻了个白眼。

沈逸这次是彻底服了，摸着下巴道："难道真的有父子连心这回事？"

闻清撇了撇嘴，表示自己也不知道，但还是对他说："你自己生一个不就明白了。"

沈逸露出尴尬的神情，往沙发上一坐："你这么说就太伤我心了啊，和老公秀恩爱就算了，还用儿子刺激我。"

闻清叹了口气，把奶瓶递给煊煊。煊煊就抱着奶瓶晃悠悠地走到了前面的地毯上，躺下去之后，一边喝，一边开始玩自己的脚指头。

"这一点是不是也遗传廖敬清啊？"沈逸笑得几乎直不起腰。

闻清扔了个抱枕过去，沈逸稳稳地接住了。她犹豫了下，还是小心地说："这都两年多了，你也该定下来了，和迟莉莉——"

沈逸的脸色瞬间变得难看，闻清知道自上次她从B市回来找廖敬清之后，沈逸再度拒绝了迟莉莉，于是她就离职了。

具体去了哪里，谁也不知道，但那以后，沈逸一直没有恋爱，身边连个亲近点的异性都没了。他究竟放不下谁，到底在等谁，谁知道呢？也许他自己也不知道。

不知是提到了他的痛处，还是沈逸这段时间真的被催婚给催怕了，他理了理衣襟站起身，面色无异道："得，想找个清静的地方也太难了。你生了孩子以后真的越来越像大妈了，和我妈真像。"

闻清气得瞪着他，沈逸朝她挥了挥手："我走了。"

"去哪儿？不留下吃饭？"

沈逸只背对着她再次挥了挥手。闻清忍不住叹了口气，随即又转头问煊煊："我真的越来越像大妈了？"

煊煊当然不会回答她，只是对着她继续跷了跷小粗腿，咯咯地笑了两声。

那两声，和他那个毒舌的老爸一样欠扁。

廖敬清是在煊煊快五岁的时候出来的，闻清亲自开车去接他。车子还有段距离，她就看到他站在那扇铁门前冲自己微笑。他的头发仍旧很短，身上穿着简单的白衣黑裤，可这样简单的装束反而衬得他面容更加硬朗。

不再是六年前的模样，他变得更加成熟，更加爷们儿。

那一刻，闻清清楚地听到自己心动的声音，即使隔了这么久，她面对他的一个笑容、一句话语仍旧会有心跳加速的感觉。

多奇怪，仿佛感情这件事，只要人对了，就什么都对了。

廖敬清自己打开车门进来，等他坐定以后，却见身边的女人一动不动地看着自己。他失笑地伸手在她面前打了个响指：“怎么了？”

“多看看你，怕是一场梦。”她说完，主动伸手抱了他。

这个时常出现在梦境里的画面，终于变成了真实。感受着他身上的气息和温度，闻清闭了闭眼，颤声说：“欢迎回来，我好想你。”

这么多年，闻清有多想他可想而知，可这还是头一次把这句话说出口。

廖敬清回抱住她，气息平稳地洒在她鬓发之间，他轻轻吻着她柔软的发丝，仿佛许诺一般地说：“再也不会离开你了，我会永远在你身边。”

他的这个“永远”，代价实在太高也太珍贵了。

闻清将眼底那阵热意强压下去，这才松开了他，两人互相看着彼此，好似都舍不得移开眼似的。

还是闻清没忍住，低头一笑：“好了，正扬他们该等急了。”

廖敬清也笑，他将安全带系好，却仍然看着她：“好啊，走吧。”

闻清抿了抿唇：“你这样一直看着我，还想让我好好开车吗？”

“等回去你再看回来，现在先让我好好看着你。”他说，“把这么久没看够的，全都补回来。”

闻清被他说得脸上微微地发红，骂了句“不要脸”，可她眼底心底都是甜的。

那种苦尽甘来的滋味，原来就是这样的吗？尝过了苦痛之后，一丝一毫的甜腻都像是被无限放大了，也显得格外珍贵。

车子停在了一个完全陌生的小区里，廖敬清看着周遭的事物，没有一件是他熟悉的。就连一路开过来的街道他也极其陌生，快六年的时间，这个城市已经面目全非。

闻清看着他眼中一闪而过的落寞，主动走到他身边，并且握住了他干燥的手掌。

廖敬清知道他们原来的房子已经被拆迁了，这些闻清早就跟他说过，可这会儿真的面对一切未知的新鲜事物，他还是产生了短暂的不适。

“煊煊等了你一上午，早上起床就开始在客厅等你。”闻清说，“他还给你准备了礼物。”

廖敬清脸上这才露出些许笑容，眼底满是期待：“是吗？”

“嗯。”闻清牵着他上楼，“正扬和莹莹也在，一家人在一起才最重要，对吗？”

廖敬清知道又被她看穿了，有个太像自己的另一半看来也不是件好事情……他失笑着点点头：“对，大家在一起才更重要。”

到了家门口，廖敬清深深吁了口气。闻清冲他挤了挤眼睛："别紧张，你儿子和你很像，你们一定会很合拍。"

谁知道门才打开，廖敬清就被儿子弄了个下马威。

煊煊抱着拖鞋不肯松："你真的是我爸爸？你有什么证据可以证明？"

廖敬清抱着胳膊打量他，坦言道："的确没有证据。"

"你和照片上不太像。"煊煊严肃地盯着他，一一举证，"头发短了，也比他黑点。"

闻清在边上看得直笑，又狠狠地瞪着小家伙："煊煊，不许胡闹。"

廖敬清却拦住她，好整以暇地冲儿子抬了抬下巴："好吧，姑且试试看，我说几点你听听，看看我像不像你爸爸，嗯？"

煊煊瞪着黑葡萄似的大眼睛，警惕地点点头表示同意。

廖敬清俯身蹲在他面前，和他视线相平："你上幼儿园小班的时候，拿过运动会小健将的奖状，回家就让妈妈把它收好，说等我回来要让我帮你贴起来。前段时间儿童节的时候，你和妈妈做游戏也拿了一等奖，奖品你留着一直没舍得拆，说要等爸爸回来一起拆，对吗？"

煊煊扑闪着大眼睛，看他的表情已经有些惊讶。

廖敬清一笑，嘴角微微勾了勾："还有，你刚去幼儿园第一天就尿裤子了。"

煊煊忽然一把捂住他的嘴，两颊红扑扑地喊道："这个不许说！不许说。"

廖敬清感受着儿子软绵绵的小手和近在咫尺传来的阵阵奶香，心里柔得不可思议，他伸手把儿子抱进怀里，沉声道："煊煊，我是爸爸，我回家了。"

这是他的爱人，他的孩子，直到这一刻他才如此清晰地感知到。

这个小家伙，是他和闻清最艰难时留下来的，他用力抱着他，这几年的时光这一刻才有了如此真实的感觉，他欠他们母子的实在太多了。

等和儿子相认之后，廖敬清才看到始终站在一旁的廖正扬和莹莹。

这个被他过度保护的弟弟，也已经不再是当初游手好闲的样子，他这几年变化真的不小，廖敬清听他提过，他有了自己的事业，能轻松负担起照顾莹莹和自己。

到了吃饭的时候，廖敬清才知道原来他和莹莹最早的时候居然只是开了家小规模网店。

"当时清姐怀孕在家，每天和莹莹做手工，后来是她想到的，开个网店等客人下单。"廖正扬解释给廖敬清听，"无论是婴儿衣服还是宠物服装，全都是手工制作的，以前只有莹莹一个人，后来生意好了起来，我们就雇了工人一起。别看我们只是网店，现在也是有工作室的了，而且档次提上去，也算小有名气了，很多人特意订制自己喜欢的款式送朋友和亲人。"

廖敬清看了眼闻清，闻清冲他挑眉一笑。

廖正扬踟蹰了一会儿，看了眼在边上陪煊煊看动画片的莹莹，对廖敬清说："我想和莹莹结婚。"

闻清和廖敬清俱是一顿，齐刷刷地看过来。

廖正扬难得地露出了几分害羞的表情，摸了摸鼻子："爷爷在七叔家做花匠的时候我就开始喜欢莹莹了，那会儿只觉得她傻乎乎的好玩罢了，可现在——"

闻清这几年是看着两人过来的，当然知道正扬对莹莹的感情，可她不免还是有所担心："莹莹的情况很特别，唯一的监护人是七叔，可七叔是因为我们才进去的。正扬，你真的有信心他会同意吗？"

廖敬清始终没有说话，他一直看着廖正扬，等他自己表态。

廖正扬坚定地点点头："当然，这几年我没少陪莹莹去看他，他态度虽然一直都不好，但我觉得他也希望有人照顾莹莹吧。"

直到最后廖敬清也没回答，但吃完饭后，他看到莹莹在阳台浇花，就无声地走到她身边。

闻清知道他有话和莹莹说，大概也想征求莹莹自己的意见，虽然莹莹在这方面什么都不懂，但廖敬清有自己的一套方法和她沟通。

前些年，廖敬清是莹莹身边唯一出现时间最长、频率最多的异性，所以才会让她产生喜欢的错觉。虽然莹莹理解的喜欢和他们认知的不同，但她很依赖廖敬清是真的，这几年也没少念叨廖敬清，时不时也会和她一起去看他。

经过了这么多年，她的想法到底有没有改变？

闻清其实也想知道答案。

两人一直背对着落地玻璃门，所以闻清和廖正扬都看不到他们的表情。廖正扬似乎非常紧张，一直不安地拿出烟塞进嘴里，又默默地拿掉，这个动作重复了很多次。

闻清干脆问他："莹莹和普通人不一样，她理解的结婚和我们认为的也并不同。正扬，她或许不能履行一个正常妻子的义务……我说的你明白吗？"

"我明白。"廖正扬丝毫没觉得尴尬，"和她在一起我很开心，觉得一切都变简单了，为了这份简单，我喜欢她一直这样快乐。任何她不喜欢的事我都不会做，更不可能逼迫她。"

说完这些，他微微沉默了下，再开口，语气中满满的不容质疑："上天到底赏赐了多少日子给她我不知道，但我知道，如果再浪费下去，我将来一定会后悔。以后的每一天，我想和她一起过，很认真地过。"

闻清是亲眼见过廖正扬对莹莹有多细心多体贴的，只是没想到在他看似云淡风轻的外表下，竟然用情这样深。所以有了他这句话，她也就什么都不问了。

只是廖敬清和莹莹聊完出来，竟然什么都没对两人说，急得廖正扬好几次都想掀桌子。

到了晚上的时候，廖正扬终于按捺不住将莹莹拉进了书房，两人不知道聊些什么，但猜也能猜到。

闻清也好奇，趁着煊煊在客厅画画的时候，将廖敬清也拉回了自己的房间，关上门追问："莹莹到底怎么说的？"

廖敬清平静地回她："哦，莹莹说要考虑考虑。"

闻清愣住了，以前她喜欢廖敬清这种事，几乎是毫不犹豫地张口就回答，怎么到正扬这就变成了考虑……难道莹莹真能分清喜欢和不喜欢的差别？看她平时对正扬的态度，也不像是讨厌啊。

廖敬清见她面色凝重，知道她在胡思乱想，他却坏心眼地不点破，只是揽着她肩膀，说："连正扬都考虑结婚的事了，我们是不是也要准备一下？"

"嗯？"闻清慢半拍地回过神，"考虑什么？"

"当然是结婚。"廖敬清气得直笑，将她完完全全地抱进怀里，"你是不是可以嫁我了？孩子都生了，什么时候给我一个名分？"

闻清扑哧一声笑出来，钩住他脖颈，一脸认真地说："以前一直让我追你，还害我这么难过，想要我做你老婆，就拿出点诚意来啊。上下嘴唇一动就让我答应你，想得美。"

廖敬清失笑，微微抬头看向屋顶："好，原来你也有这么傲娇的时候，行，我会好好表现我的诚意。现在——"

"现在什么？"

廖敬清抱起她直接往床边走，狎昵地蹭着她的鼻尖："是你表现诚意的时候。"

"衣冠禽兽。"闻清笑骂着，人已经被他压到了床上，可两人什么都还没做，门就被推开了。

煊煊皱着两条小眉毛，满脸纠结地站在门口："爸爸，妈妈已经借给你一整天了，能还给我了吗？"

廖敬清&闻清："……"

廖敬清十分苦恼，儿子抱着闻清不撒手，非要闻清陪着看动画片，洗澡也是，两人在浴室一待就待大半天！听着里面传来的嬉笑声，廖敬清差点挠墙了。

就连晚上睡觉也如此，煊煊非要睡在两人中间。

看着和闻清穿了亲子睡衣的小东西，廖敬清尽可能地表现得和颜悦色："你都五岁多了，已经是小男子汉了，再和妈妈睡会被笑话的。"

"才没有，兜兜也和她妈妈睡啊。"

兜兜是姜钰和叶维臻的女儿，廖敬清听闻清说过的。他觉得自己很有必要和叶维臻好好沟通下这个问题。

煊煊站在床上，抬起小胖手，压了压头顶竖起的一小撮不安分的头发，继续义正词严地发表言论："这里本来就是我的位置，妈妈要抱着我才能睡着。"

廖敬清心里在咆哮，当初这可是老子的位置啊！当初你妈妈也只会抱着我睡好吗？

但他的话还没说出口，煊煊就又说了："再说我是小孩子，你怎么能跟我抢位置呢？睡边边很容易摔下去的啊。"

廖敬清："……"

于是连闻清也不站在他这边了，煊煊就在闻清怀里心满意足地睡了。

隔着儿子什么都不能干，廖敬清只能长手长脚地伸过去，偷偷碰碰媳妇儿过过瘾，可闻清很快就把他踢开了，警告道："他很容易醒，看到了影响多不好！"

廖敬清忍了，第二天一大早就自告奋勇地把小东西送去了幼儿园。

当然，亲自送儿子去幼儿园这件事他其实想了很久了。

等回来的时候，闻清正在浴室给小家伙洗衣服，廖敬清走过去从身后抱住她，满眼哀怨："我有种失宠的感觉。"

煊煊的衣服闻清都是用手洗的，这会儿抬头从镜子里看了他一眼，将手上的泡沫反手擦到他下巴上："我们自信满满无所不能的清哥去哪儿了？"

结果这话让廖敬清朝着她胳膊上就是一口，当然没舍得用力咬，只是牙齿在她肌肤上轻轻啃咬了下："那是你儿子，我还能怎么着他不成？"

"不是你的？"闻清回身看他，搂住他脖颈狐狸似的笑起来，"连自己儿子的醋都吃，你是有多爱我？"

"马上就证明给你看，有多爱。"廖敬清在她耳畔哈了口气，抱住她就开始上下其手。

闻清当然也想他，他们在这事上向来合拍，彼此都大胆热辣，很快就被对方逗得气息不稳。

可当廖敬清将闻清背转过身去，想更进一步的时候，浴室的门被推开了。

莹莹揉着眼睛站在门口，一脸诧异地望着他们，随后就皱了皱眉头："你们在打架啊？"

闻清&廖敬清："……"

廖正扬、莹莹一直都和闻清住在一起，最开始的时候是为了照顾怀孕的她，再后来煊煊出生了，闻清一个女人带着孩子就更不安全了，所以几人就一直住在一起，直到现在。

廖敬清觉得要是这会儿让这两人搬走，是不是显得太不厚道了？

可他发现这个家里的电灯泡真的不是一般的多啊！

正扬还好，白天要去工作室没什么时间在家，但莹莹不同，她非常乐意和闻清腻在一起。

“姐姐，你今天陪我去逛街好吗？”吃早饭的时候，果然莹莹就开口问了，一脸期待地看着闻清。

闻清看向廖敬清，自打之前的亲热被打断之后，他的脸色就更不好看了，吃东西的时候都目不斜视，一副谁也不想理的架势。

闻清低头一笑，还是耐心地问莹莹：“怎么了，你想买什么吗？”

莹莹有些不好意思地咬了咬嘴唇：“正扬的生日快到了，我想送他一份礼物。”

闻清眼睛一亮，马上想到可以顺便问问莹莹对于婚事的意思，可转念想到廖敬清……这是他回家的第二天，显然不适合让他独自待着。

结果廖敬清告诉她：“想去就去吧，师兄今天正好休息，下午会来找我。”

听说钟浩然要来，闻清这才放心一点，他们师兄弟聊天，她在家似乎也不太方便。于是算了算时间差不多了，闻清就和莹莹一道出门，莹莹买东西比常人要麻烦一些，所以两人逛了好久。

买完东西，莹莹忽然对闻清说，她要直接去工作室找正扬。

闻清亲自开车将她送过去，看着她进了工作室大门，这才原路返回。

想到家里那人，闻清又特意去买了他爱吃的点心带回去。

可到了家里，钟浩然似乎已经走了，闻清蹑手蹑脚地进去，却看到廖敬清一个人坐在阳台上。

他端端正正地坐着，目光不知落在了何处，闻清对这样的背影并不陌生，往往他有心事的时候，才会这样姿态笔挺地坐着。

她悄悄走近他，结果看到桌上扔了几页资料，这些东西闻清并不陌生，是当初医院对于他的处分报告。

想来是钟浩然和他聊起了对未来的规划，可他除了之前有伪造报告的丑闻，现在又有了案底……

她大概知道他不开心的原因了，故意弄出点声响，果然，廖敬清的脊背僵了僵，很快就回过头来。

他看向她时，面容又快速调整，眼神都自动变回了温柔模式，甚至伸出一只手来：“回来了？”

闻清将自己的手主动递过去，然后蹲在他身前，头微微倾斜枕上他双腿。

“我一定没有告诉过你，以前我其实没什么机会去逛街，我是指很早很早以前，在B市的时候，那时候我是个十足的工作狂，甚至没有朋友。”闻清忽然开始说着，“就算迟莉莉是我的大学室友，可我们的关系似乎也貌合神离。我那时候只有一个认知，就是女人该在事业上闯出一番成就才叫成功，其他的无所谓。”

廖敬清安静地听着，嘴角甚至露出一丝浅笑：“然后呢？”

“然后就遇到你了啊。”闻清将头转过来，依旧是枕着他双腿的姿势，可却和他面对面。

她继续说：“从我懂事开始，就看到我妈和我爸不断地吵架，我妈是个专职家庭主妇，她将家业操持得很好，可是和我爸越来越没共同话题。再后来，就有了唐娜。”

廖敬清没有接话，耐心地听着。

“所以啊，我就更觉得女人不能依靠男人，而且一直生活在那样的家庭氛围里，我对‘家’这个字的感觉也越来越模糊。”闻清的视线重新落回他身上，“遇到你以后，我忽然就变得脆弱了，但是我知道，不管怎么样你都不会离开我，你给我的爱，我深信不疑。”

廖敬清带了薄茧的掌心，缓缓地抚摸着她的脸颊。

闻清微笑着，又说：“你让我重新定义了亲情，也很喜欢现在这个家。我们原本是两个最孤单的人，可是在一起以后，有了一个最温暖的家，有正扬，有莹莹，还有儿子，多好。”

这些话她从未对他说过，但全是她的肺腑之言。他看到她发红的眼眶，俯下身去将她抱得很紧。

廖敬清哑声问：“和我说这些，想要告诉我什么？”

“你对我的意义。”闻清强调道，“你已经这么重要了，其他的都没关系，我们会一直在一起，走一辈子，所以其他的，一起面对。”

廖敬清在她发间轻轻一笑：“你啊！”

闻清也笑：“是不是觉得我又贴心又聪明，更爱我了？”

廖敬清点点头：“让我觉得自己当初的决定没有错，为你做什么都甘愿。”

“你只要在我身边，健康、快乐，足够了。”闻清直起身来，“还有，一直一直地爱着我。”

廖敬清倾身去吻她，咬了咬她柔软的唇：“这是我的荣幸啊，傻瓜。”

阳台对面是远山，层峦叠嶂隐匿在迷雾之中，天空晦涩却一望无际，廖敬清将她抱在膝盖上，专心地亲吻起她来。

他的手慢慢地从她小腿抚上去：“这次谁要是再打搅我，我一定揍他。”

闻清笑着蹭他高挺的鼻梁：“说不准还真的……”

她的话音刚落，手机就响了。廖敬清的掌心顿了顿，却仍旧慢慢往上：“不管它。”

可手机铃声始终在响，大有她不接就一直打下去的势头，廖敬清最后都被搅得没兴致了，皱着眉头将她手机拿了起来，结果是正扬打来的。

闻清只好接通，结果那边传来廖正扬十分焦急的声音："嫂子，你看到莹莹了吗？我听手下人说她刚来过。"

闻清有点跟不上他的节奏："我刚刚亲眼看着她进去的啊。"

感觉到那边死一般的沉寂，闻清意识到有什么不对劲了："出什么事了？"

廖正扬有些说不出口，却还是道："下午、下午唐娜来找过我……"

闻清听到"唐娜"两个字立时噤了声。

四年前，警方在境外找到了唐娜，对于唐娜诈骗一事闻清也才终于弄明白究竟是怎么回事。

原来当初唐娜一直很喜欢正扬，主动追求对方，时不时借着去找廖敬清的名义接近他，但这始终是她单方面的想法。直到她求职时刚好去了闻定山公司，正扬才渐渐和她走得很近。

廖正扬当年失去上大学的机会，又眼睁睁看着莹莹和廖敬清越来越亲近，将这一切都归咎在闻定山头上。

对闻定山的仇恨也越来越偏激，于是想利用唐娜接近闻定山，寻找闻定山的罪证。

孰料唐娜私底下却和闻定山搅和在了一起，后来更是自己圈钱跑路了。

闻清后来听警方说，唐娜自己也承认，当年她父亲重病在家，她这才临时起了贪念。

不管什么原因，闻清对这个女人的名字都是讳莫如深的。

关于唐娜和廖正扬还有莹莹之间的狗血三角恋，她一丁点兴趣都没有。

廖敬清和她离得近，所以将这两个字也清楚地听了去。他将她的手机接过去，镇定地说道："先去找人，你以前带她去过她很喜欢的地方，去那里准没错。"

几个人分头行动，最后终于找到了莹莹，幸好她根本没走远，就在她以前和七叔住的房子外枯坐了大半天。

闻清不知道莹莹看到了什么，也不知道到底是怎么回事，她这样离家出走还是第一次。

回到家已经大半夜了，莹莹又瞌睡又没精神，廖正扬哄她睡下了。经这么一闹，闻清和廖敬清也累个半死，倒头就睡。

日子平淡中总有波折，但不管大风浪还是小风浪，最后都能和平解决。

闻清渐渐知道，"家"大概就是这样的——不管遇到任何事，有人能和你分担，有人能陪你度过，风雨与共。

廖敬清大概也意识到了这一点，后来也没提过让正扬他们搬走的话，其实他们的房子并不小，一家人热热闹闹地住在一起反而很有意思。

当然，除了那一件事，的确颇不方便，但廖敬清已经认命了，儿子是他的，弟弟也是他的，苦自己也是活该啊。

好在没多久就到了暑假，闻清忽然对廖敬清说，煊煊要去B市姜钰家。

廖敬清愣了下，闻清当时正在替小家伙整理衣物，俯过身去在他耳边说："他和兜兜感情很好，到时候乐不思蜀恐怕都不会记起我们。我们也出去旅行啊。"

"旅行？"

"嗯。"

"好好的，为什么要去旅行？"廖敬清有点没回过味来，小电灯泡走了，当然是在家里关起门来，每天做喜欢做的事正好啊！

结果闻清横了他一眼："当然是蜜月旅行，你打算让你儿子一辈子没户口吗？旅行前我们先去把证领了。"说完闻清又随手翻了翻手机里的日历，头也不抬地补充："就明天吧，七月七日，挺顺口的。"

廖敬清："……"

求婚这件事，还真是来得措手不及啊，而且他老婆选日子也未免太随便了吧！

无视身后某个错愕的男人，闻清将煊煊的行李箱盖扣好，嘴角自始至终都是上扬的。经过莹莹和正扬的事，她无比感恩和他能这样平淡地幸福着。想起正扬那天说的话，认真地过好剩下的每一天。他们现在的时间那么宝贵，是他倾其所有换来的，她当然更不想浪费。

好好地、真诚地活着，以他的妻子之名，这才是幸福本身的样子。

番外一

小傻瓜（廖正扬VS莹莹）

第一次见到莹莹，是廖正扬十七岁那年，当时爷爷已经开始在七叔家做花匠了。那个年纪的正扬并不知道七叔在兴城有怎样举足轻重的地位，只知道他家里很有钱，有大房子，光是一个卫生间就比他们的房子还要大，更别提花圃了。

所以爷爷能为他们家工作，是件非常非常棒的事情，连带着邻居们听了都很艳羡。

可这么有钱的七叔，却有个傻女儿。

爷爷不许他这样称呼那位小姐，可正扬听到下人们都是这么议论的。

那次他回家忘记了带钥匙，于是去找爷爷拿，然后就在大门口听到两个保镖一样的人在讨论，一口一个小傻子说得特别清楚。正扬当时就等在烈日底下，阳光晒得人头晕，可他是不能随便进宅子的，只能一直等在围墙外，等爷爷出来。

等待的过程中，听到他们不断讨论那个傻女儿的事，他记得特别清晰，那两个人的表情讽刺而轻视。

“听说了吗？新来的那个阿棠被七叔收拾了。”

“怎么回事？”

“她自己不小心呗，偷了那谁的翡翠挂坠被七叔发现了。你说喜欢就直接问她要啊，反正她傻，问她要什么不给啊。”

“新来的不懂事啊。”

“话说回来，之前我问她讨了几次东西，小傻子真的没和七叔说。她那么多值钱玩意儿，七叔根本发现不了，在她面前装可怜就行了，我最近见她戴了串手链不错，过阵子等她腻了就问她要。”

“得了，你真把她当白痴啊。”

“难道不是？”

两人说话间不时爆发出刺耳的笑声，正扬不知道为什么听得十分厌恶。彼时正好有车子从远处缓缓开过来，他往边上避让了下。

车子从他身前经过，他隐约看到车里一袭白色的影子，估计就是他们口中的那个小傻子。

可看看刚才说话那两人，这会儿卑躬屈膝的模样还真和刚才判若两人。

正扬心里那股厌恶更强烈了，心底又对他们口中的那个小傻子有些鄙夷，到底有多傻才看不出人家眼里的虚伪？

这么笨的人，恐怕也是长得呆头呆脑的吧？

幸好爷爷很快就出来了，取了钥匙给他，顺便递过来一盒东西。

正扬不知道那是什么，只见包装十分精美，色彩很梦幻，看起来像是女孩子喜欢的东西。

果然，爷爷说："这是莹莹小姐给的，说是什么大酒店的师傅给做的，好像很好吃，你拿回去尝尝。"

"不要。"正扬蹙起眉，年少的脸上露出强烈的抗拒之意。

爷爷愣了下："怎么了？"

正扬向来是非常听爷爷话的，极少当面忤逆他，这会儿只好含糊道："我牙疼。"

爷爷哦了一声，信以为真了，可还是让他顺路带回家去。

等到了家里，正扬看着那盒点心总觉得不舒服，好像这东西拿了，自己也和门口那两个保镖没什么区别了。

他写了会儿作业，可余光瞄见那盒子，仍旧觉得膈应得慌，于是起身拿起它放进了厨房。

这种小傻子给的东西，吃了肯定也会变傻子。

那以后，爷爷总是时不时地带吃的回来，都是些饼干、蛋挞、蛋糕一类的甜点。

爷爷说："莹莹小姐买多了给的，不要浪费。"说完又莫名其妙地感叹："她其实很懂事的。"

正扬听了嗤之以鼻，懂事什么啊，分明就是个小败家子啊！

虽然爷爷带回来的东西正扬一口也没吃，可他渐渐地却把爷爷带回来的与那小傻子有关的消息全都听了进去。

比如爷爷会说："七叔给莹莹小姐找了个老师，教她画画，不过那老师人不太好，总是骂得很难听。可是莹莹小姐人善，一次也没和七叔说过。"

正扬边写作业边想，明明就是傻啊，让人骂了都不还口，不是傻是什么？

又过了段时间，爷爷回来说："莹莹小姐的画拿奖了，七叔可高兴了，听说奖励了那个老师一笔钱！他现在对莹莹小姐都特别好。"

正扬皱了下眉头，原来小傻子也有擅长的东西？她这么笨，要想拿奖，背后肯定费了不少工夫吧。

爷爷每周去七叔家工作三天，每次回来都会带些那小傻子的消息，正扬听得多了，对小傻子的生活也慢慢地有了了解，吐槽的同时，居然也觉得挺有意思。

什么她考试终于前进了一名，不再是倒数了，什么她终于学会了骑自行车，不再让家里用人们都跟在后面护着了……

正扬一边想象那个场景，一边无声地骂了句笨蛋，可嘴角又露了点笑。

日子久了，爷爷不去七叔家工作那几天，正扬居然觉得少了点什么，还会想，那小傻子这两天干吗呢?

当然，他也只是想想而已，少年的生活很丰富，他也有自己的朋友圈子，不上学的时候和同学发小疯得不亦乐乎。

直到那次爷爷生病身体不适，正扬陪着他去打理花圃，这次，他终于见到了传说中的小傻子。

他本来正在专心干活，忽然听到下人们吵闹的声音，好奇地抬头望过去，然后见大家都在朝着一个地方围追堵截，像是在捉什么东西。

离得并不远，正好就在不远处的小树丛，树丛里传来窸窸窣窣的声音，应该是什么宠物一类的东西。

管家匆匆忙忙地从这儿经过，见到他正在闲适围观，伸手就将他捞了过去："来来，年轻人身手灵活，帮个忙。"

"帮什么忙？"正扬并不想管这闲事，又不给加工钱！还是陪爷爷早点干完活实际。

管家下一句话就让他顿住了："莹莹小姐的兔子跑了，那兔子看起来挺肥的，居然这么能跑。"

小傻子的兔子？正扬接收到这个讯号，表情凝滞了下，当即就点了点头："好吧。"

他不知道自己抱着怎样的心思答应了，大概纯粹是好奇听了这么久故事的主人公，到底长什么样吧。

正扬将身上的运动外套脱了下来，随后穿了件白色半袖衫就钻了进去。树丛实在太茂密了，他只能凭着里面的动静来判断方位，一直朝着发出声响的方向钻。

一处树枝晃动得特别厉害，他想也不想就钻进去将里面的东西扑倒，可……

手心里软绵绵的，鼻端也是一阵阵好闻的清香，这样的气息绝对不是兔子身上散发出来的。

正扬盯着面前黑黢黢的那双眼，对方也愕然地和他四目相对，两人以古怪的姿势被夹在了树丛中。

外面还有下人们高声说话的声音，正扬的心陡然快速跳动了几秒，右手手心里的触感非常好，像是饱满的小包子，他慢半拍地视线下滑，随即就惊得弹开了。

他嘴里忍不住咒骂一句，耳根却有点红了。

等他弹开些，才看清楚对方的容貌，是个女孩子，似乎和自己同龄。

对方一头乌黑的长发，像是海藻又浓又密，可发顶上沾了几根青草，那样子有点……

他视线重新下滑，沿着她白裙的领口慢慢往下，落在了被衣服紧紧包裹却如小山丘般隆起的部位。正扬别开眼，觉得喉间有些干涩，气氛很奇妙，似乎很尴尬，可又有什么在他身体深处流窜，有点痒，有点麻。

十几岁的少年，触碰到了不该触碰的东西，羞耻的同时却又隐隐有些好奇，他咳了一声，刚想为自己无意识的举动说点什么，却听到一声轻笑。

显然是对面的女孩发出的。

他愕然地看过去，见她笑得一双眼都眯了起来。

“我知道你，你是廖爷爷的孙子。”

廖正扬：“……”

她主动朝他伸出手去，见他愣住，自己主动地将他的手握紧：“我是莹莹。”

正扬感受着手心滚烫的温度，视线一直胶着在她白净的手背上，脑子里慢半拍地回过味来，哦，原来她就是小傻子啊。

小傻子和自己想象的并不一样，正扬忍不住又看了她一眼，她的外表真的看不出和常人有什么不同，模样甚至比很多同龄人还要好看。

嗯，就算是傻的，也是个漂亮的小傻子，正扬心里默默地想道。

“你是来帮我抓小白的吗？”莹莹忽然开口问他。

正扬道：“小白？”

“对啊。”莹莹微笑着弹了弹身上的草屑，很认真地向他介绍，“我的好朋友，兔子小姐，它叫小白。”

正扬：“……”

莹莹干脆盘腿坐下：“它平时很乖的，今天不知道为什么，太不听话了。我准备了水给它洗澡，可转身就不见它了，它什么时候学会下楼梯的呢？”

正扬依旧面无表情地看着她，完全不知道该接什么话。

莹莹费神想了会儿，大概觉得想不明白，于是叹气道：“看来真的需要好好教训下它了，罚它半天没东西吃好了。”

正扬清了下嗓子：“我先帮你找吧。”

“好啊好啊。”莹莹小心地从树丛里爬过来。

正扬抬头一看，意外地发现她的脸离自己只有两三厘米的距离，她的气息再次毫无预兆地充斥在他的鼻腔。

她刘海上还挂了片树叶，却抬手在唇间轻轻地嘘了一声："但是你轻点啊，不能吓到它，它胆子可小了。"

正扬屏住呼吸，慢慢地退开一步，随后终于忍无可忍地说："你少啰嗦，赶紧去找。"

莹莹被他忽然凶巴巴的态度给吓了一跳，眼神不知为何有些暗淡下去，随即才慢慢地掉头朝另一个方向爬过去。

正扬一直没有动，眉头皱得极深地望着她，然而下一秒，他突然看到莹莹的裙子被树枝给钩到了，她显然还没意识到，往前用力一钻，逼仄的空间里发出刺啦一声清脆的布帛撕裂声。

正扬无语地抬头望了望天，他决定收回之前说的话，就算再美，她的确是个小傻子无误。

后来兔子当然是正扬找到的，他的身材纤瘦灵活，很快就将那小肉团给捉住了。

等他把兔子交给莹莹的时候，莹莹高兴得几乎要蹦起来，嘴巴里一直对他道谢。

正扬不着痕迹地看了眼她少了半截的裙子，此刻裙摆未免也太短了些，虽然还是在膝盖那里，可怎么看怎么别扭。还有，这丫头的膝盖好像蹭伤了，难道都不疼吗？

莹莹转身去和管家说话，特别高兴的样子："真好，我还以为找不到了，小白要是丢了，我真的会很难过。"

管家是位年纪不小的老太太，伸手摸了摸她的头，语气却很严厉："先去换身衣服，看你脏成什么样了，老爷回来肯定要发脾气。"

莹莹伸手戳了戳小白的鼻梁："都是你，爸爸回来揍你我绝对不管。"

正扬听得嘴角不由得抽搐了下。

他转身要回爷爷那边，可身后却有人喊住了他，正扬回过头，见莹莹朝他跑了过来。

她站在他面前，个子比他低了一些，可依旧是纤细高挑的。

"你的手也刮伤了，等我给你拿药过来。"

正扬刚要说不用，她转身就跑开了，一头长发在风中飞舞，有细碎的阳光穿透了那抹黑，透出金黄的光晕拢在她身侧。

正扬吸了口气，觉得风中都有她身上的气息，他大步折回了花圃那头，没把小傻子的话当真。

等他快干完活的时候，忽然有人从身后戳了戳他肩膀，他转头一看，逆光的地方，只投射出她模糊的轮廓。

她还有点不高兴了："让你等着，怎么跑开了，害我一顿找。"

廖正扬没接话，莹莹已经俯身蹲在了他身侧，递了条药膏过来：“这个很管用，擦了就不疼了。”

正扬想说其实自己不疼，这么点小伤小痛算什么？可看着她白净的面容、脸上的期待，他忽然就将话咽了回去。

接过的同时，他忍不住说：“谢谢。”

“不用。”莹莹微笑着却没立刻离开，一直眨巴着大眼睛瞪着他。

廖正扬和她对视片刻，居然有点明白她的意思了，这丫头是在等着他现在就擦！

毕竟是在七叔家里，正扬不想引起别人注意，于是走到水管边上，将伤口随意清洗了下，然后拿了药膏抹上。

等他抹完，莹莹忽然俯过身，朝着他的伤口吹了口气，气息加上薄荷味的药膏，胳膊上凉凉的。可她的下巴已经完全贴在他肌肤上，滑腻腻的，又很舒服，就跟果冻似的。

这是小傻子的触感……

正扬瞪大了眼，不可思议地看着那丫头。

莹莹撩起下滑的头发，抬头冲他笑了笑：“我帮你呼呼，这样是不是就不疼啦？”

正扬感觉到自己身体有些莫名的发紧，他倏地站起身，快步往前走，可走出几步又忍不住回头狠狠瞪着她。

莹莹一脸惊讶地站在原地，大概不明白他突然走开的原因是什么，眼睛眨了眨，还是很小声地说：“真的有那么疼啊？这点疼都受不了，怕擦药膏，可是不擦药膏怎么会好？胆小鬼——”

已经走出几步的正扬，差点摔倒在草坪里。

那时候廖敬清正在准备高考，所以只有正扬每天放学后会溜去七叔家，陪生病的爷爷干活。而那段时间，他每天都能看到小傻子。

其实哪怕他不留意，那小傻子也会跑来找他。

有次他正忙呢，身边就忽然多了个人，侧脸一看正是那丫头。

她头上戴着遮阳帽，学他的样子将袖口挽得高高的，露出两截莲藕般嫩白的手臂，笑眯眯地问：“我能加入吗？”

正扬斜了她一眼：“你能做的就是回房间，别在这儿添乱。”

莹莹有些郁闷地看着他：“我看了几天，早都看会了。”

她说着也不等正扬反应，直接将一旁要移植的花苗搬过来，然后搬花盆。看着她在太阳底下吭哧吭哧忙活得挺起劲的样子，廖正扬一脸的无奈。

结果他没猜错，这位大小姐全然把这件事当成了过家家，一会儿就蹲在边上玩起了泥巴。

正扬嘴角抽搐了下，丢给她一个嫌弃的白眼：“你还是赶紧回房间吧，这又不是你的橡皮泥。"

莹莹竟然还一本正经地回答："我在帮你干活啊，我们是朋友。"

听到"朋友"两个字，正扬的动作停了停，转头意外地看着她。

莹莹继续说："我们是朋友对吗？你前几天还帮我找小白呢。"

正扬嗤了一声："谁跟你是朋友。"

你家里这么有钱，你还……这么傻。

莹莹虽然笨，可这会儿像是猜到了他怎么想的，大概是她以前被许多人拒绝过，所以低下头，搓着满是泥巴的手不吭声了。

爷爷正在另一头忙碌，所以一直没留意这边的情况。正扬看着一脸委屈的小丫头，心里竟有些不舒服的感觉。

他还没想好要怎么安抚她，就传来了莹莹很小的声音。她嘀嘀咕咕道："可是我想和你当朋友啊，我还让廖爷爷给你带好吃的，小白吃了我好吃的零食都和我好，你就不和我好，还不如小白呢。"

廖正扬："……"

他怎么有种不知不觉被人骂了的感觉？这是说他白眼狼的意思，说他还不如一只兔子？

可那些甜死人的东西他根本没吃好吗？

他忽然又回过神来："什么意思，你让爷爷带回去的东西，是特意给我吃的？"

莹莹难得有些结巴："对、对啊，我上次在门口看到你了，想和你做朋友……"

"为什么见了一面就要做朋友？"正扬面上看似平静，内里却心跳加剧，那时候他在门口看到她的车经过，根本没留意里面的情况，原来那会儿她就看到他了？

也说不上为什么，他心里好像有些期待，可期待什么呢？她一个心智和小孩差不多的人，他能期待她说什么？

莹莹嗫嚅了半天："什么为什么，做朋友还要有原因啊？"

果然思维和幼稚园的小孩没什么区别，恐怕在她看来，他和她年龄相仿，爷爷又在她家干活，所以做个朋友很正常。

正扬忽然有些意兴阑珊，闷头干活再也不理她了。

莹莹在他边上转悠了许久，见他一脸的不高兴，她小声问："你生气啦？不、不想和我做朋友吗？"

"不想。"正扬看都没看她一眼，"爷爷是你家的工人，我来帮他干活而已，过几天就会走，你需要这样的朋友？"

他说完才抬眼看她，见她一直直愣愣地盯着自己，那眼神，和她那只小白还挺像的。

正扬又将视线移开，可莹莹说："其实你是嫌我笨，不想和我做朋友对吗？"

正扬没有接话，也没刻意看她，可从她低落的音调里，分明能感受到她的沮丧。

她又说："我知道我特别笨，好多人都不喜欢我，我也想努力让人喜欢。可有时候努力了，别人也不一定喜欢。"

正扬看向她，发现此时的她更像是在自言自语。

"上次教我画画的老师一直骂我，福婶要告诉爸爸，我不肯。这么骂我的人很多，爸爸知道会生气，也会难过。所以我一直想画好画，那样老师就不会骂了，爸爸也不会生气……"

原来是这样。

正扬心想上次爷爷跟自己提这件事的时候，他在心里还鄙夷这丫头傻，可现在看来，她似乎又没那么傻?

他沉默了下，干脆在她旁边的草地上坐下，认真地看着她说："别人的喜欢那么重要吗？"

莹莹愣了下，然后郑重地点点头："别人喜欢我，我就高兴。"

还真是简单粗暴的答案。

正扬沉吟片刻，伸出手去："为了让你高兴，我和你做朋友吧。"哪怕几天也不错，让这丫头开心一下也未尝不可。

嗯，看在她让爷爷带回家的那堆甜食的分儿上，正扬别扭地想。

莹莹开心极了，满是泥巴的两只手蓦地握了上去，黑漆漆的泥巴将廖正扬戴着的白手套都给糊严实了。他额头的青筋又开始狂跳。

莹莹愉悦地问他："你答应和我好啦？"

正扬："……"

莹莹说："你是第一个答应和我好的朋友，我要把今天记下来！"

她说完就准备起身回屋，可一下没起来，于是又伸手拽了下正扬的袖子。

于是正扬眼睁睁地看着自己的运动服袖口处出现了两个泥手印，而莹莹已经欢快地回屋写日记去了。

那时候廖正扬并不清楚，这一个随口的答案对莹莹来说有多重要。那之后的每天，小丫头都会缠着他叽叽喳喳没完。

他发现这小傻子还是个话唠，除了有点笨以外，有时很气人，可有时又有点可爱。

不知不觉的，他竟然有点期待每天放学后的这点时光，也很期待小傻子放学后朝自己飞奔过来的模样。

那样的日子，空气中混杂着阵阵花香。

等爷爷身体好了以后，正扬就不需要再去七叔家帮忙了，爷爷让他以学业为重。

正扬不再去了，甚至没和小傻子正式告别一声，有时等爷爷回来，很想问问爷爷她有没有说什么，可爷爷竟然没主动提过，要知道以前爷爷可是三句不离那位大小姐的。

正扬憋了几天之后就憋不住了，趁着有天放学，偷偷溜去了七叔家门口。

至于来的原因是什么，他自己也不清楚，就当是特意来告别好了。

他算的时间很准，小傻子每天都差不多这个点放学。

正扬在路边等了好久，终于看到车子缓缓地从远处开过来，他下意识地站起身，站得笔直，那一刻竟然比考试前还要紧张。

等车子越来越近，终于在他面前停住了，莹莹从车里跳出来，欣喜地跑到他身边。

正扬看着她笑得全无城府的样子，不由得也微微笑了起来。可莹莹下一秒居然嘴巴一撇，哇的一声就哭了。

正扬："……"

莹莹揉着眼睛，哭得声泪俱下："我以为你不想再和我做朋友了，我每天去你干活的地方等你，你就是不来，我以为你不喜欢我了。"

正扬在原地站着，微垂着眼眸瞧她，许久才伸手替她擦了擦脸上的泪珠。

她哭得鼻子都一抽一抽的，可那样子居然并不丑。

她还在控诉说："我都没敢问廖爷爷，就怕你再讨厌我。我这几天好难受，都吃不下东西——"

正扬看着她涕泪横流的样子，竟然第一次没有生出嫌弃的感觉。他一辈子都记得自己当时说出口的话："没有，我没有不喜欢你。"

那些没有说出口的话，被少年偷偷地藏在了胸口。

他只知道，这个小傻子对他而言，似乎是不太一样的……

正扬慢慢地发现，莹莹虽然智商和常人有异，可她非常敏感，而且了解得越深入，他对她的感觉就越复杂。

莹莹真的没什么能交心的朋友，身边的人都觉得她智商不足，不需要多和她沟通什么，再友好的也不过对她客气点、多点微笑而已。遇上那些不友好的，在背后指指点点都算轻的了。

大概因为这样，正扬对她就更好了，但他不是个会表达自己的男孩，又或者这个年纪的孩子，对于感情的事本来就很隐晦。

他只会凶巴巴地提醒她："别人问你要东西不要随便给！"

他至今还记得那次在门口谈论她的那两个保镖面目可憎的样子。

莹莹吃着饼干，傻傻地问："为什么啊？那些东西给他们，他们好像很高兴，反正我有很多。"

正扬气得快吐血，只能更凶狠地告诉她："总之不许给，给了我就不理你了！"

莹莹这才乖乖地点头："好，不给就是了。"

莹莹是很在意正扬的，虽然正扬很凶，可是她能感觉到正扬对自己的好。比如正扬答应和她做朋友以后，就总会趁着午休时骑很久的车来学校看她，给她带零食，带好看的小发卡。

在莹莹有限的记忆里，除了父亲之外没人对她这么好过，所以正扬偶尔凶一点也没关系。

她不想失去这个朋友。

于是在正扬看起来很不高兴的时候，她主动将自己手里的饼干递过去，喂给他吃："你吃一点啊，这个很好吃。"

正扬看着她如星星般发亮的眼睛，那种期待的模样，终于还是张口咬了一下。结果莹莹趁着他张嘴的间隙，把整块饼干都塞进了他嘴巴里。

正扬气急，看着她露出窃喜的模样又不由得好笑，两人坐在学校顶楼的水箱后面，无声地笑了起来。

这样的日子，像是两人的小秘密，莹莹没有告诉家里人，正扬当然也没有。

其实正扬一直都很清楚，不管是作为朋友或者其他，他和莹莹都不可能长久的，莹莹是七叔的女儿，就算是友谊，这段关系也有走到头的那天。

更何况他心里还有点其他的期盼……

只是他没想到，改变来得那样快，一切都发生在他高考结束的那个暑假。

正扬一直想像哥哥廖敬清一样上医学院，而他高考成绩也算超常发挥，被录取的概率很高。这件事对爷爷来说真是喜忧参半，他既想让两个孩子都出人头地，可想到高昂的学费，又不由得满心忧虑，幸好现在他还在七叔家里工作，七叔对待下人一直都很大方。

正好赶上开学，廖敬清的学费也是不小的一笔，加上生活费等等，爷爷脸上的笑容越来越少了。

廖敬清当时在给人当家教，正扬不想给爷爷压力，于是也趁着暑假的时候去打工，虽然工钱很少，但他仍旧觉得很快乐，只是陪着小傻子的机会越来越少。

打工的时候，他还遇到了一个不算太熟的熟人——唐娜。

唐娜是廖敬清的大学同学，廖正扬去学校送衣服时，恰好在小组会议上见过她一次，当时几个人还一起吃了顿饭。

所以再遇上时，彼此都觉得很意外。

他们在快递公司打工，唐娜是个很开朗的女生，长得不算顶漂亮，但身材很好，个子高挑匀称，加上有亲和力的笑容，所以被安排在前台。

而正扬当然是每天骑着车去送快递。

店里什么知识层面的人都有，时间久了，他便发现有一两个油嘴滑舌的快递员总是喜欢占唐娜的便宜，当然是口头上的。

可那些话听久了，连他一个男人都听不下去。

于是有一次，他终于按捺不住出声帮了她，呵斥了那两人几句，那两人面子上挂不住，但好歹是自己理亏，以后再也没找过唐娜的事，反而总是找正扬的麻烦。

对此唐娜很抱歉，正扬反而一脸的无所谓："没事，我又不会在这儿长待，你是女孩子，这样传出去容易让人误会，对名声也不好。"

正扬只是帮了她一下，哪知道那之后，唐娜对他就不一样了。

每当他送完一趟东西回店里取货，唐娜都会给他倒杯水端过来，有时候还会塞给他一个水果之类的。

正扬开始没往歪处想，只觉得像是姐姐对弟弟的照顾，又或者是她对哥哥廖敬清有点什么心思，毕竟从小到大，他遇到过不少这种事。

可后来渐渐就听周边的人开起了两人的玩笑，说什么唐娜对他有意思，加上之前他为唐娜出头的事，两人的关系被传得绘声绘色的。

直到后来，唐娜真的亲口对正扬表白。

她说对他一见钟情。

当时正好是下班的点，店里只有他们两人，廖正扬看着面前自信从容的女生，想也没想就拒绝了："不好意思，我对你没兴趣。"

唐娜当时没说什么，可之后非但没放弃，对他的攻势反而更加猛烈了，还会给他带盒饭，有时也会借着找廖敬清的名义往他家里跑。

这一跑可好了，正好给莹莹撞见了！

小傻子开始还反应迟钝，没事就管唐娜"姐姐、姐姐"地喊，后来发现她有事没事总是黏着正扬，她总算觉出一点不对劲了。

等送走唐娜，正扬亲自送莹莹回去，路上就发现小丫头不高兴了，一路都绷着脸，嘴巴嘟得都能挂个油壶了。

正扬笑着逗她："怎么了？"

莹莹踢着脚边的石子，半晌才转身问他："你是不是不和我好了，打算和那个姐姐好？"

正扬早就习惯她口中这个"好"的意思了，有心逗她："没有啊，我们大家一起好不是挺好的？"

莹莹有些失落地低下头："可是姐姐比我聪明，比我漂亮，你以后会越来越喜欢她，不喜欢我的。"

正扬听着这些话，目光一直落在前方的街景上，许久才转头看她，眼里像是染上了此刻的暮色一般晦暗不明："我喜欢别人，不可以吗？你，很在意？"

"当然！"莹莹猛点头，"你喜欢我，我开心，你不喜欢我，我会很难过，很难过，连最喜欢吃的东西都不想吃了。”

明知道她和自己说的不是一回事，正扬还是被她此刻的话语逗得心中一暖。他伸手拍了拍她毛茸茸的发顶，叹了口气：“傻瓜。”

莹莹不明所以地看着他。

正扬说：“我不会喜欢别人了，只喜欢你，永远都喜欢你。”

莹莹脸上露出满足的笑容，伸出小手指递到他面前：“那我们拉钩，一百年不许变。”

一百年……

如果可以，他也想和她承诺这么久远的誓言，但现在不是时候。

正扬没有伸出手去，嘴上别扭道：“幼稚死了，不拉。”

他没有伸出小手指，却牵着她的手一直往前走，走在这繁华的灯火通明的街头。

那时候正扬在想，他会拼命努力，哪怕家境和七叔差了那么多，只要他足够上进、勇敢，他对莹莹的心意总有被七叔认可的那一天吧。

他已经考上了医学院，全国有名的重点大学，前程似锦。

正扬那天憧憬了很多关于两人的未来。可第二天一切就变了，随着爷爷的意外离世，他的命运也发生了天翻地覆的变化。

而他和他的小傻子，也走向了另一条不同的人生轨道。

爷爷去世的消息，对兄弟俩而言无异于晴天霹雳。老人才七十出头，他们一直以为还有好多年可以相互陪伴，也还有很长的一段时间等待他们来回报恩情，毕竟他的身体一直很硬朗，除了偶尔的一些小病小痛之外，走路爬楼梯都不带喘气的。

所以等警方查出致死原因之后，兄弟俩的反应也更为愤怒。

但对于毫无背景的两个年轻人来说，他们的社会经验显然太浅薄了。

保健品是七叔家的下人给的，没有任何可疑的地方，而保健品的生产商也亲自上门道歉，并且处理了相关的涉事员工。

看着那个姓闻的商人不断为这次的事故自责内疚，兄弟俩一时说不出什么愤怒的话，但仍旧坚持不肯私下和解。

闻定山这样老辣的商人，又怎么可能轻易被两个年轻人所左右？

他的公司这几年给兴城这个小城市带来了不小的经济效益，政府也在大力扶持，他在县城附近设立的工厂更是解决了当地不少居民的就业问题，所以这件事一出，当地政府也很重视。

加上闻定山在有关人士面前斡旋，最后对廖家兄弟晓之以理动之以情，赔了一笔钱就作罢了。

拿着那笔钱的时候，廖敬清第一次感觉到了前所未有的茫然，一条人命原来是用钱计算的？那他坚持的救死扶伤的理想还有什么意义？

而正是年少的廖正扬，对这件事除了愤懑之外没有其他，他眼睁睁地看着那群衣着光鲜、和他们兄弟俩显然不在一个世界的人，转身就谈笑风生地走了出去。仿佛爷爷的去世无关轻重，没有任何人在意，这只是一件转身就能忘记的小事！

两个年轻人的心底第一次对这个社会产生了疑惑。

办完爷爷的后事，给他买了墓地，闻定山赔的钱已经花得差不多了。接下来兄弟俩面临很现实的一个问题，马上就要开学了，两人的学费该从哪里来？

他们这样的家庭，之前是不可能有存款的。

廖敬清说："我去申请助学贷款，我成绩还不错，应该没问题。"

可不知道为什么，家境学业条件样样达标的他，贷款迟迟下不来，开学的日子却一天天逼近了。

那时候兄弟俩再一次感觉到了对现实的绝望，正扬好几次夜里醒来，都能听到隔壁屋子里轻微的响动声，他知道哥哥廖敬清和他一样失眠了。

哪怕如此，正扬也没想过放弃学业，虽然文凭不是成功的唯一条件，却是最现实的一个条件，在这个时代，如果没有这纸文凭，混得再好别人也不会高看你一眼。

正扬在夜里看着黑漆漆的屋顶，脑子里不知不觉地想起了小傻子，想到她，他对这一切更加坚定了。

这段时间他极少去找莹莹，太多事压得他几乎喘不过气来。在这个绝望的时刻，七叔忽然对他们伸出援手。

这是正扬第一次见到他，小傻子的父亲。

七叔看起来比他想象的要老一些，大概是老来得女，所以对莹莹也格外宠爱。他在屋子里转了一圈，给爷爷上了炷香，最后才转身对两人说："快开学了吧？要是有困难，我可以帮你们。"

正扬心底猛地燃起一丝希望，可紧接着，七叔却笑着伸出一根手指："但我只能帮助你们中的一个，好好商量，有了答案告诉我。"

七叔刚刚带来的那一点暖意瞬间就被冰冻了，正扬十分不解他这种行为的意义在哪里。

他离开之后，兄弟俩面对面而站，那一刻气氛却极其微妙。

到了这一刻，正扬也不想放弃，这是他的将来，他的一切，如果失去了，很多东西都可能改变……

他第一次对这个向来严厉的哥哥开口祈求道："哥，我不想失去这个机会。"

廖敬清这段时间话很少，听完之后神色平静地嗯了一声就回屋了。

这中间有三天的时间给两人考虑，正扬的心就如在油锅上煎熬一般。他常常回想从前的一切，在他有限的十八年的记忆里，廖敬清从来没有让过他，他总是告诉他，想要就自己去争取，一个男人不能依靠“让”这个字。

正扬长长地吁了口气，可这个时候，他怎么去争取呢？

他忽然想到可以去找七叔。脑子里冒出这个念头的时候，心跳加快，那一刻总觉得自己背叛了哥哥——廖敬清平时再严肃，那也是他在这个世界上唯一的亲人啊……

可，他又想到了莹莹。

如果失去这次机会，他和莹莹之间的鸿沟就更不可跨越了。

正扬纠结了很久，最后决定去找七叔，想的是去争取多一个名额。他甚至天真地想，哪怕签下卖身契也没关系，将来一辈子为七叔效力、回报他好了。

快到七叔家门口，却远远地看到了廖敬清的身影。廖敬清当然没看到他，一直微微低着头有心事的样子，从正扬身边缓缓地走过。

正扬躲在拐角，明明身处背风的地方，身上却止不住地一阵阵发冷。

他最后安慰自己，哥哥肯定也是像他一样，来争取多一个名额的，只不过失败了而已。

三天期限到了，廖敬清将他喊到了爷爷的灵位前，他从神龛那儿拿了两个折好的纸条出来：“我们抽签决定吧。”

正扬并没太意外，廖敬清不过是又一次没让他而已，不过至少有百分之五十的机会，听天由命吧！

他万万没想到，自己一抽就抽到了无字签，仿佛那张白纸就印证了他的将来，将会一无所有。

正扬消沉了很久，廖敬清没对他说什么，连句安慰的话都没有。自从爷爷去世以后，正扬觉得这个家已经安静得快要让人窒息了。

他一个人走在街上，漫无目的，已经完全不知道有什么地方可去有什么事可做，他觉得完全没有了奋斗的目标。

后来不知不觉就走到一家店门口，就是那样巧，莹莹正好从车上下来，和福婶一块往里走，似乎是来买东西的。

正扬不知道自己为什么要躲，他闪身避在一旁的花坛边，花坛里的植物正好挡住了他的身形。

那是家顶级女装店，莹莹进去之后，有专门的导购忙前忙后地帮她搭配起衣服来，莹莹似乎早就适应了这样的生活，一直很自然地和她们说着什么，偶尔摇头，偶尔点头。

正扬一直都知道自己和莹莹有差距，可从没感觉这样明显过。

里面随意的一件衣服，恐怕比他们家一年的生活费还要高。

正扬在那儿站了很久，目光已经不再看向莹莹，而是移向人来人往的街头：他是给不了莹莹这样的生活的，他连自己的将来在哪里都不知道。

开学之后，廖敬清长期住在学校里，只有周末回来，他比以前更沉默了，极少主动和正扬说话。

正扬就更不用说了，他心里不知道为什么总是憋了股气，直到此刻，他仍旧无法适应自己变成一个社会闲散人员的事实。

以前和他要好的那些朋友全都上学去了，本地的外地的，都陆陆续续去了学校，哪怕是个很差的三流学校也开开心心求学去了。

正扬谁也不想见，谁都不想理，自那天之后他再也没去找过莹莹。

算了算时间，其实她也该开学了。

倒是唐娜会来看他，她家境也不太好，但还是会给他带一些水果之类的东西，每次还帮他收拾一下屋子。

隔壁邻居看到几次之后，就开始传说正扬交了女朋友，他当然没有闲情一个个去解释，由着他们随便传。

那天唐娜又来看他，见他攒了一堆脏衣服，卷了袖口就去帮他洗。正扬在阳台的躺椅上睡觉，他这段日子都是这样浑浑噩噩的，颓废又消沉。

门被敲响的时候，他甚至恍若未闻，是唐娜去开的。

结果门一打开，站在门口的是莹莹。

唐娜有些意外，往她身后一看就更惊讶了："你一个人来的？"

"嗯。"莹莹看到唐娜有点意外，但还是往里探了探身子，"正扬呢？"

正扬听到她声音的刹那就倏地睁开了眼睛，可他一直看着窗外投射进来的刺眼的阳光，继续一动不动地躺着。

唐娜回身看了他一眼，也觉得奇怪，还是侧身让莹莹进来。

莹莹直接跑到了正扬身边，蹲在他身侧打量他，还伸手戳他的脸："你这段时间干吗啦？怎么都不去找我？"

正扬嘴唇动了动，回道："很忙。"

莹莹默了默，然后伸手去抓他的手掌："现在不忙了吧？别睡了，我们出去玩啊，今天天气——"

正扬忽然粗暴地将她的手甩开了。莹莹有些诧异地看着他，又慢慢地看了看自己僵在半空的手。

廖正扬仍旧躺在那儿没动，甚至都没看她一眼，只说："我没时间，你要玩找别人。"

很久才传来莹莹微弱的声音："没有别人啊，只有你，我只有你这一个朋友。"

正扬感觉到自己胸口传来一阵尖锐的疼，他的另一只手藏在她看不到的地方，已经捏得青筋暴起："那你自己玩去！你以为谁都跟你大小姐似的，生下来就衣食无忧吗？"

他还是第一次对莹莹这样凶吧？正扬说完之后，感觉到连嘴角的肌肉都在抖动。

他没敢看莹莹，生怕看一眼自己就心软。

看着那双干净透明的眼睛，他的贪念会不断发酵，他那么想要她，那么想给她幸福，可是他要不起也给不起了。

每每想到她，心都疼到不能自已，更何况是看着她呢？

所以直到莹莹离开，正扬都没正眼瞧她。只有唐娜一直默默地在边上看着，最后提醒他："她的脸色看起来很不好，让她这么走了，真的可以吗？"

正扬没有回答。

正扬好几天没再见到小傻子了，想来小傻子也是有自尊心的吧。

正扬开始在原来的那家快递公司干活，他没有资本继续消沉，要活着、要吃饭，他连任性和失恋的资本都没有。

可这天他却莫名其妙地接到一个电话，是一个自称福婶的女人打来的，正扬当然还记得她，一直照顾莹莹的那个女人。

福婶说："你可以来看看莹莹小姐吗？她不太好，非常想见你。"

正扬沉默着不说话。

福婶忽然又说："你恐怕不知道她有先心病吧？那天从你家出来，差点就出了大事。"

正扬这才慌了，镇定之后马上问："她现在在哪里？"

福婶告诉他一个地址，是家私立医院，正扬请了假匆匆忙忙地赶过去。

病房里只有福婶在，正扬推门进去。她看了他一眼："老爷今天有事不会过来，你可以多待会儿。"

她说完就走了，病房里只剩下两个人，莹莹在睡觉，脸色很差的样子。

正扬在她床前坐定，看着她苍白的脸色和唇色，心里更是揪着疼。他俯过身去握住她的手，将脸埋在她掌心里，幸好，幸好小傻子没事。

他真的，差点就彻底失去她了……真真正正地失去。

那一刻正扬忽然明白了一件事，那就是比起这样的失去，拥有原来也算不得什么。

莹莹这一觉睡了很久，等她醒的时候已经下午了，窗帘拉得很严实，屋子里有些暗。可她一睁眼就看到了正扬，盯着他，眼睛不住地眨啊眨的。

正扬哭笑不得，眼眶又莫名地酸胀，伸手弹了她脑门一下："怎么了？"

莹莹迟钝地摸了下脑门，喃喃自语道："痛，所以不是做梦啊。"

正扬极力笑着，问她："怎么，你老是梦到我吗？"

莹莹抿着唇，似乎有点生气，可似乎又在克制着不让自己生气，很矛盾的样子。

看她眼睛瞪得圆圆的，嘴巴鼓鼓的，那样子简直要把正扬的心给融化了。他忍不住又想欺负她，不客气地捏了捏她鼓鼓的腮帮："说话啊。"

"我很生气，不想理你！可是又怕不理你你就走了。"莹莹纠结地说，"正扬太讨厌了，说好了只喜欢我，可是又背着我和唐娜姐姐好，还凶我。"

她说着眼眶全红了，可一直没有哭，断断续续地说："我以为你会来道歉，可是一直也等不到你。"

想象着她当时该有多难过，却还一直待在楼道里等他，这样的场景让正扬鼻头都有些发酸。他伸手摸了摸她的脸颊，嗓子沙哑道："对不起，我现在道歉，晚吗？"

莹莹点点头："晚了。"

见正扬没有接话，莹莹伸手抓住他的袖子，又小声补充："虽然晚了，可我还是会原谅你的。"

看着她毫无血色的面容，却对自己傻乎乎地笑，正扬主动伸手抱住了她。明知道和她在一起，这份单恋永远得不到一丝丝回应，可他还是放不下，这个小傻子刻在他心里，怎么抹都抹不掉了。

莹莹的双手像是哄孩子似的拍着他肩膀，笑眯眯地将脸贴在了他肩膀上："正扬你这样抱我好舒服啊，好暖和。"

正扬忍不住笑了，将她抱得更紧了些："那我一直抱着你，好不好？"

他就这样守着她吧，一直守到不能再守为止，希望那时候，自己能甘心放手。

生活似乎恢复了平静，正扬和莹莹依旧过着吵吵闹闹的日子。

而廖敬清这边，自从七叔资助他学业之后，便不断地安排他参与很多公事，带着他出入各种场合。渐渐地，开始有人盛传七叔是在给自己挑女婿，莹莹也不断地提起廖敬清的名字。

比如有时，莹莹会说："你也太凶了，敬清就不会这样，他对我特别好，老顺着我。"

正扬往往没什么反应，可心里有个地方总觉得怪怪的。

有的时候，莹莹还会说："今天敬清带我去看电影啦，你都没空陪我去，就是我想看的那个动画片啊，特别有意思。"

这样的情况非常多，正扬是知道的，廖敬清在七叔家常常进进出出，他长得本来就比自己好，而那个小傻子向来都是外貌协会，至少这么久以来，只听她夸过廖敬清好看，可从没说过他好看。

正扬虽然心里别扭，但一直没表现出来，他还不至于疯狂到吃自己哥哥的醋，毕竟他这个哥哥，向来在感情的事上很冷淡。

他甚至怀疑他是不是个弯的。

直到那天，他回家早，结果廖敬清居然也在家。

他在卧室里，似乎在和钟浩然聊天，本来正扬没打算偷听的，可无端就听到了自己的名字。

“我知道正扬还是很想上学，我打算让他继续参加高考，幸好他年纪不大。”

正扬沉默着，刚打算走开，忽然又听到了钟浩然的声音：“挺好的，这样也算你对他的一种补偿吧，毕竟当初那个签你动了手脚，他要是知道了，肯定会怨你一辈子。”

正扬从来都不是沉着冷静的性子，听到这儿便一脚将门踢开了。他冰冷地看了眼廖敬清，廖敬清除了短暂的愕然之外，竟然什么都没解释。

正扬看着这张和自己极其相似的面孔，觉得陌生极了。他什么都没说，当下就搬出了那个两人从小生活的地方。

兄弟俩的感情变得很糟糕，正扬连见都不想见廖敬清，更别提接受他所谓的补偿了。

廖敬清来快递公司找过他两次，后来就不找了，只是有时会让唐娜给他送些衣物和生活用品。

兄弟俩这样交恶的情况一直持续了几年，这期间关于廖敬清被七叔选作女婿的传言也越演越烈。直至有一天，莹莹忽然亲口问正扬：“结婚是什么？”

正扬听完一愣，他当时正在吃东西，趁着午休的时候抽空来见她。

莹莹见他皱着眉，以为他也不懂，于是又说：“爸爸说，我将来要和敬清结婚，他会是我老公，老公是什么？”

正扬手里的可乐瓶差点被他捏碎了，他久久地淡漠地看着莹莹，感觉到眼眶一阵充血似的发热：“老公就是喜欢的人，你喜欢他吗？”

莹莹不知道他为什么又变了脸色，结巴道：“我、我，觉得敬清很好，很喜欢和他在一起……”

她的话还没说完，正扬就倏地站起身来，随后将手里的东西径直扔进了一旁的垃圾桶里，头也不回地走掉了。

莹莹呆怔在原地，半晌都没回过神来，她甚至不知道自己做错了什么。

回去的路上，正扬在心里一遍遍地唾弃自己，为什么要对一个连结婚是什么都不知道的傻子发脾气？可他根本控制不住。

他知道，当初守着她直到守不住的诺言已经不存在了，他根本做不到把她让给别人，何况那个机会本来有可能是他的！

要不是廖敬清动了手脚，现在名正言顺和莹莹在一起的人，很可能就是他了。

可有什么用？

现在廖敬清跟着七叔出入各种高级场所，陪着莹莹看电影玩乐，而他呢，他在送快递！

也许一辈子都得送快递。

正扬苦笑了下，他觉得这单恋该到头了，反正莹莹也喜欢廖敬清，廖敬清虽然人品低劣了点，但对莹莹还不错……

这么想的时候，正扬觉得自己一颗心都是疼的，都快血肉模糊了。

到了廖敬清他们的实习期，唐娜有天来找正扬，忽然说起了这事，她说了她要去的实习公司的名字，正扬一听就愣了。

居然是那个害死爷爷的保健品公司！

当时那个新闻被刻意压下了，所以唐娜也不可能知道这一层。正扬看着她在阳台晾衣服的身影，不知道为什么，脑海中就冒出了一个念头。

如果不是这该死的保健品，爷爷就不会去世；如果爷爷没死，他们的命运不该是这样的。

他和莹莹更不至于走到今天这一步。

想到这些天廖敬清可能都陪在莹莹身边，正扬心里陡然升起了一股醋味，他着了魔似的，忽然一步步走向了唐娜。

和唐娜在一起的日子，正扬强迫自己不去想小傻子，而唐娜和小傻子也是截然不同的类型。

她其实是个很体贴的女朋友，或许年龄比他大一些，总是格外会照顾人，将正扬的生活打理得井井有条。

正扬已经从家里搬出来，而现在住的地方莹莹根本不知道，所以莹莹找不到他，而他也拒绝再去想她会不会找他。她身边已经有人陪了，还是七叔亲自选中要结婚的人，他没理由再死皮赖脸地赖在她身边不走。

不知道唐娜有没有发现他的心思，当正扬向她提出私下搜集闻定山公司的商业罪证时，她居然表情很平静，甚至都没有问一句为什么就答应了。

她只是跟正扬说：“你知道我为什么对你死心塌地吗？”

正扬摇了摇头。

唐娜说：“因为我觉得我们很像，都陷进一份不可能有回应的感情里，可还是固执地等待着。”

正扬看着她的眼睛，那里洞悉一切，他却无从搭话。

唐娜主动抱住他说：“我们看看谁的耐心更好一点。我赌我会赢。”

然而唐娜到底没有赢，当警方找到正扬，说她涉嫌诈骗携款潜逃的时候，正扬震惊得说不出话。

唐娜不是个贪慕虚荣的人，否则也不会选择他了。她很聪明，更不可能蠢到这种地步——直到后来他了解了唐娜的家境，原来她有个卧病在床的父亲。

警方还告诉他，唐娜和闻定山的关系不一般。

正扬回想这些日子以来，唐娜的确比以前寡言少语了。

他不知道该作何反应，他对唐娜始终没有爱情，所以听到她和其他男人在一起也没觉得难受，但唐娜不在的日子，他还是常常去她家帮忙照看他的父母。

她卷钱跑路的举动虽然和他没关系，但他觉得这样做心里会好受一点，毕竟当初自己和她在一起的目的并不单纯，这样便觉得少亏欠她一点。

这天他从唐娜家回来，在家门口忽然看到了许久不见的莹莹。

她应该是等了他很久，大概等得腿都麻了，所以就那么抱着膝盖坐在了门口的地砖上。

正扬站在几步开外看着她，她也仰着头看他，眼神很是小心翼翼。

其实回想一下，她一直都很敏感，好像很怕他生气一样。

正扬走过去开门，莹莹扶着墙壁站起身。他一边开锁一边问她："你一个人？"

"……敬清送我来的。"

正扬没接话，径直开了门走进去，但门也没落锁。

莹莹拖着有些发麻的脚慢慢地跟进来，目光来回地看着他的屋子。

正扬给她倒了杯水："你找我有事？"

莹莹坐在他对面，默默地低下头去，良久才说："我听说唐娜姐姐去了其他地方，我、我怕你一个人没朋友，来看看你。"

正扬低头喝水，莹莹见他这样，一时也不知道该说什么了。

两人间这样沉默还是头一次，最后当然还是正扬主动开的口，他说："好了，你已经看过了，回去吧。别让他等久了。"

莹莹被他面无表情地看着，最后只能默默地站起身，不情不愿地朝门口走。

她刚出了门，正扬立刻就将门关上了。

他站在门内，靠着门板发呆，长久刻意压制的思念在这一刻有破土而出的趋势，而且几乎要压制不住了。

过了一会儿，他忽然反身将门打开，随后一眼就看到了门口站着的莹莹。

她手里拿着包，站在那里，像个不知所措的孩子。

他们的关系再度恢复到了从前，正扬知道自己这段单恋大概永远也到不了头了，哪怕她将来注定要嫁给别人，哪怕她永远无法给他回应。

他认了。

面对她，他总是溃不成军，输得毫无尊严。

廖敬清后来终于交了女朋友，是个很泼辣的女人，正扬心里稍稍冒出点侥幸的心理来。

可他万万没想到，最后廖敬清还是要和莹莹结婚！

他没想到这人人品差劲到这种地步，脚踏两条船，他到底把莹莹当什么？正扬找他打了一架，也当着那女人的面揭穿了他。

可后来的事情却再度刷新了他的认知，廖敬清做这一切，居然全是为了保护他！当廖敬清要将自己隐瞒的罪恶曝光，而且很有可能受到法律的制裁时，他为这个哥哥做了唯一一件事——向闻清解释了所有真相。

等他和闻清终于从B市回来，莹莹见到他就立刻扑了上来，抱着他不肯松手：“你去哪儿了？去了这么久，我以为你又生我气了，不要我了。”

正扬看着她不安的样子，微笑了下，将下巴埋进她肩窝里：“傻瓜，我哪里舍得不要你。”

要是能舍得下，他也不用过得这么辛苦了。

莹莹没说话，可身子一直在发抖，正扬意识到她是真的很没安全感，大概是两人分分合合的状态让她害怕了。

他松开她，刚想说点什么，莹莹又扑了上来，不过这次她的动作太仓促，踮脚扑过来的时候，嘴唇软软地擦过了他的下颌。

正扬完全愣住了。

他低头看着莹莹，莹莹则全无防备，整个人几乎挂在了他身上，像是害怕他再度离开似的。

正扬只好将她抱得更紧，可他身体渐渐有了变化，莹莹贴他这么紧，当然感觉得到。

莹莹一直缠着他追问：“你藏了什么东西啊？这么硬。”说着还想用手去摸。

正扬几度要被她气得吐血。

莹莹见他一路脊背僵直地往卧室走，还不死心地追上去：“到底是什么，为什么不能告诉我？你让我看一下！”

正扬倏地转过身，整张脸都红透了。莹莹不知道为什么心跳就怦怦地快了起来。

正扬往前一步走近她，喉结滑动了下，随后双手掐住她的腰。

“你——”莹莹的话没说完，正扬已经俯下身去，唇缓缓贴上了她的。

莹莹瞪大眼，睫毛不住地颤抖，她像是遇到了什么不可思议的事，僵在那儿有如木偶一样。

正扬将她抱得很紧，轻声提醒她：“小傻子，把嘴张开。”

莹莹下意识地张开嘴，接着就感觉有什么柔软的东西钻进了嘴巴里。

她有点不好意思，但又觉得很舒服，只能双臂一直回抱着他，抱得越来越紧。

等结束的时候，她整张脸憋得更加通红："正扬，这是——"

"什么都不许问。"正扬生怕她再问出什么让人气结的话来，用鼻尖蹭了蹭她的，柔声说："这是喜欢，知道吗？"

莹莹似懂非懂的样子。

正扬又说："但只能对一个人做，最喜欢最喜欢的那个。"

莹莹扑闪着黑漆漆的眼眸，最后微笑着倒进他怀里，忽然对他说："正扬，其实刚才我想说，你长得也很好看啊，第一眼见你的时候，就觉得好看。"

正扬低头一笑，轻轻地嗯了一声。

廖敬清入狱之后，正扬一边照顾闻清，一边照顾莹莹，可那段时间他过得很充实很快乐。他有了一个家，他在乎的小傻子也一直陪在他身边。而且小傻子的病情竟然神奇地控制得很好，医生说或许和心情有很大关系。

想到她因为自己而快乐，想到这样的自己竟然也能对她的病情有帮助，正扬第一次意识到人生真正的意义。很快传来唐娜在境外被捕的消息，正扬心中无限唏嘘，他这几年仍旧在照顾她的家人，除此之外，实在不知道能为她再做点什么。

可他没想到，唐娜父亲去世的时候，她假释出来，居然抽了个空来见他。

当时就在工作室里，很多员工都在，正扬将她带进了自己的办公室。

唐娜似乎只是来看看他，只是目光触及他办公桌上和莹莹的合影时，有些愣怔。

正扬也看到了，只听她说："看来，还是你比较有耐心。你赢了。"

正扬沉吟道："没有赢不赢，唐娜，你会有属于自己的幸福。"

"是吗？"唐娜笑了下，然后起身走过来，随后在他面前停住了。

这场景无端让他记起那年夏天，他别有用心地走向阳台的她一样。

唐娜离他很近，而他身后就是办公桌，只好皱眉提醒她："你想做什么？"

"不做什么。"唐娜苦笑了下，"正扬，我早就失去幸福的资格了。我需要钱给我爸看病，当时我知道你心里只有莹莹，所以如果不能是你，是谁都没关系了，反正我不可能幸福。"

正扬看着她脸上落寞的神色，良久都没有接话。

唐娜忽然伸手抱了抱他。

正扬犹豫片刻，伸手回抱住她，刚想说话，唐娜忽然侧过脸来。

她的动作很快，准确地吻住了他的唇。正扬感觉到有咸湿的液体流进唇角，唐娜哭了。

她哽咽着对他说："可看到你幸福，我还是很开心。"

正扬闭了下眼睛，握住她的手，将她慢慢拉开了，随后从身后的办公桌上抽了张纸巾递过去。

唐娜走了之后，正扬发现前台小张看自己的眼神很奇怪，有些欲言又止。他走过去问：“怎么了？”

“刚才莹莹来过，可来了马上就走了。”

正扬顿时怔住了，他想起刚才办公室里发生的一幕，全身的血液都冻住了。

等他打电话回去，闻清果然说：“我刚才看着她进去的啊。”

正扬知道莹莹一定是看到了什么，不然她不可能这样一气之下跑掉。他脑子乱极了，在廖敬清的指挥下四处找寻，幸好在当初七叔的住所外找到了她。

那时风很大，她一直坐在铁门外，门上贴了封条，而她将下巴埋在双臂之间。那样的画面，无端地让正扬心生怜惜。

他快步走过去，单膝跪在她身前的地上，伸手将她下巴抬起一些：“莹莹？”

莹莹的视线渐渐对焦，漆黑的眸子一眨不眨地盯着他。

她看他的眼神不太一样，正扬感觉到了。

他还是轻声问她：“你怎么了？为什么忽然跑到这来？”

莹莹又很快低下头去，就是不理他。

正扬干脆在她身边坐下：“想你爸爸了？我明天陪你去看他？”

莹莹依旧不吭声。

正扬皱起眉头，捏住她下巴将她的脸转过来：“到底怎么了，为什么不说话？”

莹莹不知道哪来的勇气，忽然啪的一下将他的手拍开了。

正扬完全惊呆了。

莹莹气鼓鼓地瞪着他，那样子真是前所未有的气愤：“正扬是个大骗子，我讨厌你！”

正扬下意识地接道：“我骗你什么了？”

“你说喜欢的事只能跟一个人做，可你和唐娜……”

正扬终于明白症结所在了，可他忽然想到另一层问题，强压下心里那阵陡然升起的异样，慢慢地问：“我和唐娜那样，你不高兴了？是怕我喜欢她，不喜欢你了，你没朋友？”

“当然不是！”莹莹气得拿边上的东西丢他，“不是朋友，是最喜欢最喜欢的人！你对朋友都做这种事！”

正扬看着她气到就要哭出来的样子，完全顾不上脑门被她用什么东西砸到了，固执地问：“你知道这个喜欢，是什么意思吗？”

莹莹咬着唇，许久才说：“我喜欢你抱着我，喜欢你对我做喜欢的事，喜欢你只喜欢我一个人，不喜欢你离开我，更不喜欢你和别人做喜欢的事。”

这一连串像绕口令似的话，正扬听懂了，他不知道自己该哭还是该笑。

他今年三十岁，守了她十三年，他的小傻子好像终于开窍了。

他倾身过去，稳稳地吻住她，在她挣扎的时候将她抱得很紧。

这一路有风也有雨，过去那样漫长，未来却不知道能走多远。在他已经很满足的时候，他的小傻子却给了他这样的意外之喜。

哪怕只是简单的一句喜欢，已经让他激动到不能自已。

幸好，她没有让他等到老，原来幸福这条路很远很漫长，可总有走到终点的时候。

番外二

给你全世界的宠爱

因为双方的朋友和亲人都不多，所以闻清和廖敬清一商量，决定举办个小型的集体婚礼。正扬也没意见，多年的心愿得以成真，他高兴还来不及呢，如果不是为了等廖敬清出来亲眼见证自己的幸福，他恐怕早就把这件事提上日程了。

至于莹莹，傻丫头当然也没反对，反而一直嚷嚷着人多热闹，还拉着正扬一个劲地追问，同一天同一场婚礼，那她算是和正扬结婚了，还是和敬清啊？

问得廖正扬当下就黑了脸，咬牙切齿地道：“那你到底是想和我结啊，还是想和我结？！”

傻丫头本来脑子就不灵光，被他这话说得更是云里雾里，半天才嗫嚅道：“要是你温柔点的话，都、都可以……”

廖正扬指着她狠狠点了点，手指不住地抖啊抖的，偏偏骂不出什么难听话。

闻清早就习惯两人的相处模式了，坐在餐桌边认真地盘算起了婚礼的事。

只是廖敬清一直没说话，反而若有所思。闻清发现以后，疑惑地冲他扬了扬眉：“怎么了？”

“没事。”廖敬清握住她的手，温柔地摩挲，低头轻轻一笑道，“不能承诺将来的时候，心里想着只要能把整个将来都给你就满足了。可现在又觉得，这样的婚礼太简陋，真想把全世界最美好的都给你。我是不是太贪心了？”

闻清莞尔一笑，反手握住他的手，放在颊边蹭了蹭：“我也贪心啊，也想要全世界最好的，不过他已经在我身边了。”

廖敬清被她逗笑：“嘴巴这么甜，连说情话都快不是你对手了。”

“那你负责爱我就够了，以后情话都交给我。”闻清冲他眨了眨眼睛。

正扬和莹莹从刚才的斗嘴模式忽然切换到了甜蜜相偎的样子。心爱的她坐在身边一脸微笑地计划着将来。曾经以为不可能得到的幸福，现在全得到了，但廖敬清的眼神依旧沉重，似乎有什么心事。

接下来的日子就是筹备婚礼，正扬当真抽了一天时间带莹莹去见七叔。虽然猜到七叔多半不会祝福两人，但正扬觉得还是该去见一见对方。他想给莹莹一个正常的婚礼，不想让她觉得自己和其他女孩子有任何不同，所以见家长这关必须得走。

廖敬清有些担心，怕七叔因为自己迁怒于他。正扬却一副信心满满的架势："放心吧，这几年我没少去看他，他嘴上不说，可态度还是有所软化了，大概是看我把莹莹照顾得很好吧。再说了，为了莹莹，他怎么骂我为难我，我都能忍！"

目送着两人出门，廖敬清低头笑了笑，那个一直以来被他用心保护的弟弟已经长大了。原来要让一个人成长，最有效的方法就是爱——学会爱，学会被爱。

屋子里很安静，闻清和姜钰一道去了美容院。听说闻清终于要结婚，姜钰也从B市赶过来帮忙。此刻偌大的家里，只剩他一个人。

廖敬清在原地站了一会儿，也拿了外套出门。

一切都在如火如荼地准备着，可婚礼前夕，闻清却发现廖敬清格外忙碌，除了准备婚礼事宜之外，很多时间竟然都见不到人！每天早出晚归的，也不知道他在忙些什么。

看他这番架势，姜钰的职业病马上犯了，开始疑神疑鬼道："莫非是婚前恐惧症？"

"……"闻清仔细回忆他之前催婚的架势，可怎么看都不像。

姜钰认真分析给她听："你以前就挺强势的，但那时候你们旗鼓相当。可现在，你虽然为了他留在兴城发展，但能力很强发展也越来越好。他就不一样啦……你总安慰他没关系，但廖敬清可不是那种甘心吃软饭的人，女强男弱，时间久了就……"

"女强男弱"四个字，让闻清心脏为之一颤，越想越忐忑。

可她坚信廖敬清有事一定会告诉自己，他们走过了风风雨雨，彼此都太了解对方的脾性了。

接下来几天依旧如此，直到有一次她突然有事打电话找廖敬清，那边的背景音异常嘈杂激烈，仔细听听，还真的有点像在酒吧里！

闻清也忍不住怀疑了，难道真的是自己无形间给他的压力太大，所以婚礼前才总是躲着自己？

瞧瞧，都跑去酒吧买醉了……

对此闻清有些郁闷，姜钰继续发挥小言作者的优势，给她支招："没关系，男人最在意的不外乎就是尊严，你时时记着给足他面子就行。"

闻清将信将疑地问："怎么给？"

姜钰翻了个白眼："就是说话的时候注意点啊，不要随便说出会打击他尊严的字眼，还要时常赞美他！"

闻清在脑子里认真想了一遍，发现难度系数并不高，于是坚定地比了个"OK"的手势。

回到家时，廖敬清已经回来了，正坐在沙发上看杂志。

闻清环视屋子，正扬和莹莹看电影好像还没回来，家里只有她和他。而煊煊那个小捣蛋，姜钰带他去吃比萨了。

闻清咳了一声。廖敬清抬头看她："回来了？"

"嗯。"闻清答应着，眼见廖敬清走了过来。

他像往常那样抱着她吻了下，接着就要伸手拿她的包。

闻清想到姜钰之前说的，马上抢先一步把包藏在身后："我自己来！"

廖敬清愣了下，倒也没多问，又俯身想从鞋柜里给她拿拖鞋。

闻清再度抢在他前头，用手死死地按住了鞋柜。

廖敬清抬眼睨着她，有些疑惑的样子。

闻清紧张地吞咽了下，说："这种事，我自己来就好了。"

廖敬清双手放进口袋里，微微拧眉望着她，大概觉得她实在太反常了，要知道平时她可是十分享受这个过程的。

闻清笑得脸都快僵了，廖敬清终于转身折回了客厅。

她暗暗擦了把汗，随后手忙脚乱地开始换拖鞋。

虽然很喜欢他替她换鞋的样子——那种温柔宠溺让她感觉到了深切被爱的滋味——可总这样，他肯定会觉得不适吧？毕竟廖敬清从前是那样大男子主义的人……

等闻清换好鞋走到他身边，廖敬清已经给她倒好了一杯水。这其实和以往没什么不一样，但闻清脑子里一直被"女强男弱"几个字给搅得不舒服，又想姜钰说的"尊重"，于是下意识地说了句谢谢。

廖敬清的视线从杂志移到她脸上，狐疑地看了几秒，又淡淡地转开："不用。"

闻清端起水杯细细抿了一口，见他一直垂眸看杂志，脸上没什么异样，也看不出高兴还是不高兴。

闻清只得依偎过去，盯着他手里的杂志，没话找话说："看什么呢？"

她认真努力地想要投入进去，做好了和他好好探讨一番的准备，毕竟共同话题也很重要，这是给他信心的一种方式。

然而……

几秒之后，廖敬清转头问她："看懂了？"

闻清尴尬地直起身子："……看不懂。"

都是医学杂志，上面那些专业术语看得她脑袋疼。闻清见他一直似有似无地打量自己，遂笑眯眯地凑过去，做出崇拜的样子：“你好厉害，看的书我都看不懂呢。”

对，夸奖他，适时地赞美，这也是姜钰教的。

可她这副样子显然没能讨好廖敬清，他嘴角抽搐了下，不给面子地抖了抖肩膀：“有点做作，你能好好说话吗？”

闻清：“……”

“这上面会报道一些最新的医疗科技和信息，我这几年落下的东西实在太多了，这样我可以最快地了解现在的变化。你看不懂是正常的，但不要以为我也连这些最基本的东西都看不懂。”

闻清张了张嘴。

看，真的戳到他痛处了！

想来他也是有敏感的一面的啊，每次看着这些东西，自己却再也不能触碰，肯定很难受才是……

闻清脑补得有点多，支支吾吾的一时不知道该说什么，生怕说错了让他更难过。

廖敬清盯着她看了大半晌，大概也奇怪她的反应，末了用那本杂志敲了敲她脑袋：“好了，别乱想，我现在看这些只是兴趣。不做医生我还可以做其他的。”

闻清看着他转过身，将那本杂志扔在了茶几最下头，心里一时五味杂陈。

他心里不好受，却还要想办法安慰自己，她这个爱人真的做得太不称职了！闻清在心里开始认真打算，是该做点什么来改善两人之间这种不平衡关系了。

接下来的日子，闻清和廖敬清相处时都异常小心，尽可能地不去触及一些敏感话题。就连钟浩然想约廖敬清出门，也被闻清以各种理由阻止了，实在拒绝不了，她就陪着他一起去，就怕钟浩然说了什么让廖敬清更受伤。

那副“我的男人由我守护”的姿态太明显了。

钟浩然对此十分怨念，闻清在那儿待着，他很多话都不方便说。后来终于忍无可忍，他委婉地表达了一番自己的不满：“弟妹，你们马上就要结婚了，能不能不要这么妻管严，偶尔给敬清一点，我是说那么一点点自我空间？”

“我没有不给他自我空间啊，你们想做什么随便做，想说什么随便说，当我不存在好了。”闻清笑眯眯地说。

关键我们想说的，不能让你听到啊！钟浩然都快泪流满面了。

廖敬清对此倒是没说什么，他当然知道闻清跟着自己不会是因为不放心，但又一时想不到其他原因。闻清不是喜欢黏人的个性。

时间久了，廖敬清也忍不住问她：“你到底怎么了？这几天怪怪的。”

“哪里怪？”闻清死撑道。

廖敬清眯眼一笑："每天盯着我的时间，比盯着儿子还长，你——"

"我绝对不是看不起你！"

"……"廖敬清看着闻清心虚的样子，似乎猜到了问题的症结所在。

闻清半张的嘴巴许久才闭上，懊恼得就差捶自己的脑袋了。失策啊失策，她怎么嘴巴一快就胡言乱语了？"看不起"这样的字眼，怎么能对廖敬清说呢？

廖敬清眼底有一闪而过的笑意，面上却做出一副失落的样子："所以你是什么意思？"

闻清更加手足无措了，完全没注意到廖敬清憋笑快憋到内伤的模样，挠了挠头道："我、我就是，就是想和你在一起！对，我一秒钟都不想离开你！"

她诚恳地点头。廖敬清看着她脸颊红扑扑的样子，心里却真正为之一震。他的傻姑娘啊，那个张扬跋扈的闻清，为了他，竟然变得这般小心翼翼又敏感，而这一切全是因为爱他……

他主动伸手抱住她，再也没有逗她的心情，而是在她额头上落下一吻，喃喃低语道："原来你这么在意我。"

闻清待在他温暖的怀抱中，用力点点头："没有其他事比你在我身边更重要。"

廖敬清垂眸一笑："我知道。"

之后廖敬清虽然还是会神秘地消失大半天，可他和闻清在一起的时候，似乎要比以前更爱笑了。

但那只针对闻清，他面对其他人，依旧是那种淡然的态度，对沈逸就更不用说了。

婚礼前几天，沈逸特意从B市赶了过来，但廖敬清一直对他不冷不热的。

沈逸嗤道："马上要结婚的人了，这么没自信？"

廖敬清回答他："只是不想看到你总在她身边转悠，不要想太多。"

"那干吗总是一副——"沈逸抬手在自己脸上比画了下，"对着媳妇就笑脸如花，对着我就一脸的生无可恋，我怎么也算是闻清请来的贵宾吧，多影响心情。"

廖敬清没理会他的油嘴滑舌，反倒说："我想请你帮个忙。"

沈逸几乎以为自己听错了，认真确定了好几遍："你，请我，帮忙？"

"嗯。"廖敬清淡淡地说道，"严格说起来，对你也是件好事。"

沈逸被他说得更加汗毛倒竖了："你有好事会找我，我怎么这么不相信呢？"

廖敬清尴尬地轻咳一声，将自己准备好的东西递给他看。

沈逸好不容易应付完廖敬清，闻清忽然在他酒店楼下堵住了他。等她说明来意，沈逸的脸色可谓精彩绝伦。

他克制着没有露出任何破绽，反问道："你当初为了他，跑来兴城这破地方发展事业，现在事业总算有起色了，又要为了他回B市？"

“你也知道，他在兴城很难再做回医生。”闻清不以为意道，“B市有很多机会，但我不想让他知道是我托的人脉。”

沈逸想起之前廖敬清和自己说的，脸色更难看了，翻了个白眼：“你们夫妻俩还真是……”

闻清以为沈逸还在介怀从前的事，沉默片刻，说：“虽然我知道求你帮忙很不应该，但比起我，他更容易接受你的帮助。你到时候只说是你帮的忙就行。”

沈逸气得直接走掉了。

终于到了婚礼这天，来参加的宾客虽然不多，可大家彼此都认识，所以玩得更开更热闹，整个席间都笑声不断。

等宴席快要结束的时候，廖敬清忽然送了她一份礼物。

闻清看出来那是份文件，被谨慎地放在了档案袋里。她奇怪地看着廖敬清：“这是——”

“惊喜。”廖敬清在她耳畔道。

看清楚闻清打开一看，里面的内容，登时就呆住了，一时不知道是该哭还是该笑。

她红着眼睛看他，而廖敬清也在深情地注视着她，两人一时无言，却彼此都知道对方想要说什么。

原来，原来他们都在为对方打算。

那是一份股权说明书，是一家私立医院的，而法人代表就是廖敬清。想来他这段时间忙碌的原因就是这个！

“虽然不能做医生了，可我并不想离开这个行业，我也从不是甘心认命的人。闻清，这和其他的没关系，这是我永远的理想。”他抵住她的额头，轻轻地说着，“我想和你并肩努力，也能为你俯身称臣，但是我爱你，更想成为能为你遮风挡雨的男人。”

闻清说不出话，最后只能无声地扑进他怀里——这个讨厌的男人，非得让她不能免俗，在婚礼上哭成丑八怪。

一旁的沈逸郁闷极了：“廖敬清刚找我入股，你又来找我帮忙，你们这对夫妻太讨厌了，虐了我一遍又一遍！”

闻清听完破涕为笑，廖敬清伸手替她擦了擦眼角，更加用力地抱紧了她。

沈逸在边上看着，也慢慢笑了，心想，这样的两个人，谁说不是天生一对呢?

番外三

有她相伴，时光正好（沈逸）

到了三十多岁，沈逸才恍惚地明白爱情到底是怎么回事，回望之前那些岁月，竟然有种被蹉跎的遗憾，也有种淡淡的忧伤在里边。而这种情形用煊煊小朋友的话来说，就是他老了。

可他明明才三十多！

这个年纪的男人，事业有成，外貌也被时光雕琢得更加深邃，分明是更有味道和吸引力了，可沈逸就是觉得，对什么事都开始有了厌倦和疲惫感。

他甚至开始认真地思索起来，难道真的是自己老了？

直到有天闻清提醒他说："你只是寂寞而已。"

沈逸听后微微怔了怔，寂寞？这个词对他而言可真够陌生的。

闻清又道："你真的不考虑找个伴吗？"

沈逸看着她担忧的眼睛，心弦一紧，面上却不屑道："谁告诉你我没伴了？我身边还缺女人？"

这话让闻清愣了愣，随后便淡淡地一笑："的确。"

"留下吃饭吧，敬清马上就回来了。"她说完神色微顿，"正好有事要和你说。"

看着她起身往厨房走的清丽背影，沈逸脸上的表情渐渐凝固了。他靠着沙发背，手臂轻轻搭在一旁的抱枕上，可目光却长久地在她背影上流连不放，嘴里说着："不了，省得你家醋坛子又打翻，我坐坐就走。"

厨房里传来水流声，大概是她在清洗食材，这样简单而宁静的滋味就是生活该有的样子。

只听她伴着轻笑的声音道："敬清没那么小气。"

其实是我小气啊，沈逸心想。

从进门开始他就看到了茶几下那厚厚一沓的大红请柬，会是谁的已经不用猜了。他是真的看不得自己幻想了无数遍的场景真实地发生在眼前，而男主角却换成了别人。

所以不管来看望她多少次，每次都只是和她单独待会儿就离开，这种自欺欺人的方式，连他自己都觉得不可思议。

原来他沈逸，竟然也有这样委曲求全的一天！

后来闻清留不住他，送他出门时再度欲言又止道："就算你不缺伴，也早点定下来吧，万一错过了合适的多可惜。"

有没有最合适的他不知道，但最喜欢的早就错过了，那么剩下的那些，他也不太愿意去将就。

沈逸目光直直地看了她一会儿，挥了挥手："走了。"

"沈逸。"闻清喊住他。

他回头时做好了心理准备——其实一直都知道他们会结婚，只是没想到等这天真的来临时，他竟然还是会不适应……

然而闻清想了很久，却摇了摇头："没事，改天再说吧。"

回酒店的路上，沈逸一直看着窗外车水马龙的景象走神，脑海中不时地忆起从前的很多画面。

其实他从来都不是个专情的人，优越的家庭背景和俊朗的面容，从小就是周遭女性关注的焦点，这也让他骨子里带了些轻狂骄纵，于是对待感情的事似乎也没那么认真了。这一点闻清一直都是知道的，所以刚才他说起那些谎话，她居然都深信不疑。

现在回想起来，大概是这些年他已经将她的信任都挥霍一空，所以在她心里，他身边的确是从没缺过"伴"。

他们在一起五年，除去最开始的两年外，剩下的三年大多时候都在拼事业。闻清的事业心很强，他亦然，幸好他们在事业上可以并驾齐驱、相扶相助。

本以为这样的他们是最般配的，可时间久了，矛盾也渐渐显现出来。

而矛盾的根本在于，沈逸的桃花运实在太好了。

因为工作的缘故，他总会和娱乐圈各种各样的人物打交道，嫩模、小明星等等就更不在话下了。

或许是他自小受过的教育问题，绅士儒雅的态度反而更令人误会，媒体总能捕捉到他不少花边新闻。

有时候和某个女主播吃个饭，顺手替对方开车门也能被说成深夜幽会，更别提有时不小心的肢体接触了，被曲解、被过度解读都是常有的事。

还有一次，适逢某个当红小花旦的新片上映，他捧场包了一个厅，最后也没完没了地传了一阵绯闻。而事实上他只是和对方的金主有合作，卖那位金主个面子而已。

这些事在沈逸看来都无关紧要，他们自己就是媒体人，当然知道这种娱乐新闻的真假。他甚至从不对闻清开口解释，而闻清似乎也完全不在意，从没找他对质过。

但有次迟莉莉忽然问他：“你就不担心闻清的忍耐有天会到头吗？”

沈逸为之一怔，闻清她……是在忍耐吗？

迟莉莉暗自摇了摇头：“如果她爱你，不可能不介意，闻清是个很没安全感的人。她现在愿意沉默是因为她太爱你。”

沈逸十分坚信自己了解闻清，在他眼里，她和很多女人都不一样！她不矫情，也不娇气，而且聪明睿智，不会因为这种小事就和自己产生嫌隙。但看着迟莉莉笃定的眼神，他还是有片刻的迟疑。

最后沈逸挑了个时机向闻清求婚，确切地说，这是他第二次向闻清求婚了。

第一次求婚，源于一时冲动，当时两人都还在念大学。那年他打球伤到腿之后，闻清毫无怨言地照顾了他很久，细致入微的每件事都令他感动，那时候他真的想到了将来，甚至开始幻想两人老去的样子。

当时沈逸觉得，这样一辈子真的挺好。

可第一次求婚是以失败告终，闻清并没有答应。她只笑着说：“一辈子哪有这么容易，等等再说吧。”

等什么沈逸不知道，只是这一等，一晃就过了三年。而现在，沈逸觉得时机已经足够成熟。

第二次求婚的所有事情都是迟莉莉帮着安排的，迟莉莉了解闻清，也了解他，所以求婚现场安排得非常合沈逸心意。

他听完迟莉莉的计划，由衷地赞叹道：“我该好好考虑和你签个长期协议，免得你跳槽了。”

这是对她能力的一种赞赏，要知道以前迟莉莉一直都木讷刻板，工作上很多事情全靠闻清提点帮忙的。

迟莉莉彼时正在低头看手里的策划方案，闻言动作一顿，再抬头看他时表情微微有些难辨，几秒之后才莞尔道：“放心，我哪儿也不会去。”

沈逸点了点头：“我知道，你和闻清感情一向都好，肯定不舍得和她分开。”

迟莉莉嘴唇微动，似乎想要辩解什么，最后只是含笑道：“总之，祝你成功了。”

沈逸的表情并不轻松，忍不住吁了口气，伸手正了正领结部位：“其实我有些紧张，怕她再次拒绝我。你知道的，我这辈子只被她拒绝过，偏偏还这么没出息，如果这次拒绝，我恐怕还会再求第三次。”

迟莉莉安静地看着他，许久才笑：“那不就结了？第三次如果失败，你也还会求第四次。”

“但我还是希望闻清能早点做沈太太。”沈逸耸了耸肩膀。

迟莉莉这次更安静了，连眼神都变得晦暗不明起来。沈逸以为她不会说什么了，可片刻之后却听她说："会的，这次你肯定会成功。"

"谢谢，如果被你说中，我一定送你份大礼。"沈逸心中忐忑，但听了这话也莫名地生出几分自信来。

而迟莉莉站在原地并没走，居然说："好啊，如果送我礼物，我希望由我自己挑，可以吗？"

沈逸欣然颔首："当然，要什么都可以。"

如果闻清答应他，他便拥有了全世界，那么迟莉莉要什么都无所谓了，对他而言最重要的已经被他烙上了自己的印记。

不知道是因为迟莉莉太了解闻清，还是因为他们的感情水到渠成，第二次求婚闻清真的答应了。

当时沈逸激动得几乎说不出话来，还傻乎乎地怀疑她话里的真实性，一遍遍狐疑道："你不是逗我开心吧？答应了可不许再反悔。"

闻清歪头冲他挤了挤眼睛："那可说不准，看你以后的表现了。"

沈逸知道闻清是真的开心，因为他在她眼中看到了星星，那种因为极度雀跃而生出的明亮情绪。

当时沈逸几乎以为，这就是他们的结局了。

可结果，结果却是他咎由自取，彻底失去了她……

后面传来汽车喇叭声，沈逸抬头一看，原来红灯已经换成了绿灯，他不知道在原地停了多久，后面排队的车子早已经不耐烦。

沈逸踩了油门，车子朝着酒店的方向缓缓前进，他的心情变得越发沉重起来。

不知道是不是因为思及往事，他忽然记起了很多有关迟莉莉的部分。想到这个女人，他的胸口正如此刻的路况，有些莫名地发堵。

迟莉莉从来都不是他喜欢的类型，他们从小学、初中直到高中都在同一个学校，可这么长的时间，沈逸却从没注意过她。

迟莉莉是个非常非常不起眼的女生，沈逸和她成为能说得上话的朋友，还是高三那年。

那会儿班上的同学建了个高考冲刺群，其实就是把成绩好的人都拉进一个群里，没事的时候大家交流交流经验互相勉励什么的。也不知道是谁将沈逸给拖了进去，但他很少冒泡。

群里的同学也会相约去放松一下紧张的备考生活，比如大家一起去吃烤肉、看电影之类的，有时候一起找家寂静的咖啡厅看看书。

沈逸既然在群里，免不了会被关系好的朋友邀约了一起去。他不是害怕社交活动的人，所以每次都会参与。

时间久了，沈逸发现不管任何活动，角落总有个木讷的姑娘坐着一动不动，与整个圈子都格格不入。

几次之后，他忍不住问身边的人：“这人谁啊？”

浩子顺着他下巴抬起的角度望过去，顿时哭笑不得：“不会吧，那是迟莉莉啊！咱们班的学习委员啊。”

沈逸露出一脸的不确定：“我怎么一点印象也没有？”

“当然没印象了，你的作业哪次不是我替你交的！”浩子捋了捋头发，又压低声音对他说，“可你也太伤人了，人家一直把你当竞争对手看，拼死拼活想超过你考个第一名！当然了，没一次成功的。”

见他面露异色，浩子又说：“所以大伙给她取了个外号，‘小吃力’，真的学得很吃力啊。”

听着和自己有关的这一切，沈逸只觉得稀奇，有个人暗地里将自己视为对手，而自己却一无所知。

他忍不住又看了眼那姑娘，发现对方也偷偷看向他的方向，和他目光相撞之后又匆匆将脸别开了。

后来浩子就没再说什么，大概也觉得无趣，拍了拍他肩膀就走开了。

其实像沈逸这样的人，眼里只会记得想记的人，而那些他看不进眼里的，怎么努力对他而言也都只是路人甲。但经过浩子这么一说，他依稀有了点印象，似乎是有这么个人成绩紧随他之后，那个名字没什么特色，他也从不会刻意去记。

对他来说，成绩本来也不代表什么，综合能力才是强者的证明。

很显然，迟莉莉除了只会死读书之外，社交能力几乎为零，而且她脸上那副黑框眼镜实在是太碍眼了。

然而就是这样一个毫不起眼的人，大学的时候却意外地和他考入了同一个专业，这样的缘分，让两人的关系稍微变得亲近了些。

大学的时候，同城的老同学也会时不时约在一起聚餐。也是在这样一次偶然的机会，沈逸第一次见到了闻清。

她似乎是忘记带寝室钥匙了，于是来找迟莉莉拿钥匙，觥筹交错间包厢门忽然被推开了，漂亮的女孩子顿时攫取了所有男生的目光。

闻清只是礼貌性地微微颔首，视线飞快地掠过所有人，包括沈逸。

那应该算是一见钟情了吧？沈逸直到现在还记得自己见到闻清时那种怦然心动的感觉，就像是有什么东西在心尖上软软地挠了一下又一下。

沈逸并不是没见过长相优秀的女孩子，可是那一刻，或许就是缘分降临的时刻。年少时的爱情很纯粹，单纯地被吸引，单纯地喜欢，一切只发自本能，毫无目的性。

浩子主动开口对闻清说："既然是小吃力的室友，大家都算朋友啊，坐下一起吃吧？"

闻清看了他一眼，只是浅笑了下："不用了。"

她说完这三个字就没再多说什么，和迟莉莉交谈几句便匆匆离开了。沈逸一直注视着她的背影，直到听身边的浩子道："还真是傲啊，和传闻的一样。"

"什么传闻？"

浩子啧了一声，开始给他科普道："每届新入校的女生，学长们都早早地注意到了，喏，你刚才见的那个可不少人追，不过性子又傲又张狂，不讨人喜欢。"

沈逸听完却露出饶有兴味的样子，喝了口酒，嘴角露出浅浅的笑来。

等饭局过半，他忽然坐到了迟莉莉身侧，冲她说了印象里的第一句话："我们好好认识一下吧？学习委员。"

迟莉莉当时正在喝饮料，嘴巴鼓鼓的，听到他这话时整个人都愣住了，随后就是惊天动地地咳嗽起来。

女孩子咳得眼泪都出来了。

沈逸的手尴尬地僵在半空中，最后默默地收了回来，心里想的是——至于吗？我也不是什么洪水猛兽吧？

那以后，他常常会向迟莉莉打听和闻清有关的事，迟莉莉并不傻，很快就嗅出了不寻常。

明明他是抱着目的接近她的，可她似乎也没生气，只是说了句莫名其妙的话："我就知道，你喜欢的是她这样的女孩子。"

沈逸也没多解释，不过自那以后，迟莉莉很热情地帮他牵起了红线。这一帮就是五年，就连他和闻清吵架吵得厉害了，也会忍不住向她求助。

车子快到酒店门口了，沈逸从回忆中抽身，那种莫名的疲倦感更加强烈了。他忽然掉转车头开上了另一条道，车子在夜色中奔驰，径直开到了酒吧街。

虽然他并不长期待在兴城，却是这里的常客，每次来兴城都忍不住到这儿来喝一杯。

酒保对他也很熟了，笑着招呼他："嘿，还是老样子？"

"嗯。"沈逸往他对面一坐。

酒保调了杯酒递到他跟前，随后站在他对面擦起了杯子："买醉的男人，背后一定有个让他心碎的女人，可像你这么优秀的，我有点怀疑那女人的视力是否有问题。"

沈逸被他逗笑："别想挖我隐私，我可没有同人分享心事的习惯。"

"这叫倾诉好吗？"对方笑眯眯地又说，"而且你承认有个女人让你伤心了？我很好奇是个什么样的女人。”

沈逸不回答，微微抿了口酒。

与此同时，正好有个美女上前来搭讪。

沈逸还是和从前一样，到哪里都能迅速吸引女人的目光。他借着酒吧迷离的光打量着对方，其实样子很甜美，是他喜欢的类型，可他一点兴趣都提不起来。

对方很快觉察到了他的冷淡，微笑着自然地走开了。

酒保目送美女离开，忍不住吹了声口哨：“其实你不喜欢女人对不对？”

沈逸朝他伸出食指，示意他安静。

酒保总算识趣地走开了，沈逸坐在那里自顾自地喝着酒，心情依旧沉闷郁结。明明以前他很享受这样的夜生活，和闻清刚分手那几个月，几乎就是靠酒精来麻痹自己的，可眼下怎么连酒精都没用了？

喝了几杯之后，他开始有些迷糊了，拿出手机准备打电话找人接自己，可上上下下地翻看了几次，在通讯录里却找不到那个要找的名字。

后来他猛然回过神来，那个女人辞职了，不知道去了什么地方。

迟莉莉在那次陪他一起给闻清送行之后，又来兴城找过他一次，那次她将自己的心意表露无遗。沈逸知道，那是她最后一次执着，沉默许久之后，他还是拒绝了对方。

为什么拒绝，他自己也不清楚，总觉得两人之间……似乎差了点什么？

或许当时的他从来都不懂爱情到底什么模样。

那之后迟莉莉就辞职了，之后杳无音讯。

习惯真是件可怕的事情。

后来是酒保帮忙叫的代驾。沈逸回了酒店之后，倒在床上就睡了。

梦里依旧是那些甩不开的往事，缠得他几乎要喘不上气。

沈逸记起了求婚成功之后的事，迟莉莉真的挑了一天让他带她去买礼物。

因为沈逸不想让闻清知道求婚是别人帮忙设计的，所以这件事也是背着闻清的，那天去的时候只有他和迟莉莉两个人。

迟莉莉似乎挺高兴，一路上都在笑，配上她那副黑框眼镜，笑得着实傻气。

沈逸不由得开口奇道：“高兴什么呢？”

“为你高兴啊。”她说完又纠正道，“还有闻清，为你们俩高兴。”

提起闻清，沈逸脸上的所有情绪都变得温柔起来，他也淡淡一笑：“多亏你了，所以礼物不用跟我客气。”

迟莉莉没接话，但的确带他去了一家珠宝店。

她挑了一条手链，不过价格并不高，沈逸提醒她说：“难得有机会我主动要求被敲诈，你真的不再看看？”

在他内心深处是非常感激迟莉莉的，他和闻清这么多年，她真的帮了自己不少。在沈逸看来，表达感激之情的唯一方式就是物质。

迟莉莉却摇了摇头，坚定地说："就这个吧。"

沈逸并不知道她为什么那样坚持，但送人礼物贵在对方喜欢，所以毫不犹豫地刷了卡。

两人走出商场才发现外面下起了雨，雨势还挺大，路上交通都瘫痪了。沈逸看了眼时间正是饭点，于是提议说："一起吃饭吧，等雨小一点再走。"

迟莉莉没有异议。

其实那不是两人第一次单独吃饭，却是沈逸和闻清关系确定后的第一次。自从他们恋爱之后，做什么都是三个人一起，极少有单独和迟莉莉在一块的时候。

心里这样想着，他也忍不住这样说了："我们好像很久没两个人一起吃饭了，上次应该还是你生日的时候。"

迟莉莉似乎呆了下，马上附和道："对，那是我们第一次单独吃饭，第二次是你向我打听闻清电话的时候。"

沈逸没想到她记得这样清楚，可抬头看过去，却见她直愣愣地盯着自己，眼神似乎有些……哀伤？

那一刻，沈逸觉得有什么东西不太对劲，但他丝毫没往歪处想，他和迟莉莉认识的时间不短了，可在他内心深处，这真的只是个能成为朋友的人。

他正想说点什么缓和下气氛，哪知道迟莉莉忽然又像是高兴起来，低声说："想不到你也记得。"

"什么？"沈逸没听清。

迟莉莉笑着摇了摇头，只是自那天之后，她似乎工作更加卖力了。

许久之后沈逸才从闻清处得知，原来之前迟莉莉想过辞职的，可不知道为什么又留了下来。

沈逸听了也只是疑惑了很短的时间，很快就释然了，搂着闻清道："你们女生不都是这样，一天一个想法。她性格那样，要是去了其他地方上班，只会被欺负吧。估计也是自己想明白了这个，所以才决定留下来。"

迟莉莉真的留在他手下一干又是两年，而这两年他和闻清的感情却没因为求婚成功而发生任何变化，反倒是越行越远了。

其实早就有人说过，年少时的爱情是不能长久的，但这话一直被沈逸嗤之以鼻，他觉得自己和闻清能成为例外，一起幸福到白头。

可原来爱情是没有终点这回事的，一旦不用心经营了，问题只会越来越多。

求婚成功之后，在沈逸看来闻清已经彻底刻上了他的印记，无论是那些觊觎闻清的人也好，或者是那些有意无意靠近他的人也罢，总归都会收敛一些了。但他算来算去，独独算漏了自己。

那时候的他，真的太过狂妄自大了。

闻清答应他的求婚之后，他有意无意地开始将所有注意力都放在事业上。不得不说闻清真的是个很好的合作伙伴，有了她的帮持，沈逸在电视台的地位越来越被重视。

那之后他的应酬更多了，领导会带他出席各种重要场合，忙起来的时候，他和闻清三四天都见不到面。

刚开始的时候他还会每天给闻清打电话，再后来连电话都少了，因为有时他应酬完已经很晚，那个点闻清也早就睡下了。

当时沈逸想，反正来日方长，他和闻清有的是时间。

他们可有一辈子那么长的时间呢！

闻清其实也是理解他的，她从没有抱怨过任何一句，有时还安慰他说："我知道你想闯出一番成绩让家里人刮目相看，我会支持你。"

沈逸家世优渥，可他在家里总是被哥哥的风头盖过，所以一直想凭借自己的力量让父母另眼相看。闻清喜欢有能力的男人，所以他也不想只是被儿女情长给牵绊住。

大概是闻清表现得真的太懂事也太坚强，所以沈逸渐渐忘了，时间也是感情最大的敌人。等他开始意识到，和闻清面对面坐在一起，除了工作忽然无话可说的时候，已经是他们恋爱的第四年。

那时候沈逸正在事业上升期，他虽然觉得无力，可仍是在心里想着：没关系，等忙过手上这阵再说。

但工作是永远忙不完的。

身为助手的迟莉莉有天忽然递给他一束花："今天是情人节，你和闻清去看场电影吧。"

沈逸当时刚刚结束一个会议，闻言动作一顿。

迟莉莉站在原地冲他微笑："你们已经连续两年没有一起过过任何节日了，这样你在闻清心里的分数只会越来越低。"

沈逸抬手搓了搓面颊："已经这么久了吗？"

"再懂事的女人也是会伤心的。"

这话成功让沈逸的心情变得沉重起来，他自己也知道对闻清有所亏欠，似乎求婚之后对她的关注反而越来越少了。

于是他接过迟莉莉给的花，主动给闻清打了电话。

闻清接了电话却告知他自己在外地出差。

那一刻，电波中满满的都是尴尬的因子在流动，是从什么时候起，他连闻清出差都不知道了？

闻清也沉默着，但沉默过后还是安抚他：“我回来再联系，你好好休息。”

沈逸坐在皮椅里半晌都没动弹。迟莉莉居然也没走，在他身后嗫嚅道：“对不起，我之前看过她的行程，出差可能是临时安排的……”

“不要紧，不关你的事。”沈逸回头看了她一眼，见她竟然一脸自责。

他自己也烦得要命，自然没有心情安慰她，直接将手里那束花复又扔回她怀里：“送你吧，情人节快乐。”

说完沈逸就拿着外套走了。他甚至没回头看看那姑娘的表情，也没耐心地问一句，迟莉莉有男朋友吗？

这样的情形在闻清和沈逸之间出现过很多次，从最初的约会越来越少，到想约会一次都变得比登天还难。但哪怕如此，闻清依旧是他事业上最强大的后盾，只要是和沈逸有关的事，她都会拼尽全力替他摆平。这让沈逸那种无力和不安稍稍得到了纾解。

他想，不管怎么样，他的闻清都是爱他的。

不过其间发生了一件事，就是临市的一个投资商的女儿看中了沈逸，小姑娘年轻气盛谁也不放在眼里，追他居然直接追到了单位里。

碍着对方父亲的缘故，沈逸一直对她诸多忍让，可这样的忍让落在小姑娘眼里就有了点别的意思。

等闻清出差回来，单位里也已经传得风言风语了，沈逸不知道闻清的心情是怎么样的，但他想，她肯定不高兴了。

他还记得迟莉莉之前说过的话，于是一直想找个机会对闻清解释。可是那段时间闻清也正在负责一个新节目，比他还要忙，两人几乎碰不上面。

直到某天，那姑娘竟然在办公室里对他投怀送抱，这事偏偏狗血地被闻清给撞见了。

闻清冷漠地看了他一眼竟然转身走了，可那眼神第一次让他慌了，仔细想想，或许真的不是她不在意，而是她相信他从不怀疑。

虽然那之后沈逸很快哄回了闻清，可这事在两人心里或多或少都有了疙瘩，似乎印证了他从前那些花边新闻的真实性。大概也是因为有了这件事，所以当他和迟莉莉的事被闻清看到，也将他们这段感情彻底逼到了尽头。

事情的发生，是因为他有个重要饭局抽不开身，而另一边同样有个饭局要应酬，后来是迟莉莉主动请缨替他去了其中一个。

等饭局结束他赶去她那边，却见她喝得醉醺醺的一个人趴在桌子边上。迟莉莉酒量不好，而且她非常不善交际，这些沈逸都是知道的，可他还是狠心地留她在这儿了。

看着她难受得直皱眉头，沈逸心里边有点不是滋味。

他将迟莉莉送回家，这还是他第一次到迟莉莉家来，原来她住的地方离自己家这样近？而他也是这时候才知道，她原来住在一个路灯全都坏了的旧生活区里。

车子开不进去，他只能扶着她一步步往里走，可路也太难走了，有几次他都险些崴了脚。

沈逸想，她每天就是踏过这样一个破旧的地方去上班的吗？跟着他这么多年，他给她的薪水也并不低，为什么她不搬去一个环境好点的地方呢？

当他问出这些问题时，迟莉莉睁开惺忪的眼一言不发地望着他。

沈逸见她眼神发蒙，以为她喝得完全没听懂自己的问题，于是摆了摆手作罢。

孰料下一秒，迟莉莉忽然毫无预兆地扑上来吻住了他。

沈逸当时有些愣，第一反应就是将人给推开，可不知道喝醉酒的人哪来的那么大的力气，双臂死死缠着他颈项，嘴唇更是蛮横地在他唇上吮吸。

再后来沈逸的脑子居然也空白了，或许是他太久没和闻清亲近过，思绪也不知道飘去了哪里。

等他再回过神来，便懊恼地将她推开了，可她的双臂却怎么都掰不开，反倒是听到她低低哑哑的声音。

她对他说："因为这里，离你更近一点。"

沈逸："……"

其实并不是无迹可寻的，迟莉莉对他的心意老早就有人提醒过他。浩子是看得最明白的一个，认真地警告过他说："这种姑娘最实心眼了，你要是对人家没意思，最好离她远点。"

这话说得他就跟到处拈花惹草的浪荡子一样。沈逸仔细回想自己对迟莉莉的所作所为，自认没给出过什么错误讯号。

那她是怎么喜欢上他的？

明知道他爱的是闻清，还是傻乎乎地喜欢？

迟莉莉虽然天性呆板，可性子谨慎细腻，她几乎没这种喝醉酒的时候，所以第一次喝醉之后几乎不能控制自己的情绪，就仿佛是平时压抑太久了，一次性彻底地大爆发了。

她抱着沈逸哭得不能自已，小小声地说着："我比闻清还要早就喜欢你了，沈逸，我那么拼命地想要超越你，只是为了让你多看我一眼，为了让你能记住我。"

沈逸任她抱着，只能沉默以对。

他后来的确注意到她了，记住了她的名字，可却是因为闻清……虽然是无意识的，可沈逸发现自己似乎做了件混账事。

那天之后，迟莉莉面对他便十分尴尬，沈逸也是。

他当然对迟莉莉没什么特别感觉，可她总是躲躲闪闪的，反而弄得他也异常不自在。这事他当然不能和闻清说，只好决定主动约迟莉莉谈一谈。

可迟莉莉连单独和他说话的机会都避开了，后来沈逸直接去了她家。

开门的瞬间，迟莉莉分明是惊喜的，尽管她刻意隐藏，可她眼底依旧闪着异样的光。沈逸觉得更不该放任她继续乱想下去，但他也不想失去这样一个工作伙伴和朋友。

等他把自己的想法说明白之后，迟莉莉又是一阵沉默，但她无意外地表示知道了。

沈逸看着她低眉顺目的样子，有点说不出的气闷，只能顾左右而言他："你在做饭吗？闻起来好香。"

迟莉莉愣了下，迟疑地问："要……留下吃饭吗？"

沈逸觉得既然说清楚了，似乎刻意逃避反而别扭，于是自然地点点头："好啊。"

迟莉莉的厨艺非常好，沈逸发现她除了工作能力稍微差点之外，其实作为生活助理真是一百分合格。他已经很久没吃过家常菜了，那天意外地吃了满满的两碗饭。

后来他心情烦闷的时候，也会到迟莉莉家里坐一坐，顺便留下吃饭。这种感觉是和闻清没有过的，平静祥和，但那和喜欢不一样。沈逸知道自己对迟莉莉没有心动的感觉。

那个时候，沈逸也并不觉得自己有多过分，他觉得这是朋友间的一种相处模式。他也从没做什么越轨的行为。谁知道那天迟莉莉偷吻他的事居然被闻清看到了，而且单位里不知道为什么开始盛传他经常出入迟莉莉家的事。

闻清毫无预兆地扔下一切走掉了，去了哪里，沈逸完全不知道。

他第一次意识到自己可能要失去她了，心里生出无法形容的恐慌。

那段日子，他做什么都无法集中精神。迟莉莉帮着他处理很多公事，她一直忍耐着，连他刻意的无视和刁难都忍受了。

那为什么又忽然决定辞职呢?

沈逸每每想起她辞职时脸上的样子，心里都觉得很不好受，那时候的迟莉莉已经像是完全变了个人似的。她似乎比以前还要沉默不愿说话，就连离开的背影都格外消瘦。

沈逸是被枕边的电话铃声吵醒的，睁眼看着漆黑的天花板发了会儿呆，未拉严实的窗外有刺眼的光线透进来，居然已经天光大亮。

他将电话接了起来，是助理打来的，结果却是惹了一堆麻烦事不知道如何处理来请示他的。

宿醉之后又被人吵醒，他的心情当然好不到哪里去，于是凶神恶煞地将对方训了一顿，随后起身穿衣服打算赶回B市。

穿衣服的时候他忍不住回想昨夜的梦境，心里竟是前所未有的清明。

这些往事他平时很少去想，可经过这一场，以前想不明白的事，现在忽然全都开始懂了。

从前他始终不明白闻清放弃和他之间五年的感情，而选择廖敬清的原因是什么，现在忽然意识到，是他给闻清的安全感越来越少。

二十多岁的时候他自负自傲，总觉得不论自己做了什么，闻清都该等在原地不离不弃，而那些往事，他更是自觉没做错什么。可现在回想一下，真的什么都没做错吗？他又为闻清做过些什么呢？

这一路走来，其中真正为她做的事屈指可数，而闻清在后面为他付出的，却是一个女人能做的所有。她在他最艰难的时候忍下了所有委屈，在他拼搏事业时倾尽一切地帮助他，在他和其他女人传绯闻时给予了他最大的信任。

但这一切换来了什么呢？换来了他日渐加剧的无视和忽略。

口口声声说着爱她，可很多事却全靠迟莉莉帮忙提点才顺利和她走下来。

而迟莉莉呢？

沈逸不得不承认，在对待她的问题上自己更是个浑蛋，不知道她心意也就罢了，可知道她心意之后却依旧安心享受着她的付出。

沈逸穿好了衣服，对着镜子慢慢地打领带，窗外的朝阳徐徐升起，有金黄色的光暖暖地投射在他身上。他忽然开始明白，自己曾经错过了多少弥足珍贵的东西，不管是他深爱的人，还是爱着他的人，都被他辜负了。

她们用最美好的时光陪他一路走来，不是想要看着他继续荒度人生。沈逸将领带打好，对着镜子露出从容的笑。

在这一刻，仿佛很多东西都释然了。

既然青春不可追回，就要更加积极地生活下去，那些被辜负的值得尊重和回味，活得更好才是对这岁月最好的报答。

番外四

我的幼稚老爸——煊煊小朋友的吐槽日记

7月7日

今天放学是爸爸妈妈一起来接的我，很多小朋友都没见过我爸爸，本来这是件值得高兴的事情。可当爸爸把他们的结婚证拿出来的时候，我马上就不高兴了。

结婚怎么可以不带上我？而且结婚证上怎么可以只有他们俩的照片呢？对于爸爸和我抢妈妈这件事，我真的越来越讨厌了。

8月12日

妈妈今天可真漂亮，她穿着白色的像公主一样的衣服，叔叔告诉我说，那是婚纱，因为今天是爸爸妈妈正式结婚的日子。我有点不太明白，他们不是才结过一次婚吗？

我再问沈叔叔，可他却不回答了，只是看着红毯上的妈妈走神。

他一定也觉得今天的妈妈很漂亮吧？

可我想，妈妈一定是不太愿意和爸爸结婚的，因为当牧师问妈妈愿不愿意嫁给爸爸的时候，她竟然哭了。

我很心疼也很生气，打算冲上去拉走妈妈！

可还没等我冲上去呢，就被叔叔给抱走了。

太生气了，他怎么可以和爸爸联手起来欺负妈妈呢？

8月25日

真的很讨厌爸爸，结婚之后把妈妈带去其他地方玩，可是不带上我！这也就算了，好歹他们回来给我带了礼物。可是爸爸每天都用各种各样新奇的玩具来引诱我，然后哄我在儿童房睡。

我想反悔的时候，就会被他收走心爱的玩具，可我、我还没玩够呢……

他怎么会有那么多玩具呢？

难道他有个哆啦A梦的小口袋？

12月4日

妈妈说，莹莹阿姨有小宝宝了。

我问她小宝宝在哪里，她说在莹莹阿姨肚子里。

可我觉得她分明是在骗我，莹莹阿姨的肚子那么小，怎么可能装得下一个小宝宝？我知道了，她一定是不想让我再和莹莹阿姨抢糖吃。

完了，妈妈也被爸爸带坏了，居然也学会撒谎了！

2月14日

今天是情人节，我给妈妈准备了玫瑰和巧克力，并且提前一天就给准备好了放在柜子里。

可是不知道为什么巧克力却不见了！

爸爸说是我嘴馋偷吃了，可我明明是给妈妈准备的，怎么会舍得偷吃呢？

算了，反正爸爸也给妈妈准备了玫瑰和巧克力，我就不和他争了。因为我知道即使我不准备巧克力和玫瑰，妈妈也会很爱很爱我的。

5月8日

今天爸爸问我，如果妈妈再生个小妹妹好不好？

我很认真地回答他，妹妹就算了，弟弟倒是不错。

可爸爸说，家里已经有三个男子汉了，需要个温柔的小妹妹来中和一下。

我扒着手指很认真地数了好几遍，还是发现家里只有两个男子汉啊。我的爸爸竟然连数学都这样差！我把这话跟妈妈说了。

结果——

爸爸被妈妈罚睡了一周的客厅，我也不知道为什么。

12月8日

家里真的要有小妹妹了，妈妈很期待的样子，每天都会和爸爸坐在一起讨论小妹妹在肚子里的情况。

平时都是爸爸接送我上下学的，因为妈妈的肚子一天天大了会很不方便。

对此我有点小吃醋，感觉妈妈都不再爱我了。

因为这个，我和爸爸做了深切交流。

爸爸听完后用力握了握我的肩膀，同病相怜地感叹道：“现在爸爸在家的地位只排在你后面，等妹妹出生了，感觉就得继续往下挪了……”

我认真想了想，似乎的确是这么回事，于是也反手拍了拍老爸，真心地说：“爸爸你真可怜，比起你来，我心里平衡多了。”

不知道为什么，原本心情不好的老爸，听完这话好像脸色变得更黑了。